由国产漫画改编的小说

长欢門

CHANGHUAN MEN

杨思蓁◎著

吉林出版集团有限责任公司

图书在版编目（CIP）数据

长欢门 / 杨思萦著 . — 长春：吉林出版集团有限责任公司，2013.11

ISBN 978-7-5534-3415-5

Ⅰ . ①长… Ⅱ . ①杨… Ⅲ . ①长篇小说－中国－当代 Ⅳ . ① I247.5

中国版本图书馆 CIP 数据核字（2013）第 256146 号

长欢门

著　　者　杨思萦
责任编辑　顾学云　奚春玲
封面设计　书舟设计
开　　本　710mm × 1000mm　1/16
印　　张　24.5
版　　次　2013 年 11 月第 1 版
印　　次　2013 年 11 月第 1 次印刷

出　　版　吉林出版集团有限责任公司
地　　址　北京市西城区椿树园 15-18 号底商 A222 号
　　　　　邮编：100052
电　　话　总编办：010-63109269
　　　　　发行部：010-51582241
印　　刷　北京外文印务有限公司

ISBN 978-7-5534-3415-5　　　定价　36.00 元

目录

第一卷

浮生门开，天下必乱

第一欢　会选

“着火啦！着火啦……”

静谧的夜里，惊慌失措的叫声突兀地吵醒了正在熟睡的人们。位于长欢门西北面的一间屋内燃烧起了熊熊大火，在暮色深沉的夜里，将整个长欢门点亮。

来自山顶的风呼啸而过，加速了火势的蔓延，闻声赶来的门众们看了一眼燃烧的屋子，一边叫苦不迭地念叨着“怎么又是这个败家子”，一边端着锅碗瓢盆慌慌张张地灭火。

然而，当长欢门门主林白首匆忙赶来的时候，火势却丝毫没有熄灭的迹象。反而在风势的作用下，越发地张狂起来。

林白首四下看了看，沉声问在场负责指挥的人：“元宝在哪儿？”

“好像，好像，还在里面！”

林白首脸色一沉，说：“还不快去救！”

门众从未见过林白首如此沉郁的表情，被他的气势吓得哆嗦了一下，急忙招呼着其他人弄湿了全身就往屋子里冲。

燃烧着熊熊大火的房间开始坍塌，眼看着交替进去的人一波接着一波，要救的人却还是没有出来，林白首的脸色也越发苍白起来。几乎快和他那满头的白发融进这火光漫天的夜里。

不知是谁喊了一句“出来了出来了”，林白首苍白阴沉的脸色才稍有缓和，循着人群涌动的方向走过去，只见几个门众把已经被烧得只剩半件衣服，满脸烟黑的元宝给架了出来放到地上。

“门主，她昏过去了！”门众急忙报告。

林白首眉头皱了皱，把身上的风衣脱下来盖到元宝的身上，蹲下来一探她的鼻息，顿时吓了一跳。抓着她的胳膊就准备扶起来进行抢救，谁知，昏迷中的此人却突然大笑起来："哈哈……哎呀哎呀，好痒！"

元宝一开口，现场就倒了一片。林白首原本苍白的脸色此刻也变得跟锅底一样黑。

"为了躲明天的会选，有必要非得自焚吗？"林白首厉声呵斥。

元宝黑漆漆的脸上露出一排洁白的牙齿，丝毫看不出从火灾中死里逃生的惶恐："门主，有人要杀我。"

元宝的话让林白首猛然愣住，竟然有人敢在长欢门里杀人放火，忙问："怎么回事？"

"不知道。"元宝依然笑着，仿佛在说一件和自己毫不相关的事情一样，"我在着火前就昏迷了，我闻到了迷香。"

"确定？"

元宝用力点头："这天下间所有的迷香我一闻便知是哪种。平时往重离屋子里丢太多了，别的不敢说，迷香，那绝对一闻一个准。"

林白首想了想，沉吟片刻，说："此事我会彻查，先不要说出去。"

"嗯。"元宝笑吟吟地应了一下，但凡是门主出面的事情，就没有解决不了的。

元宝四下看了看，把林白首拉到一边说："话说门主，明日就是长欢门一年一度的会选了，你说，会不会是谁怕我赢了他，所以故意来杀我的？"

林白首眼皮一抽："不要对自己盲目自信，你一个连续四年都考不过会选的人，有谁会对你下手？不过，说到这里，别怪我没提醒你，你已经在闹心楼待了四年了！四年了，当废柴四年也就够了！这次你要再考不过，就等着去当咸菜吧。"

元宝被林白首吼得一哆嗦，脑海里倏忽闪过一双琉璃色的眼。长长地叹了一口气，不是她不想考，而是她根本就考不过啊！

"门主，咱们商量一下如何？"

林白首看着她甜得发腻的笑容一阵恶寒："你要商量什么？"

"门主，我有病。"

“看出来了。”林白首挑眉说道。

“你说，像我这样的病人，万一明天一参加会选就挂了咋办？”元宝指了指自己的胸口，泫然欲泣，“无期说了，我这里有病，随时都会见佛祖的！无期每天都对我说要淡定，可是，每次一参加会选我就定不了！人嘛，还是应该做点快乐的事情，我就不参加会选了，行不行啊？”

“不行！”

还未等林白首开口，他的身后，一个响亮的声音就传了过来。

不用看也知道来人是谁了。越怕谁就越要遇到谁。元首明明记得晚饭前给他下的药足够他睡到后天了，他怎么就醒了呢？！

元宝摆出一副很开心很无辜的样子，往林白首的后面招了招手：“哎呀重离，好久不见啊。”

重离从后面走到前来，鼻孔哼气，看也不看元宝一眼，只对林白首说道：“门主，这里交给我吧。嗯。”

林白首一看见重离就不怀好意地笑了起来，跟捡了几百两银子似的。在元宝的身旁转了一圈以后，打着呵欠离开了。元宝想跟着他一块儿跑，无奈，刚转身就被重离给抓住，掰了回来。

“我有东西要给你。嗯。”重离说着，从怀里掏出一张全新制作的会选证递给她。

元宝看着准考证上自己和对手的名字，足足看了好一会儿才意识到，完了，这回她活不下去了。

她就不明白了，每年参加会选的人那么多，为什么每次她都要和天才重离做对手，安排个好对付点的给她会死吗！

“哎。”元宝把准考证捏成一团，抬头看着面前的重离。

火势已经逐渐被控制住，除了元宝，没有任何伤员。门众们举着火把正在清理现场的残骸，火光之中的重离，颀长的身影被风吹动，左摇右晃。英俊的五官上，一双琉璃色的眼，桀骜而自负。眼角纹路里难以磨灭的孩子气，使得他给人一种难以言明的稚感。如果他们俩不是对手的话，元宝心想，他一定会是非常好的玩伴儿。可惜，元宝现在一看见他，除了糟心，还是糟心。

“重离，我们还真是有缘分啊，每年都被安排在一起。你听说没，大家给我们取了一个好听的外号，叫作‘患难鸳鸯’！”元宝试图跟重离套近乎。

“谁跟你是鸳鸯。”重离压根儿不吃她这一套，眼皮抬了抬，几乎是咬牙切齿地说道，“明天，我不会让你。嗯。”

“你哪次让过了，哪次不是抱着弄死我的决心来的？”元宝小声地嘀咕着，“知道了，知道了。每年都这么说，耳朵都长茧子了。”

“你……”重离气绝，“不要以为我不知道你心里那些小九九，你以为给我下了迷药，明天你就能不战而胜了？要不是你，我重离也不会连续四年都考不过会选！”

元宝的脸上堆起灿烂的笑容，把林白首骂她的话送给了重离：“小伙儿啊，水平不行就不要对自己盲目自信。”

重离一向沉稳淡定，可每次只要一和元宝说话，他就忍不住血气上涌：“我警告你，这一次你最好收起你那些小把戏，我们堂堂正正地比过。”

“大哥，你是第一名，我是倒数第一名，脑袋被门夹了才跟你堂堂正正地比！”

元宝无语地看着重离，本来想鼓励他几句，可重离似乎早就猜透她心中所想一般，留下一句“你明天死定了”便转身去处理火灾的善后事务了。

“去死吧！谁死谁活还说不定呢，咱们明天走着瞧！哼！”元宝看着重离的背影，气得直接把准考证丢了出去，怒冲冲地找地方休息。

第二天天还没亮元宝就起来，朝着长欢门的会选现场赶去了。

“耶？小伙，你也来参加长欢门会选？”

“哟，好巧，我也是。”

“哎？你又来送死啊？”

“缘分啊缘分，我也是。”

“听说长欢门有个老废柴，连续考了四年都没过，是不是真的啊？”

“你新来的吧，我可提醒你一句，听说今年老废柴还要继续考，千万不要和她一组，否则绝对过不了……”

会选现场人满为患。元宝跟着涌动的人群往比试场地挪动，听着前面几位兄台热火朝天地讨论老废柴，她实在很想把他们的嘴给缝起来！

你们才老废柴呢！你们全家都老废柴！不就是运气不好每次都被编排到和第一名的重离一组吗，要不是重离太难对付，她早过了！运气也是成功的一半因素好不好！

元宝本就对会选无比怨念，到了贴对手榜的地方，看着自己名字旁边的“重离”两个字就更气。和重离硬拼她可没什么胜算，好多对付的办法也都用过，重离早就有了防范。想来想去，元宝这次只有拿出杀手锏——辣椒粉、胡椒粉……各种粉了！

于是，趁着没人注意，重离也还没有到，元宝即刻便离开了会选现场，往长欢门厨房跑去。然而，她还没有跑到厨房，在途经的一条隐秘小路上，一支带血的拖把，就停在了她脖子的前面，挡住了她的去路。

元宝长这么大，第一次看一个人看到发呆。

对面握着拖把的男子，翩若惊鸿，眉目如画，略微苍白的肌肤在阳光的照射下散发出淡橘色的光芒。如果，他那支带血的拖把，没有放在元宝脖子前面的话，元宝想，这一定是老天给她安排的一场艳遇。

“带我去找林白首！”对面的男子把拖把一戳，在元宝的脖子边上划了一下，顿时就开了一条口子。

“你能不能把拖把拿远一点儿？”元宝的目光停留在此人带着一只黑色手套的右手上，玩世不恭的笑容一点点淡了下去。对于喜欢热闹的元宝来说，长欢门里只要有新人，没有一个是她不认识的。而此刻面前的这个人，却是她第一次见。

“擅闯长欢门，你胆子够大的啊。”

男子不屑地哼了一声：“不过是故弄玄虚，被盲目吹捧的小小门派，仗着门下六楼替朝廷办事，在江湖中弄出了点名堂而已。有何不敢！”

“哟，口气不小。那你可知，长欢门自从建立以来，就不受控于任何君主。即便是当朝宁皇来了，也是进不了长欢门的。”元宝一边低声警告，一边打量着周围的情况，手中的小刀已经悄悄地握紧。不管对方是什么人，都必须先抓住他才行。毕竟长欢门因为地理位置和身份的特殊，自建立起，除了门里的人，没有任何人知道其位置所在。而门里的人，想要离开长欢门，就必须得通过长欢门一年一度的会选，成为长欢门六大楼的楼众，否则，这一辈子注定老死在这里。眼前的男子，不仅对长欢门的情况了如指掌，甚至还能通过长欢门在门口所设的层层障碍，来到门里。可见，他的身份和身手并不简单。而元宝从记事起，长欢门就没来过任何外人。

难道，门里有了叛徒，把长欢门入口的秘密给泄露了出去?

“做人嘛，还是谦虚点好。要爱惜生命，不要随随便便地逮机会就去送死……”元宝意味深长地劝告来人，突然转移话题问道，“你叫什么？”

“玉瓷……”玉瓷猝不及防，脱口就把自己的名字给报了出来，就算立即住口，却还是让元宝得逞。

“原来你叫玉瓷啊……”元宝故意把他的名字拖得老长，玉瓷看她那副根本不知道他是谁的样子，刚松了口气，谁知，她一个闪身，已经闪到了他的后面，在他的背上划了一刀。玉瓷没有料到看上去弱不禁风的元宝，竟然还有点身手，硬接了她这一刀，鲜血随即喷薄而出，染红了一方白衫。

“看来，昨天没能把你烧死，是我的失误了。”玉瓷细长的眼底杀气尽显，迅速地后退以避开元宝的攻击。

元宝闻声一愣——原来是他放的火！手中的刀越发紧了紧，追了过去：“你到底是什么人？”

玉瓷嘴角闪过一个似笑非笑的弧度，说：“就不告诉你！”

“告诉你个锤子！”元宝一想到昨天屋子里着火那一幕，气就不打一处来，握紧了手里的小刀，二话不说就和他打了起来。

“为何要杀我？”元宝步步追问。

玉瓷深情款款地看着元宝，温柔地说道：“夜里风大，怕你着凉，所以随便放把火让你暖和一下。”

“鬼才需要你送温暖！”除了自己，元宝长这么大，从没见过杀人放火了，居然还能说出这么不要脸的话来的人！元宝看着他明显变慢的攻势，断定他一定在进入长欢门的时候受了内伤，于是，不跟他再纠缠放火这件事情，反正他也不会说实话。元宝笃定地推测道：“选择在长欢门戒备最松散的时候进来，并熟知长欢门的一切，目的又是门主，看来，你是冲着古雌钥匙而来的吧！”

玉瓷微微愣怔，没有想到面前这个被人称作老废柴的女子竟能有此缜密心思，一眼看穿他的目的。玉瓷只好急忙否认道：“你倒是聪明得很。不过，你猜错了，我是来参加会选的。”

元宝笑得自信：“不可能。”

玉瓷感到意外，问：“怎么就不可能了？”

“因为你要杀我。谁都知道，我是最没有威胁的一个人。”

“是吗？”玉瓷一副明显不信的口气，“一个从出生起就被宣判了死刑的人，却能在长欢门逍遥地活着。一个连续四年都没通过会选的人，却一直受到门主的重视，能在长欢门里惹是生非，当真是没有威胁的吗？”玉瓷玩味地看着元宝，显然对她了如指掌。

在长欢门，这些事情本来算不得什么秘密，可是，从他嘴里说出来，元宝总觉得透着一股子阴谋的味道。原本因为动手而有些熏红的脸刷的一下就白了，不过，即便如此，脸上的笑容却越发得深沉起来，此时的她，与平时那个玩世不恭的废柴简直判若两人。她问道：“怀疑我？”

“不，我只是比较好奇而已。”聪明人和聪明人的对话，向来不需要拐弯抹角，玉瓷也懒得和她演戏了，“有没有兴趣猜猜看，我是为何而来？”

“传闻，天下间有一道能够颠倒生死、穿越时空的浮生门。很多人为了找到这道门而导致生灵涂炭。百年前，长欢门的第一任门主东越焕，以自己的血肉之躯打造了古雌钥匙将此门封住，这才保住了天下间百年来的太平盛世……”元宝说到这里停了下来，浮生门的秘密从未对外公开过，不仅因为这是传说，从来没有一届门主肯定或者否定过这个传说，更因为如此，长欢门才会百年来一直隐约控制着朝廷和江湖的局势。

谁若得到古雌钥匙，谁就能统领长欢门。门里所有的人都知道，传说中能打开浮生门的古雌钥匙只有历代的门主才有。门里的人，也没有谁会对其有所图，除非他是继承门主之位的转世灵童。所以，那些冲着门主而来的，大多数的目的也只有一个，那就是古雌钥匙！

而现在，显然，玉瓷这一个外人，已经知道了这个秘密，否则，他的目标不会是林白首！可是，元宝却不知道，他为何会知道她的事情，又为何要杀她？

难得能遇到如此有趣的女子，玉瓷轻轻地拍了拍掌，似乎是奖励她猜中了自己的心事。然而，下一秒，他的手中就飞出了一截截锋利的暗器，朝着元宝发动，同时说道："我就知道，我留不得你的。"

"来人啊，杀人啦，杀人啦……"元宝大喊。

玉瓷本来准备对元宝发起最后的灭口攻势，却没有想到她竟然不打，反而扯着嗓子喊了起来。现在虽然门里大部分人都在会选现场，可是，保不准她这一嗓子会把其他人给喊来。

玉瓷真没见过这样的对手，打不过竟然求救！玉瓷又气又急，伸出手就要去捂她的嘴，然而，当他捂住她的嘴巴把她按倒的瞬间，他闻到了从她发丝间散发出来的一股奇怪的味道，待他反应过来的时候，已经两眼一闭，晕过去了。

元宝看着他倒地，纵身跳了起来，拍拍手得意地大笑两声："哈哈，跟我斗，你还嫩了点！"说着，抓了抓头上的簪子，"本来我是打算用来对付重离的，让你吃了，真是便宜你了！"

元宝踹了一下躺在地上的玉瓷，确定他昏迷以后，拖着他的腿，趁没人注意，在他身下塞了两根扫帚棍，把他往小路上拖了去。

本来元宝打算去厨房的，无奈这里距离厨房太远，拖了一段路以后，元宝只好把玉瓷拖进了距离最近的万毒阁。作为长欢门里炼毒药的地方，这里可是杀人越货最佳场所。元宝四下看了看，确定四周没人，这才把玉瓷给拖了进去。然后，将屋内特制的大型咸菜罐子给打开，把玉瓷给塞了进去，并将罐子下面的柴火点燃，准备大煮活人，以报昨天之仇，然后再去通知六大楼的人过来收拾他。

"据说这咸菜罐子里都是由一些奇奇怪怪的虫子搭配腌的，菜少配料多，一会儿你醒了，正好让你尝尝虫子人肉大补汤。"元宝戳了戳玉瓷露在外面的头，谁知，她却在这一瞬间被玉瓷抓住。看着突然诈尸的玉瓷，元宝"你你你……"一连"你"了一串，才拼凑出一句完整的话："你怎么会醒的？"

"因为你傻呗。"玉瓷笑得一脸温柔，随即霍的一下从罐子里飞身而出，大力地一甩，随手抓过旁边捆药材的绳子，三下两下便把元宝给捆住，顺势给丢进了罐子里，然后，随便扯了桌子上的一块抹布就塞到了她的嘴里。

"有时候想想，老天真不公平，把什么好的都给了我。哎，一个人要是太聪明了，也真是一件寂寞的事情。”玉瓷自怨自艾地在元宝的额头弹了一下，发现她领口以下的地方似乎有一串奇怪的符号，但考虑到男女授受不亲，也没有细看，而是转移了视线，冲她挥挥手，一边念叨着“哎哟，我这背被你滚得疼死了”，一边走出了万毒阁。

元宝长这么大，一向是她欺负别人的，现在倒好，居然被人摆了一道！还是被一个脸皮超级厚的外人摆了一道！元宝那张脸不知道是被气绿的还是被煮绿的，异常难看。面对被捆住的情形，元宝只能用力地冲着玉瓷的背影呜咽道：“你给我回来，我快要被煮熟啦……”

据门里流传的小人书《长欢门传》记载，长欢门百年前由江湖第一卦师东越焕所建，当年是为辅助前古州国而成立的机构，以保住“浮生门”而存在。后来，前古州国君王被杀，宁国称帝，所有知晓与浮生门相关信息的人被尽数杀死。浮生门的秘密此后被隐藏，长欢门因此而独立存在。

眼看着长欢门仓库里的银子都快发霉了，为了能让这些银子充分完成它们的使命，长欢门在据说有未卜先知能力的前两任门主的领导下，逐渐发展出了负责生意经营的聚金楼、情报收集的信陵楼、暗杀埋伏的千鬼楼、药毒与暗器的无良楼、文礼技艺的贤文楼，以及排兵布阵的阴阳楼。

六大楼在前两任门主的领导下，分工明确，不仅为了巩固地位，在朝廷内安插了眼线，帮助宁国国君处理各种棘手问题，甚至就连江湖的各大门派里也有长欢门的内部人员。长欢门因此在全国也名声赫赫。尤其是那两个门主，更是以奇怪的思维和生活方式影响了长欢门整整好几代人，使之一直成为天下间奇葩一样的存在。

而他们死后，林白首继承了门主之位，六大楼之间也逐渐形成规模，相互影响，相互制约。为了长欢门的持续发展，每一年，六大楼都会通过会选，从门众里选拔楼众。

一日成为六大楼的楼众，不但能离开长欢门到全国各地闯荡，还能有很多意想不到的机会。失败者中，丧命的埋了，活着的则淘汰到被誉为长欢门最大耻辱的“闹心楼”。可即便如此，每年还是会有诸多门众报名参与会选。

于是，会选也就成了长欢门的习俗，自然而然的，为了会选的规范起见，就衍生出了会选必考科目：算术、信息、医理、技艺、推算以及最变态又无聊的——拔河！

要说为什么不是比武呢，用林白首的话说就是，废话，长欢门是神秘组织！既然神秘，那就得走与众不同的路线！况且，林白首一向追求文艺范，非得宣称长欢门是一个具有文艺和小清新气质的宅门大咖，是传说中的大宅门！所以，你见哪个大宅门整天舞刀弄枪的？人都是文斗！比武那是千鬼楼那种野蛮楼的内部矛盾，怎么能作为会选科目选拔人才！

不过，话虽这么说，明里暗里，大家也都明白，没点真功夫，别说是通过会选了，连名都报不了。元宝要不是因为有林白首护着，她早成亡魂了。更何况，在拔河里体现一下武艺也是再正常不过的事情。只不过对于元宝来说，每一次她都是因为拔河，在第一轮和重离安排到一起，而惨遭淘汰的！

想起来就是一把辛酸泪。被困在咸菜罐子里的元宝，听到远远传来的擂鼓声，暗道不妙，会选已经开始了！今年难得第一轮不是拔河，她好不容易有机会翻身了，六轮里只要有两轮合格就能通过会选，她现在要是被判弃权，估计那个自负得要死，整天念叨着要和她堂堂正正比试的重离一定会先宰了她！元宝急得像热锅上的蚂蚁，面对着都快被煮熟的情形，她忽然灵机一动，深吸一口气，用力地晃动起罐子来。一连晃了好几下，罐子才猛地往前一倾，噼里啪啦摔到了地上。

“哎哟，又败家了。这么大的罐子得好几两银子呢。”元宝被摔得不轻，絮絮叨叨地念着。擂鼓越敲越快，元宝也来不及在意身上的疼痛了，迅速地捡起罐子的碎片割开了绳子，低头不小心闻了一下满身咸菜味的自己，差点没把自己熏死过去。她这真是偷鸡不成蚀把米。无奈时间有限，在万毒阁里翻了半天，元宝才翻了一件粗布衣服出来换上，然后全速冲到了会选现场。

元宝在现场看了看，似乎没有发现玉瓷，本来打算赶紧告诉林白首，玉瓷这个外人的情况，谁知，她刚一出现，重离就已经拽住了她：“你今天不给我堂堂正正地比完，休想逃！”

“放心放心，我哪敢逃啊。”元宝无奈地叹了口气，四下看了看，琢磨着怎么才能摆脱重离。会场的正中央，司仪的声音已经传了过来：“会选第一轮，技艺之绣花赛，正式开始……”

不是吧？！小道消息不是说今年不比绣花，改比唱歌的吗，为嘛又要比了？元宝凌乱了，心中无比怨念，小道消息全是胡扯，没一次靠谱的！

重离一早就知道会这样，整个门里恐怕只有元宝会相信这些不靠谱的信息了。重离看了她一眼，也不理会她的哀号，直接把她拖到了位子上坐好。

元宝看着夹板上那一副勾勒好的菊花欲哭无泪，绣花啊，这真是要了她的老命了！

“门主，为什么今年是绣花？”元宝举手大声地问主席台上的林白首。

林白首拨了拨耳侧的白发，气定神闲道：“作为一个人，一个有血有肉的人，难免磕磕碰碰，身上的衣服自然也要跟着磕绊一下。作为长欢门的门众，我们要秉持勤俭节约的理念，有了小洞补一补还能穿，有了大洞改一改还能用。所以，绣花作为最基础的技艺，怎么能不会呢？”

“绣朵彩色的菊花也就算了，那为什么这针也是五颜六色的？绣花就绣花了，为什么针上还要淬毒，毒药不是钱吗？”

“这是变相地提醒你，做事情得认真仔细。否则，一不小心扎到手，小命就没了。”

林白首话音刚落，就听到身后有人“啊”了一句，元宝回头一看，一个汉子已经口吐白沫见佛祖去了。元宝咽了咽口水，知道每年的会选非生即死，没那么容易。

“哎——”元宝长长地叹了口气，隔壁的重离也不知道这手是咋长的，半朵菊花都快绣完了。放眼望去，元宝深深地觉得，坐在一群绣花的大老爷们儿中间的她是如此格格不入。于是，为了小命，她只有把自己当男人，从衣服的边里撕下一长条，严实地裹在自己的手指上，以防不小心戳到。然而，伴随着不断传来的倒地声，她心惊胆战地才戳下去没几针，震天的锣鼓声就响了起来，噩梦一般的“时间到”，直接吓得她差点戳到自己的手。

监考的楼主们下来收走了现场的所有针头，元宝看了看重离完整绣好的菊花，又看了看自己的。

完了，菊花残，满地伤……这回要不及格了。

“嗯，我刚才放眼那么一看，今年绣花水平整体不错。当然……”林白首顿了顿，看了一眼元宝，“除了那么些老鼠屎以外，长欢门整体绣工水平有所提高。尤其是重离，一年比一年绣得好了。果然不愧是我长欢门的天才少年，什么都难不倒你。还有，那些不小心被针扎死的好好埋了，滋养一下长欢门的土地也算是他们的贡献。剩下你们这些，成绩记录在案，等技艺比试完了，该歇息的就好好歇着吧。”

元宝松了一口气，还好还好，她还有一技在手，还有得救。今年的会选，她还是有希望过的。

“哎呀，等等。”林白首似想到了什么，突然从椅子上站起来，叫住了准备换场地进行比试的人们，“我刚才灵光那么一闪，看今天天气也不错，我们还是先比拔河吧。”

“……”

现场因为林白首的一句话而陷入了死寂当中。

重离意外地看了看元宝，按理说听见拔河她会是最激动的那一个，怎么今天不嚷嚷了？

元宝没有听清楚林白首刚才说了什么，自然也没有注意到重离投来的目光，因为就在她松了口气的时候，闻到了一股强烈的咸菜味！

循着那股浓烈的咸菜味闻去，果然，让她发现了混在人群中的玉瓷！

此时的玉瓷，不知道从哪儿偷了一身干净的衣服换上。可是，就算他换了一身衣服，也掩盖不了他那一身的咸菜味！

“小样儿，想做对长欢门不利的事情，得先问问我同不同意！”元宝腹诽着，趁着玉瓷还没有发现自己，偷偷地往玉瓷所在的方向跑了过去。

“元宝，你要去哪儿？”队伍已经开始重排，重离扭头就看见元宝偷鸡摸狗地往人群里扎去，担心她又要搞什么小动作，急忙叫住她。

“茅房！”元宝随口丢下一句继续前行。眼看着再走一百米，她就能抓到玉瓷了，手腕突然吃痛，回头一看，她又被重离给抓住了。

“你快放开，我急着呢！”元宝怕玉瓷跑了，着急地想要甩开重离，可是，她越挣扎，他就抓得越紧。

“憋着！嗯。”重离以为她要临阵脱逃，沉声一喝，拉着她就往回走。

两个人拉拉扯扯引来了众人的围观，好像是为了给他们足够拉扯的空间似的，人群中还给他们特地让了一条道。这样一来，不远处的玉瓷，想不看见元宝都难。元宝拧不过重离，只好紧紧地盯着玉瓷所在的方向，玉瓷与她目光相接，促狭一笑。然后，一晃身从人群中消失了！

元宝急得直跺脚，拽着重离就朝他吼：“上茅房你也要和我组队不成？”

“少废话，你我第一组上场！走快点！”重离不耐烦起来。

“上场什么？没听说考技艺还要组团去的！”

“拔河！”

元宝骤然瞪大眼睛，问道：“有没有搞错，这一轮不是考技艺的吗？”

“门主临时改了。嗯。”

“‘嗯’你个锤子啊！我最讨厌你说话总带‘嗯’了！”元宝泪奔了，为什么偏偏在她以为有希望能过会选的时候，比赛拔河呢？这到底是为了哪般，就不能给条活路吗？

忽然之间，元宝像是泄了气的皮球，任由重离把她拽到了拔河的现场。看着已经摆放好的道具，元宝悲伤地看了重离一眼，每年她都要夭折在这个会选上。她一个黄花大闺女，干吗非得和一个汉子比力气！而且，如果是简单的一对一那种拉扯型拔河就算了，可在林白首的领导下，会选的拔河哪次不是怎么折腾怎么来的！

以往都是定点拔河，今年更好，走起了障碍赛拔河的路子！

首先，被安排到一组的两个人，身上系一根绳子，分别安排在左右两边。同时，左右两边各自摆放着道具，这些道具是后续障碍赛通关以及打倒对方的工具，拿不到就意味着过不去或者死。也就是说，拔河从这里就已经开始了！而两个人的中间是一条四面的尖刀铺成的围栏，要是一不小心撞上了，那就是大扎活人了！而通过了这一条障碍路，最要命的就是最后关卡那里的“拔河”！

中间的尖刀路被挖空，能够拔到这里的选手，需要站在仅有十米宽的垮台上进行最后的较量。垮台下是上百条毒蛇，咬一口就得见佛祖。面对如此新奇又等于送死的比试，元宝除了泪奔，还是泪奔。

“重离，一想到很快就要和你生死相隔，我就为你的死感到惋惜。”元宝故作惋惜地拍了拍重离的肩膀。

重离嘴角抽了一下，冷哼一声，对于元宝的盲目自信表示不屑。

元宝任由门众们替她把绳子拴好，目光看向远处，不知道是看见了什么，哀戚的脸上突然绽放起灿烂的笑容。

元宝看了重离一眼，高高地举起手来："门主，我请求让我的队友代表我比试！"

林白首闻声一愣，轻挑眉毛，问："哪儿冒出来的队友？谁？"

元宝极力忍住狂笑的心情，伸手往人群中一指："玉瓷！"

躲在人群里的玉瓷听到她的声音，刚刚转身的脚步停了下来，微眯起眼睛回过头看着元宝。即使相隔较远，玉瓷也在她的面容上看到了奸计得逞的诡笑。那一刻，一股从脚底迅速蹿至头顶的奇异感觉使得他的心跳骤然加速，亏得她能想到这种方法引起别人的注意。他已经很久很久，没有遇到这么有趣的事情了！看来，他这趟来长欢门有得玩了。

玉瓷转过身来站定，脸上的笑容在阳光的映衬下散发出璀璨的光芒，不知是因为兴奋还是怒极反笑，他扬声应了一句"是我"，所有人的目光，瞬间全部聚集到了他的身上。

"这人是哪儿冒出来的？"

"长欢门今年扩招了多少人啊，咋没见过？"

"元宝葫芦里又在卖什么药？"

"鬼知道，这会选啥时能走组合路线了……"

玉瓷的出现，使得原本沉重的比试项目瞬间沸腾起来，听着人群里传来的议论声，元宝却笑得无比欢乐。

要的就是这个效果！人怕出名猪怕壮，到时候她倒要看看，玉瓷怎么去找长欢门的钥匙！而且，这样一来，就算别人发现不了他的问题，门主绝对会知道他是外来人的！

"门主，玉瓷和我是一组的。之前我们就商量过了，我们以'会选传奇'组合的形式出现，我代表他，他代表我。我文他武，所以，这一轮的拔河，由他参赛。"元宝瞥了一眼朝着自己走来的玉瓷，大声对林白首说道。

林白首看着不远处的玉瓷，眼睛眯起来，心里暗自嘀咕："他怎么会来？"而显然，玉瓷的出现，惊动的不仅仅是在场的门众，甚至还包括擂台前的六大楼主。坐得距离林白首最近的贤文楼楼主垂流，压低声音朝林白首凑了过去："门主，他……"

“会后再说。”林白首扬手打断，站了起来，意味深长地看了玉瓷一眼，然后扬声道，“既然如此，那这一局就由玉瓷与重离进行拔河比试。”

重离听到林白首的宣布，恶狠狠地瞪了元宝一眼，他就知道元宝没有哪一次会和他堂堂正正比过的。想他连续四年蝉联新人第一名的宝座，应该早就成为六大楼众的天才，却一次也没能通过会选！每一次，元宝都要搞出些奇奇怪怪的名堂，今年好了，直接换个人来和他比了！重离说不出是生气还是庆幸，看着元宝那副得意的样子，恨不得把她抽筋扒皮了恨。

“哎哟，重离，把脖子洗干净哦。”元宝一边把身上的绳子解开，一边笑吟吟地冲重离比画了几下，趁着他发飙前，迅速地跑到了人群里。

重离正想发作，转念一想，这样更好，以前还考虑她毕竟是女的，现在既然是两个男人之间的较量，那么他也没有必要心慈手软了。

重离重新整理好心情，对着玉瓷抱手一握：“承让！”

玉瓷任由门众替自己把绳子绑好，可是，当监考宣布比试正式开始的时候，一直未曾言语的玉瓷，突然把手一扬，对着旁边的重离说道：“且慢！”

重离回过头来看着玉瓷，不知道他想干吗。

谁知，玉瓷竟然温柔一笑，说了三个字：“我……认……输。”

全场哗然，甚至就连重离也意外地愣住。

人群中再次沸腾起来。

“看样子他应该很厉害啊，怎么就主动认输了呢？”

“绣花枕头一包草，没听过啊，跟元宝扯一块儿的能有什么厉害的……”

元宝愣在原地，气得牙痒痒。经过刚才两个人的交手，元宝本以为以他那种睚眦必报的性格，一定不甘心输于他人。更何况是在那么多人的现场。想不到，他竟然不战而败！

玉瓷朝着比试圈外的元宝看过去，毫不理会跳脚的元宝，一脸淡然温柔地把身上的绳子给解开。玉瓷心里清楚，他先是在闯入长欢门的时候受了内伤，后来，遇到元宝又被她所伤，此刻，他实在没有力气再动武了。更何况，这并不是简单的拔河，稍有不慎，那就看不见明天的太阳了。虽然认输这种事情有点丢脸，可是，总比目的都还没达成就死在半路好。

林白首一副早知如此的样子，扫了一眼台下的人，也没有继续纠结玉瓷是否比赛的问题，而是让人把元宝给带过来。元宝一到，林白首就好整以暇地看着她，说："既然你的同伴认输了，看在你连续四年都没考过的份儿上，我再给你一次机会，你是继续比呢，还是弃权？"

元宝瑟缩了一下，刚想说"要不还是弃了吧"，重离不知道何时已经跨步来到了台上，凑近她的耳边小声地警告道："元宝，你我之间的比试现在才真正开始，你要敢弃权，怎么死回头你看着办吧。"

看吧，这回元宝想弃也弃不了。横竖都是死，还不如拼一次呢。早知道刚才就不要小手段了。她怎么老做一些自己给自己使绊子的事啊！

"我，还是比吧。"元宝无奈地回答，深吸一口气，跟着重离回到比试现场，做好一切准备工作。

当一声"开始"响起的时候，元宝以迅雷不及掩耳之势，从左边冲到了重离所在的那一边，和他一起抢夺旁边的道具。

重离被她的犯规举动气得火冒三丈："元宝，你干什么？"

"这叫兵不厌诈，谁要和你堂堂正正地比谁是锤子！"

"你……"重离真没见过这么耍赖不要脸的对手。

"元宝，你给我放手，我的腰带，腰带要断了！"

"元宝，你给我站住，把我的腰带……快回来！"

"元宝，你个锤子，敢再拿菠萝丢我，我跟你没完……"

短短百米的拔河距离，就听到一向沉稳的重离，此时，暴躁的吼声此起彼伏地回荡在会选现场，围观的门众抬着板凳，嗑着瓜子，看着这两个人来来回回地在同一段路上反复。甚至有好事者在后面摆起了摊，下注这次他们要耗多久。

"元宝，你就不能好好比吗？"重离已经接近崩溃边缘，为什么每次元宝都不能好好比呢！

元宝大口大口地喘着粗气，亏得重离所赐，她的轻功是越来越好了。为了不让重离抓到她，拼命地左躲右闪："我现在就是在跟你好好比！没看我都累得说不上话了吗！你这么欺负我一个病人，也不怕遭报应！"

元宝说完，趁着重离被她转移了注意之际，把一个榴莲直接丢到了他的脚上，然后撒腿就往十米台上跑去。重离被她顺势拽着往前倾。要不是他还有两下子，差点就一个狗抢食摔地上了！

眼看着元宝已经爬上了十米台，重离迅速地爬到了另外一边。元宝看着他还在爬的路上，用力把绳子往自己这边拉。谁知，没有拉动重离，反倒自己脚下一滑，伴随着一声尖叫，滑了下去。重离没有想到元宝会在这里就开始拔，猝不及防地也跟着她往下坠落，眼看着再往下落五米就要掉到大型蛇坑里去了，重离迅速地把身体前多余的绳子甩了出去，并拴在了十米台特制的吊栏上。

然而，如果只有重离一个人的话，他可以轻松地跃出蛇坑，偏偏不知道元宝是怎么滑的，竟然神不知鬼不觉地死死抱住了他的腰，并朝着他大声嚷嚷：“你个锤子，你倒是拉稳啊，拉稳啊！”

“都抱着我了你还敢骂人！”重离算是见识到什么叫做死不要脸了！拔河的绳子承受不了两个人的重量，要是让她这么继续抱下去，两个人都得见佛祖。重离两只手都拉着绳子往上爬，可是，元宝却拽着他不断地往下滑。

“你给我放手，快点放手！”

“不能啊，我要放手了就被蛇咬死了。你要救我啊，救我啊。重离你是天才，天才一定能想办法救我的！我这么如花似玉的姑娘，还没嫁人怎么能死呢！”元宝哀号，生怕重离会把自己丢下似的，抱住他腰的双手越发得紧了紧。

重离都快要被元宝抱得窒息了：“松开，快点松开……”

元宝看了一眼下面吐着信子的毒蛇，冷汗直冒：“松不开了，我和你融为一体了。”

头顶蔚蓝的天空上，成群的鸟儿缓缓飞过，云淡风轻。

重离无语望苍天唯有泪两行。这次，他铁定又过不了会选了。

重离低头看了一眼死死抱住自己的元宝，虽然此时，他只要用力一踹，她绝对会掉到蛇坑里。只要她放手了，他绝对会赢得此次会选。可是，他到底还是下不了手。或许是为了他第一名的骄傲，又或许是为了其他，他自己也不知道的情愫。他对她嘴上放着狠话，却总是做不出真正心狠手辣的事情。眼看着手中的绳子已经断了一点点，再这么耗下去，谁都救不了他们。于是，重离不再搭理她，渐渐地闭目调整了一下呼吸，气沉丹田，然后双臂用力，借助绳子使劲全力往上一跃，重新跳上了十米台。

“行了，安全了，放手吧。”重离看了一眼还缠在自己腰上的元宝，拍了拍她的肩膀。

元宝愣了一会儿，四下看了看确定自己安全了，这才稍微松了一点手臂。可是，却因为担心重离又会把自己丢下去，而不肯放手。就这样在大庭广众之下，死死地抱着他的腰。

碍于他们俩现在这个姿势实在有碍观瞻，林白首站起来哼了两声：“鉴于你们俩刚才毫无形象和美感可言的比试，我宣布，淘汰！”

听到林白首的话，元宝可算是松了一口气，却清晰地感受到了怀里的人，身体情不自禁地颤了颤。既然都宣布淘汰了，那么她也就安全了。对于元宝来说，只要能活着就万幸了。过不过的，以后再说吧。

元宝怕重离一不高兴把自己丢进去，急忙放开他的腰，想来又要留级，重离一定不会好过。于是，安慰似的拍了拍他的肩膀说：“没事，还有明年。”

她不说话还好，她一说，重离就气不打一处来，正准备好好训她一顿，突然，一个门众一边大叫：“门主，不好了，出大事了！出大事了！”一边从会选现场外跑了进来。

第二欢　冤枉

“门主，古雌钥匙丢了！”门众一把鼻涕一把泪地跪倒在林白首的面前，“小的今天在浮屠塔站岗，准备去给浮屠塔外的花浇水的时候，发现门被人打开了，里面的钥匙不见了！”

此言一出，全场皆惊！

长欢门的钥匙丢了那是一个什么概念，就是镇宅之宝没了！护身符没了！

自从长欢门建立以来，关于古雌钥匙的传言就有多种版本，是否真的存在，却一直都是一个谜。虽然传说中，古雌钥匙一直藏于长欢门埋藏始祖东越焕的浮屠塔内，但是，因为只有历代门主才知晓它具体的位置，所以百年来显少有人会过问古雌钥匙的事情。更何况，负责看守浮屠塔的，是由历代门主亲自挑选的宅内高手，任何人想要靠近几乎是不可能的事情！

现在，古雌钥匙丢失的事情传出来，一方面，无疑证实了古雌钥匙真的存在的这个传言，另一方面，既然古雌钥匙是存在的，那么，传说中古雌钥匙守护着的，是一扇能够开启轮回、颠倒生死的浮生门，浮生门开，天下必乱。若是此钥匙被居心叵测的人偷走，长欢门不仅会面临灭顶之灾，甚至就连整个太平盛世，有可能都将会被毁灭！

元宝光是想想都觉得可怕，虽然在长欢门里，关于钥匙，并不是什么秘密。可是，如果有朝一日，古雌钥匙和浮生门的秘密传了出去，人心险恶难测，欲望无穷。得古雌钥匙者，等同于得到了长欢门，恐怕，这天下就得大乱了！

林白首一动不动地站在原地，似乎在思考着什么，冷冷地看着门众。热闹的会选现场也陷入了一股诡异的沉默当中。

元宝往人群中看了一眼，对了，偷钥匙的人一定是玉瓷！

他这个外人不仅身份神秘，而且他一出现，钥匙就丢了，这世上哪有那么巧的事情！更何况，他一开始是冲着林白首来的，很有可能，他是在把她丢到咸菜罐子里的时候去偷的钥匙！

“门主，我知道钥匙是谁偷的！”元宝突然大声喊了起来。

林白首沉眉问道：“谁？”

“玉瓷！”元宝回答得斩钉截铁。

林白首却失笑，再严肃的气氛，只要有元宝在，总得变味儿。

“你们不是‘会选传奇’组合吗？”林白首问。

“作为一个爱家的良民，我那是发现他有不轨企图，为了让他引起大家的注意，故意舍弃小我那么说的！”元宝义正词严。站在她旁边的重离差点没吐她一脸血。

倒是玉瓷，不慌不忙地站在人群中，身上散发出来的淡然气质，使得他即使被当成了小偷，也不让人觉得可恶。甚至，看着他温柔的脸，大家直接就在心里否认了元宝的话，这样一个温柔的男子怎么可能会是小偷呢？

玉瓷听着周遭传来的指指点点，既不承认也不否认，好整以暇地看着元宝，像在看戏一样等着她往下演。

玉瓷这一生，遇到过很多种女人，自恃只一眼他便能看穿对方。可是，面对眼前的元宝，他却有些看不懂她。

初次交手，她虽然武功很差，但动作还算敏捷，脑袋也灵光，这样的资质虽然和他比还是差了一大截，至少也不至于连续四年都考不过会选。可看完她和重离的交手，他又觉得自己是不是高估了她。这厮根本就是一个无可救药的废柴，长欢门这样的地方，一向成者为王，败者为寇。而她，明明自尊心极强，可就算被众人耻笑，却似乎从不在意，依然我行我素。到底是为什么呢？如今她所表现出来的这一切，到底是她故意伪装的，还是，她本性就是如此？

林白首的目光在玉瓷和元宝的身上逡巡，并不言语。只是，林白首的沉默在众人看来，却是对元宝所言的怀疑，不等林白首开口，人群里已经有人嚷嚷起来。

“门主，元宝的话没一次可信的，他们绝对是同伙！”

“对，他们身上都有一样的咸菜味，绝对是一伙的！会选开始前元宝就迟到了，肯定是在那会儿他们联手偷的！”

“就算元宝没有偷，难保元宝一个把持不住就被小白脸色诱了，和他做出伤天害理的事情，门主您必须严惩……”

元宝没有想到一招走错竟会惹来如此大的麻烦，再让群众这样说下去，都能写故事了！于是她急忙否认：“误会！门主这绝对是个美丽的误会，你听我解释！”

林白首似乎已经丧失了耐心，也不等她说完，挥挥手冷言道：“拉下去。”

随即，身后的几大魁梧壮汉一并出现，拉着元宝和玉瓷迅速地押走了。待到他们的身影彻底消失，坐在一旁的无良楼楼主无期才恍然大悟似的大叫起来：“元宝，你又去我那儿偷咸菜了……”

“说，你到底是什么人？”被关进柴房的元宝，在壮汉们把门锁起后就冲着旁边的玉瓷怒吼起来！她在长欢门里的良民形象，毁了！彻底地毁了！

早知道她就不该动什么歪心思，在看见玉瓷的时候，直接拆穿他不就得了！现在倒好，阴沟里翻船，把自己给害进去了！

玉瓷似乎很喜欢看元宝发火，笑意渐深，说：“你猜！”

“奶奶个熊。”这都要命的关头了，谁要跟他玩你猜我猜你猜我猜不猜的游戏。元宝把地上的木柴踢起来，却被玉瓷轻松地挡开，一连踢了几次，都没能碰到玉瓷。元宝顿时没了兴致，坐在玉瓷的对面不耐烦地看着他。

“这里就我们两个人，你没必要绕弯子，钥匙在哪儿？”元宝开门见山地问。

“我如果说我没有偷……”

元宝打断他：“不是你偷的，难不成钥匙还长翅膀飞了不成？”元宝的眼睛盯在他黑色的手套上：“是不是你把钥匙放在里面了？”

玉瓷扬起黑色的右手晃了晃：“你觉得呢？”

“我觉得就是你偷的。我才不信有巧合，早没偷晚没偷，你一出现，钥匙就被偷了，不是你还会是谁？”

“或许是门里哪个不开眼的奴才呢？”

“不可能。”元宝否定，“你以为长欢门为什么建立百年依然屹立不倒？长欢门不是你见过的那些江湖门派或者宅门大院。这里是长欢门！门里门规森严，别说是偷东西了，谁若触犯门规，那也只有死路一条。而第一条门规那就是叛门者死。所以，只要是门里的人，就没有人敢去偷。”

玉瓷冷笑，绝美的容颜透着一丝危险：“人心向来贪婪，你又怎敢肯定有人不会因为欲望的驱使而做出越矩的事？”

“我懒得跟你废话，钥匙在哪儿？”元宝在面对旁人的时候，即使怒极脸上也常年挂着笑脸，让人猜不出她真正的情绪。然而，却不知道为什么，一旦面对玉瓷，她本性里那些真实的部分，总是无法隐藏地表现出来。面对玉瓷的不合作，元宝抄起旁边的棍子朝着玉瓷打了过去。玉瓷猝不及防，再次结实地挨了一下。口中一腥，一口血就吐了出来。

元宝趁势就要向他扑过去，可就在这时，玉瓷一个闪身，闪到了她的背后。元宝还没来得及转身，一只冰凉的手已经放在了她的脖颈上。

“你信不信只要我稍微用力，马上就能送你上西天？”玉瓷的右手紧紧地掐住元宝的脖颈，凑近元宝的耳边，温柔地说道。

元宝只觉得后背有些发寒，回他一声更大声的冷笑：“我不取经，不劳费心。”

“是吗？”

“其实我一直在想，要是你死了，林白首会有什么反应。”玉瓷压低声音，嘴唇擦过元宝的耳垂。

危险的耳语让元宝的身体顿时麻了半边，她强忍着不适回道：“欠他的钱还不上了。”

“呵呵……这个时候了还想着开玩笑，你倒还算有些胆识。”玉瓷失笑，手部用力，元宝甚至能够听到骨头急速收缩的声音，就在他的手越缩越紧的时候，元宝忽然一个后撞头，用后脑勺狠狠地给了玉瓷一下。

在玉瓷猝不及防松手的瞬间，元宝回身就朝着他的下面踢了过去，却被他先一步轻巧地闪开。

“怎么？想跟我打？”玉瓷笑得狂妄而骄傲，“看来，你是欠调教了。”

说着，玉瓷一个快步跃上前，元宝的武功比起重离来说，还是差太多了。玉瓷若不是受伤在先，要抓住她根本不需要费全力，所以，当他好不容易抓住元宝的时候，他决定不能再给她反抗的机会。于是，将她的手缚在身后，把她捆了起来。

“你把我放了！”元宝挣扎着咆哮。

玉瓷弯腰俯身看着她，伸出一根手指放在她的唇边，深不可测地笑道：“嘘！咱们自己的问题，内部解决就好了嘛。”

元宝哪是会轻易就让人这么捆了的，玉瓷话音刚落，元宝忽地弓起身，张嘴就朝着玉瓷咬了过去。元宝瞅准了玉瓷脖子上的位置，本来计算着趁着这么近的距离，把他脖子上的经脉咬断也算是成功，可是，偏偏玉瓷身体比她更快一步，歪头闪了一下，于是，元宝不偏不倚地，一口直接咬在了玉瓷的下唇。

新鲜的腥味充斥在口腔中，元宝只觉得脑袋里嗡的一声，世间顿时静默了。

玉瓷先她一步反应过来，急速后退，一张脸阴晴不定，死死地盯着元宝，像是随时都能喷出火来。

元宝艰难地咽了一下口水，这是她的初吻！她的初吻！元宝的齿间还残留着两唇相接时的触感，一百万只草泥马从她的心间奔腾而过。她顿时有种想把自己抹杀掉的冲动，她干吗要用咬的！她到底是哪根筋搭错了，要用咬的！

元宝看着对面的玉瓷，他的唇沿渗出的鲜血往下流淌，被他用舌尖轻轻舔去。他带着黑色手套的右手从唇沿拂过，面无表情地喊了一句“元宝”。

元宝一个激灵，退离他五米之外：“你……你……你，你要干吗？”

“你说呢？”玉瓷笑得绝美，残阳一般，带着艳丽的狠绝。

元宝还在初吻被她自作孽地整没了的迷茫中，脑子完全跟不上现在的节奏。玉瓷一步步朝她走了过来，闪电般地出手，将其打晕，扛在肩膀上。然后，一脚踹开了柴房的门。守在门外的门众们没有想到，玉瓷竟然闯了出来，抄起家伙就朝着他冲过去，却被玉瓷轻松打翻在地。玉瓷迅速地跳上房梁，消失在了宅门深处……

“门主，不好了，玉瓷和元宝私奔了！”

聚义堂的林白首以及众楼主正在开会，讨论元宝的处理情况，谁知，结果还没出来，就已经传来了这等消息。

林白首霍地从椅子上站了起来，一向沉稳的眼底闪过一丝慌乱，忙命令道：“封锁所有出口，马上把他们两给我抓回来！”

过来通报的门众们领命就要出去，林白首想了想又把他们叫住：“千万留活口。”

“是！”通报的人也没敢耽误，领了命即刻就冲了出去，开始部署抓捕元宝的行动。

长欢门在一夜之间乱了。

门众们一边要到处搜罗古雌钥匙的下落，一边还要找私奔的元宝和玉瓷。会选被耽误了也就算了，现在，本来就够乱的局势让元宝弄得更乱了！大家伙一边找一边把元宝骂了个遍，重离听着他们的碎骂却始终不发一言。

他就算讨厌元宝的无赖，可是，他同样明白，元宝从来不是一个会背叛长欢门的人。虽然她总是一副废柴的无可救药的样子，但其实他明白，正是因为她清楚知道自己随时都会死，而每一年被选拔为六楼众的名额又有限，所以，她总是用这样幼稚的方式把机会留给别人。她自始至终都在为别人而活。她表面的自私，不过是伪装而已。更何况，玉瓷很有可能就是偷了钥匙的人，元宝怎么可能会和他私奔！她那么贪生怕死，根本不敢做出叛门这种事情。

只是，元宝那点三脚猫的功夫，被玉瓷掳走了又不明目的，万一他痛下杀手，元宝岂不真没命了？

重离想到这里，握着火把的手越发地紧了紧，片刻也不敢耽误，提步就跟着众人四处寻找元宝的下落。

而此时，元宝其实根本就没有走远。被堵住了嘴并被死死地捆绑起来的她，甚至能够听到外面门众们忙碌的脚步声，还有咒骂声。

因为，他们此时就在长欢门最危险的地方——聚义堂的密道里。

玉瓷站在可以看见外面情况的窗户边，笑意盈盈地转过身来对元宝粲然一笑："怎么样？看着他们明明就在你眼前，却救不了你，是什么样的感觉？"

元宝恶狠狠地瞪着他，如果他真偷了钥匙，那么，他绑架她想要离开长欢门是完全可以理解的，可是，他却没有那么做，反而又回到了门里。他到底想干什么？

"如果你那时带我去找林白首，不就没什么事情了？"玉瓷惋惜地笑起来。

元宝从他的笑容里看到了浓郁的杀气。长欢门好好的深宅大院，愣是让他给弄出了江湖的味道！

"你要对门主做什么？"元宝警惕地看着他，用力地呜咽出这几个字。

"很快你就能知道了。"玉瓷转过身去不再看她，像是想到了什么事情，心事重重地看着外面发呆。玉瓷脸上的笑容退去，不笑的时候，他面容上的疏离感清晰而强烈。

元宝看着他的背影，明明在这样剑拔弩张的时刻，她却从他的背影里，看到了深深的孤独以及疲惫。就好像现在这般活着，对于他来说，是一件难如登天的事情一样。

那是一种她从来都不曾懂得的情感。

林白首亦曾如此。

玉瓷明明看上去与元宝差不多年岁，他曾经历过什么，会让他对活着，有如此强烈的倦意？他的身上，又背负着怎样的过往，导致他走上今天这一步？

元宝想来想去也猜不出来。吵吵闹闹的长欢门里像是赶集一样，把她的思绪打得乱七八糟，直到喧闹伴随着天色的改变渐渐冷清下来。窗户外雾霭般的天空星星点点。不知道等了多久，等到元宝都迷迷糊糊地睡了过去。突然，脖颈一痛，玉瓷掐着她的脖子把她给掐醒了。

"跟我走。"玉瓷没有多言，拽着元宝就往密道的深处走去。

元宝用她的各种不配合表达着自己的情绪，玉瓷看她这样不配合，把她袖中的小刀直接抢了过来，狠狠地在她手臂上划了一道口子，脸上却笑得无比温柔："如果你觉得好好走不舒服的话，我不介意帮帮你。"

元宝疼得直跳脚，总算是深刻地体会到了"越是笑得温柔的人，其实越心狠手辣”这句话的真正含义。无奈此时的她处于劣势，她可不想现在就把命搭进去，在知道他的目的之前，只好忍着疼跟着他往前走。

只是，她却没有想到，密道竟然通向林白首的卧房！

玉瓷一个外人，怎么会对长欢门的事情了如指掌？

不过，玉瓷并没有给元宝太多思考的机会。

当玉瓷把元宝死死地绑在密道口的柱子上，用元宝的丝巾堵住了她的嘴，透过柱子特制的孔眼，能够看到林白首卧房内情况的时候，只见，玉瓷已经打开了密道的门，悄无声息地潜伏到了林白首的卧室里。

疲惫不堪的林白首此时靠在桌子上睡了过去。平日里，从来没有人敢擅自靠近林白首的卧房，更别提进来了。所以，林白首在卧房的时候往往是最为放松的时候。

可是，玉瓷此时却像幽魂一样朝着林白首走过去。元宝的心都快提到嗓子眼了，想喊却怎么也喊不出来！元宝看着玉瓷距离林白首越来越近，就在他快要靠近林白首的时候，突然，寒光一闪，一把剑刷的一声朝着林白首刺了过去。

“啪！”

睡着的林白首以桌上的毛笔抵挡玉瓷一剑的攻势。毛笔被劈成了两半，林白首退离他两米开外，看着面前手持短剑的玉瓷，悠然地笑了起来，“三皇子，好久不见。”

正全力挣扎着想要解开穴道的元宝一愣：他是当朝皇子？

虽然长欢门六大楼一直以来都替朝廷办事，可向来分明，为什么三皇子会和林白首扯到一块去？

玉瓷闻声轻轻挑眉：“林白首，五年未见，你还是这么小心。”

“不知殿下不远万里来到长欢门，有何事？”

“你猜？”

林白首拨了拨鬓间的白发，说：“你一出现，门里的钥匙就丢了，实在让人不得不怀疑。”

“哼。全天下的人只要来长欢门，都得冲着那把钥匙吗？”玉瓷冷笑，“林白首，你别忘了，你我之间还有一件事情未了。”

“是吗？我怎么记得这不过是你我第二次相见，会有何事未了呢？”

“我哥哥宁青墨当年被你一剑斩于长欢门，当时，你把他的头悬挂于长欢门外整整三天。”玉瓷语气越来越冷，“可还记得？”

元宝悚然一惊，原来是为了替兄报仇！可是，宁青墨叛门乃是当年的一件大事，他被处死的消息也是经过了严格的封锁，就算是他的弟弟，他毕竟是长欢门以外的人，又是怎么得知的？

“哈哈，我当是为了什么，让你好好的皇子不做，非得跑我长欢门来送死。”林白首并没有把玉瓷的憎恨放在眼里，横跨一步，在旁边的椅子上坐下，气定神闲道，“擅闯长欢门者死，偷古雌钥匙者死，叛门者死。作为长欢门曾经的一员，他既犯了门规，难道我还处置不得？”

“放肆！”玉瓷脸上的笑容瞬间崩塌，“我哥哥乃是当朝太子，岂容你一江湖门派随意处置！”

“注意你的措辞。这是长欢门，深宅大院的，不是江湖门派。”林白首轻轻地扣着桌面，“三殿下怕是忘了，长欢门素来不受任何朝廷控制，他既然进了我门，便是门里的人，再无其他身份。啧啧啧，看来你这个过气的皇子，需要补充点社会知识才行。”

“混账！”玉瓷到底是皇子，就算久居深宫远离朝堂，脾气还是被惯得不小。

林白首看他那张被气白的脸，眼眸微沉，心里百转千回，只为了报仇就来长欢门，玉瓷什么时候变得这么有血性了？据信陵楼得来的消息，玉瓷可从来不是这样的人。恐怕，他来这里并没有那么简单。林白首沉默地看着他，等着他下一步的举动。

玉瓷明白，对付林白首这样的高手，他只有一次机会，若失手，再有第二次就不容易了。所以，他不敢轻举妄动。只是把手中的剑握得越来越紧，问道：“我哥哥的尸体在哪儿？”

林白首嘴角扬起一抹讥诮的弧度，还欲说什么，门外突然传来重离火急火燎的声音。

“门主！”重离的突然出现让此时的局势出现了逆转。

玉瓷和林白首，甚至包括元宝，都有些意外，然而，就在林白首扭头的瞬间，玉瓷手中的剑闪电一般飞了出去，元宝眼睁睁看着那一剑冲着林白首的胸口刺去，不管她做什么都已经来不及。而林白首一时失神，让玉瓷得到了机会，那一剑，不可避免地刺到了他的身上！

同一时刻，房门被重离一脚踹开。重离看到玉瓷在场，又看到受伤的林白首，二话不说就朝着玉瓷追了过去。

玉瓷早就做好了退出的准备，在重离冲过来的空当，随即闪身进了密道，并把门封锁上，让他无法从外面打开。然后，解开元宝的绳子就拽着她往里跑。

元宝经过刚才的刺激，硬把塞在嘴里的布条给咬断，冲玉瓷大吼："你敢伤我门主！"

玉瓷毫不留情地给了她一刀："把嘴巴给我放干净点。"

玉瓷没有想到半路会杀出一个重离，本来他想逼林白首说出哥哥的尸体以后从前面走的，看来现在是不可能了。可是，元宝看见他杀自家门主，哪那么容易跟他客气。所以，在元宝一路的捣乱下，玉瓷忘记了来时的路，两个人在这个幽深昏暗的密道里彻底迷路了！

"活该，让你来行刺门主！"元宝有些幸灾乐祸。

"你给我闭嘴！"玉瓷找不到出口有些着急，点了元宝的哑穴让她无法说话。然而，两个人走着走着，突然，不知是谁触碰到了密道的机关，脚下的地板往旁边一缩，两个人同时坠落了下去。重重地掉在了密室的密道中。

"这是哪儿？"元宝被摔得正好解开了穴位。看着这个由无数的寒冰堆积而成的密室，有些发懵，"喂，你把我带到哪儿了？"

"我也不知道。"一和元宝凑到一块就总是麻烦不断。玉瓷尽量让自己冷静下来，好在林白首要通过密道追到他们还需要些时间，他还有时间寻找出口。然而，他刚发现这边的冰块有点怪异，元宝的尖叫声就从背后传了过来。

"啊——死人啊！"元宝指着前面的冰墙大声地尖叫。

玉瓷沿着她所指的地方看过去，只见，冰墙里面摆放着一具无头的尸体。也许是因为被冰冻的缘故，尸体并未腐烂，甚至保持着身前的样貌。

玉瓷的目光在看见尸体的时候蓦然顿住。元宝发现他愣在原地半天都没有动，侧头看了他一眼，只见他的眼眶瞬间就红了，随之而来的，他就像被风侵蚀般无法抑制地颤抖起来。

“喂，你怎么回事？”元宝小心翼翼地戳了戳他。手才触及到他的衣服，他就好似被一股无形的力量瞬间抽空，身体无风而摇。双手伏在冰墙上，一动不动地看着冰墙里面的那具无头尸体。

元宝沿着他的目光看过去，许是因为时间并不长，里面的衣服还保留着新鲜的色泽。只看那一具身体的话，即使如今已成尸骨，也能够想象得到，这具尸体的主人生前有着何等高贵的气质。而且，更重要的是，元宝越看越觉得尸体眼熟，扭头再看向玉瓷，对了，里面的人不就是无头版的玉瓷吗！

“这是我哥哥。”玉瓷扶着墙慢慢地跪了下来，像是在解释，又像是在喃喃自语。

元宝悚然一惊，这就是叛徒？玉瓷来这里其实是为了他？

“都没有头，你怎么能肯定就是你哥哥？”元宝一时有些无法接受。一方面是因为，她从未听说，叛徒的尸体会被冷藏起来，另一方面是因为她不能理解为什么活着的人，总要为死人而活。

“他的样子，我一辈子都不会认错。”玉瓷说完哈哈大笑，笑声充斥在整个冰室里，却比这满屋子的冰还让人发寒。元宝动了动嘴唇想劝他冷静点，玉瓷突然笑着笑着就像个孩子一样伏在冰墙上哭了起来。

长欢门的人是没有眼泪的。元宝看着如他这般骄傲自负的一个皇子，竟然会为了兄长，毫无形象可言地这样哭泣，说不出来是什么感觉。本来她应该在这个时候杀了他并把他交给林白首，可是，看着他抖动的双肩，她却怎么也下不了手。那绝望悲痛的哭声揪着她的心，撕扯得生疼。他们明明是毫不相关的两个人，为什么看着他哭，她会如此难过？

时间在一分一秒地流逝，玉瓷的哭声不知是何时停止的，冰室里是死一般的寂静。疲惫加上流血使得元宝越来越冷，元宝喊了玉瓷一声，谁知，他不但没有反应，过了片刻，竟然用手里的刀去刨冰，试图把宁青墨的尸体给拿出来。

然而，就算他用尽全力也无济于事，长欢门既然把尸体藏在了这里，就做好了不会被任何人偷走的准备。元宝看他那副和刚才判若两人的样子，好言劝他:“玉瓷，别挣扎了。与其想着带走你哥，还不如想想我们怎么出去。”

“闭嘴！”玉瓷冷冷低吼。

元宝怕死，不管什么时候，她都最在意自己的生死。现在这个情况，玉瓷已经不冷静了，元宝却必须冷静。她的手还在流血，她知道，再这样下去，两个人都有可能会死。不管接下来他们会面对怎样的处罚，她也必须活着离开这里。

于是，她鼓足勇气走到了玉瓷的面前，然后扬起手，狠狠地在他脸上甩了一巴掌。

“醒了没？”

玉瓷被她打得愣怔了一下：“你！”

元宝又一巴掌打了过去：“你要没醒，我帮你。”

玉瓷毕竟是皇子，长这么大哪被人打过，现在挨了元宝两巴掌，不醒也醒了。

玉瓷温柔的笑容重新出现在脸上，刚才发生的一切仿佛是元宝的幻觉，一闪而逝。站在面前的，又成了那个狂傲自负的三皇子：“你是不是想被我调教调教，嗯？”

元宝真受不了他这种暧昧的语气，哆嗦了一下，说：“再不找出口出去，我们都会死在这里！”

“我可不觉得有必要带你一起出去。”

你个锤子！翻脸就不认人了！

“你认为你一个人出得了长欢门吗？”元宝豁出去了，只能赌一把了！

果然，玉瓷听完她的话，沉默了片刻，似是认同了她的话，便不再搭理她，转身就在冰墙上开始敲敲打打寻找出口。

而彼时，在聚义堂里的人们却像是热锅上的蚂蚁，着急地转来转去。

林白首看着屋子里不停走动的垂流，他一边走一边冷静分析道：“老夫并不相信玉瓷只是为了报仇而来。他曾有很多机会能够杀了门主，却偏偏选择了在这个时候来长欢门。好巧不巧，他一出现，古雌钥匙就丢了，老夫从来不相信巧合。”

林白首赞同地点了点头：“他并不是来杀我的。以我对这孩子的了解，他不会用这么冒险的做法。他想要的，或许只是宁青墨的尸体而已。”

“或者，还有一个可能——”垂流忽然停下脚步看着林白首，“他想要得到钥匙，利用浮生门令宁青墨复活。”

“不可能，宁青墨都身首异处了。”无良楼楼主无期否定。

“我说你平时咸菜吃多了吧。”隔壁的楼主顿时就接上了话，“浮生门能够颠倒轮回，逆转生死，他要是把宁青墨的命格给改了，他就死不了了。”

“那样的话，很多人都会受到牵连。”

“难道他想完成他哥哥没完成的遗愿，成为长欢门的门主，统领长欢门？”无期猜测。

“拉倒吧，谁都知道要成为门主必须是转世灵童。他想就能给他这个位子吗？”信陵楼楼主沈秀啐他。

无期还在坚持：“他一旦拿到了古雌钥匙，就算他不是转世灵童，也能统领长欢门。”

其他楼主不理会二人的争吵，看向林白首：“我一直怀疑，玉瓷从未被收于长欢门，他是如何知晓长欢门秘密的？甚至就连门里的密道都知道，难道是宁青墨说的？”

“不可能。”垂流斩钉截铁地否定，“宁青墨当年虽犯门规试图偷走钥匙，但他却是极爱这个弟弟，不会让他做此等冒险之事。只有一个可能。”

“门里有了叛徒。”无期掷地有声，在场的六大楼主闻言后齐刷刷地看向了林白首。

林白首沉默地看着大家，半晌，说道：“既然元宝还在他手上，就说明他并没有得到钥匙。”

林白首的话让大家猛地愣住，然而，林白首显然没有解释元宝和古雌钥匙有何关系的打算，只是笃定地说道：“不过，钥匙的失踪，和他脱不了干系。”

“有可能元宝和他就是一伙儿的。”有人如是分析。

“得了吧。就元宝那点贪生怕死的怂样，给她一百个胆子也不敢做这种事情。更何况，她那点三脚猫，别说偷钥匙了，她还没进到浮屠塔就早被宰了。”无期笑言。

话虽如此，旁边的人依然对此有些怀疑：“门主，你打算如何处置玉瓷和元宝的事情？”

“派人去把宋宇贤找回来，其余的，一，暂停会选，推迟至三个月后。二，查清楚是谁泄密，让玉瓷知道了长欢门的事情。查清楚他背后的指使者和企图。三，封锁所有出入口，这么短的时间，钥匙不可能被送出去，继续在门里搜查钥匙的下落。四，找到玉瓷和元宝……”

林白首平静地下令，各大楼主领命之后就出去开始行动。林白首看着空了的聚义堂愣了好久，喃喃自语道：“青墨，这一天还是来了。”

长欢门的外面一如既往地吵闹着，而冰室里却安静异常。

“玉瓷，你为什么要杀我？”元宝和玉瓷已经在冰室里找了好久，却依然没有找到出口。元宝已经没有力气再找了，缩成一团窝在角落里和玉瓷说话，尽量不让自己睡过去。

“因为在我来之前，有人提醒过我，不杀你，会惹很多麻烦。”玉瓷难得地和她说了实话，不知为何，看着她有一种莫名的平静，“事实证明他说的一点也没错。”

元宝敏感地捕捉到了这个“他”，问：“那是谁？”

“以林白首对你的纵容，你要考人六大楼似乎并不难。”玉瓷显然不会回答她这种问题，反而转移了话题。

元宝苦笑了一下，没想到这个时候他们居然还能聊起来。反正她现在也不能睡过去，和他说话至少还能让自己保持清醒。

“我是一个随时都会死的人，对于我来说，每一天都有可能是最后一天，我只希望把每天都开开心心地过好，能够和长欢门的大家在一起就足够了。我从来不会去想太久远的事情。”

“你就没有什么特别想做或者想要完成的事情吗？”

“没有。这世间生不带来死不带去的东西那么多，人若有了执念，就什么东西都放不下了。”所以，她总是在人前扮演让人无比讨厌的角色，其实，也不过是希望真有一天她死了，大家不会太难过而已。想想，她其实也真的挺傻的，明明一直都在为门里的人考虑，别人却从来都不领情。

“我倒挺羡慕你。”玉瓷悠然地说道，“看似多情的人，总是最无情。”玉瓷敲打着冰面，半晌没有听到元宝的话，有些奇怪，回过头一看才发现她的嘴唇已经被冻得青紫，身体缩成一团倒在了冰面上。玉瓷想到刚才他划了她两刀，她的身体并不好，再加上失血，她肯定撑不住的！

玉瓷看着她那副楚楚可怜的样子忽然有些怜惜，竟鬼使神差地走到她的旁边，一把将她揽到了怀里。只是，他才把头往下埋了埋，就又忙把头扭向别处："元宝姑娘，你这个发丝间的咸菜味，稍微有那么点冲。"

然而，话音刚落，一根簪子就戳到了他的喉咙上。

"交出钥匙，饶你不死。"元宝把手里的簪子抵在玉瓷的喉咙上，强忍着寒意警告他。

玉瓷没有想到都这个时候了，元宝竟然还想着骗他。根本就不是他的对手，却还是敢冒这样的险，玉瓷真没见过这么乱来的人，愣了片刻大笑起来："你倒是有趣得很。"

"多谢夸奖。"元宝皮笑肉不笑地把手里的簪子握紧，"我不管你是为了谁而来的长欢门，也不管你和哥哥的感情如何，叛门者死，偷钥匙者死！"

"哈哈……"玉瓷像是听到一个天大的笑话一般大笑起来，"就凭你？想杀我？"

话毕，玉瓷已经轻松地从她的手上夺过了簪子，反把簪子戳到了元宝的喉咙上。

"是吗？你何不先看看自己的手呢？"元宝努力地压制着心里的恐惧。心知肚明，只要落在玉瓷的手上，他随时都有可能杀了她，所以只好先下手为强。这个时候，就算是虚张声势，也不能弱下去。

玉瓷看元宝一脸自信，仅松开一点点手，就看到了满手沾满的黑色粉末。

玉瓷大骇，迅速把簪子丢了出去，声音里充满了意外："你竟然下毒！"

"这叫兵不厌诈。现在咱俩都中毒了，你杀我啊，杀了我你就不知道解药在哪儿了。"元宝满意地看着玉瓷的反应。看来她的演技有所提高，回头得给自己颁发一个长欢门斯卡最佳女主角奖去。

"你！"玉瓷温柔的笑容被敛到了深处，狠狠地把元宝从怀中丢了出去，而伴随着元宝嘭地撞到了冰墙上，随之而来，宛如地动山摇的晃动顿时就让两个人愣住。元宝背后的冰墙随之裂开了一条大大的缝隙，这样也能找到出口？元宝都恨不得膜拜一下自己了。

元宝迅速朝着缝隙跑过去，然而，她才刚跨了出去，脚底一空，稀里哗啦，就掉到了一个温热的池子里，并伴随着女子的尖叫，以及身后玉瓷的突然出现——两个人同时掉到了女澡堂的水池里，和对面裸体的姑娘们面面相觑。

姑娘们不愧是长欢门训练出来的，看见两个人正是门主要找的人，衣服也不穿了，就这样站在台子上守着他们，一直等到林白首带着人出现，把他们二人都给带走，这才散开回去。

元宝本来以为这下林白首能给她辩解的机会了，谁知，玉瓷却先一步被带到了审讯室，把她给单独留了下来。玉瓷早就料到会被抓，所以也没有任何反抗，跟着他们就走了。

他明白，宁青墨的尸体在这里，古雌钥匙又是因为他的出现，很巧合地没了，一，他不会走；二，林白首也不会让他走。所以，在面对林白首质问的时候，他反而淡定很多："林白首，你们自己的人无能，找不到钥匙，难道想随便栽赃杀我不成？"

"殿下说笑了。"林白首微微颔首，语气渐冷，"你到底还是皇子，你父亲的面子门里自然是要给的。更何况，你虽是宁青墨的弟弟，确切地说，你也是一个外人。就算来门里捣了一下乱，我们也不好随便用门规来处置。只是，谁让殿下来的不是时候，除非确定殿下当真是盗走了钥匙的人，否则，长欢门又怎会轻易动殿下。"

玉瓷眼眸微动，林白首在八卦榜里素以铁血无情著称，虽然此时的他笑着说这些话，玉瓷心里却很明白，对付林白首，一句话稍有不慎，那就是杀身之祸。更何况，他来这里的原因之一，可不是哥哥的尸体，也不是杀了林白首。而是，弄清楚宁青墨死的真相到底是什么。当年的宁青墨可是死都不愿意背叛长欢门的人，为何却会一时糊涂偷钥匙导致杀身之祸？对于玉瓷来说，他更在意的是古雌钥匙以及哥哥的秘密，其余的都不过是手段而已。

玉瓷故意制造了那么多的假象，就是为了迷惑众人，不让人察觉到他的真实目的。可是，正所谓言多必失，林白首老奸巨猾，稍不留神让他发现了端倪，那就注定前功尽弃了。

所以，玉瓷在面对林白首的时候，一字一句都小心翼翼："门主可还有什么要问的？”

“没了。不过，在事情调查清楚之前，就委屈殿下了。”林白首起身，冲身后的人使了一个眼色，门众便带着玉瓷走出了屋子。

然而，元宝却没有想到，他们审讯完了玉瓷，替两个人解完毒以后竟然就算完了，又把她和玉瓷关到了柴房里。

这是要闹哪样！

现在他们俩的关系很奇怪、很微妙，关在一起很别扭啊！元宝看着旁边一脸惬意的玉瓷，完全不能理解林白首这么做的用意到底是什么！玉瓷先是要谋害他，再者他还是偷了钥匙的第一嫌疑人，而她，她一个打酱油的，为什么要和他一起被关！

天理啊，没有天理啊！

可是，元宝就算再不满意再纠结也没用。两个人还是被关在柴房里整整五天。除了来给他们送饭菜的门众会告诉他们下一顿是吃啥以外，关于古雌钥匙的消息，他们什么都不知道。甚至就连重离那夜来了之后，也一直未曾出现。长欢门里异常平静，让人惶恐。

玉瓷倒是淡定，一副随遇而安的样子，不是睡觉就是唱个小曲儿。时不时再打击元宝几句消遣消遣，倒是过得轻松惬意得很。元宝看他那副样子，简直都怀疑他这个皇子是不是捡来的？皇子们哪个不是养尊处优、心比天高的？他在长欢门受了这样的委屈，居然还不发作，真是奇了怪了。

玉瓷淡定了，元宝却待不住，一想到钥匙没了，她又是第一嫌疑人，整天急得上蹿下跳，要不是玉瓷拉着，早翻窗户跑了。

就在元宝焦躁地合计着要不要在柴房点个火，引起别人的注意，好打探外面消息的时候，消失了五天的重离突然又出现了。

“重离，钥匙找到没？”元宝一见他来带自己出去就忙不迭地追问。

重离摇摇头，脸上一如既往的沉静：“还没有。不过，组织上已经证明了你的清白，你和玉瓷可以出去了。”

“我就知道门主会还我清白的。都说了我没偷钥匙了。”打死元宝也没有想到事情竟然就这样轻松地解决了，大大地松了一口气，“哎？不对，玉瓷也没偷？”

“他没有。”

“他是外人，是最大的嫌疑人，他还要杀门主！”元宝不甘心，她始终觉得他是一个外来人口，钥匙丢了肯定和他脱不了关系。更何况，擅闯长欢门者死，为什么他就这样轻易逃脱了？而且，如果他真的没偷钥匙，那么，很有可能就是长欢门内部所为。元宝心里其实很抵触门里出了叛徒这种事情，这是她从小长大的地方，是她的家，如果连家人都不可信了，她都不知道还能再信谁。

重离知道元宝的意思，不动声色地看了一眼身后眉目含笑的玉瓷，他不是没有过怀疑，甚至整个长欢门里，嫌疑最大的就是玉瓷。然而，重离想起来之前林白首对所有人所说的话。于是，一字不差地转述给元宝。

“他是当今三皇子，天下都是他们家的了，还有什么是他没有，非要来冒死偷的？”

“万一他心理有问题呢？”

“咳咳。”玉瓷轻声地咳嗽了一下提醒元宝注意措词，有问题的人应该是她吧。

重离拍了拍元宝的肩膀，示意她不要再说了，转头对玉瓷道：“门主说了，既然三殿下对长欢门如此好奇，就当是长欢门给朝廷一个面子，殿下不如且在长欢门多待一段时间，也好感受一下长欢门的风土人情，必定会让殿下终生难忘的。”

“求之不得。”玉瓷含笑应下。费了这么大劲儿，等的就是这句话。然而，把玉瓷送到安排好的地方以后，重离二话不说立即带着元宝就往回走。

元宝莫名其妙，问道：“重离你这是要带我去哪儿？”

重离目光微闪，似乎有些激动，也没搭理她，直接把她给拽到了长欢门的聚义堂里。

此时，堂里坐满了门中最为重要的一干高管们。元宝一出现，乱哄哄的聚义堂瞬间就安静下来，所有人的目光都停留在了她的身上。

长欢门虽然门规森严，可是，因为门里各部门事情较多，且分散。除了年底的时候，平时根本就见不到最核心的人物同时聚到一起。而现在，他们不但同时出现了，从他们眼中，元宝似乎还看到了很多不一样且难懂的东西。

元宝哆嗦了一下，难道门主找不到钥匙，为了平息门众，要让她做替罪羊了吗？

“门主。”元宝老实地行礼，紧张忐忑地跪在聚义堂中央，等着领导发话。

林白首淡淡地“嗯”了一声，说：“起来吧。”

元宝不敢造次，忙着站起来，看了四周一眼，小心翼翼地询问：“门主找我有事？”

“没什么，就是想特地告诉你一声，我们已经查明了钥匙的事情和你无关，你安心地回闹心楼待着吧。”林白首一字一句，说得极为缓慢。元宝一听他这说话方式就知道，他又在铺垫了。领导说话总是这么喜欢七拐八绕的，后面要说的绝对才是重点。

于是，元宝掏了掏耳朵洗耳恭听。

“不过，既然他都说了已经和你确定了男女关系，那么，我们自然相信你和玉瓷之间没有任何瓜葛，更不会做出私奔这种事情。所以，你找了一个可靠的好男人呢。”

元宝听得云里雾里，什么时候她找了一个男人了？元宝看着林白首，笑得诡异也就算了，转头一看重离，他也好不到哪里去，于是，忍不住脱口而出，“我和谁确定男女关系啊？”

“当然是宋宇贤喽。”

听到某个名字，元宝后背一僵，脸瞬间就白了。

宋——宇——贤！

天啊！

元宝往后退了一步，险些站不稳。目光迅速在屋子里仔细地扫了一圈，果不其然，在最隐蔽阴暗的角落里，发现了闭目养神的宋宇贤。

几年不见，他还和当年一样，没有什么变化。

无法用任何词语来形容和表达的出色样貌，仿佛被精心雕琢过的颀长身形，还有那神祇般不可靠近的气场。

华丽！

对，华丽！

元宝的脑海中再次闪过了这个词。

她不知道除了华丽，还能用什么样的词语来总结宋宇贤这个人。即使穿着最朴素洁净的衣服，他仍然给人一种华丽得不敢直视的错觉。

似乎是感受到了被人注视，宋宇贤闭着的眼睛缓缓睁开。只那一瞬，天神变魔鬼。眼角、眉梢流露出来的邪气，让元宝从心底倏尔闪过一丝寒意，急忙收了视线看向别处。

“元宝，愣着干什么，你们小两口也好些日子没见了吧，还不快去亲热亲热。”林白首脸上促狭的笑意一闪而过，一副看好戏的嘴脸催促着，“要不是宋宇贤亲口证明你和他之间的关系，你今天就是竖着进来，横着出去了。”

“不必。”元宝耳根发烫，刚想说什么，宋宇贤已经冷淡开口，低沉沙哑的嗓音透着一股疲惫。

“想来是为了赶回来没休息好吧。”元宝小声嘀咕，可是，为什么她突然就和宋宇贤成两口子了啊！谁能告诉她这到底是怎么回事啊！

“过来。”宋宇贤抬眉看着元宝，淡淡地吐了两个字。声音不大，元宝却觉得这两个字跟擂鼓一样敲在她的耳膜。挣扎了半天才心不甘情不愿地走到他的旁边站好。

“既然元宝是宋宇贤的，大家应该对她消除怀疑了吧。”林白首看了看二人，目光重新回到中席，扬声说道：“玉瓷是我私自培养的精锐，之前没告诉大家是不想引起众人围观，把注意力放在他的身上。钥匙的丢失也实属巧合，作为我林白首的关门弟子，我自然相信他的为人，绝不会做出偷盗钥匙这种事情，大家可还有任何疑惑……”

元宝震惊地看着林白首，这是怎么回事？为什么门主要包庇玉瓷？为什么他明明知道玉瓷是为了哥哥来报仇的，却还要他待在长欢门里，这到底是为了什么？

难道仅仅是因为他是皇子吗？

元宝越想越觉得奇怪，可是，没有任何人回答她。元宝找不到人，只好凑到宋宇贤耳边小声地问他。

宋宇贤冷冰冰地看了她一眼，只吐了五个字就让元宝闭嘴：“管好你自己。”

管好你个锤子！元宝真恨不得一刀了结他！瞪了他半天，才又追问：“为什么要说我们是两口子呢？”

宋宇贤一副看白痴的样子，低下头打量着她，语气里尽是无奈：“门主逼的。”

“啊咧？”元宝觉得今天的惊喜，似乎多得有点招架不住了。想不到门主为了还她清白，不仅编了玉瓷的事情，也编了她的。可是，元宝说不清楚这是什么感觉，总觉得即使这样说了，却依然不安。似乎门主在有意回避这个事情，而把重点放在了找钥匙的身上。

元宝还想再问什么，宋宇贤却实在困极，没心情继续听下去，于是冲着中席的林白首说道：“没什么事情我睡觉去了。”

林白首点了点头，看着宋宇贤在一片议论声中走了出去。宋宇贤一走，元宝瞬间觉得聚义堂宽敞起来，看谁都无比顺眼。虽然不明白的还是不明白，但也不能影响她忽然很美好的心情。林白首看她那副没出息的样子就糟心，摆摆手下逐客令：“既然确定你们和钥匙的丢失无关，会选也已经打算推迟在三个月后，这里也没你们什么事情了。反正你和重离也没过，今天起继续回闹心楼待着吧，组织现在不需要你们了……”

重离和元宝随即被轰了出来，重离看了一眼蓝天，悠悠地叹了一口气。

“重离，对不起。”元宝诚挚地道歉。想起会选的时候她的所作所为，嘴上总没一句好话，心里毕竟还是愧疚的。以重离的才华，要不是遇到她，也不会像现在这样。

重离意外地愣怔了一下：“你又没错，道歉干吗？嗯。”

“要不是我，你早就成为六楼众了。”元宝学着他的样子看向天空，难得像个正常人，“其实我知道，你现在很想帮忙去找古雌钥匙。可惜，做不了六楼众，只能在门里看着别人。我觉得我似乎能体会你的心情。”

“呵呵，你想多了。嗯。技不如人，怪不得别人。”重离云淡风轻地笑了笑，过了半晌才问她，“元宝，你就没有想过离开长欢门吗？”

元宝摇摇头说：“为什么要离开呢？”

“我一直很好奇，外面的世界到底是什么样子的。”

“门主说了，外界的世界没有家里好。”元宝严肃地看着他。

重离撇撇嘴说：“那是他眼中的世界，不是我的。嗯。”

“你想出去看什么？”

“不知道。”重离的嘴角挂着向往的弧度，“或许，是想去看看别人是如何生活的吧。又或许，只是想证明门主说的话是错的……”

元宝从来没有想过，像重离这种只懂得动手解决问题的糙汉子也有文艺的时候。于是，不小心让她碰到了，她一个大老粗被一个文艺青年给搞得失眠了。

元宝在床上翻来覆去怎么也睡不着，夜凉如水，元宝一个鲤鱼打挺从床上跳了起来，索性坐在窗户边看月亮。

她真的没有想过要出去看看吗？

还是她根本就不敢想呢？

抑或是，她其实很怕，这一出去，和家里的人就会是永别了呢？

第三欢　出发

重新恢复自由身的元宝一大早就被吵吵闹闹的六楼众们给嚷嚷醒了。长欢门几乎倾巢出动，准备全国搜罗古雌钥匙的下落。元宝总觉得在这个时候应该为门里做点什么，可是，她刚推开门就看见远处一个熟悉的身影朝着她所在的方向走了过来，吓得她立即又把门合上。在窗户上抠了一个洞，仔细地看着越走越近的宋宇贤。

要说元宝在长欢门里属于天不怕地不怕的那种，可是，偏偏一提到宋宇贤，她绝对是有多远躲多远。

元宝怕重离，是因为会选。会选一过，重离是谁？被欺负的对象呗。

可一提起宋宇贤，元宝就忍不住后背发凉。

这个人，不仅是重离每天念叨着要超越的对手，更重要的是，在长欢门无数版本的传说中，宋宇贤已经与神同在了。

其中概括为三个版本。

爱情版：据说，多年前，当他以新人第一名出来的时候，门里很多见过他的女子为他疯了一半，出家了一半，唯有那么几个正常的，到头来也没什么好下场。

疼痛版：据说，当年他参加会选的时候，因为同考科目为绣花和做饭，可惜这两样他都不会，于是，他就把所有参与会选的人都杀了，成为当年会选唯一活着的人。

斗殴版：据说，当年六大楼的楼主为了抢宋宇贤这颗根正苗红的茁壮少年，引发了六大楼的口水仗加斗殴战，差点血流成河……

总之，不管是哪个版本的传言，宋宇贤都是一个优秀得近乎如神一样的存在。据重离所说，宋宇贤一直以来都是被当成下一任的门主来培养的。虽然门里没有明确地说明他就是继承门主之位的转世灵童，但是，大家早就把他当成了转世灵童来看待。否则，年纪轻轻谁能有此修为和才华？要不是因为当年的他戾气太重，而且太过阴沉，把他关在浮屠塔看守祖宗的骨坟，看了整整两年，这才稍微磨平了他的些许戾气，现在，估计就连门主都不一定能完全控制住他。

当然，这些都不是元宝怕他的原因。传说嘛，难免总有夸张的成分。要真的像传说那种可以随便杀人，国法何在？家法又何在？

最主要的是，元宝当年做了一件傻事。

就是因为她那会儿实在太好奇宋宇贤到底是个什么人了，于是，她就偷偷地溜到了宋宇贤的屋子外，在窗户上抠了一个洞准备偷窥他。而就是在她的眼睛刚凑过去的一瞬间，宋宇贤发现了她。几乎是在同一时刻，他随手抓过的一根簪子已经飞了出来。

来自真正强者的杀气把她吓得根本无法动弹，速度之快也是她始料不及的。要不是最后宋宇贤发现了是她，用一枚铜板打掉了那根簪子，她不死也半瞎了！宋宇贤当时只看了她一眼。只那一眼，从他眼睛里流淌出来的邪气，仿佛把人瞬间丢到了冰窟窿里，丝丝扣扣散发着阴冷的凉气。元宝当时屁滚尿流地吓跑了。自那之后的很长一段时间，半夜都会被他的那双眼吓醒。

随后不久，宋宇贤似乎一夜之间就从门里离开，谁也不知道他去了哪里。听说是被门主安排单独训练去了，也听说他去游历全国了，总之，就在元宝都快要忘记他这号人的时候，却没有想到，他回来了。

元宝说不清这是什么心情，现在她莫名其妙地成了宋宇贤的那口子，这个地位的转变还是让她一时无法适应。只不过，转念一想，不管怎么说，他既然回来，元宝总不可能一辈子都躲着他。万一他心情不爽拿她撒气了怎么办？还不如好好地和他说句感谢，留点好印象，毕竟，该拍的马屁还是要拍一下的！

只不过，当元宝想清楚一切打开门的时候，宋宇贤早没了身影。

长欢门里整装待发的楼众们跑来跑去收拾东西，元宝在人群中瞄了一眼没有看见他。锁上房门就出来到处找宋宇贤，走着走着，就在她打算回去不找了的时候，突然听到了身后屋子里的谈话声，悚然一惊，于是，停下了脚步，把耳朵凑了过去。

“宇贤，不用多说了，我相信元宝不会偷钥匙，更不会帮着玉瓷做出叛门这种事情。”林白首冷冷地说道。

元宝闻声一愣，只听宋宇贤的声音很快平静无波地传了出来。

“门主，以当时的时间和痕迹来看，古雌钥匙的丢失时间，是元宝和玉瓷在万毒阁的时候。同时，因为正值交接班时间，那也是浮屠塔守卫防守最为薄弱的时候。元宝在门里那么久，不可能不知道。况且，万毒阁与浮屠塔是直线距离，如果她和玉瓷联手的话，她有足够的时间能够得到钥匙。”

“你以为就凭她那点智商，进得了浮屠塔吗？”林白首笑起来。

“她不行，玉瓷可以。他既然能够知道长欢门的秘密，也难保不会知道进入浮屠塔的办法。”

“宇贤，你难道忘了吗？古雌钥匙可不是普通的东西，如果他们真偷了钥匙，他们已经死了。钥匙如今已不在门里，就算出动所有六楼众出去寻找，也不啻于大海捞针。信陵楼那边没有与钥匙相关的任何消息传来。长欢门必须做好最坏的打算。现下，我更在意的是，一个久不闻政事的三皇子是如何知道长欢门的事情的。玉瓷来门里，绝对没有看上去那么简单。”

宋宇贤沉默片刻，笃定道：“门里有了叛徒。”

门外的元宝听到这句话后瞬间怔住。

她最不想承认的事实从宋宇贤的口中说了出来，无疑就是肯定了她的猜测。这一句话，仿佛一块大石一样压在她的胸口，压得她都快喘不出气来了。呼吸愈来愈急促，额头的冷汗沿着脸颊流淌下来。元宝心脏的跳动在大石的压力下越见缓慢，这是病发前的征兆，想不到这个时候会突然病发，元宝急忙把兜里随身携带的药丸抖了出来咽下。过了一会儿心跳才恢复过来，只是，后背却也因此而湿了大半。

元宝吐了一口气：“幸亏无期给的药我随时带着，吓死我了。”

身后收拾东西而来的队伍们的脚步声渐近，元宝自知无法再偷听下去，只好赶紧离开以免被发现。她一走，屋子里的宋宇贤就把闭着的双目睁开，冷淡道：“她已经走了。”

林白首看着门外，不知道在想什么，显然自从元宝出现在门口起，他们就已经察觉了她的所在，故意说了刚才那一番话。

林白首瞥了一眼端坐在旁的宋宇贤，端起茶盏喃喃自语："有些事情，她必须要面对了……"

"楼主，我听说会选推迟了，您去找门主说一下，能再给我一次机会参与会选吗？你们可以给我换任何选手，只要不是元宝，任何人都行。嗯。"

"门主都让你回闹心楼待着了，会选没过就别废话了。明年再来吧……"

一路心事重重走远的元宝，没有想到会在走廊上遇到被重离缠着的千鬼楼楼主墨沿。元宝算了算日子，耶？今天走什么运了，咋老听到别人的悄悄话。

元宝看着重离着急的样子，想起那日他所说的话，就算他对她说着不在意，现在整个长欢门都在为了钥匙的事情而忙碌，以重离那个事事上心的性子，他到底还是坐不住的。只是，看墨沿的样子就知道了，门主宣定的结局，他又怎敢轻易更改。

墨沿估计是被重离烦到不行，随便扯了一个借口就溜了。元宝看见重离狠狠地踹了旁边的柱子一下，随即捂着脚跳了半天，才又失魂落魄地往住的地方走去。

元宝想了想，觉得有必要开导一下重离，免得他想不开，回头来找她麻烦，于是一路悄悄地跟着他回去。谁知，重离回到屋子的第一件事情就是把柜子里的所有衣服给翻出来，端到洗漱台去洗了起来。

重离每次心情不好的时候，就喜欢洗衣服。元宝远远地看着重离拼命地洗着衣服发泄不满。突然想起来，自己好像还有两件没洗，正打算回去拿过来帮助他发泄发泄，只听身后"刺啦"一声，好好的一件衣服让他搓烂了。

"钱啊！那可是钱买的啊！"元宝抠惯了，见不得人浪费钱，于是忍不住跑过去，一巴掌就朝着重离拍过去，"衣服不要钱买啊！"

"刺啦"又一声，重离猝不及防，让元宝这一拍，手上搓着的衣服直接成"裤子"了。

重离一副"你又来干吗"的样子瞪了元宝一眼，把"裤子"丢到一边当抹布，元宝一向无视重离的个人情感，趁着重离弯腰继续搓衣服的空当，猛地拍了一下他的背：“重离，不要灰心，不就是一次会选嘛，明年你又是一条好汉，你要挺直腰板重新做人。”

“……”

重离揉了揉被她拍疼的背，呵斥道：“离我远点。”

元宝恍若未闻，去他屋子里搬了一个板凳在他对面坐下，收敛了眉目里调笑的神情，严肃道：“重离，钥匙的事情你怎么看？”

重离一愣，说：“门主不是已经有了判断吗？”

元宝脑海里蓦然闪过在冰室里，玉瓷口中所说的那个“他”，就算门主保了玉瓷，她也还是对他有所怀疑。元宝郑重道：“转世灵童不是一直都没找到吗？你别忘了，得钥匙者得长欢门。我觉得这次一定是内部人所为。而且，能够进入浮屠塔，这个人的身份和实力一定不一般。”

重离放下手中的衣服，说：“你想做什么？”

“我能做什么？我只知道，古雌钥匙和浮生门的秘密一旦泄露，天下必乱，那就会是生灵涂炭的开始。”元宝有些黯然，“也是长欢门平静日子结束之时。”

“呵。”重离烦躁地把手里的衣服狠命地搓了两下，“我们却只能在这里看着别人忙活，做无用的分析。”

元宝努了努嘴，刚想说什么，身后就传来一声叫唤：“元宝，有人找。”

“谁找我啊？”元宝丢下重离，脸上重新堆起笑脸跑了过去。

喊她的人一副“我不想和你说话，因为你是叛徒”的样子看了看她，说：“自己去看不就不知道了。”

“哦，谢谢。”元宝似是没有看见他脸上的表情，依然笑着感谢他，沿着他指的方向跑走。

待到跑离对方很远以后，脸上的笑容才淡去。

这样的表情她已不是第一次见，可是，以往是因为她作死，是闹心楼的废物，可现在，却是因为古雌钥匙的丢失，她心里明白，就算宋宇贤证明了她的清白，钥匙一日找不到，她在大家眼中就注定要背着叛徒最大嫌疑人的身份。

她的家人们大多已经不信任她了，这比讨厌她，更加严重！

“喂，元宝，发什么愣呢？”一声娇喝把走神的元宝给叫醒，元宝抬眸看着对面的人，肤如凝脂，笑起来的时候脸颊上一个酒窝，说不出的风情，除了昔日闺蜜柳唯唯，还能有谁！

“唯唯，你怎么回来了！”元宝激动地跳起来，在她的脸上捏来捏去，“快来让我看看，大半年没见，你怎么又长肿了。”

“一边儿去，哪里肿了，我这是旺夫相。”

“话说你自打去年考进了信陵楼以后就没了踪影，我都以为你把我忘记了。”

“拉倒吧，忘记谁也不能忘记你啊。”柳唯唯拉着元宝席地而坐，一副要唠家常的阵势，“我这一年实在太忙了。你又不是不知道，信陵楼那属于情报部门，整个门里最忙的就是那儿了，我都恨不得和情报融为一体了。对了，听说你和宋宇贤成两口子啦？”

“胡说八道。”元宝急忙把柳唯唯拉到一边，小声地把会选发生的事情向她陈述了一遍。

“这么说来，宋宇贤为了你，自毁清白了？”柳唯唯忍不住尖叫起来。

元宝急忙去捂住她的嘴：“我一黄花大闺女，谁毁谁呢！”

“拉倒吧，让你占了天大的便宜了。”柳唯唯调笑她，“对了，你的病咋样了？”

“老样子呗。”

“无期还没有找到解决办法吗？”

元宝无所谓地耸耸肩，说：“这都是命。”

“我从不信命。”

每次一提起元宝身上的病，气氛就很沉重。元宝不想因为这个而影响了见到柳唯唯的喜悦，忙转移话题：“对了，这次你回来干吗？现在不是信陵楼最忙碌的时候吗？”

柳唯唯上下打量了元宝半天，叹了一口气，忽然转移话题问道：“我说你这个废柴什么时候来个逆袭啊？”

元宝莫名其妙，问：“我现在挺好的，逆袭什么啊？”

“这次钥匙丢了的事情你不是都被人冤枉了吗？你应该找回钥匙，证明你没有偷啊。”

“已经证明了啊！”

“你以为大家都看不出来吗？那不过是门主为了门内平静的说辞而已！”柳唯唯瞪了她一眼，“你好歹也是当事者吧，怎么能把事情想得那么轻松。钥匙一天没找到，你一天都是嫌疑犯，一天都是和玉瓷私奔的不良少女，一天都是背叛了对你忠心不二的宋宇贤的女陈世美，以后你在长欢门里还怎么待？你没看现在门里都乱成什么样了！”柳唯唯有些愤慨，把元宝拉到了一边，压低声音说，“我跟你说，现在关于古雌钥匙和浮生门的秘密已经被传开了，我猜用不了一个月，全国都得有变。”

元宝面色凝重地看着她，问：“变什么？”

“废话，当然是变乱了啊。”柳唯唯一副恨铁不成钢的样子，“且不说浮生门的秘密出现会掀起怎么样的血雨腥风，本来看看历史书就知道当年为了这道门死了多少人。现在，就说长欢门的历代传承，得钥匙者就能号令整个长欢门！你常年在门里待着不知道长欢门的厉害，长欢门在全国的地位和声望高到你无法想象，这么有诱惑的权位，谁不想做？有朝一日要是外面的那些人集结起来，全部杀来长欢门怎么办？”

“哪有那么夸张。”

“怎么会没有？暂不说远的，就看看六大楼里每一届的楼主选拔有多残酷，你完全可以想象一下了。”

元宝沉默下来，半晌才抬起头来，坚定地看着柳唯唯：“有门主和六大楼在，我相信钥匙一定能找到的。”

“你啊，真是不知道该说你心态好呢，还是该说你心态好呢。”柳唯唯戳了戳她，“元宝，其实你从来都不信任自己。不相信自己能够活下去，不相信自己可以变强，甚至，不相信自己也会被人需要。所以，一直都把希望寄托到了别人的身上。宁可去相信别人，也不愿意相信自己。”

“元宝。”柳唯唯郑重地看着她。

“什么？”

柳唯唯想了想，觉得有必要和她分析一下局势，可刚准备开口，玉瓷的声音就从不远处传了过来：“哎哟，那是谁掉的元宝？”

“哪里哪里？”元宝闻声迅速地回头左看右看。

“哎呀，看错了。”玉瓷无辜地摆摆手，人已经走到了面前。

元宝真想一脚踹死他："眼睛有病就去治。"

"你就是新来的三殿下吧。"柳唯唯看见玉瓷，直接行礼。目光在他戴着黑色手套的右手上驻留片刻，接着看向元宝："我还有事，先回楼里了。"

元宝看着柳唯唯面无表情的脸，觉得她瞬间有点反常，但想了想还是没问，冲她挥手："快去吧。"

柳唯唯朝玉瓷行礼完毕，元宝只顾着瞪玉瓷，并没有注意到在柳唯唯离开的那一刻，眼里一闪而过的怀疑，以及杀气。

柳唯唯一走，玉瓷就笑吟吟地问元宝："长欢门都动起来了，你不动吗？"

元宝右脚撑地抖了起来，左抖抖右扭扭，跟得癫痫似的抖了半天："我动了。"

玉瓷眼皮抽得厉害："我在想，要多久那些冲着钥匙而来的人才会来铲平你家祖坟？"

元宝翻个白眼："不劳惦记。"

"长欢门六大楼皆有为朝廷办事，作为你们的大主顾，长欢门现在倾巢而出，六楼里平日处理的事宜难免会受到影响，难道我这个花钱的主儿还问都不能问了？"

"六大楼做事一向公私分明，你就好好在这里感受风土人情就够了。"

"你不是号称很爱你的家吗，这个时候不去帮忙却在这里闲扯？"

"你以为我不想做什么吗？"提起这个元宝就来气。

玉瓷一脸讥笑："也是，你一个废柴，连会选都过不了，去了也是添乱。就别说什么保护家园这种大事了。"

元宝继续翻个白眼，这话听着怎么这么别扭。

玉瓷一副惆怅的样子往前走，"唉，我看你还是一辈子待在这里吧，林白首估计会很心寒，这么多年就培养了一个除了会耍点嘴皮子，自以为是对大家好，其实一无是处的废物。"

听着他的话，元宝这火气蹭地一下就上来了，一把抓住他大吼："你有什么资格说我一无是处！"

"哟，还知道生气。那我怎么没看见你能做啥呢？"玉瓷心叹这姑娘真不经激，表现上懒洋洋的，不再搭理她，嘴上却继续说道，"既然是废柴就还是做一个安分守已的废柴吧。”

“废柴你个锤子，我要是逆袭了咋办？”

玉瓷扭过头来看着她，认真地想了想：“我就承认你是一个成功转型的废柴。”

那不还是废柴！

元宝看着玉瓷那张似笑非笑的脸，不知道为什么，那一刻，就是不想被他看不起，就是不想听他嘲笑自己对长欢门的忠诚和爱，就是不想被他否定她所认为对的东西。

其实这个时候，就连元宝自己都不知道，心底深处油然而生的愤怒，不仅仅是因为他的轻视，往往越是在意的人，就越容易带来影响。若不是在不知不觉中，玉瓷在她的心里种了下一颗等待发芽的种子，占据了一席之地。被人一路骂过来的元宝，又怎会真的在意他所说的话？只不过，现在的她，不自知而已。

“擦亮你的狗眼给我等着。我一定会证明给你看的！”元宝气呼呼地说完，放开他转身就走。

玉瓷看着她的背影一点点地消失在走廊深处，心里有一块地方，莫名地塌陷了下去。

玉瓷还是不懂她，一点都不懂她。越是表面上缺点弱点一大堆的人，实际上内心却强大得无懈可击。明明表现的自私自利，又讨人厌，可是，她做的每一件事情又总是为别人考虑。总是念叨着要及时行乐，为自己活得自在些，其实，从头到尾，她都一直在为别人而活，她做的每一件事情，都是建立在为他人的基础上。或许正是因为林白首一早就懂得了她的伪装，一直以来才会对她纵容的吧。

玉瓷颇有些无奈地叹了一口气，她伪装得真的太好了，差一点点，就被她骗了。只不过，也正是因为如此，他才看到了她的弱点。善于伪装的人都有一个弱点，那就是经不住任何人否定她们所认定的事情。就像元宝以为她之前那样做，是为了门里好一样。只要稍稍挑拨，她就炸毛了。

玉瓷倒是很期待，她若不打算继续伪装贪生怕死的废柴形象，而是以真实的实力和面目出现的时候，会是怎么样的呢？

应该会很有趣吧，真让人迫不及待了。

玉瓷越想越兴奋，这一趟来长欢门，总算是有点乐趣了……

长欢门的吵闹到了晚上一如既往地继续着。

重离躺在床上听着外面的动静，翻来覆去怎么也睡不着，突然，这时窗户被人从外面掀开，淡淡的月光投在地面上一片光圈。

重离看了一眼光圈上落下的人影，迅速地把枕边的衣服拉过来披上："元宝！又来干吗？"

一身夜行衣的元宝没想到重离居然没睡着，嘿嘿地傻笑两声："来找你唠一下。"

重离指着前方的门说："你能不能走正门？"

"大晚上的，我们孤男寡女同处一室，让人看见了不好。"

"知道不好你就不能白天来？"重离颇有些无奈地拍了一下床，起身把蜡烛点上。元宝忽地伸手，一下子抓住他，她的脸在烛火的闪烁中忽明忽暗，脸上郑重的表情让重离觉得有一瞬间的陌生。

"重离，我决定翻身做主人。"元宝一字一句，掷地有声。虽说钥匙的事情证明与她无关了，可是，她这心里总有些过不去。更何况，她后来想过，玉瓷说得也没错。她总是口口声声说要保护长欢门，要保护门里的家人，可现在长欢门真正有难的时候，她却什么也做不了。之前是活的那些，全成了空话。

这不是她的保护！

她虽然废柴，却不想眼睁睁看着自己的家出事而坐以待毙，等着别人来告诉她最后的结果。更不想让玉瓷这样的外人看了笑话。以前的沉默是因为她想给别人留位置，现在，家都快没了，还担心什么位置，哪怕战死在外面，也总比现在强。

这是元宝考虑了一整夜得出的结论，重离震惊得半天说不出话来，摸了摸她的额头，确定没烧，便问："你是认真的？"

"相当，确定，无比，认真！"

"你没吃错药？"

“重离，我很严肃地在和你说这个事情！”元宝就知道她要转型，会让很多人一时间无法接受，这是有生以来第一次，她有那么强烈的欲望，想为长欢门做点什么。哪怕她做的在别人看来有可能是多此一举，甚至是微不足道的。她甚至可以想象到，在不久的将来，古雌钥匙将会在全国上下掀起一番怎样的波澜，她必须在此之前有足够的能力保护长欢门。

这是她的家！所以，当务之急就是找到古雌钥匙！她知道，门里有那么多人会去找钥匙。可是，她不想等别人来告诉她结果怎样。

她只有一个办法——

“重离，我要离开长欢门！”

重离从椅子上摔了下去：“你不是说要老死在长欢门也不出去的吗？”

“此时非彼时。你还说要吃一辈子的胡萝卜呢，现在不天天吃糖醋排骨。”

“你想怎么样？嗯。”重离这才意识到她认真了。这么多年了，她第一次开窍，还真让人有点不太习惯。

元宝朝着他凑过去：“要离开长欢门，只有一个办法，那就是通过会选。”

“三个月的时间，你就想通过会选？”重离表示难以置信。

“不可能吗？”

“根本不可能。嗯。”

“重离，你要帮我。”元宝用力地挤了点眼泪沫子，“这次会选本来就跟闹剧似的，门主既然说了要在三个月后重比，那我们就还有机会。”

重离无奈地摇摇头，说：“你我已经被淘汰了。嗯。”

“我会想办法。我脸皮厚，我去求情。我只有这一次机会，你一定要帮我。”元宝可怜兮兮地望着他，重离看着元宝睫毛上沾着的泪珠，那一刻，他忽然就心软了，他不知道该如何拒绝她。

他是一个不懂得拒绝的人。所以，他总是把自己伪装成不易相处的样子，这样，就不会有人来找他。可为什么，她脸皮就那么厚，非得找他呢？

“好吧。”重离妥协了。

“我就知道，重离你是良民！你有着和我一样宽广善良的内心，和菩萨一样的心肠。”元宝高兴地跳起来。

重离除了叹气还是叹气，能在夸别人的同时不把自己带上吗？

第四欢　改变

“门主快来尝尝，我给你亲手做的早点。”林白首一大早就被屋子里的各种杂音吵醒了，听到说话的人是元宝，紧闭着眼睛翻个身，当作什么也不知道继续装睡。谁知，元宝看喊了几遍他都没起来，溜过去掀起他的裤管就拔了一撮腿毛，林白首疼得一个鲤鱼打挺就跳了起来。

“元宝！”林白首咬牙切齿地喊道。

元宝笑得花枝招展：“门主，我给你做了一顿丰盛又美味的早点，快起来尝尝。”

林白首无奈：“无事献殷勤，非奸即盗。说吧，你又要干什么？”

“先吃早点嘛，吃完再说。”

“说。”

元宝搓着手说：“那我说了啊。”

“别废话！”

“门主，我有事需要你帮忙。”

“什么事？”林白首眼皮一跳，“我现在手头紧，没钱。”

元宝抖了抖，说：“门主，咱能严肃点吗？”

“我难道不严肃？”林白首搓了半天，腿上的痛劲才过去，“现在才什么时辰，你就来找我，不是借钱就是惹事了。”

算了，门主的思维一向和她不在一个频率。

“门主，我要进入六大楼。”元宝一字一句地说道。

林白首一怔，摸了一下她的额头，说：“吃错药了？”

怎么都是这个反应！

元宝不满地把林白首的手打开，目光灼灼地看着他，再次重申：“门主，我——要——进——入——六——大——楼！”

“你是认真的？”

“是。”

林白首有些难以置信：“你没吃药？”

元宝翻个白眼，怎么这么难说正事呢！“我吃错了行不行。”

林白首想了想，还是有点不太相信：“你没有开玩笑？”

“没有。”

“理由？”

“我不想一直被人看不起。让人嫌弃四年，今年是第五年了，也够了。以前是我不够成熟，以为只要在家里，只要和大家在一起，就行了。现在我觉得这样是不够的，我不想长欢门需要我的时候，我却无能为力，只能在家里干等着。”

“你不是怕死的吗？”

“我怕。可是，正因为我随时都有可能会死，所以，我不想我的人生里有遗憾。既然在我活着的时候，长欢门有了困难，我就必须要做一些我能做的事情。”

林白首盯着她看了半天，一脸怀疑地说：“要进入六大楼必须通过会选，就你这水平能过？”

“我不会找人辅导突击一下吗？！”

“也是。”林白首若有所思地点了点头。

“本来就是。”元宝抓住林白首的手，一脸诚恳，“门主，所以三个月后的会选，求您再给我和重离一次补考的机会，让我们能够公平、公正、公开地再次比过。”

“你怎么就确定你能考过？”

“我不确定，我只是想试试。我这次会堂堂正正地考，不会耍赖。”元宝在赌她在林白首心目中的地位，虽然她一直觉得林白首之所以一再地包容她，是因为她的病。但是也不可否认，林白首其实对她是有期待的。所以明明很多时候她犯了错，林白首却也依然没有严惩过她。

只是，这一次她不想再让大家失望了。

林白首沉思片刻，嘴唇动了动，门外突兀的敲门声骤然响起，打断了他想要说出口的话。

“门主，宋宇贤求见。”

“进。”林白首看了一眼哆嗦了一下的元宝，翻身下床。

宋宇贤一副没睡够的样子走了进来，就跟没看见元宝似的，对林白首简单交代了一下大部队的准备情况。何时出发就等林白首一声令下。

林白首和宋宇贤简单地说了几句话，就把话题引到了准备开溜的元宝身上。

“我最近很忙，既然宇贤回来了，那之后的会选考核，就交给宇贤了。回头有空给元宝指导指导。”

元宝惊恐地瞪大了眼睛，刚想喊“门主，能不能换个人”，宋宇贤已经冷淡开口：“没空。”

元宝急忙赞同地点头：“我觉得也是。”

林白首挑眉道：“那是你忙呢，还是我这个门主忙？”

宋宇贤打了一个呵欠：“垂老头儿他们的麻将桌好像满了。”

“他们居然这么早就开席。”林白首急得在屋子转来转去找衣服穿好，“这事就这么定了，回头我得带着部队们出去遛遛，这几个月都不会在门里，门里就交由你代为打理。”

“我拒绝。”

元宝就差把脚也给举起来表示同意了，宋宇贤要负责会选，她还能过吗？！算了，这里危险，还是让他们俩自己唠吧，她听结果就行。元宝看林白首被宋宇贤气得把骨头捏得咔咔作响，趁着他没注意便溜了。待到林白首反应过来的时候，她早已不见了踪影。

林白首忙着去打麻将，也懒得怪她了。

“元宝这事吧，你就随时给她点鼓励看着办就行。我老觉得这孩子有点二，但只要她肯努力，我们还是要鼓励扶持的，能不能过会选，全看她的造化了。”林白首难得认真地交代。

宋宇贤眼底的睡意瞬间烟消云散：“你确定这次不带我走？”

“我担心门里会生变。”林白首脸色一沉，“把寒冰里的尸体运走，看好玉瓷。”

“是。”宋宇贤沉吟片刻，领命退了出去，却没有想到，他才一出去就和躲在这里等他的元宝撞个正着。

“小宋宋。”元宝为了表示亲切，心惊胆战地喊了他一声。不知道是因为元宝喊得太做作，还是因为这个名字亲切得让人恶寒，只见宋宇贤挺拔的后背抖了一下。

宋宇贤停下脚步：“什么事？”

“你和门主谈得咋样？”

“会选，我管。”

“你要负责辅导我？”

“嗯？”

元宝泪奔，没有听清楚宋宇贤那一个字里的疑问口气，说：“其实，你可以不用管我，我能找到人辅导我的。”

“我不会辅导你。”宋宇贤面无表情地从她头顶扫过，提步就走，高傲冷漠得像一只天鹅。

“说得好像我很稀罕你似的。”但只要不是宋宇贤教她，什么都好说。

元宝长长地舒了一口气，谁知，走远的宋宇贤突然回过头来淡淡地说了一句“找到老师以后把名字给我”，然后头也不回地走了。元宝愣了半天才反应过来，他这不还是要管她啊！

算了，管就管吧。元宝现在只有一个目标，就是通过会选，其余的她什么都不会再去想。

于是，和宋宇贤告别以后，她就杀回到了自己的屋子里，把长欢门的所有科目写了下来。

长欢门会选科目：算术、信息、医理、技艺、推算、拔河，元宝细细地想了想，除了技艺她可以演单口相声以外，其他的似乎她都得补。元宝关在屋子里琢磨了大半天，才琢磨出可以求助的人。然后，拿着名单就冲出屋子要去找人，却没有想到玉瓷竟然又来找她了。

由于开门冲得太狠，元宝一时没有停住脚步，猛地一头扎进了玉瓷的怀里，把他顶得一阵猛咳。

“元宝姑娘的铁头功甚为了得！”玉瓷捂着胸口调侃起她。

元宝捂着被撞疼的鼻子说：“你在我屋子外面干吗？”

“自然是来找你的。”

“找我干吗？”

玉瓷一脸期待地看着她，手指轻轻地滑过嘴唇：“长欢门里有点无聊。”

元宝瞬间想起自己那个糟心的初吻，忙说：“我忙着呢，自己找聊去。”元宝推开他欲走。

玉瓷一下拉住她，说：“我好歹也是人见人爱、温柔潇洒的三皇子，这么好的接近高富帅的机会，我都留给你了，你居然还敢拒绝。”

元宝有种深深的无力感：“大哥，能不这么自我感觉良好吗？”

玉瓷看到她手中的纸，趁她不备抢了过来，只见上面密密麻麻的一排名字：“你这是要去做什么？”

元宝把纸抢回来：“学习。”

“怎么，林白首给你机会重新参加会选了？”

“哟，小道消息挺灵通。”

“我看你就没一样好的，反正我闲着也是闲着，要不要我来帮你补补？”

“就你？”元宝停下前进的脚步，嫌弃道，“你能教啥？”

“琴棋书画无一不通。”玉瓷自信的口吻。

“多谢。技艺这个我准备来一段单口相声，你就跪安吧。”

玉瓷还不放弃：“你确定不要我帮你写写台词，教你如何表演什么的？”

元宝走开的脚步停了下来，问：“你还会写相声？”

“像我这样出色优秀的人什么不能写？”玉瓷骄傲地点头。

“那好吧，就你了。”

“等等。”玉瓷温柔地笑起来，“要我教你是有条件的。”

元宝白他一眼，说：“那你别教了。”

“你就不想听听条件是什么？”

哎，这到底是谁惯他的皇子病！不傲慢能死吗？

“说！”元宝怒道。

“带我了解风土人情。”

“好说。”元宝还以为他要提什么了不起的条件，就这个，随便带着他转转完事儿。看来他这个皇子平时在皇宫里给憋坏了，难得出来一次，哪都得走走看看。元宝应下以后，玉瓷非要她立个字据，怕她反悔。元宝没有办法，只好让他匆忙写了一份，咋刚开始的时候没觉得他这么多事呢！

元宝也没心思细看上面的内容，签完字，利索地摆脱了玉瓷就冲着聚金楼跑了过去，可是，她才刚到门口，还没来得及敲门，一个巨大型的金元宝就从里面突然飞了出来。

元宝只觉得眼前被一片金色晃得头晕，看着离自己越飞越近的移动型金元宝，吓得忙把钱包塞到袜子里，往旁边一闪，躲避这个大型元宝的攻击。

“金惜同僚，请注意一下节操。这大庭广众的，不要做出有碍观瞻的事情来，影响风气。”元宝冲旁边的人沉声提醒道。

“啪啪”两声算盘的清响，金惜把手里的算盘收到袖子里，打招呼：“多年不见，你还是这么没有情趣。”

“你有情趣！”元宝把牙齿咬得咔咔作响，有情趣的走哪儿都拿着一个玉石算盘，啪啪地制造噪声！

作为从小就一起惹是生非的发小，金惜这个金扒皮，自打考到聚金楼成为楼众以后就一直没有回去过。虽然同在长欢门，金惜常年被安排在账房处理账目，两个人也一直未见，要不是这次找他帮忙，估计得等元宝死了才能见着了。

昔日好友相见，元宝难免有些激动，只是不习惯金惜的着装：“我说，你能不能换个颜色的衣服，这金色太扎眼了，看着晕。”

“你懂什么。”金惜啐她，“你难道不觉得很贵气吗？”

“贵中透着一股子乡土味。”

“对于你粗糙的审美，我实在没什么好说的。”金惜一脸同情地看了元宝一眼，“走，带你看看我重置的地盘去。”说完拉着元宝就往聚金楼的生活区走去。

非六大楼的楼众，是不能轻易进入六大楼的。因为身份的关系，这是元宝第一次来聚金楼的生活区。以往就总听说聚金楼因为管理门内的账务，所以极尽奢华，是整个长欢门最为华美的地方。可是，元宝看着漆金的走廊，漆金的假山，漆金的石桌，漆金的连排阁楼，还有漆金的家具和地毯，她突然觉得自己来到了一个鸡屎窝，把所有东西都涂成金色是想要怎样？

“金惜，你是不是挪用公款了？”元宝小心翼翼地问前面得意洋洋介绍的人。

金惜学着元宝平时得瑟的口气：“我这么品性纯良，刚正不阿的人，怎么可能会做这种自毁名誉的事情。”

“……”元宝恶寒了一下，怎么忽然觉得，长欢门里自我感觉良好的人一夜之间多了许多。

“我说，你要不要那么摆阔？”

“有吗？你不觉得金色看着很亲切吗？而且，这样的话，能随时提醒我不能忘本。”

“拉倒吧，做梦都在算账的人，打死你都不会忘的。”

“行啦，我可没空跟你扯淡，你来找我干吗？”金惜突然转移话题，倒把元宝给问得愣了一下，随即才把会选的事情一五一十地和他说了一遍。

金惜沉默地听完，拿着算盘啪啪打了一番才抬起头对她说：“行，要我教你没问题。但是，有句话我不得不说。”

“什么？”

“咱们先算一下学费。”金惜脸上迸发出土财主必备的奸商表情。

元宝就知道他要说这个：“我一个穷苦老百姓付不起学费，申请组织助学一下行否。”

“不行。”金惜斩钉截铁地拒绝，“组织上已经助学四年了，你废柴考不过，现在要补习，自然就和组织没有关系，咋能申请助学金呢。”

“你个金扒皮，趁火打劫，算账都算到自己朋友身上来了！”

“你不知道教育行业比较吃香啊，亲兄弟都要明算账呢。”金惜不理会元宝愤恨的目光，“你那里藏的私房钱还少吗？平时抠得跟什么似的，真不知道你藏那么多钱想干吗，下蛋吗？”

元宝翻个白眼说：“这样把，咱们分期付款行不行？万一你这个授课讲得不咋地，导致我没过，那我不白花钱了。”

“我可是一次就过会选的人，和某些人不一样。以我金惜在算术界的造诣，教你这个新白透及个格还是没什么问题的。”说着，金惜带着她去了一处书房，在书柜前翻箱倒柜半天，丢出几本书来给她，“这是历年真题，还有模拟题，你差不多做完了，今年绝对没有啥问题了。”

“你居然还藏着这种东西。”元宝摸着眼前的几本书如获至宝，金惜往她面前一坐，把书抢了回去，“这试卷费用得另算。”

“……”

在和金惜进行了长达一天的口水省钱仗之后，元宝还是老实地付了学费。元宝搞定了最难搞定的金惜，又去找了柳唯唯，好在柳唯唯暂时不会跟着大部队离开门里，元宝的信息，即情报收集这个会选科目，就交由柳唯唯来教授。反正有重离教她拔河，那么，还剩下医理和推算。

医理的话，没有比无期更适合的人了！

作为无良楼成立以来面相最为年轻的楼主，元宝和他的关系一向很好。于是，元宝在金惜那里蹭了一顿晚饭以后就杀向了万毒阁找无期。

只是，一进门就被一股子咸菜味熏得差点睡过去。

无期的咸菜罐子上次被元宝打碎以后，这回又换了一个新的，一直没有机会和她算咸菜的账，现在她找上门来了，那正好！

“元宝，这次可是你自寻死路的！”无期看见她大笑一声，一个闪身就已经冲到了她的面前，将她一把抓住。

无期作为无良楼的楼主，最喜欢往身上涂奇奇怪怪的药粉了。元宝被他这么一抓吓得急忙挣脱，无期手滑让她溜了，还欲出手，一个大转身，突然连喊：“哎呀，哎呀，哎呀……”

无期连哎呀了好几声，僵硬着腰杆转了半天：“扭到老腰了，死丫头还不快过来扶我！”

“自作孽不可活啊！”元宝无奈地伸出手，把无期扶到了旁边的床上躺着，“你说你每次和我打都要扭到腰，一把年纪了总要做和自己身份不相符的事情，你怎么就不长记性呢。”

“少贫嘴。你把我那一缸的咸菜都给毁了，我还没找你算账呢。”无期咆哮着，“那可全是我的宝贝药引，让你给整没了！”

“谁会把虫子和咸菜混着吃的，你也不觉得恶心。”元宝啐他。

无期一脸嫌弃：“嫌恶心你不也吃了不少？”

“我那是被逼的。”

“拉倒吧你。”无期气哼哼地翻个白眼。

元宝看着无期那副孩子气的样子，有些哭笑不得。记忆中，无期似乎走的是逆生长路线，十年前和十年后完全没有任何变化。若不是因为有一次听林白首说，无期是辅佐上一任门主的元老，元宝一直以为无期这个老妖怪是和她一样大的。真不知道他咋保养的。再这么下去，难说她都白发苍苍了，他还是这么一个模样，想想都瘆得慌。

“那我再给你腌一罐行不？”元宝讨好地问。

“就你那水平，腌得能吃吗？”

“我不会准备食材你操作啊。”

“这也行。”无期想了想，侧头看着元宝，不再继续这个话题，“对了，药还够不？”

“够。”元宝拿出瓶子来晃了晃，“前几天吃了一颗。”

无期的眉头顿时就皱了起来：“怎么回事？”

“就是有点紧张，没事。”元宝无所谓地挥手。

无期却紧张不已，拉着她就追问：“稳定不？”

“嗯。”

无期看她不愿多谈的样子，也没继续追问，平时见人就爱念叨她有病，可真正每次问到她病情的时候，她又总是不愿多谈。

“早上搓麻将的时候，我听门主说你要重新参加会选？”无期只好转移话题问别的。

门主这个大嘴巴。元宝点头：“是啊，所以我来找你辅导辅导我啊！”

“难得你知道上进了，不错。”无期鼓励似的从后面拍了拍她的手，“怎么突然就想开了？”

元宝的脑海里瞬间闪过那日和玉瓷打赌的情景，连自己都没有察觉到地脸颊微红，嘴唇不自觉地咬了咬。

无期从她的脸上似是看到了什么端倪，突然强撑着身体坐了起来，目光深沉地看着元宝。

“元宝，还记得当年我和门主对你说过的话吗？”

元宝愣了愣：“你指哪一句？”

“你不可以爱上任何人，也不可以对任何人动情。”

啊咧？不就是参加会选而已，咋扯到这个上面去了？咸菜楼主的思维果然是比较咸菜的。

“楼主你想多了，我只是不想门里有难的时候什么也做不了。你这都想到哪里去了。”

“真若如此那最好。”无期的眼前晃过玉瓷那张似笑非笑的脸，颇有些担忧地握紧了元宝的手，“元宝，随时都要记得自己在做什么，又为什么而做。”

“嗯。”元宝郑重地点了点头，在无期这里待了没多久就离开了。

没多久，长欢门的六楼众们也收拾完毕。

林白首命令所有人换上普通百姓的装扮，除了无期留下以外，其余五楼楼主，以及部队们在凌晨离开了长欢门。

至于这一走何时才能回来，谁也不知道，甚至连五大楼主心里也没有底，这一去，到底能不能把钥匙找到。大海捞针这种事情，拼的也就是运气了。

而大部队们一走，长欢门里顿时冷清了许多。十多年来习惯了长欢门的热闹和嘈杂，一下子这么冷清，元宝还有些无法适应。转来转去好几圈，一直在数留在门里的人到底还剩多少。

柳唯唯在外面磨炼了一年，成熟了不少，对于长欢门的现状倒是不以为意，反而觉得有些奇怪：“这一次，所有这两年新近的楼众，都被留在了门里守家，六楼众说多不多，说少不少，我总觉得找钥匙是当今大事，门主却把新锐都留在门里，有些不像他以往的风格。”

“宋宇贤不也被留下来了吗？门主做事从无章法，风格那都是瞬息万变的。既然把人留下就有他的目的，你就别想那么多了。”元宝嗑着瓜子晃着腿。

“就是因为宋宇贤被留下来才更奇怪了。”柳唯唯强调，“宋宇贤如果跟着他们一起走，找到钥匙的希望就会多一分。”

“不要把他神话得那么厉害行不行啊！”

“你还别不信，宋宇贤真比你想象中要厉害，不对，是恐怖得多。”

元宝一听到宋宇贤这个三个字就莫名地头疼，不想深入这种深刻的话题，急忙摇摇头转移话题：“话说，唯唯啊，咱们也那么久没见了，要不要庆祝一下，好好唠一唠？”

“好啊。”柳唯唯一口答应。她一直都挺羡慕元宝把任何事情都看得很淡的心态，摆摆手整理了一下思绪，“咱们去哪儿庆祝？”

“老地方呗。”

说着两个人就去厨房整了点果脯和花生米，准备去后山露营看风景。可是，真不知道玉瓷是不是一直暗中跟踪她，怎么到哪儿都能遇到他。

玉瓷一看两个人那副装扮就冲元宝笑起来：“去遛弯儿？”

元宝点头。

“你不是应该带着我一起溜吗？”

“改天行不？”

“不行。”玉瓷温柔却斩钉截铁地吐了两个字。

元宝看了柳唯唯一眼征求她的同意，柳唯唯目光从玉瓷黑色的手套上滑过，说：“一起来吧。”

柳唯唯都同意了，元宝也只好带着玉瓷一起去后山，一边走，还得跟玉瓷一边介绍：“长欢门地理位置优越，气候温和，四面环山，东与宁国边境以及五川国接壤。西临白茫山，后靠茫海，北临同乐镇，是生活、居住、出行、游玩最合适的地点……”

玉瓷跟在她的身后，全神贯注地听着她的介绍，不时还提出几句疑问，似乎对长欢门很感兴趣的样子。

一个久居深宫的皇子，为什么会对长欢门如此在意？

柳唯唯一路上始终沉默不语，听元宝说到某些不该说的，就急忙咳嗽提醒她。唯唯一直看着玉瓷，似乎在想什么，直到他们到达了后山山顶，俯瞰整个长欢门的时候，柳唯唯突然转头问旁边闭着眼睛深呼吸的玉瓷：“请问三殿下这一身武功，师从何处？”

玉瓷被柳唯唯问得一愣，随即绽开一个风华绝代的笑容：“我常年久居深宫，自然由大内高手教习。只不过，我对于习武之事颇为疏懒，所以，也就只会些三脚猫的功夫而已。”

“是吗？”柳唯唯明显不信。能在没有任何人引导的情况下，越过长欢门的重重障碍，擅自闯入的人，她还真不信他就只会些三脚猫的功夫而已。

柳唯唯浅笑起来：“殿下可真会说笑。”

玉瓷深不可测地瞥了她一眼：“反正无聊，总得找点乐子的。”

柳唯唯收回目光不再看他：“唯唯人微言轻，不过，看在殿下既然已经在长欢门住下，唯唯就好心提醒一句，外面可不比皇宫自在，只怕殿下在宫里久了，习惯了被人宠着惯着，做事情恣意随性，难免忘记，有些乐子找错了地方，一不小心，那可是会引来杀身之祸的。”

“多谢提醒，我自当注意。”玉瓷温柔地笑起来。

元宝听着他们的谈话云里雾里的，总觉得他们话中有话。可是，元宝的目光在两个人身上转了半天也没明白出个所以然，索性不插嘴，拼命抓面前的东西吃。

玉瓷看她吃得欢乐，忍不住嫌弃道：“你属猪的吗？”

元宝忙不过来看他，顺口就答：“属兔。”

“我对你属什么没兴趣知道。”

“那你干吗问！”

玉瓷有些无语她这个理解能力，决定不再继续这个话题，转移话题问别的：“话说，你打算什么时候开始上课？”

“不急。”

“是吗？”玉瓷一个疑问七拐八绕，旁人听了怕是要被他这一句话给绕得酥地上去，元宝却只觉得肝疼，猛地呛了一下，补充道：“暂时还不急。”

“元宝，你打算去哪个楼？”柳唯唯忽然插话。

“我其实哪个楼都无所谓，只要能过会选就行。”

“你是不是糊涂了？”柳唯唯掐她的胳膊，“以往会根据考核的最高成绩来安排进入哪个楼，可是，如果你有某一科能拿到第一，是有优先录取的可能的。与其每科都补，还不如专精一科。”

玉瓷听柳唯唯这么打算，失笑，替元宝回答：“她能及格就不错了，要拿第一，不就等于要她命吗？”

“一边去，少看不起人。”元宝随手把果脯朝他丢过去，“我这是属于实力均衡，多面发展的人才。”

“我其实蛮希望你来信陵楼的。”柳唯唯无奈道。

元宝傻笑两声，她可没那本事从重离手中把第一名的位置抢过来。能去哪个楼全随缘了。说到这里，元宝突然想到了什么。“哎呀，糟了！”元宝豁然起立：“我忘记宋宇贤让我把老师名字给他这茬儿了！”

“你死了，你居然敢忘记宋宇贤交代的事情。”柳唯唯一脸的幸灾乐祸。

“不行，我得走了，你们先玩。”元宝说着就已经撇下两个人往山下冲去。

两个人目送她离开，玉瓷看她的背影逐渐消失成一个点，才转回头来，冲柳唯唯淡然一笑：“她走了，你想说什么，直接说吧……”

书房。

元宝把写好的授课老师名单递给了正在处理公务的宋宇贤。宋宇贤停下手中的笔，仔细地看着名单上的名字。细长干净的手指捻起名单放到面前，像是在思考什么。窗户外倾斜的日光照射在桌子上，在他的手指周围形成淡薄的光圈。即使只看这一双手，亦高贵得不可方物，更别提这手的主人了。

元宝在心里喟叹了一句，这世间怎么会有宋宇贤这样的逆天物种存在！他上几辈子是积了多少德，老天这么厚待他！

只是，再高贵的手一直保持一个姿势不会累吗？

元宝在宋宇贤面前站了半天，脚都站麻了也不见宋宇贤开口说话。只见他自从拿起名单开始，就一直没动过。不就是一个授课老师名单嘛，思考什么呢，要思考这么久？

元宝有些疑惑，把头往前伸了过去，只见，名单背后，宋宇贤居然用纸挡着脸闭上眼睛睡着了！

要不要那么夸张！要不要那么夸张！他是属猪的吗，坐着也能睡着了！

“小宋宋？”元宝努力压制着想骂人的冲动，柔声喊了一句，对面的人却依然没动。

对方要是别人，她早一脚踹过去了，可惜，这是宋宇贤。元宝一不敢踹，二不敢大声吼，于是，只好哼哼了半天。一二三四声的音调轮流来了好几次，就在她都快把肺给哼出来的时候，宋宇贤冷冰冰的声音突然从名单背后传了过来：“你是不是想出恭？”

出恭你个锤子啊！

元宝在心里恶狠狠地骂了一句，脸上依然保持微笑：“肯定不想嘛。我恨不得十二个时辰随时都看着你呢，怎么还会想着其他呢。”

元宝看见宋宇贤的手似乎抖了一下，才把名单摆放回桌子上，抬眉看着元宝问：“推算，谁教？”

“我打算自学。”元宝算过的，金惜教算术，重离教拔河，柳唯唯教情报收集，医理有无期，技艺她和玉瓷联手，怎么着要及格两科以上希望还是很大的。当然，只要顺序不随便乱改的话。所以，其实她一早就放弃了推算这一门。每次推算都是考排兵布阵这种难学得要死的东西，三十六计她就会一计，其余啥都不会，会选的全部科目里最难的就是这个！反正现在她的师资队伍已经很强大了，放弃一科应该还是没问题的。

只不过，宋宇贤可不这么想。

沉默了半晌，宋宇贤忽然淡淡地来了一句：“推算我教。”

元宝脚底顿时就滑了一下，宋宇贤要教她的话，那不得随时随地都要见着他了吗？她的小心脏啊！

“其实，我，我可以自学的。”元宝试图争取一下自由。

宋宇贤听到她这么说，眉头微微一皱，问道：“不乐意？”

元宝顿时觉得气温下降了数十度，有股冷气直戳胸口，忙昧着良心赔笑道：“乐意，乐意，怎么会不乐意呢。哦嚯嚯……”

元宝努力对宋宇贤挤出开心的笑脸，心里无比痛苦地哀号：你是大爷，你是我的大爷……

“那就按照你上面写的名字顺序，一天一科日来吧，在不影响门里正常运作的情况下，时间我会替你安排好。”宋宇贤低头开始处理手上的事情，一边处理一边继续说着。

元宝忽然觉得有种无形的压力浮在她的上空。本来想说，还好宋宇贤没提出什么苛刻的要求，她和宋宇贤之间还是两条平行线，除了上课下课以外，别的也没什么交集，反正她都想好了，一下课就远离宋宇贤。

谁知，他下一句话一出来，元宝就又崴了一下。

“每周进行一次小考，视考核成绩适当调整科目的学习时间。”

“为什么还要小考？”元宝不能理解，用脚趾头都能想到，她的排兵布阵一定是垫底的，到时候不就意味着她和宋宇贤待在一起的时间要更长了吗？不这么玩行不行啊！

“嗯？”宋宇贤停笔，余音九转回肠，莫辨情绪。细长深邃的眼眸紧紧地盯着元宝，让人有种无地自容的裸奔感。

元宝只觉得跟宋宇贤再待下去，她真得病发身亡了，于是，急忙点头：“没问题，没问题。我这人最喜欢考试了。尤其是小宋宋你给安排的考试，这不是给我再一次的机会，能够多见到你一面吗？我求之不得呢。呃，那什么，没有什么事情的话我还得去准备准备书呢，先走了哈。小宋宋你先忙！”

元宝说着就已经开始往外退，她真怕再待下去，宋宇贤又提出什么奇奇怪怪的要求来，只可惜，她还没走出去，宋宇贤又忽然叫住了她。

“元宝。”

“啊？”元宝的心咯噔了一下，忐忑不安地朝他望去。

宋宇贤抬起头来，一言不发地看着她。看得元宝瞬间透心凉，心脏扑通扑通都快扑出来了，谁知宋宇贤“哦”了一句，又把头低下去继续处理公文，没下文了。

不带这么玩的！

元宝在心里继续骂宋宇贤，脸上维持着菊花般灿烂的笑容：“小宋宋，你要说什么？”

宋宇贤眉毛一挑，说：“不要叫我小宋宋。”

“那叫你啥？小贤贤？小宇宇？小宇贤？”

宋宇贤揉了揉太阳穴，无奈地妥协：“还是小宋宋吧。”

“嗯，小宋宋。”元宝听着宋宇贤无奈的口气，为自己掰回了一局深深地呐喊了一句“哦耶”，“小宋宋，你刚才要说什么呢？”

“忘了。”

“那我走啦，回见啊！”元宝准备开溜，可是，她刚把门打开，宋宇贤又叫住了她。

“元宝。”

还有完没完了！

“啊？小宋宋，你到底要说什么？”

宋宇贤放下手中的笔站起来，一步一步走到元宝的面前，一向面无表情的脸上扬起一抹诡异的弧度，“这次会选，你把握有多大？”

“呃，我会争取通过。”元宝小心翼翼地措辞。不知道宋宇贤葫芦里卖得什么药，好端端地问起了这个。

宋宇贤余音绕梁：“嗯？”

元宝嗅到了危险的味道，急忙把手一挥：“我一定会通过！”

“很好。”宋宇贤拍了拍她的肩膀，走了回去，淡然道，“这次会选再不过，我会亲手杀了你。”

为什么杀人放火这种事情他说出来就跟吃饭、喝水一样随便！

“为什么？”不过就是考不过会选而已，有必要要死要活的吗！

“长欢门不需要废物。”宋宇贤言简意赅，“我也丢不起这个人。”

说完，宋宇贤就坐回了原位，处理手上的事务。

为什么门主非得让他来负责会选！这厮根本就是一个超级腹黑大锤子！

重离算什么，玉瓷算什么，林白首算什么，谁也没有他黑！

他就是天下第一黑！

又不是她非要他教自己不可的，明明是他死皮赖脸威逼利诱非得看着她教她，到头来还嫌弃起她来了，还有没有天理了！

就因为宋宇贤这句话，就因为他这句话，够了，元宝这次豁出去了！考也是死，不考还是死，为了小命她要再不过，就死上加死！她就知道宋宇贤不是什么好鸟，变态，疯子，杀人狂，神经病！

元宝简直要抓狂了！虽然以前重离总是念叨着要宰了她什么的，但是，重离也就说说，他孩子气那么重的人，真要他动手杀她，他是做不出来的。

可是，宋宇贤会！

宋宇贤说到的事情，就一定会做到！这次门主不在，他更加可以为所欲为了！

现在元宝的脖子上无疑悬着一把刀，随时随地只要有机会就等着把她了结了。

元宝气哼哼地离开书房，回到自己的屋子里就用一张大大的纸写了“宋宇贤”三个大字贴在墙上，用小针使劲地戳那三个大字。

“我戳死你个死人脸。”

“咳咳……”就在元宝戳得进入疯癫忘我境界的时候，身后突然响起了重离的咳嗽声。

元宝闻声迅速把纸给撕下来，用大笑掩饰刚才自己幼稚的举动：“哈哈……哈哈哈……”

重离额头的青筋突突地跳：“疯了？”

“没有。据说大笑能缓解压力和疲惫，我这是在放松。”

“你还是找无期楼主开点药吧。”重离好心地提议。

元宝哼了一声，她正常得很，并且问道：“你来找我干吗？”

重离把手上的一套特制运动服递给元宝：“明天开始，早上起来跟我一起跑步。”

跑步她没异议，重离做什么事情都很认真，既然要教她，他必定会用他自己的方法来带着她。只是，元宝撑开连体运动服看了一眼，忙丢到一边：“你一大早的，要我穿这种胡萝卜一体装出去跑步？”

“此乃我亲手所做，透气、舒适、方便清洗，我每天都是穿着这套出去跑的，比你穿任何衣服都适合。”

“怪不得长那么帅没有女孩子追你。”元宝一副“我终于明白了”的表情，“你这一身出去了，男神形象从此和胡萝卜融为一体。”

“那又如何？”重离无所谓地耸耸肩，“要是真正喜欢一个人，是不会因为换了一件衣服就不喜欢的。”

“这是形象问题！形象问题！你看门主什么时候穿过彩色的衣服了？你看宋宇贤什么时候穿过艳丽的衣服了？你要学会打造自己，成为新一代的穿衣打扮领军人物。”

“把自己弄得再好，不也是给别人看的，有那工夫还不如练武。”

元宝深深地叹了一口气：“你没救了。”

“我走了。”重离也懒得跟元宝废话，明天教她的话，又得耽误一天的学习，他只有提前做完，于是，丢下一句“不要赖床”就离开了。

元宝一想到明天开始就要全力以赴努力学习，应对三个月后的会选，就浑身充满了力量。只是，却由于兴奋过度折腾到快天亮了才睡着。然而，她才睡着没多久，锅碗瓢盆的大合唱就已经把她给吵醒了。

元宝看着面前举着锅铲和锅的一棵胡萝卜，迷迷糊糊地呢喃了一句“怎么胡萝卜也变那么大了”，翻个身又睡了过去。

重离看她又睡过去，气得拿着锅就冲着她的床板狠狠一拍。元宝直接给吓得跳了起来。

“啊——重离你要死啦！天都没亮你就把我叫起来！”元宝崩溃，冲着重离就是一吼。

重离才不管她的叽叽歪歪，把那件他自制的胡萝卜装往床上一丢，说：“穿上走！”

元宝看着那件充满了弹性的连体衣，忽然有种淡淡的忧伤，她要继续这么拧着他，回头把重离惹毛了，她的小日子就不好过了。可是不拧吧，她又老觉得一个正常人为什么非得把自己打扮得跟个胡萝卜一样啊！

“发什么呆呢？快穿！”重离不耐烦地催促起来。

元宝愣愣地看了他手中的衣服半刻钟，实在没有办法，长长地叹了一口气，只好老老实实地把衣服穿上。好在这个点儿起床的人不多，不用太担心自己这副形象会被别人看到。

然而，元宝真不知道玉瓷是不是嵌了一个眼睛在她身上，怎么每次她一出糗，就必定会有他呢？

“哎哟，好大一只胡萝卜啊！”玉瓷坐在元宝跑步必经的大石上，她每一次经过，玉瓷就会这样大声地调笑她。

“你不用睡觉的吗？”元宝被他气得正想去抽他，真没见过比他还无聊的人了！他起那么早就是为了来挤对她的吗？她要是没记错的话，就在几天之前，他好像还要杀了她的吧？他不觉得他现在没事儿人一样出现在她的面前很奇怪吗？

元宝实在想不明白玉瓷这脑子里到底是什么组成的，怎么就从来都不按常理出牌。元宝跑着跑着，为了和玉瓷吵架，情不自禁就放慢了步伐。重离面无表情地瞥了一眼在旁边叽叽歪歪的玉瓷，只觉得他和元宝一样聒噪。只不过，玉瓷毕竟是林白首亲口所说，重点培养的人，重离和他不熟，也不好拿他怎么办，只能朝元宝下手。跑到她的旁边，与她平行，冷冷地瞪着她："专心点！认真跑步，别废话。"

元宝看着重离有种头插在胡萝卜上的感觉，又怕一句话不合意，重离回头气得翻脸不教他了，所以，还是很老实地强忍着笑意跟在他身后跑。

只是，玉瓷看她不再和自己吵，竟然跑到了她的身后追着她一个劲儿地嘲笑她，说什么要做一个胡萝卜盛筵。

元宝气得凶巴巴地吼他："你要再敢笑我，回头把你做成胡萝卜！"

玉瓷听她反驳，笑得更加欢快了："我哪里笑了，就是嘴抖了一下而已。"

"你得癫痫了吗，大清早就在这里发病。"元宝啐他。她真恨不得找个地洞钻进去得了。怎么会有玉瓷这种随便做什么事情都让人很想把他塞回重造的人啊！玉瓷就算了，还有重离，跑步而已，他就不能别搞这么些个乱七八糟的名堂吗？他不嫌弃丢人，可不可以稍微考虑一下别人的感受啊！

元宝越想越觉得糟心，彻底无视玉瓷。玉瓷跟着她跑了几步也没了兴致，挥挥手继续回去睡觉。元宝跑着跑着没搭理他，倒也没注意到玉瓷什么时候离开。起初几圈的时候，她还能追到重离身后，一边跑一边和重离商量着换衣服的提议，到了后面，她累得一个字都不想再说，甚至越跑越慢，都快跟走差不多了。重离跑开好远才发现她竟然没有跟上自己，又重新折返回去，竟看到她跪在地上大口地喘气，心下一惊，急忙跑了过去："元宝，你怎么回事？"

元宝听到重离的询问，顺势抓住了他的胳膊，大口大口地喘气，因为身体的关系，贪生怕死的元宝以往除了参加会选的拔河项目时会这样跑以外，几乎不会做如此激烈而持续的运动，身体还是有些无法承受，面对着重离的催促，几乎呈现走的状态："慢点慢点，你这跑得太快了。背后又没有人追，干吗这么拼命呢。"

重离淡淡地瞥着她，他都没让她跟他跑一个速度了，她还那么叽叽歪歪，跑步而已，怎么就那么娇贵呢？

重离哼了哼，说："你这才跑了几圈啊！"

"我觉得你这种冲刺型快速跑法是不健康的，你要像我这样慢跑，这样才能锻炼身体，这样才能利于提高耐力。"为了保证将来自己不会死在半道上，元宝好心地劝起了重离。

重离一副早知道你又有歪理的样子瞪了她一眼，说："既然这样，那就再绕山跑三圈。"

"你杀了我吧……"元宝崩溃，但一想到和玉瓷的赌约又按捺住性子，在重离的催促下，不得不挣扎着继续跑了起来。直到天色大亮，重离这才放过了她。元宝浑身累得跟散架似的，双脚不听控制地哆嗦着，本来半盏茶能走回屋子的路，硬是走走停停，走了一盏茶的时间。不仅如此，元宝一边走还要一边接受长欢门里众人对于她这身装束的注目，好不容易捱到了住处，看着打开的窗户，疑惑地从窗户往里看了看，里面也没有人。

"耶？我明明记得临走前这窗户我关了的啊。有可能被风吹开了吧。"元宝仔细地想了想觉得有些奇怪，但因着身上的酸痛也没多想，就想赶快回去躺下来歇会儿。谁知，刚一坐下，柳唯唯就一脚踹开了她的房门。

"元宝，今天开始上课了！你怎么还没……"柳唯唯怀里抱着一堆书朝元宝一吼。在看到元宝那一身来不及脱掉的衣服以后，剩下的话还没说完就被自己的狂笑声所淹没。

"哈哈，哎呀，哎呀，笑死我了，笑得我腰都直不起来了。元宝，你竟然和重离穿情侣装。哈哈，看来你也好这一口啊。他早上拉你跑步去了吧。哎哟，他也太搞笑了。不过，元宝你也够搞笑的啊，你竟然还配合他穿了。你这一身要穿出去走那么一圈，一定会轰动长欢门的。哈哈，从此你就更加出名了……"

"能不挤对我吗？"元宝无奈地瞪着柳唯唯，要不是她现在连换衣服的力气都没有，她怎么可能穿这种衣服，"行了行了，笑一会儿就够了，你还没完了，真是的。"

柳唯唯笑得前俯后仰，元宝这么一说，她笑得更欢乐了："不行，我这停都停不下来。你早晨干吗不叫我啊，哈哈，叫我的话我还能去围观你们两根萝卜去！"

“你够了啊！”元宝气得直瞪眼，霍地站起来，也不管累不累了，哆嗦着双手就把衣服给换掉。

柳唯唯一直笑到都快得哮喘了才停下来，往刚才被她丢到桌子上的书中一指，说：“这些都是我给你准备的复习资料，我们现在开始上课。”

“让我歇会儿成吗？”

“不行。”柳唯唯拒绝，突然又收敛了笑容，一副夫子的样子认真说道，“我忙得要死，这都还是抽空教你的。过了这个村就没有这个店了，你给我麻利点，我们马上开始上课。”

“唯唯，你也化身女霸王了！”元宝平日里懒散随意惯了，做什么事情都是想一出是一出的，就算因为被刺激了她才想到要参与会选，过了那个劲头她难免容易陷入以前的那个状态里去。现在突然让她加强了紧迫感，一时之间还有点不太适应，但考虑到自己这次是求人办事，仍然强忍着静下心来，听柳唯唯给她总结情报收集的课程。

只是，柳唯唯还没说几句话，就有人敲门，把柳唯唯叫了出去。

听着那个人的话，元宝不经意间看到柳唯唯脸上的表情越来越严肃，于是，好奇地把书抬起来，假装一副仔细阅读的样子，实则是试图从他们谈话的只言片语间打探到什么消息。只不过，消息没有打探到，反倒因为她太专注地偷听，身子过于侧倾而摔了一跤。等她手忙脚乱地从地上爬起来的时候，柳唯唯已经谈完，抱歉地冲元宝摆摆手说：“元宝，你先自己看着吧，楼里有点事情我得回去处理一下。”

元宝有些纳闷，林白首一走，长欢门里比较有经验和声望的管理者都被一并带走，本来门里所剩的人就不多，更何况大多是近几年的新锐，除了安排了要职的，其余的都属于闲散人士，柳唯唯就是闲散人士之一，真要出了什么事情，怎么说也轮不到她来处理的。

“是不是发生什么事情了？”这是元宝能想到的唯一可能。

柳唯唯听到她的询问，四下看了看，不太放心似的又跑去把窗户关上，才凑到元宝的耳边悄悄地说道：“你和玉瓷到底是怎么回事？”

元宝被柳唯唯问得懵了一下，怎么又和玉瓷扯上了？元宝的脑海里蓦地闪过玉瓷和林白首对峙的那一幕，想起他那张温柔的笑脸背后，浑身所散发出来的狠戾就后背一凉，无比怨念道："我和他怎么回事，我都告诉你了啊，无意中撞见啊，然后一直被他当人质威胁，就为他，我一世清白就这样毁了！要不是他，我用得着和宋宇贤扯到一起吗？我现在会这样，全是他害的，你说我和他怎么回事！"

"可是，他一出现，长欢门的古雌钥匙就丢失了。"

"我知道啊，但是也并不能肯定钥匙就是他偷的啊。"元宝事后也想过，当时玉瓷几乎一直都和她在一起，按理说他是没有机会偷钥匙的。更何况，元宝在和他交手以后，大致能判断得出，以玉瓷这身手，闯入长欢门的时候就受了伤，想要硬闯浮屠塔几乎是有去无回的。就算玉瓷偷钥匙有可能是为了救活他哥哥，但毕竟他哥哥的头都找不到了，玉瓷无疑是白费心机。以他那种有利才为之的性格，不像是会做无用功的人。所以，在元宝的潜意识里，始终觉得偷钥匙的另有其人。

如果门里同时出现了两拨儿人，那一拨儿人一直在暗处，而玉瓷根本不过是替罪羊呢？

元宝深深觉得，那样的情况，会比现在这个更加可怕。

"他是最大的嫌疑人。"柳唯唯不知道元宝心里想的是什么，只笃定道，"和你一样。"

就为玉瓷这事，元宝憋了一肚子的委屈，正准备和柳唯唯好好说一说这个问题呢，就被她率先打断："就算门主把这个事情压下来了，也是暂时的。元宝，你心里也应该清楚，钥匙一天找不到，你和玉瓷的嫌疑，就一天都洗不清。就算是宋宇贤，也包庇不了你多久。"

元宝沉默了片刻，这她当然知道。所以，她才会那么迫切地想要离开长欢门，想要去找到古雌钥匙的下落。但听柳唯唯这口气，好端端地扯上了玉瓷，又扯上了钥匙，莫非有什么进展了吗？

元宝想着想着激动起来，忽然一把拽住柳唯唯，压低声音问道："是不是有钥匙的消息了？"

"小声点！"柳唯唯猛拍了元宝一下，警惕地在屋子里逡巡了一圈，才凑近她的耳朵小声道，"刚才接到消息，门里抓到了一个叛徒。"

"叛徒？"元宝赫然一惊，"什么情况？"

"据说那个人不是六楼众，想离开长欢门，被抓住了。"

"那怎么确定就是叛徒了呢？长欢门里以前也有过这种考不过会选，但是偷偷离开的情况啊。又不是所有人都能接受一辈子老死在长欢门里。"元宝还有些难以置信，总觉得那个"叛徒"应该是个很厉害的角色，都能让门主和六大楼出动了，怎么能一下子就被抓住了呢？

柳唯唯无奈地冲她翻了个白眼，说："具体情况得去了才知道。或许是他身上有什么东西，引起怀疑了吧。"

"确定那就是偷了钥匙的人吗？"元宝还不甘心，继续追问。

柳唯唯摇了摇头说："不知道，听说现在由宋宇贤在审问。"说着，站了起来，"宋宇贤要求信陵楼全部到达，也不知道他想干吗，我不和你扯了，先走了。"

"唉，等等。"元宝心里的一颗大石被柳唯唯悬了起来，这都还没说清楚呢，她就要走，于是，急忙拉住她，"那人叫什么？你给我说说，我心里还有点底，好歹这事也和我有那么点关系。"

"我也不知道是谁。不过门里现在也就那几个人，猜一轮也没剩几个。"

"算了，我跟你去吧！"元宝毕竟是偷钥匙的嫌疑人，现在难得有了钥匙的消息，又还是在门里，她可不想坐以待毙，像之前那样被动。于是拽着柳唯唯就要跟着她去。

柳唯唯一脚把她给踹到旁边："你就别去添乱了。宋宇贤在地牢审人呢，有他在就够了。更何况，这事除了信陵楼的人，其余谁都不知道。你别一激动就把这茬儿给说出去了，我都是冒着触犯楼规的风险告诉你的，你自己知道就行，在这里待着好好看书学习，等我消息吧。需要你的时候，宋宇贤自然会派人来叫你的……"

柳唯唯说完也不等元宝开口，风风火火地踹开门就一路狂奔离去。

柳唯唯一走，元宝根本静不下心来看书，在屋子里转来转去，总觉得好歹这人也是和钥匙，甚至说和她的前途有关的人，她什么也不知道也不行。本来她在门里人缘就不好了，万一那个人诬赖她咋办？

只是，说到这里，元宝自然就容易想到了另外一个和她情况相同的人——玉瓷！

如果玉瓷和这个人是同党，就算是为了自保，玉瓷现在也不可能无动于衷，到时候用脚趾头都能知道，玉瓷肯定知道钥匙的下落。

如果不是同党，那么，有可能元宝的猜测就没有错，长欢门里混入了两拨儿人，甚至，还有可能是两拨儿的叛徒！

比起第一个来说，第二个要更为可怕！

元宝越想越觉得后背发凉，这是她的家，她一直以为所有人都会团结一致，相亲相爱的家，现在被这么两个老鼠屎给搅了，她怎么能眼睁睁地看着这锅汤变浑！况且，这正是体现她爱家的时候，怎么能还在屋子里待着看书，她必须要做点什么！想到这里，元宝顿时有种身兼重任的感觉，既然叛徒那里有宋宇贤守着，她现在也去不了。那么，她就从根源着手，先去看看玉瓷！

第五欢　陷害

石桌旁坐着的那个人，自从喝起第一盏茶，就一直保持着相同的姿势没有变过。细碎的阳光透过枝叶，斑驳地在他的脸上投下阴影。即使对面无人，此人脸上也依然保持着似笑非笑的弧度。一身月牙白的长衫，高贵中流淌着一股洒脱，举手投足之间宛如春日的一抹阳光，任何人看了都会被他四周所散发出来的暖意融化。

只是，太暖和了，就容易让人有种昏昏欲睡的感觉。

就在躲树枝上偷看的元宝都快要睡过去的时候，玉瓷总算有了点动作。

玉瓷扬了扬头，招招手唤来了使唤丫鬟，替他换了一壶茶水，在丫鬟不知道为什么会羞红脸狂奔离去的羞涩中，玉瓷特别无辜地看着她的背影愣了愣，随即甩了甩头发，继续在椅子上做活雕塑。

“风骚。”元宝忍不住啐他一句。她以前一直觉得这样的词是专为女人而出现的，现在才发现，这个词其实就是为玉瓷量身定做的！大老爷们儿一个，真没见过比他还做作的。不就是换个茶水而已，有必要弄得跟唱戏一样吗？

不过，骂归骂，元宝在这里都偷窥他好久了，也没有见玉瓷有什么不一样的举动。看着他，就像根本不知道叛徒被抓这回事似的。事不关己，该干吗还是在干吗。

但是，元宝转念一想，长欢门一向门规楼规森严，一旦下令不准外泄的秘密，两个人知道的，就是死也不会有第三个人知道。这事既然只有信陵楼的人才知道，玉瓷不知道也应该是正常的。

可是，为什么那个叛徒，早不跑，晚不跑，偏偏现在才跑呢？

这事就是经不住细想，越想就越复杂。

“啪”的一声，当元宝觉得再想下去脑子都快要炸了的时候，一个杯子朝着她飞了过来，幸亏她反应及时躲了过去，却也因此而引得树叶哗哗作响，暴露了踪迹。

“完了，被发现了。”元宝暗道，急忙朝着旁边的一棵树爬过去。

玉瓷用眼角的余光扫了她一眼，本以为她会下来了，想不到竟然又爬旁边一棵树上了，忍不住嘴角一抽，说道：“看够没有？”玉瓷温柔地询问还赖在树上不下来的元宝：“都看了一炷香的时间了，你对我是有多着迷，看那么久了都不现身。要看直接在我面前看，不用藏着掖着。”

元宝翻了个白眼，一边顺着树干往下爬，一边嘀咕这人怎么随时都跟一只发情的孔雀似的。

元宝的脚刚碰到地面，转身就被突然出现在眼前的脸给吓了一跳，脚底一滑，重重地扭了一下。就在她被这突兀的一扭弄得险些跌倒的时候，玉瓷像是早就算计好似的，快速地出手把她给抓到了怀里。

元宝被这措手不及的意外弄得懵了一下，意识到自己被玉瓷这只发情的孔雀给抱在了怀里，她的清白又被他毁了一次，元宝的脑子就跟一团糨糊一样。元宝的耳朵贴在玉瓷的胸口，听到来自于他胸腔强有力的心跳，扑通扑通，一下又一下，仿佛鼓点一般。她平静的心跳顿时就被这鼓点打乱，耳根刷的一下就烧了起来。

玉瓷看着怀里的元宝像煮红的虾似的，就忍不住想捉弄她一下：“元宝姑娘，虽然我很不想开口煞风景，但是，考虑到你现在貌似是那个代理门主宋宇贤姘头的身份，就算我帅得让你神魂颠倒，你好歹也得为你家汉子考虑一下。抱够没有？嗯？”

听到玉瓷的调笑，元宝只觉得自己像被丢到了滚烫的锅里煮过一般，说得好像她多喜欢抱着他似的！还不全赖他！元宝又急又气，手忙脚乱地挣脱他的怀抱。

元宝虽然平时跟个混世魔王似的，但是，她到底和其他未过门的女孩子一样，哪里和男子有过如此亲密的接触！一想到她的初吻上次被玉瓷给夺走了，现在她又被他占便宜了，羞愤交加，指着他道：“你，你，你，你你……”却怎么也说不出一句完整的话。

玉瓷看她这副模样笑得更欢快了，难得整她一次，她的表现总让人乐趣无穷。

元宝看他那骨子的得瑟劲儿，索性也不和他废话了，瘸着一只腿，在旁边找了一根树枝就要和玉瓷拼命！

只不过，元宝刚才被吓得有点狠，脚踝上都肿起了一个大包，行动起来极为不便，甚至每走一步都钻心地疼，只好用吼的："你过来干什么？你好端端地坐在那里，谁让你过来的！

玉瓷一副假惺惺被她的树枝打伤的模样，"哎哟哎哟"着跳到了椅子上重新坐下："我这不是给你机会欣赏我帅气的容颜嘛。"

"……"元宝抓狂，见过带病的，没有见过比玉瓷病得还重的！他已经无敌了！

不知为何，元宝忽然有些怀念玉瓷狠戾的时候，至少那会儿他还不至于把人给逼疯，属于正常范畴。

元宝恨不得立即把所有和玉瓷有关的记忆都抹掉，她怎么偏偏遇到个这么不要脸的皇子！

玉瓷跟她打闹了一会儿，瞥眼瞅见她脚上肿起的大包把鞋子都给撑大了，眉头不禁皱了起来。他本以为刚才根本不过是元宝在演戏，却没有想到她的脚竟然伤得这么重，颇有些愧疚地看了她一眼。再这么下去，她短时间内都无法走动了。

玉瓷不敢耽误，在元宝的错愕之中，为了安静，点了她的哑穴，将她打横抱起，无视元宝的反抗，直接抱回了屋内。

长欢门里，即使是下人也经过特殊的训练，基础的急救知识每个人都会一点，于是，玉瓷直接叫来了丫鬟，单独在屋子里替元宝简单地敷了一点药消肿，自己则在外面继续喝茶。直到一切都弄完之后，玉瓷才重新进屋解开元宝的穴道。

而憋了好一会儿，在心里把玉瓷骂了个遍的元宝，一看到玉瓷刚想发作，呵斥他的时候，他已经兴致颇深地为她倒了一杯茶，端给她，在她开骂前率先提问道："现在不是你补习上课的时间吗，怎么有这闲情逸致来看美男？"

"请把最后两个字去掉，谢谢。"元宝一字一句几乎是咬牙切齿地说的。

末了，又狠狠地瞪了玉瓷一眼，决定不和他纠结自己的问题，严肃地转移话题道：“我是来找你谈正事的。”

“哦？”玉瓷意外地挑眉，“我倒是很好奇，你找我能有什么正事。”

“放心，绝对是很正很正的事情。”元宝正襟危坐，也不和他绕弯子了，直接开门见山地问，“玉瓷，你来门里真的是为你哥哥报仇的吗？”

玉瓷被她问得一愣，心底百转千回，面上却一如既往地笑着：“你觉得呢？”

“我觉得不像。”

玉瓷眼眸一沉，问：“怎么不像了？”

元宝没有看到玉瓷眼中开始弥散的阴郁，想了想，认真地回答：“你没杀死门主。”

“哦？何以见得？”

“你其实是有机会杀死他的，但是你没有，虽然这只是我的猜测，但是，再精明的一个人都会有掉以轻心的时候。我是觉得，你既然没有杀死门主，就说明你其实当时并没有存着必杀的决心。门主常常念叨一句话，若一个人真动了杀心，那没有谁是杀不掉的。”

听着元宝的猜测，玉瓷脸上的表情千变万化，就算他现在笑着，却让人有着危险的感觉。“看不出来，你还有这心思，我倒是小瞧你了……虽然你说的是错的。”

“拉倒吧。”元宝没有继续说下去，很多问题点只能点到为止。

在来的路上，元宝有想过，如果直接问玉瓷，是谁告诉他关于长欢门的事情的，那么，以玉瓷的精明，要猜到叛徒被抓不算难事。假设那个叛徒和他有关，很有可能玉瓷会做出杀人灭口、消灭证据这种事情，反而对审问不利。假设那个叛徒与他无关，那么，也有可能引起另外一拨儿叛徒的怀疑。毕竟，现在玉瓷在长欢门里，身后有无数双眼睛在盯着他，还有他的一举一动。所以，这个时候，玉瓷最好还是什么都不知道的好。更何况，就连元宝自己都没有察觉到，她对玉瓷的情感，已经不是最初看到他时那样了。

元宝的脚此时虽然擦了药，却还是疼得厉害，从早上累到现在都没歇一会儿，现在正好有时间，索性往床上一躺，看着床梁问：“玉瓷，如果有一天你真的拥有了长欢门的古雌钥匙，你最想做的事情是什么？”

“我对那个钥匙没有兴趣。”

“不用那么小心，我就是随便一问而已。”元宝真受不了他这个多疑的性子。有些话她只能和他聊，他却总是这么小心翼翼，好像她非得套他话似的。

玉瓷怔怔地盯着她，似乎想从她身上看出她说的是不是真话，过了半晌才难得认真地说：“我想让我在乎的人都活着。”

“好自私的想法，但是……”元宝顿了顿，翻个身看着玉瓷，“如果换成是我，我也会这样。”

“是吗？没看出来。”玉瓷眼中的元宝，应该是那种，宁可牺牲自己，天下人都好的。甚至可以说，她一定会是像林白首一样，为了集体利益而牺牲个人利益的那种人。突然听到她这么说，还有些难以置信。

“因为我在乎的人很多。”元宝郑重道，“长欢门里的每一个人我都在乎，哪怕他们很讨厌我。”

“你倒是博爱得很。”玉瓷嗤笑，“我看你这是缺爱的表现吧。”

“你才缺爱呢！”元宝听到他挤对自己，不服气地朝他习惯性地踹了一脚，却忘记了脚还受着伤。于是，当她的脚踹到他身上的时候，她就已经疼得跳起了老高，一时没把握好，从床上摔了下去。同时，也因为她摔下去的时候随手在空中胡乱一抓，正好抓到了玉瓷的前襟，于是，连带着玉瓷整个人重重地压到了她的身上。

正所谓没有更奇葩，只有最奇葩。

玉瓷本来觉得元宝已经算得上是千年一朵的大奇葩了，她不但不反思悔改，甚至越演越烈，向着流氓奇葩努力着。玉瓷自认历经各种女子，却没有哪一个会像元宝这样无礼的，压到她身上的时候，就连他自己都懵了一下。身下柔软的触感让他恍遭雷击，木木地愣在原地半天，全身像被定住一样无法挪动。元宝的呼吸喷到他的脸上，带着少女特有的气息，让他一阵迷乱，心跳在一瞬间骤然加快，一股奇异的感觉涌上心头。

两个人大眼瞪小眼地看着对方，还是元宝率先反应过来，用力把他给推开，并咆哮道：“玉瓷你个死流氓！”

玉瓷被她推开，撞到了背，疼痛让他顿时清醒过来，急忙理了理思绪，用笑颜掩饰刚才的慌乱：“就知道你看到我就把持不住自己了。唉，太英俊了也是一件很麻烦的事情。”

“我呸。”元宝啐他，她觉得不能再和他待下去了，再待下去晚节不保。元宝碎碎念着玉瓷如何如何流氓，浑然不提玉瓷会这样，全是因为她自作孽导致。

玉瓷听她叽歪了一会儿，情绪也平复下来，看元宝半天也没能站起来走出去，无奈地叹了一口气，把她重新抱回床上。看到她经过刚才那么一折腾把纱布也折腾开了，不知为何，脑海里蓦地闪过年少时任性吵闹的自己也曾这样无理取闹过，看着元宝，他仿佛看到了当年的自己，说不上为什么，竟会有些淡淡的心疼。再次叹了一口气，在床边坐下，情不自禁地替她把纱布重新包上。

玉瓷冰凉的手指让元宝悚然一惊，急忙把脚抽出来，却又被玉瓷抓了回去按住：“别动。”

“你想干吗？”元宝一副你是臭流氓的样子瞪着他。

玉瓷就知道她会这样，懒得搭理她，只专心替她把纱布裹好。

元宝挣扎了一会儿实在没他力气大就放弃了，看着玉瓷专心的样子，元宝心里漫过一丝丝温暖。他是当朝的三皇子，却会为她这种小虾米裹纱布，他那么高高在上，她又那么平凡无奇，在元宝的印象中，他应该是那种颐指气使的人，想不到他却也有如此细心的一面。可是，也正是因为如此，元宝不得不怀疑，他的皇子生活，有可能并没有想象中那么好。

元宝总觉得两个人之间的沉默有点诡异，于是主动找话题问他：“你想你哥哥复活吗？”

“不想。”玉瓷简单干脆地回答。

“为什么？”

玉瓷抬起头来看了元宝一眼，笑了笑没有回答她。

很多人死了就是死了，纵使再爱，再在乎，也还是死了。他不想改变什么，也害怕改变。毕竟，他很早也就明白，凭一己之力很难改变很多事情。更何况，他已经沿着这样的轨迹生活了那么久，如果有一天发现他所走的这些路都不见了，这无疑是抹掉了他的存在，抹掉他为走上这条路所付出的一切。

或许，他会疯的吧。

这么多年，他一直打探消息，想要的其实只是一个交代而已。

一个当年为什么宁青墨会丢下他，离开的交代而已。

可是，这种话说出来有谁会信呢？更何况，当年哥哥的死还和古雌钥匙有关。好巧不巧的，他的出现也和古雌钥匙扯上了关系。虽然在来到长欢门之前，那个人就和他说过，任何外人，一旦踏入了长欢门，就注定和古雌钥匙脱不了干系。但是，他也不可否认，有朝一日他若真有了钥匙，他也不会拒绝上天给予的任何东西。

元宝看着玉瓷脸上的笑容渐渐地隐没下去，想到那一夜，他跪在那具无头尸体前的哭泣，心里转了一百道弯，似乎是明白了什么，叫住了他："玉瓷。"

"嗯？"

"你是不是来长欢门查什么事情的？是查和你哥哥有关的事情吗？"元宝试探地问。

玉瓷正在拉卷纱布的手一滞，冲元宝温柔地笑起来："你猜。"

"去死。"元宝知道和他没法好好说话。

元宝看着玉瓷脸上重新恢复的笑容，笃定了自己的猜测。看来，玉瓷真的是和叛徒无关的。

因为，玉瓷不是冲着古雌钥匙而来，所以，钥匙的丢失对于他来说，都无所谓。更何况，林白首都包庇了他，这从侧面也反映了一个问题，那就是林白首其实一早就相信了他和钥匙无关。要不是因为两个人正好在那个时候撞到枪口上了，导致被怀疑，如果是早一天，或者晚一天，很有可能就不会有他们什么事情了。

只是，就算玉瓷和偷钥匙的人无关，把长欢门入口秘密，还有门里事情泄露出去的，也必定是门里的叛徒。虽然，玉瓷这里的叛徒和钥匙的失窃可能无关。但是，玉瓷身后毕竟有一个叛徒，这一点怎么也让元宝无法释怀。林白首对他再包庇，她也无法把他当成真正的门众来看待。

那么，姑且不算玉瓷身后的人，现在最值得怀疑的，显然就是另外一拨儿叛徒了。而控制着叛徒的那个人，很有可能现在还在门里！

对，元宝忽略了一点，玉瓷既然肯为了那个叛徒守口如瓶，那个人就绝对不会是一般的小喽啰。而现在抓的这个人连六大楼的人都不是，就说明其实背后的身份没那么复杂，或者更复杂。

况且，很有可能顺藤摸瓜，能找到他的幕后指使，或者他就是那个偷钥匙的人！

元宝越想越激动，事情发展的可能也越来越多。与其这么胡思乱想下去，还不如促进事态的发展看看，也许会带来不一样的效果。

这是元宝现在能为长欢门做的唯一的事情了，元宝好像是发现了什么了不起的事情似的，激动地想把这个猜测立即就告诉宋宇贤。于是，也不管脚上的伤了，在玉瓷替她重新包扎好以后，逼着他给自己找了一根拐杖，瘸着腿就要去找宋宇贤。

玉瓷不知道她这是打哪儿来的澎湃之情，看着她一颠一颠地从这里跳出去的样子很是莫名其妙。本来想跟着她去看看她这是搞的哪一出，元宝却死活不让去。玉瓷只好把她送回了自己的屋子就回去了。

而元宝等着玉瓷一走，纵身就从床上翻了起来，抄小路一路偷鸡摸狗地去找宋宇贤。

可是，此时的宋宇贤却为了叛徒的事情忙里忙外，元宝一直没有机会见到他。

元宝本来还有些生气，但转念想了想，她能想到的事情，以宋宇贤的才智，难说早就想到了。与其这样一直盲目地等着他来见自己，来确定她的猜测，还不如自己动手。

反正她也知道叛徒被关在了哪里。

于是，元宝回到自己的住所换了衣服，把脚给死死地捆紧以方便行动，一直等到夜深人静以后，才换上了夜行衣，偷偷地潜入到了地牢里面。

长欢门素来门规森严，门里的人，一般犯了错，大多是死路一条，被拖去滋润大地了，鲜少有被关到地牢里的。用林白首的话说就是，占地方，占粮食，占空间，养个废人浪费时间。所以，地牢基本上是一个为了整体格局好看，摆设性的东西。

除了元宝从前经常做错事被林白首关到这里惩罚以外，可以说，地牢从建立起，就几乎没有什么人来过，平时更没有什么人来打扫。阴暗潮湿的地牢里，老鼠、蟑螂横行，偌大的蜘蛛网几乎把过道都给霸占了。暗无天日，阴风阵阵。要不是元宝曾经老被关在这里，已经对这里稍微有了点心理准备，否则，任谁进来都受不了这种阴森可怕的气氛。谁知道这里面有没有死过什么人，会不会闹鬼什么的。

只不过，就算是来过，元宝也依然对这里有所畏惧，一边扒拉开挡住视线的蜘蛛网，一边在心里不停地咒骂宋宇贤是个疯子。审问而已，何必非得关到这里，就不能找个正常点的地方。只是，一心想要去看看叛徒是谁的元宝却没有料到，自己进来会那么容易。她之前甚至想过宋宇贤一定会派重兵把守，准备一系列对付重兵的胡椒粉什么的。想不到除了门口的两个看守以外，地牢里竟然没有一个人负责看管叛徒。也不知道宋宇贤是对自己太自信了呢，还是对这个叛徒太自信了。

元宝七拐八绕终于找到了叛徒的所在，空气里弥漫着一股刺鼻的血腥味，看着黑暗中的一个人似乎是在审问的时候经受了酷刑，像一摊烂泥似的被丢在角落里，一动不动。

“就知道宋宇贤不是省油的灯。”就算是面对叛徒，元宝也做不到看着他皮开肉绽而无动于衷，毕竟，这也是长欢门的一员，也曾是她的家人，她还有很多话想要问他。

元宝四下看了看，确定没人，轻声地喊了喊此人，却没有回应。于是，元宝索性溜进去在他对面一看！彻底傻眼了。

“这不是后山看大门的吗？！”只要是长欢门的人，就没有元宝不知道的。可是，元宝完全没有想到看门大叔这样平凡的一个人，竟然会做出背叛长欢门的事情。

是不是哪里弄错了？

元宝一时之间还有些无法接受，早上听了柳唯唯的话，本来还以为叛徒至少是会选没过被淘汰到闹心楼的，好歹有怨气，做出叛门的事情还能理解。这看门大叔，半截儿都插土里的人了，完全没有非得叛门的理由啊！

他真的是偷钥匙的人吗？

元宝实在想不明白，琢磨了半天才意识到情况似乎有些不对。自从她进来起，地上的人就没动过这也就算了，竟然连吭都没吭过一声，这也太奇怪了！

元宝后背一阵发凉，一股不安的情绪漫上心头，用脚戳了戳地上的人：“喂，醒醒，说句话呗。”

元宝戳了半天，地上的人都没有反应，她急忙走过去一触他的鼻息才发现，他竟然死了！

这不是刚抓来的吗，为什么就死了？

宋宇贤不是那么没有分寸的人，他怎么可能会让这么重要的线索死了！

元宝吓得跌倒在地，迅速地后退到角落里，可是，当她触及到角落的时候才发现，原来，负责看守的人竟然全部被杀死了！甚至，甚至还像是故意要隐瞒什么似的，被全部挪到了这里！

这到底是什么情况？！难道是有人蓄意谋杀？元宝脑海里倏尔闪过了上百种的可能，就在她还没有完全反应过来发生了什么事情的时候，黑暗的地牢里，突然涌入了一大群手持火把和武器的门众，把地牢照得透亮，并堵住了所有的出口，严阵以待地看着元宝。

元宝的心里咯噔一声，无所遁形得顿时愣在原地：“完了，中计了！”

到底是什么人，非得这样害她！她早就该想到的，那么重要的人怎么可能一个看守都没有！她怎么就能那么傻！这么明显的圈套都没看出来，还非得往里钻！现在该怎么办？

元宝看着一步步从人群后面走到前来的宋宇贤，无可挑剔的五官被闪耀的火光照得忽明忽暗，周身散发出来的阴冷气息像刀子似的，一刀一刀戳在元宝的身上，疼得她无法动弹。元宝一颗心惶惶不安地狂跳着，面对这突如其来的意外，她只知道一件事情：有人要陷害她！甚至，想要置她于死地！

宋宇贤看也不看地上的死人，面无表情地径直走到元宝的面前。当他的手扯下元宝脸上的面具的时候，元宝看到了他眼睛里一闪而过的讶异。随即，被汹涌而来的杀气所淹没。

时隔多年，当初第一次见到宋宇贤时的那种压迫和恐惧感再次袭来。元宝能很清晰地感受到宋宇贤在生气，非常生气！一股莫名的寒气从脚底升至头顶，元宝心里明白，宋宇贤不是林白首，从来都只相信事实，不会偏袒她！

更何况，还是这种跳进黄河都洗不清的情况！

她必须要做点什么！

元宝几乎是下意识地就一把抓住宋宇贤的手，求救般地喊道："我是无辜的，我一来他就死了，有人要害我！"

宋宇贤冷冷地瞥了她一眼，并不言语。把手从她掌心里冷漠地抽走，然后转身找了个地方坐下，面无表情地看着她。

"宋代理门主，嫌疑人被元宝杀死了，这事你怎么看？"宋宇贤的身后，有人看到元宝早就按捺不住，检查了地上的人已死后，见宋宇贤不说话，于是急忙追问起来。

宋宇贤一只手撑住下巴，依然没有开口，而是看着说话的人，示意他继续说下去。

"人是在元宝面前死的，她身上还沾着血，显然这是杀人灭口。我们好不容易才把叛徒抓来，差一点就能知道钥匙的下落了，现在好了，全没了。"

"就是就是。"

"我看，元宝根本就和他是一伙的，特地跑到这里来毁尸灭迹。要不是我们及时赶到，很可能元宝杀了人就跑了。"

"看她平时那副德行就知道不是什么好鸟，不就是得了个病吗，弄得好像自己多不得了似的。门主真是养了一个白眼狼，这么对她，她还想着叛门。真该拖出去按门规处置了。"

"人赃并获，宋代理门主可不能徇私偏心了……"

听着宋宇贤身后的人们没完没了地争论，元宝忽然发现，自己的人缘竟然那么差。

她是长欢门出了名的老废柴，从来都没有得到过大家的正眼看待。他们对她的讨厌从前她总是视而不见，习惯性地自欺欺人地告诉自己，这不过是打是亲骂是爱，门里的人也没有他们表现出来的那么讨厌她。可是，现在她才发现，他们对她的恨和厌恶竟然有那么深，甚至从来都没有停止过。无论她为自己编织怎样的谎言，无论她多么地爱这个家、爱他们，在他们的眼中，她不过是仗着门主的偏心，借着自己有病为借口，无用又多余的废物罢了。

而他们的一字一句，都想着置她于死地。

每一个人，都在讨论着元宝和死者有多大的嫌疑，讨论着惹人厌的元宝有多么该死，讨论着她这样废物般的存在就该有怎样的下场……他们那么热烈地细数着她有多么不好，有多么废物，有多么遭人恨，却没有一个人为她说话，没有一个人相信她。

在这一瞬间，元宝忽然觉得心里凉飕飕的，心中有一块地方被这片凉侵蚀，一不小心脱落了。人往往只有到了绝境才会明白，自己所生活的到底是一个怎样的世界。元宝深吸一口气，闭上眼睛不想再看见眼前这些人。这些她曾经那么努力地想要保护，想要为他们而活的人。

这个时候，林白首不在，不会再有人替她说话，也不会再有人帮她顶下一切意外和伤害，更不会有人站在她的身边帮助她。元宝静静地站在原地，耳朵里过滤了所有一切的嘈杂，脑海里不断地闪过这段时间以来的种种画面，过了半晌，她忽然捏紧拳头，猛地睁开眼睛，不行！她不能任由别人来决定她的命运！她必须要自救！

元宝努力让自己冷静下来，调整好情绪，等他们争论得差不多了，才开口对宋宇贤一字一句道："我是无辜的！我被人陷害了！"

元宝的话让宋宇贤一怔，他本来以为她会在这里上演一哭二闹三上吊的撒泼戏码，以为她会端出林白首索性和他们以暴制暴，却没有想到，在这样的劣境之下，她竟还能以冷静的姿态来与他交谈。

宋宇贤看着元宝眼睛里努力抑制住悲伤的要强样子，心里莫名地一窒。她是一个一直都活在林白首保护下的人，同时，也是活在门众们的指责和仇视中的人。所以，很多时候，她所犯下的错误总是容易被无限地放大。面前的元宝，不知是因为太冷，还是恐惧，单薄的身子在黑暗中瑟瑟发抖，脸上却依然在强撑。当那些指责和恶语朝着她袭来的时候，谁也没有记得，她不过是一个刚过了及笄之年的普通女子而已。看似荒诞胡闹的她，其实，一直都承受着很多别人所看不到的东西。此时的宋宇贤，为她的强忍而心疼，也为她的坚强所动容。曾经静如止水的心湖，不经意间被她掀起了一层层波澜。到底，他还是低估她了。

宋宇贤的指腹轻轻地摩挲着腰间的剑柄，不管怎么说，他们还是名义上的"相好"，她若真和叛徒有牵连，他也逃脱不了干系。

宋宇贤在元宝说完那一句话后，沉默了良久才走到元宝的面前问道："你是怎么知道他被关在这里的？"

"我，我……"元宝早上和柳唯唯谈话的记忆一闪而过，这到底是自己惹的麻烦，她不想把柳唯唯牵扯进来，更何况这还是触犯门规的大罪。可是，宋宇贤这么一问，一时间她支吾了半天却不知道该说什么是好。每次面对宋宇贤，她总是会莫名地少了几分往日里撒谎所能假装出来的镇定。面对宋宇贤，撒谎那可是一件技术活。

然而，不待宋宇贤追问，一直埋在人群背后的柳唯唯却站了出来，跪在宋宇贤面前坦白道："是我不小心告诉她的。"

"唯唯你……"元宝看见柳唯唯出来吓了一跳，正打算让她别扯进来的时候，柳唯唯的下一句话，就让元宝到了嘴边的话硬是被死死卡住，一个字也说不出来。

"但是，我没有想到元宝竟然会做出这种背叛长欢门的事情。"柳唯唯说的声音不大，回荡在耳朵里的却宛如擂鼓，震耳欲聋。她所说出来的每一个字都像是一根根刺，针针入骨锥心。

元宝瞪大眼睛，难以置信地看着跪在地上的柳唯唯，千算万算都没有想到，最好的朋友，竟然会在这个时候，捅她一刀！

"看吧，现在人证、物证俱在，想不到元宝竟然连自己的好朋友都利用，这样的人，门里根本留不得……"一句话激起千层浪，身后的人们看到在这个时候柳唯唯都和元宝撇清了关系，又继续叫嚣起来。

刚刚闻讯赶来的重离，听到柳唯唯的话，实在没有办法继续沉默下去，也来不及去管柳唯唯了，直接开口道："我觉得事情应该不是那么简单。嗯。据我所知，宋代理当时要求的是信陵楼的人到他那里开会，信陵楼里人多口杂，难不保谁说漏了嘴，让真正的凶手知道了叛徒的位置，所以才来杀人灭口的！嗯。"

"重离你什么意思，是想说我信陵楼有叛徒不成？"信陵楼的楼众听到重离这么说，顿时就不乐意了。

重离对于他们的吵闹不以为意，只看着宋宇贤继续说道："我认为，元宝就算知道叛徒被关在这里，也不一定能证明她就是真正的凶手，更何况，就她那点三脚猫的功夫能杀人吗？嗯。”

“为什么不能？谁知道她是不是伪装的。这个叛徒年轻的时候同样是闹心楼的，他们两个人半斤八两，更何况元宝馊主意多，设计杀人也不是不可能的。”

重离没有想到，他一直敬重的六大楼前辈们会说出这种强盗逻辑的话，瞬间被对方的话所激怒，扬声反驳起来：“那些负责看守的人也死了，这怎么解释？元宝如果真有那么好的武功，还会继续待在闹心楼里吗？嗯？还会连续四年都考不过会选吗？嗯？”

“这可说不定，没准是她早就计划好了的呢！”

“你……”重离一向不擅长与人舌战，眼看他们扭曲事实，被气得一口气差点没提上来，抽刀就要朝他招呼过去。幸亏元宝眼疾手快，急忙拉了他一下，避免他们起冲突。现在这个局势已经够乱的了，况且，在这个时候，最讨厌的重离竟然还会站在她身边替她说一句话，对于元宝来说，这就够了，真的够了！

然而，与重离交恶的人显然不想继续纠缠下去，直接把矛头指到了宋宇贤的身上：“宋代理门主，事实都放在眼前了，就算元宝是你的婆娘吧，但人赃俱在，你难道还要包庇纵容不成？难道你这个代理门主就只是用来摆着的？”到底宋宇贤消失了多年，门里一些新近的人对于他几乎毫无了解，说起话来也肆无忌惮，并未觉得这个代理门主有什么好怕的地方。

只不过，听到有人竟然敢用这种口气对自己说话，宋宇贤嘴上没说什么，却不易察觉地皱起了眉。

对面站着的那个人只感觉忽起了一阵风，片刻之后，脸上钻心的疼才让他瞬间清醒过来，方才意识到自己的下巴居然脱臼了。再看向宋宇贤，他依然站在原地，出手之快无人能及。对方甚至都没有看见宋宇贤是如何出手的！

宋宇贤的目光轻轻从那人身上扫过，却看得那人如芒在背，好像有无数的冰虫在啃食着自己的血管，一股压抑而恐惧的感觉油然而生，眼前的宋宇贤与传说中那个魔鬼相应重叠，吓得那人忙低下头强忍着痛，连叫也不敢叫了。

看着那人老实了，宋宇贤这才收回目光，冷冷地看了元宝一眼，挥挥手对身侧的人下令："带下去。"

元宝本来还想反驳什么，两侧突然冲进来的人就已经把她给打晕直接扛走了。晕倒之前，她只看到宋宇贤的嘴唇似乎动了动，和她说了一句什么，她都没有看清，重离已经冲到了宋宇贤的面前，试图和他争论什么，挡住了所有的视线……

元宝被扛走以后，宋宇贤扫了一眼众人，冷冷地说道："此事我会调查清楚，若再让我听到毫无根据的猜测……"宋宇贤不经意地打了一个哈欠，接着说："好久没有杀人练手了，我不介意找个人来陪我玩玩儿。"

宋宇贤的话让在场的气温瞬间下降了几十度。空气里弥漫出来的杀气，即使宋宇贤没有动手，都让人心生畏惧。众人纷纷点头表示赞同。传说这东西，有时候还是相信的好。

"如果元宝真是叛徒，我自会按门规处置。"宋宇贤冷淡说完便开始指挥众人把现场处理干净，并让人把死者的尸体送到无良楼，交给无期来验尸。

重离本来想参与，但碍于他并不隶属六大楼的身份，只好看着他们忙活。等到所有人都忙完了以后，重离才单独叫住了准备离开的柳唯唯问话。

"你为什么要害元宝？嗯？"

听到重离的询问，柳唯唯前进的步伐一滞，说："我不过是实话实说而已。"

重离冷笑一下，说："是吗？"

柳唯唯认识重离那么久，第一次听到他用这样的口吻嘲笑自己，转过身来看着重离，严肃地说道："重离，你别忘了，身为六大楼的楼众，做事情必须得公私分明。"

"是吗？"重离显然不相信她的话，"我看，公私不分明的人明明是你自己吧。嗯。"

柳唯唯脸色一沉，说："我不懂你在说什么。"

"你知道。"重离笃定地看着她，"你非常清楚自己在做什么。"

柳唯唯看着重离骄傲的脸，忽然笑了起来，声音不自觉地提高："你以为你很了解我？"

“不，我不了解你，我也没那个兴趣了解你。嗯。”重离走过去，一字一句缓慢地继续说道，“我只不过看元宝可怜而已。有你这样的朋友，我为她感到不值。在最紧要的关头，她还想着保护你，可是你呢？呵，朋友？我早就跟元宝说过，长欢门里从来都没有朋友，只是她从来都不信。我想，这一次她应该会信了吧……”

重离说完也不等柳唯唯开口，豁然转身离去。柳唯唯愣愣地站在原地，看着他渐行渐远的背影，嘴角的弧度一点点上扬，最终，到了顶端，无法抑制地大笑起来。来来往往的行人看着她的笑，莫名其妙地匆匆走过，谁也没有注意到，在她笑容的背后，努力掩盖着的泪水，早已溢满了眼眶……

元宝是叛徒的消息很快就传遍了整个长欢门，甚至，关于她如何叛变，柳唯唯如何大义灭亲种种之类的花边八卦也不胫而走，就连要把元宝按照门规处置，削头于大门前的各种猜测也分为数个版本流传出来。

玉瓷一边听着丫鬟们讨论着元宝的死活，一边翻弄着一只晒太阳的乌龟喃喃自语：“想不到她还真够能折腾的，刚消停了一波，又来一波。没完没了地提醒着别人注意，总是抽空就给自己雪上加霜的机会，你说，我要不要在这个时候，去嘲笑她一下呢……”

经过一下午的思想斗争，玉瓷还是决定去看看被关押起来的元宝。只不过，当他花了好几千两银子进去后，本来以为见到元宝，她要好好地跟他哭诉一番，却没有想到，元宝竟然像个死尸似的，从他进去起，就一直抱腿坐在床板上发呆，谁也不理。

玉瓷哼哼了半天，她都没抬起头来和他说一句话，就跟没看见他这个人似的。玉瓷都做好了她会发暴、挤对人或者絮絮叨叨求帮忙的准备，她突然来这么一手婉约做派，他一时之间还真不知道该怎么办！好歹也是出了几千两银子来的，总不可能就这么看一下活雕塑就走吧。于是，玉瓷索性找了一个大点的碎银子，丢到了元宝的头上。元宝被银子砸中，额头上瞬间肿起了一个大包，这才有了反应，抬起头来看到是玉瓷，翻了个白眼，直接躺回去背对着他睡觉了！

玉瓷看自己这么没有存在感，顿时就不乐意了：“喂，元宝姑娘，我又不是花钱来看你摆造型的，给我来两句，别浪费钱！我来的时候可没带多少银子，全花你身上了。”

“又不是我让你花的。”元宝小声嘀咕了一句，把掉在旁边的碎银子塞到袖子里，不想把自己不安的情绪传递给他人，“没心情跟你闲聊。”

“我可是心情很好地来看你笑话的。”玉瓷笑得一脸璀璨，“作为一个名人，一个随时随地都能折腾出不少话题的名人，我还是第一次见你这种每一次话题都把自己往死里整的。自打我来到长欢门起，你就总在风口浪尖上打滚，你也不知道歇一歇。”

他真的是皇子吗？

皇帝老子怎么会生出这么欠揍的儿子？！

元宝一听他说话就恨不得上去掐死他，任何严肃、危机的事情到了他嘴里，经他这么一说，总得变了味道，还真是奇了怪了！

“你是来吵架的吗？”元宝听到他这么挤对自己，忍无可忍地一翻身，快步走到他的面前，“你还好意思说！要不是因为你，我哪会被当成偷钥匙的奸细！”

“哟呵，自己不检点来赖我了，是我让你非跟我扯一块的吗？是我让你去牢里看那叛徒的吗？”玉瓷还以为，面对着家人的憎恨和厌恶，她会一蹶不振，堕落下去，看见她还会吵，玉瓷稍微放了点心。至少，她的情况比他想象中要好很多。

看着玉瓷宛如暖阳一般的笑脸，元宝不知道为什么，每次一遇到不好的事情，玉瓷就总会出现，真不知道他是不是属灾星的，怎么老克她！

“行了行了，我现在是叛徒，你别在这儿待着了，回头让人看见了不好。本来咱俩之间就已经不清不楚了。”

“有吗？你不是宋宇贤的姘头吗？咱俩有什么不清不楚的？”玉瓷听到她那么说，意味深长地笑了起来，“难不成你对我有什么不良的企图不成？”

“我呸，少往自个儿脸上贴金！”元宝真受不了他这个随时都开屏的脾气，他这病回头真得找人治治，“说吧，你来这里到底想干吗？”

玉瓷隔着房门在她对面坐下，沉吟片刻才说道：“其实我王府上还缺一个打杂的，看在你总是那么糟心的份儿上，我倒是不介意收留一下你。”

元宝听到玉瓷的话怔了怔，没有想到不过是刚刚认识了没几天的陌生人，竟然会在这个时候还想着为她另谋出路。甚至，不顾自己的安全，对她说出这样的话。相识了十多年的朋友，还不如一个相识了几天的陌生人。元宝只觉得有些好笑，已经渐渐变硬的心倏尔有股暖意漫过，到底，玉瓷其实也没有看上去那么惹人烦。

只不过，元宝心里却很清楚，考不进六大楼，就出不了长欢门。就算他给她留了一条离开长欢门的后路，现在的她，也没有能力离开长欢门。更何况，她能不能活着参加会选，都还是一个未知数。

“谢谢你。”元宝郑重地看着玉瓷说，“谢谢。”

玉瓷听到元宝这么说，有些无法适应她的认真，咳嗽了一声，转移话题问她：“你有后悔过吗？”

“后悔什么？”元宝被他问得一愣。

“你最在乎的人们，其实最想你死。”

元宝不知道想到了什么，在他问完以后，看着房梁发了好一会儿呆，才又笑起来，说：“我本来就是一个活不长的人，什么时候死，都是未知的。可是，玉瓷你知道吗，对于我这样的人来说，是会为了那么一丁点的温暖而努力的。”

“那温暖是什么？”玉瓷疑惑。

“别人对我的好，哪怕只有一点点，也是给予我的温暖。”

“你脑子让驴踢了吗？”玉瓷的心口莫名的一阵痉挛，明明最开始认识她的时候，就已经知道她是这样的人，可是听着她亲口把话说出来，却总是忍不住想要骂她，“很多人对你好，不过是不得已，或者，那根本就是假装的而已。你又何必当真？”

“我想把他们当真。”元宝扭过头来看着玉瓷，微微一笑，“我想在我有限的生命里，记得那些好的事情。我对你说过，长欢门不是一般的地方。”

看着元宝脸上的笑容，玉瓷却怎么也笑不出来，她总是用这种愚蠢的方式去报答那些曾经给过她一丁点恩惠或者温暖的人，谁的生命都是有期限的，可是，她却把这样的期限用在了别人的身上。这天下间怎么会有她这么傻的人！

玉瓷简直无法想象，当元宝听到门里的那些人，一个个都想尽办法要处死她的时候，她心里承受着多大的悲伤！为什么那些人都这么做了，她还要去袒护他们！

"元宝，我再问你一次，你后悔过吗？"玉瓷的脑海里忽然闪过一张熟悉的脸，曾几何时，那个人也和她一样，为了别人总是一次次地付出着，消耗着自己的生命和爱。甚至，为此而付出了惨痛的代价！被他所爱的那些人们，亲手结束了生命！

元宝看着玉瓷收敛起来的眉眼，掷地有声地回答："没有，从来都不后悔……"

只是，还是会心寒，很寒很寒。

但如果还有一次重来的机会，元宝清楚，她还是会这么做。

或许，她就是这种贱命吧。

她永远都记得林白首曾经对她说过的那句话，只要在乎的人好好的，哪怕被误解，哪怕被憎恨，哪怕自己会被爱着的人伤害得千疮百孔，只要他们都好，只要这一切是为了长欢门，那就都是值得的。

元宝本来不太理解这句话的含义，现在，看着玉瓷，她忽然就明白了。

她现在不就是这样吗？

哪怕已经对身边的人绝望，再面对外人的时候，她也还是会为了不让别人担心，为了不让别人对长欢门有误解而撒谎。

玉瓷看着元宝眼底的坚定，脑海里的画面在一瞬间发生了重叠，对面站着的人，仿佛不是这个总和他作对的元宝，而是那个小时候常常把他带在身边的哥哥，他最挚爱的哥哥，那个突然之间，死于长欢门的哥哥！

他终于知道为什么总是情不自禁地想要靠近元宝，和她说话，逗她了！

因为，元宝，活脱脱就是哥哥的翻版！

他们的想法，他们的行为，他们为长欢门所做的一切，无一不是那么相像！

长欢门到底是一个什么样的地方，为什么会让他们，这样一个个心甘情愿地去做一些他无法理解和想象的事情！玉瓷在这里待得越久，就越觉得长欢门比想象中还要可怕！

玉瓷似在瞬间明白了哥哥当年会丢下他重回长欢门的原因，原本专注的眼眸变得涣散起来，仿佛失去了什么重要的东西一般，瞬间失落下去。元宝发现了玉瓷的反常，以为他是被自己刺激了，想要骂她一顿，却没有想到，玉瓷竟然连一句再见也没说，转身就走了出去。

元宝莫名其妙地看着突然变得不正常的玉瓷，躺回去继续数小人。本以为这下子会一直清静下去了，谁知，没一会儿宋宇贤就出现在了她的面前。

宋宇贤一出现，负责看守元宝的人就全部退了出去。该来的迟早都是要来的。

一身黑衣的宋宇贤踱到了元宝的旁边坐下，充满邪气的眼眸在元宝身上扫过。元宝不禁哆嗦了一下，小心翼翼地询问道："小宋宋，你真的要杀了我吗？"

宋宇贤被她问得愣了愣，面无表情的脸上这才稍有缓和，安慰似的回答她："我会调查。"

"我，还有活路吗？"元宝不放心地追问。

宋宇贤摇了摇头，没有办法给她确切的答复。

所有的事实证据都显示元宝就是杀了叛徒的凶手，他都不敢告诉她，在她的屋子里，他们已经搜到了和叛徒身上一模一样的东西！

宋宇贤不能确定到底是有人故意诬陷，还是她其实已经背叛了长欢门，一切不过都是伪装。

宋宇贤只是觉得很麻烦，相当麻烦！本来以为钥匙失窃只是一桩单纯的案件，从现在的情况来看，问题却日趋复杂起来。而且，自从上一次被林白首逼着说他们俩是姘头以后，门里的人都把他们当作了一对儿。就算元宝实际上和他没有半毛钱的关系，要真定了元宝的罪，不等于打自己脸吗？作为大家眼中神一样的存在，不管怎么说，宋宇贤也是需要面子的！冤假错案这种事情是坚决不允许发生在自己身上的。况且，元宝如果真是杀了叛徒的人，他也难辞其咎。到时候，元宝若成了替罪羊被误杀了，他又怎么和林白首交代？

这么多年以来，以他对林白首的了解，门主是不会去做对自己没用，或者对长欢门没用的事情的。既然他一直都对元宝这么好，甚至是格外在意，那就说明元宝身上一定有什么秘密，是林白首极力想要保护的。所以，处置元宝，并非是一件容易的事。

更何况，宋宇贤自己也非常清楚，从以往元宝在会选里所表现出来的成绩看，就元宝这点三脚猫的功夫，根本不可能杀那么多人。他安排在地牢里负责看守的，全是六大楼里比较出众的精英，若这么容易就被杀死了，元宝早就从闹心楼毕业了，又怎会连续四年都考不过会选。

“小宋宋，小宋宋？”元宝紧张地叫唤，把走神的宋宇贤猛地拉了回来，一抬头就看到元宝正以一副担惊受怕的样子问他，“我是不是要死了？你的表情好严肃……”

元宝说着从对面走了过来，宋宇贤这个时候才发现元宝的腿居然瘸了一条。

“怎么回事？”宋宇贤看着她的脚问。

“哦，没事，不小心扭到了。”

宋宇贤眉头皱了皱，蹲下来掀起她的裤腿一看，发现她为了方便行走，竟然用厚厚的纱布把肿起来的脚给捆紧了。看着纱布的包扎情况，显然是在她来之前就已经包扎好的。这么说的话，当她去地牢的时候，其实已经受伤了。

这个发现让宋宇贤有些激动，如果说，之前他觉得元宝不可能会杀人，是因为情感上的关系的话，那么现在，她脚上的伤就让他有了相信元宝是被陷害的证明！

一个连走路都无法走利索的人，是不可能同时对抗地牢里那么多的高手的！

宋宇贤像是突然找到了解决问题的突破口，重新站立起来，面对着元宝沉声问道：“为什么要去地牢？”

元宝就知道他会这么问，坦白道：“我想去看看叛徒到底是谁。”

“为什么？”宋宇贤有些不能明白，作为非六大楼的楼众，她的身份是不允许她做出这种越矩的事情的。而且，这个时候去看，不就是去给自己惹麻烦的吗？是不是叛徒又和她有什么关系？

元宝看到宋宇贤的面瘫脸上难得地出现了疑惑的表情，笑了笑回答：“我知道你是因为被门主逼的，才说和我有关系。虽然大家碍于你的‘权威’也只好认了，可是，他们相信的是你，不是我。就算我们是姘头，也并不能抹掉我偷了钥匙的嫌疑！我们都清楚，长欢门的古雌钥匙有多么的重要，所以，它所造成的影响，也绝不会像以往我犯了的那些小错，惩罚一下就算完的。钥匙如果迟迟找不到，那到头来，丢失的就不仅仅是长欢门，还有数以万计的生命……对不对？”元宝顿了顿，自嘲地摇摇头，接着说：“他们可以讨厌我，可以恨我，甚至，可以在这个时候巴不得我死，但是，我只是想证明我没有背叛长欢门！所以，有些事情我不得不去做。”

宋宇贤被元宝的一番话所触动，从来没有想到过，在元宝玩世不恭的面容下，竟然还有这样一颗细腻坚强的心。看着她的时候，她明亮的眼睛一眨不眨地看着他，干净而坚定。宋宇贤也是在这个时候，第一次觉得，元宝似乎和传说中有很大的不同，“哦”了一声便不再言语。看着元宝想了想，然后若有所思地踱步走了出去。

宋宇贤总是这样让人捉摸不透，元宝都准备好了等着他下面的问答了，他居然又什么都不说了。看着他要走，元宝急忙把他叫住：“小宋宋！”

“嗯？”宋宇贤停下脚步回头。

“我想见唯唯。”

“好。”宋宇贤没有多想，答应了她之后就走了。

只是，自打他走了以后，元宝就处于更为焦躁的状态。她无法说清楚对柳唯唯是什么样的情绪，很复杂很难讲。虽然她一遍遍地对自己说，柳唯唯当时会这么说，纯粹是因为她是六大楼的人，做事情不能徇私。可是，她的情感却不能接受，在这样的时候，她选择了站在元宝的对立面，几乎把她置于死地。

元宝不明白，相当的不明白！她们之间甚至从来都没有过争吵，也没有任何不和的征兆，就是重离陷害她了，她都能想得通。可为什么偏偏是柳唯唯呢？元宝不停地在床板上翻来翻去，心里一团乱麻，一直到柳唯唯出现，她才噌地从床上跳起来，看着对面的柳唯唯说道：“你终于来了。”

柳唯唯的下颚微微上扬，站在距离元宝五米之外的地方，居高临下地看着她，漂亮的脸蛋上面无表情，高傲而冷漠。元宝曾多么地得意自己竟然有柳唯唯这样貌美、聪明又善良的朋友，曾无比羡慕她所拥有的一切。然而如今，在她熟悉的五官上，元宝却再也看不到当初所拥有的那些温暖和值得她所羡慕的东西了。

元宝明明在柳唯唯来之前准备了一肚子的话，可当面对着柳唯唯的时候，话一出口就变了："你为什么要这么做？"

听到元宝的询问，柳唯唯轻笑起来，一改往日里笑嘻嘻的样子，像是下了很大决心似的，嘲讽般地看着她说："元宝，你还没清醒吗？"

元宝被她的反问问得愣住，下意识地重复着上一句话："为什么要这么做？"

柳唯唯无所谓地耸了耸肩："我不过是实话实说而已……"

"不，"元宝笃定地打断她，"你是故意告诉我的！"

"呵……"柳唯唯呼了一口气，盘腿坐在元宝面前，过了很久，才缓慢地开口："是又如何？没有人强迫你去，是你自己要上钩的。"

"我一直把你当朋友，你竟然这么对我！"

"别搞笑了！"柳唯唯听到元宝这么说，提高音量噌地站起来，"我从来就没有把你当朋友，少自作多情了！"

"你……"元宝从来没有想过柳唯唯竟会说出这么无情的话，被她气得浑身发抖，险些站不稳，急忙扶住旁边的柱子，"你怎么能这么对我！"

"我为什么不能？"柳唯唯冷笑，过了半晌才缓慢地开口，"元宝，从小到大，我们之间就没有公平过。凭什么所有好的东西都是你的！凭什么？我就是不懂，你样样不如我，可是，门主却从来没有责备嫌弃过你。而我，费尽心思付出那么多的努力，也只能得到门主若有若无的一个点头！凭什么？还记得小时候我们一起受罚的事情吗？每次你捅了篓子，都有门主替你担着。所以，没有人会当着你的面骂你，也没有人会和你过不去，因为他们都怕门主，所以，他们只能把怨气撒到我的身上！"

元宝呆愣在原地："我，我根本不知道有这种事。"

"你当然不知道，你把他们对你的讨厌当成了嫉妒，可是，这真的只是因为嫉妒吗？还记得当年我们一起烧了屋子，最后，门主罚我们跪操场的事情吗？当时，就因为门主说你身体差，所以，你跪一会儿就可以走了。而我呢，却一直要跪到门主说可以回去！不就是无期说你随时都会死吗，长欢门里，哪个考入六大楼的楼众，在执行任务当中不是出生入死的？哪一个不是冒着生命危险在战斗的？凭什么就你最特别！”

“我从来都没有这样想过！”元宝大声地反驳起来。

“就是因为你从来都不这样想，我才更讨厌你！你把所有的事情都当成了理所当然。理所当然地不用辛苦就能得到一切，理所当然地在这里混吃等死，理所当然地为所欲为，理所当然地自甘堕落……你当然不用想，不管你做什么，门主都会站在你这边，就是因为你命短吗？长欢门里的人，但凡为楼里效命，谁的命又会长？”柳唯唯几乎是吼着把这一段压抑在心里多年的话说了出来，“元宝，你太自私了，你从来都不会考虑别人的感受！”

“不是这样的，事情根本就不是这样的！”元宝不断地摇头否认，她根本就不像柳唯唯说的那样，只为了自己而不顾他人的感受。她就是因为太在意别人的感受，太想让长欢门里的每个人都好好的，所以才会变成现在这个样子！她一直都以为只要把机会留给别人，就是对大家最好的帮助了。可是，柳唯唯的话就好像是否定了她一直以来所认为对的事情，彻底地颠覆了她所做的一切！

然而，元宝看着柳唯唯气红的脸，一时间竟不知道该如何反驳她。

“知道为什么大家都很讨厌你吗？”柳唯唯走到元宝的面前拽住她，“你从来不会为任何事情而努力。那些很努力的人，很努力想要通过会选的人，却因为一次的失败而永不得翻身。可是，你从来都不努力，却能有一次次的机会从头开始。大家讨厌的，其实并不是你，而是你自以为做得很对的所作所为！你别说话，听我说，我知道这个时候你肯定要说你已经下定决心改了，可是，这真的是你心甘情愿想改的吗？真的是因为你想为长欢门做什么，所以要改的吗？

“元宝，你太自私了，你就只在意着你的死活，在意你随时都会翘辫子，从头到尾，你为门里真正做过什么吗？你每天都说想享受生活，想要平静地过完仅有的日子，那你有没有想过，你现在所有的平静都是别人用生命换回来的？就你的命贵，别人都活该去死吗？”

“我……”元宝被柳唯唯骂得张口结舌，从来没有想过，自己的所作所为在别人眼中竟是如此。她像是被猛地抽空，无力地抓住牢门的柱子，蓦然想到玉瓷之前说她自以为是的那些话，看来，最傻的人其实是她自己。

“对，是我陷害的你，是我故意告诉你叛徒被抓的。但是，没有人逼你去找叛徒。你之所以真敢去找，不就是因为相信门主不会让你死吗？元宝，当所有人发现你是凶手的时候，你看到众人的反映了吗？觉得自己很可怜，很无辜是不是？别忘了长欢门是什么地方，这里从来都是弱肉强食的。我告诉你，谁都不是圣人，这都是你咎由自取的！”

柳唯唯最后一个字说完，长长地舒了一口气，像是把压抑多年的郁气在这一瞬间全部释放出来了一样。只是，看着元宝越发苍白的面容，柳唯唯心里却没有想象中的好过。对，她是嫉妒！她看不惯元宝的自以为是，看不惯元宝心安理得地享受别人用生命为她换来的一切，更看不惯元宝把自己的堕落以爱的名义招摇撞骗的行为！所以，她才会利用这次机会，给元宝下套。从她决定告诉元宝有关叛徒的事情起，她就知道，她们再也回不去了。同样，她也知道，如果没有叛徒被抓这件事情，早晚也会有那么一天，她会爆发出来。

这一切，只是时间的问题罢了。

牢房里是一阵诡异的沉默。桌子上燃烧过的香一节节被风吹落下来，不知道过了多久，元宝抬起头看了柳唯唯一眼，似乎是渐渐地接受了她所说的一切，也接受了她的背叛，苦笑了一下，丢下一句“我知道了”便缓慢地回到了床边躺下，再无言语。

柳唯唯看到元宝躺下去，愣了愣，本来以为会有的争吵也没有发生，她也没有像是想象中那样暴跳如雷。元宝的反常安静，反而让柳唯唯有些不知所措。“元宝，你背后到底藏着什么秘密，门主要对你那么好？”

有老鼠的声音从角落里传了过来，吱吱吱吱，像是在诉说着什么秘密。

元宝翻身叹了一口气，说：“我没有秘密。”其实就算有秘密，林白首也不曾透露过只言片语，她又怎么可能会知道？

可是，柳唯唯却把她的话当成了故意隐瞒：“是吗？你不说，我早晚有一天也会查到。”话已至此，她们之间也已经没有什么好说的了。柳唯唯用手中的羽毛暗器，打死了从她面前跑过去的老鼠，深深地看了元宝一眼，准备离开。

然而，柳唯唯刚走到门口，元宝的声音就又突然响了起来："我跑步回来的时候，看到我房间的窗户开了。"

柳唯唯闻声愣住，来之前她才接到消息，说从元宝的屋子里搜到了和叛徒身上一模一样的证据。难道有人向她泄密了吗？还是，她明知这是一个圈套还故意往里钻？

柳唯唯蓦然回头看了看元宝，她还是以往那副什么事情都不放在心上的样子，可是，柳唯唯却觉得她变得无比陌生，越来越不懂她了。难道，元宝其实早就料到，想让她死的人不止一个？

只不过，争吵归争吵，嫉妒归嫉妒，到底柳唯唯和元宝也是从小玩到大的伙伴，柳唯唯就算真的动了心思想要陷害元宝，也并没有非要她死的打算。柳唯唯只不过是看不惯元宝那种把所有别人对她的好都当成理所当然，从来不为自己或者为长欢门而努力做什么的脾气罢了。甚至，当她告诉元宝叛徒被关在这里的时候，她都没有想到过被重兵把守的叛徒会死在里面！

柳唯唯是矛盾的。当时她也就想着，这是一个能够很好地给元宝教训的机会，也是一个让她明白自己有多愚蠢的机会。可是如果她早知结果的话，很可能，她真的不会这么做，或者，不会选择在这个时候去做。毕竟，要一个人轻易放弃十几年的友情，不是一件容易的事情。所以，就算她现在和元宝闹僵了，她一出了牢房也还是直接去找宋宇贤，把元宝对她说的话，一字不差地转述给了宋宇贤。

然而，他们都清楚，就算元宝其实一早就知道了有人去她的屋子里那又怎样？她还是出现在了地牢！宋宇贤虽然有些好奇元宝是如何知道她屋子里的情况的，但毕竟没有多少时间，所以也就没有去追问。

这之后，宋宇贤几乎动用了手上所有能用的资源，仔细地排查了叛徒被杀之事的真相，然而，根据现有的证据，并不能减除元宝的嫌疑。甚至，经过无期的验尸分析，看着中毒后被杀的结论，反而加大了元宝成为凶手的可能。

因为，元宝往日没少给门里的人下药闹一闹。一提起中毒，所有人最先想到的一定是她！

而且，事后宋宇贤也分析过，元宝的脚瘸了并不能作为充分的理由和证据来显示元宝与杀人无关。从元宝的话里，唯一能确定的就是，这是一场有预谋的嫁祸！

除此之外，无论是现场痕迹，还是作案手法，每一项都像是经过了精心的设计，不早不晚，直接对准了元宝而来。就好像是算准了元宝一定会出现在那里一样！如此缜密的算计，不像是一个普通人能够做到的。

宋宇贤甚至还怀疑过柳唯唯。可是，柳唯唯自从白天审讯完叛徒撤离后，就一直在他身边，她并没有足够的时间和动机去杀人嫁祸。

除此之外，整个门里要排除嫌疑的人就多不胜数了。

如果再这么继续查下去，元宝将会按门规处置无疑。而同样的，也正是因为这个人的死亡，钥匙的线索因此中断，调查的事情也陷入僵局，甚至就连宋宇贤派人送到林白首那里的信也始终没有收到回音。

或许，在林白首看来，这样的事情根本就不算个事吧。

又或许，林白首有着对元宝的绝对信任，所以才会置之不理，交由宋宇贤来处置。宋宇贤平日里随心所欲惯了，想干吗就干吗，哪会考虑那么多。而现在这个事情就像是束缚住了他的手脚，要权衡各个方面的关系，一时之间竟让他有种无从下手的感觉。

长欢门里，迫切需要宋宇贤处理元宝问题的人轮番来找他谈心唠嗑，却被宋宇贤一一压下。宋宇贤知道，很多人对于把元宝关进去但并不处置颇有微词，长欢门近日来的气氛也变得有些诡异。可这个时候，宋宇贤要为元宝洗清罪名，证明她和叛徒无关，证明她没有杀人，他只有等。

等一个转机。

等一个能够为元宝洗白的转机。

可是，宋宇贤知道等不了多久了。更何况，他还特地去问过元宝，她进去的时候有没有遇到什么人，或者有没有发现其他人的存在。元宝的回答是否定的。要是那时元宝知道里面有人，很可能早就出去了，不会冒险继续往里跑。毕竟，她自己也知道，作为非六大楼的人去偷看这么重要的线索人物，是越矩的。

可是，正是因为她一个人也没看到，这才让宋宇贤有了怀疑。以当时的时间来看，元宝根本没有足够的时间杀人和逃脱，以及把所有看守的人统一放到一个地方。而从尸体上来看，他们死亡的时间又正好是在他们来之前。

凶手是如何在那么短的时间内离开的？如果凶手根本没有逃跑的话，那他躲到了哪里，竟然连他都没有发觉？

唯一的解释，恐怕只有，凶手其实一直都混在他们中间！

第六欢　未知

宋宇贤一向独来独往，鲜少受人摆布和控制，性格又古怪，又难以接近。虽然门里关于他，有很多版本的传说，把他夸得都快成神一样的存在了。但是由于他常年不在长欢门里，门里自然没有任何亲系的培植。出了事情也只能自己琢磨，甚至就连可用的人，也都被林白首给带走了。

宋宇贤本来还想着回门里能休息几天，现在倒好，这几年对门里事务的空白，使得他连可以用来调查或协助他的人都找不到。因为对旁人的不信任，什么事情都亲力亲为。宋宇贤简直都想不明白，林白首这么冒险的做法到底有没有考虑过后果？就算他当时怀疑门里会有变，好歹也该给他留个人。

再加上现在门里叛徒的行踪已经暴露，很有可能这就只是一个导火索。抓到叛徒纯属巧合，甚至，有可能看门大叔也只是一个替罪羊，真正的叛徒用来故意误导他们的一个替罪羊。

更何况，叛徒与钥匙的丢失有着千丝万缕的联系。如果接下来，宋宇贤不能尽快地证明元宝的清白，查到真正叛徒的下落，那么，元宝将会被处死不说，长欢门之后将会发生什么样的事情，都是难以控制和预料的。到时候，真应了林白首走时的那句猜测，估计，就凭着现在的这些人，长欢门早晚得歇业。宋宇贤可承受不起长欢门的百年基业毁于他手上这种糟心的事情。

想到这里，宋宇贤的眉头情不自禁地皱了起来，手中是无期对尸体进行解剖的分析。他已经来来回回看了无数次，却没有发现有什么不妥当的地方。宋宇贤颇为头疼地揉了揉太阳穴，一不小心打翻了桌子上刚沏的茶，茶水顿时洒在桌面上，把桌子上的纸张全部浸湿。

宋宇贤立即把湿掉的纸张抽出来，甩掉洒在上面的水迹。

在那一摞浸湿的纸张里，一张纸从中飘落，掉到了地上。宋宇贤捡起来，看着上面元宝写得歪七扭八的字，突然想到了什么，急忙重新拿起刚才的尸检分析，仔细地思考了一会儿，心中豁然明朗，也不管桌前的狼藉，拿起尸检分析就冲出了房门。

“你确定他们都是一刀致命？”宋宇贤出现在万毒阁的时候，无期正在对着面前的尸体吃咸菜。

无期像早就料到宋宇贤会来似的，看到宋宇贤，头都不抬一下，用筷子指着前面的死人说：“伤口都在要害部位，刺杀者的出手非常快。若不是六大楼中身手较不错的精英人士，其他人很难有此功力。而从死者身上的伤痕和挣扎痕迹来看，显然看守的人并没有想到会被对方所杀。”

“你的意思是，他们知道这个人是谁？”

“那必须的。”无期端着碗站了起来，把盖着的布掀开，沿着面前躺着的尸体，一个个地指给宋宇贤看，“每个人的伤势呈不同形状的深浅分配，也就是说，出手的人仅用了一招，牢里的人就死了一半。当然，并不能排除之前他们已经中毒，所以反应过慢，来不及出手这个可能。只不过，能有这么好身手的，从现在留在长欢门里的楼众中来看，要确定目标，范围倒是小了不少。”

宋宇贤仔细地听着无期的分析，看来他猜测得没错，他有些为难地说：“单凭这个，并不能完全证明元宝与杀人的无关。”

“废话，我当然知道。”无期停下脚步回头看着宋宇贤，“我就跟你这么直说吧，就算你我都清楚元宝不可能杀得了那么多人，她明显就是被人陷害的，但是，她先是和钥匙的丢失扯上了关系，现在又摊上了这种事情，现在没有确切的直接证据证明元宝与这个案件无关，没有抓到凶手，谁也放不了她。你应该清楚，历来叛门之事，宁可错杀一千，也不能放过一个。”

宋宇贤双眸一沉，说：“还有一个玉瓷。”

“玉瓷那边你不是派人全天盯着了吗？他要有行动你会不知道？我倒觉得他现在大可不必担心。当今宁朝三皇子，出了名的心思缜密。你难道忘记上次门主开会时说的话了吗，只要古雌钥匙一天没有找到，玉瓷就一天不会轻举妄动。当务之急，是找到这一拨儿叛徒，尽快查清楚他们到底想干什么。”

宋宇贤没有想到，整天只会研究毒药的无期也会有这等缜密的逻辑思维，甚为赞赏和意外地询问他："你打算怎么做？"

"你以为我那么上心给你查这堆死人是为了什么？你那么多年没有回到门里，门里的很多事情你毕竟还是生疏的。要是以往，你早就直接杀了元宝一了百了了。现在她好歹也是你的姘头，你总得给门主和大家一个交代吧。远了远了，咱们扯远了。"无期摆摆手，讪笑起来，"年纪大了，总是想一出是一出的。如果我猜测得没错的话，凶手一定是信陵楼的人。"

"柳唯唯？"

"不。"无期严肃地看着宋宇贤，"这个人的武功和城府，绝对在柳唯唯之上。"

宋宇贤心念一转，问："你怀疑谁？"

"我谁都怀疑，甚至连你都怀疑。"无期学着元宝的样子翻个白眼，继续走回饭桌前吃他的咸菜饭，"我就想不明白了，元宝除了不上进点，爱胡闹点，到底做错了什么，那么多人讨厌她，那么多人想置她于死地。长欢门里不上进的人不照样有，怎么就没见别人看不过去的，什么事情到了元宝这里都得变味道……"

无期提起这个就有说不完的话，宋宇贤听着他的絮叨，并不插嘴。他不明白，长欢门现在经历着最为动荡的时期，镇门之宝古雌钥匙被偷，叛门者迟迟找不到，整个长欢门处于临近分解、人心涣散的状态。这个时候，门里迫切地需要清理那么几个人来重新凝聚起门众的信心。所以，不管是谁被抓，都会面临着同样的情况。只不过，对方换成了元宝，这样的情况就被放大了而已。毕竟，从她出现在长欢门里开始，她的身上就有了太多太多别人嫉妒或者羡慕的特殊了。

"宇贤。"无期说着说着突然想到了什么，猛地叫了宋宇贤一声。

宋宇贤狭长的眼眸微微挑起："嗯？"

"门里的规矩，你还记得吧？"

宋宇贤愣了片刻，看着无期郑重而试探的目光才反应过来他说的是什么，点了点头。

长欢门历代的规矩，但凡抓到叛门者，十日之内，必杀无赦。

也就是说，宋宇贤已经没有几天时间了。

“知道就好。”无期意味深长地看了他一眼，没有再多言语，又低头继续吃他的咸菜饭。

宋宇贤看着无期那副“你可以走了”的表情，长久以来的疑惑盘旋在头顶，脱口而出道：“听说她的病还没好？”

“嗯，好不了了。”无期长长地叹了一口气。

“她知道吗？”

“怎么会不知道。”

“我在想一件事情。”宋宇贤顿了顿。

“什么？”

宋宇贤走到无期的面前，目光凛冽地看着他说：“为什么，你们都那么想要保住元宝？你们是想保住她的命，还是其他？”

听到他的询问，无期正在夹菜的手一滞，说：“宋宇贤果然……”无期笑了笑没有说下去：“我只能告诉你，就是长欢门全部死光了，也必须保元宝活着……”

无期和门主一向一个鼻孔出气，既然无期说出了这样的话，就说明门主也一定是这个想法。如果说，之前宋宇贤还存着侥幸心理，心想实在追查不到就只有牺牲元宝了，那么现在，他唯一的想法就是必须要救下元宝。能到牺牲全部而保她这一步，看来她身上所背负的秘密，比他想象的要大得多。只是，这个时候的宋宇贤却没有意识到，当他开始重视另外一个人的性命的时候，那个人在他的心里已经有了变化。

宋宇贤离开万毒阁以后，先是即刻派人调查当天送食的人，查探下毒之人。并且，他需要派一个人去调查信陵楼里的可疑人士。但是，找了一圈，他都没有找到合适的人选。本来，柳唯唯在外面接受过训练，在新近的这群人里又是最出众的，她是最合适的人选。但偏偏元宝会进去，很大原因是因为她，要没有这么一出，也不会发生这么些事。现在，宋宇贤根本无法放心地交给柳唯唯任何事情。

可是，他自己出马的话，轻易就会被人发现，到时候，很有可能打草惊蛇。他必须找一个人来替代他，一个能够帮助他去查探而不会被怀疑和发现的人。

宋宇贤在元宝的那张老师名单上看了又看，元宝虽然废柴了点，但是，她的眼光还算不错。

最终，宋宇贤在重离的名字上，画了一个小小的圈。而重离，显然也没有料到，宋宇贤会在这个时候来找自己。所以，当宋宇贤把要做的事情全部交代完了以后，重离半晌都没反应过来，自己现在竟然要做六楼众才能做的事情。

“如果我没有找到那个真正的凶手怎么办？”重离临走前再次向宋宇贤发出了确认。

宋宇贤冰冷的眼眸从重离身上一扫而过，淡淡地吐了几个字：“元宝必死。”

重离悚然一惊，点了点头没有再多言语便退了出去。虽然他嘴上老说要弄死元宝，但是，他是不愿意看到元宝真的死了的。对于他来说，弄死元宝这样的弱者实在不是一件光彩的事情，甚至，对于长欢门的人来说，是很丢脸的。然而，他也明白，宋宇贤在这个时候，需要给长欢门的所有人一个交代。而交代的唯一办法，就是找到凶手！既然方向都已经有了，那么，重离相信，自己不会辜负宋宇贤的期待……

只不过，宋宇贤以为送走重离后能歇一会儿，可重离前脚刚走，大老远处，金惜嚷嚷的声音就传了过来。

“宋宇贤，你给我出来！”金惜一边喊一边往里冲，门外的人拉都拉不住。

宋宇贤的睡意被金惜喊得一扫而空，摆了摆手让下人们退下，不悦地看着金惜问：“什么事？”

金惜手中的算盘啪啪作响，毫不在意自己的立场和处境地拍起了桌子：“宋宇贤，你再不想办法，你姘头现在都要被害死了！”

“你最好清楚自己在做什么。”宋宇贤冷冷地靠在椅背上，金惜不过是聚金楼里的小小一员，谁给他的胆子和宋宇贤叫板？

“我清楚得很。”金惜毫不在意宋宇贤的威胁，直接拉了椅子在他对面坐下，“你要杀了元宝，你会后悔的！”

“何以见得？”宋宇贤被金惜挑起了兴趣。

“我知道，门里很多人都巴不得她赶紧死，可是，我用我全部的身家担保，元宝是一定不会做出背叛长欢门这种事情的。她就算再讨人厌，也绝对不会背叛长欢门。”

宋宇贤不知道金惜哪来的自信，冷笑一声，故意说道：“谁若拥有古雌钥匙，谁就能统领长欢门，这么大的诱惑，难保不会有人心动。”

“元宝那种整天混吃等死、贪生怕死、能躺着绝对不会站着的人，你觉得她对统领长欢门有什么兴趣？更何况，如果她真有那么大的能耐，她能连续四年都过不了会选吗？天天在闹心楼里被人看不起被人欺负，是很值得她开心的吗？这个事情从头到尾明显就是一个阴谋。”

宋宇贤没有说话，对于别人的看法，他不介意多听一听，于是，轻叩桌面示意金惜继续说下去。

“虽然元宝在门里人缘一向差得不得了，但是，你不觉得从抓到叛徒起，这就是一步棋局吗？一步明显想要杀死元宝，或者说，想要找一个替罪羊的棋局？当然，有可能你早就猜到了。不过，以现在的证据来看，元宝的屋子里搜到了和叛徒一样的东西，试想一下，元宝那屋子整天人来人往，谁会傻到把那么重要的东西放在自己的地盘，惹人怀疑，这是其一。其二，叛徒一抓到就被杀了，如此清楚你们调查的情况，说明这个人一定是长欢门里非常了解处事步骤的人，否则，不会连这么详细的情报都知道。况且，据我所知，现在留在门里的人中，是没有谁比我有钱的了，长欢门只要有大面额的金钱流通我是不可能不知道的。信陵楼里有严格的制度，怎么可能那么容易就让消息流通出去？就算是想买，也不可能。这样的消息，在市面上的要价可不会低。综合我说的，说明这个叛徒一定是信陵楼里的人。俗话说得好，有钱能使磨推鬼，这是我用家底儿买的一些信陵楼的内部资料，你可以过过目。”金惜说着，把一些资料送到了宋宇贤的面前。

虽然金惜分析的话，宋宇贤已经从无期那里知道，不算得什么新鲜的话题。但是，看着面前的数据，宋宇贤阴霾的脸还是稍微放晴了点。

宋宇贤也不跟金惜拐弯抹角，直言道：“说目的。”

“你难道没有怀疑过元宝的身份吗？”

金惜开门见山的疑问让宋宇贤顿时愣住，难道金惜偷听了他和无期的谈话?

“说！”

金惜的眉头紧蹙，压低声音道：“门主对元宝的宠爱，甚至可以说是溺爱，你不觉得太不合理了吗？难道就只因为元宝是一个随时都会死的人？当然，这只是我的猜想，元宝身后一定有一个连她自己都不知道的秘密，被那个叛徒知道了，而这个秘密，是必须除掉元宝的理由，所以，他才想要借这次的事件铲除掉她。”

“你是说，这个叛徒很有可能和钥匙没有什么关系？”

“不，我的意思是，这是可能之一。还有另一个可能，那就是，元宝本身就和钥匙有很大的关系。”金惜停了下来没有继续说下去，“只不过，这些都是我的猜想罢了。”

宋宇贤点了点头，脸上的表情愈发严肃起来：“我会考虑的。”

“对了。”金惜说完想说的话，又开始重新摆弄起自己的算盘，准备打道回府，“我要是猜得没错的话，元宝一定会做什么的。宋大门主，你就看着办吧……”

宋宇贤虽然没有给予金惜任何确定的答复，但为了元宝的安全考虑，还是派人偷偷把元宝从之前的地方给转移到了另外一个地方关押。

金惜的话让宋宇贤颇为在意，所以，白天处理完所有事情以后，听说元宝最近不太吃东西，不知为何，心里有些说不上来的郁闷和在意。于是，他特地吩咐厨房们做了一点好吃的，亲自给元宝带了过去。

元宝一看见宋宇贤出现，笑得眼睛都眯成了一条缝。一副明明很怕，却还要强装很狗腿的样子，很高兴地接下宋宇贤手中的食盒，大快朵颐。

宋宇贤在她笑吟吟的脸上完全看不到丝毫的不满，还有对未知的恐惧。她依然像平时一样，除了念叨着无聊以外，甚至没有和他提及关于叛徒的只言片语。若不是场景不对，宋宇贤都以为根本没有发生过任何事情。长欢门还是那个平静的长欢门，而她还是那个整天游手好闲，没事找事的元宝。

“哎呀，今天这个土豆焖牛肉一定是瘦子大厨做的，这土豆的味道一尝就知道是他，他总是要放很多的辣椒。”元宝一边吃，一边和宋宇贤不停地叨叨着。脸上一颗米粒随着她嘴角的移动而移动，却一直没有掉下去。

宋宇贤这是有生以来第一次在旁边安静地看着一个人吃饭。

看着元宝吃得津津有味的样子，就像一个兔子似的，有种想让人去爱抚的感觉。宋宇贤心里的烦闷不知为何，瞬间烟消云散，情不自禁就伸出手替她拿掉了米粒。

脸上冰冷的触感让元宝悚然一惊，扭过头来看着宋宇贤突兀的举动，着实吓了一跳，不知道他是哪根筋搭错了。常年冰山面瘫，不爱和人接触的宋宇贤竟然会给她拿掉脸上的米粒！

而宋宇贤自己也没明白这是怎么回事，过了好一会儿才反应过来自己竟然做出了这种让人匪夷所思的事情，忙摇摇头，咳嗽了一声转移话题："你有什么想说的？"

元宝就知道他是冲着这个来的，虽然有些奇怪宋宇贤咋突然变得这么委婉好接近了，但也没和他绕弯子，直接问道："调查的情况如何了？"

"还在追查。"

"有下落了吗？

"暂时还没有。"

元宝沉默半晌，看着碗里的牛肉闷闷地问："门里现在什么情况？"

宋宇贤仔细想了想遣词，淡淡道："骚动。"

元宝一口饭喷了出来，亏得宋宇贤能想到这种词。然而，当她准备再仔细问两句的时候，她却像是中毒一般，突然捂着肚子摔倒在地，疼得满地打滚。冷汗大颗大颗地沿着额头冒了出来。

宋宇贤看着她的样子吓了一跳，来之前他检查过食物的，不应该是中毒，但是，这是怎么回事？

宋宇贤迅速地蹲下来检查她的情况："怎么了？"

"我，我，我肚子疼。"元宝的眼泪滴落下来，蜷缩成一团，无比痛苦地滚来滚去。宋宇贤看着她痛苦的样子，心口骤然一紧，眼泪滴在他的掌心，却炙热得像火一般烧得他无法合起来。

宋宇贤来不及多想，急忙扶住元宝就把她抱了起来，然而，他刚把她抱到怀里，下一刻，腰间的短刀不知何时已跑到了元宝的手里，紧紧地贴在了他的胸口上。

“别动。”元宝脸上痛苦的表情一扫而空，取而代之的是一脸的警惕和严肃。

宋宇贤愣了愣，长这么大第一次被人威胁，没有想到对方还是平日里那副总是怕他怕得不得了的元宝！

元宝迅速从他的怀里跳到地上，手里的刀紧紧地抵住宋宇贤，不留丝毫的间隙。

“带我走！”元宝沉声说道，手心里因为紧张早就溢满了汗珠，对付宋宇贤这种人，容不得一丝一毫的马虎。幸亏绑架的这一幕，早在宋宇贤来之前元宝就不眠不休地排演了无数次，否则，从他进门起，估计就已经被他发现了端倪。

不过，元宝并没有十足的把握宋宇贤会受她威胁，她只能赌一次了！

“快走！”元宝催促。

宋宇贤的眼睛微眯了起来，瞥眼看了看身后严阵以待的元宝。

果然，金惜没有说错，她是不会就这样坐以待毙的。

只是……

“你知道这么做的后果吗？”宋宇贤冷冷地问，在屋子里，他还能睁一只眼闭一只眼，可是一旦出去，元宝的举动就变味了。

“知道。”元宝定睛看着他，“小宋宋，我从来都不是会等着别人来宣判我死活的人，你应该知道。”

宋宇贤嘴唇动了动，没有说话。

“有人要陷害我，想要置我于死地，我不能就这样一直等着你们来处理，等着你们来宣判我是死，还是活。不能，我做不到。”元宝一字一句说得极为认真。

“我自会尽量保住你。”宋宇贤想到那一夜，门里所有的人都冲着元宝而去，恨不得立即把她就地正法的那一幕，心里有了些许的动容，或许，她所承受着的，比他想象中还要多得多吧。

元宝冲宋宇贤自嘲般地笑了起来：“小宋宋，你别忘了，到底我还是长欢门的人。”

元宝说着就推着宋宇贤往前走，宋宇贤在门口站定，好言提醒她："你若再不放手，没有任何人能救你。"跨出这道门，宋宇贤就是再想维护元宝，也不是那么容易了。

"我只知道，我若一直没有行动，就谁也救不了我了。"元宝不管三七二十一，为了自己的小命豁出去了。看宋宇贤还不推开门走出去，元宝索性将手里的刀戳进了他身上，不一会儿，一股鲜红就在他的衣服上晕染开来："反正横竖都是死，你难道忘记了，我一直都是一个贪生怕死的人。"

宋宇贤身后的刺痛让他放在门后面的手轻微地颤抖了一下，犹豫了片刻，正在他准备回击夺下她手中的刀的时候，元宝已经先他一步看穿了他的企图，用另外一只手扣住了他的脉门。

"不要逼我伤害你。"元宝抬起头来看着宋宇贤。这一招她是从林白首那里偷学来的，虚张声势也仅此一次，如果不成功，她之后就没有机会了。

然而，宋宇贤却被她这一招迷惑，压根儿没有想到元宝的武功竟然不差，甚至还能在他之前压制住他。放眼整个长欢门，能有机会对宋宇贤下手的，寥寥无几。就算宋宇贤根本没有反击的打算，以元宝现在的武功，要进入六大楼也是不难的。可是，她既然实力如此，那她为什么每年都过不了会选？难道，这一切都是她的伪装吗？伪装得什么都不会，伪装得跟一个废柴一样，伪装得让所有人都讨厌她。

"为什么？"宋宇贤忽然问她。

元宝愣了半天也没能理解宋宇贤这句"为什么"是从何而来，眼看时间紧迫也没工夫和他闲聊了，直接一脚把门踹开，把宋宇贤推了出去。

宋宇贤看着外面看守的人，在元宝出来的一瞬间拔出了刀，叹了一口气，压低声音问道："元宝，你到底想如何？"

元宝只是笑了笑，什么也没说，推着宋宇贤往前走去。

"宋宇贤被元宝给劫持作为人质了！"

正在喝茶的玉瓷听到下人们突然讨论起来的内容，刚喝进嘴里的茶就喷了出去，温柔的脸上扬起一抹似笑非笑的弧度，说："她总是能给自己带来轰动的机会，真没有见过这么不甘寂寞的人。还没消停两天，又开始了，她也真是能够折腾的。”

老老实实地让宋宇贤去查案不就得了，好歹那也是长欢门的代理门主，她的姘夫，干吗非得自己动手呢？

玉瓷甚至都能想到宋宇贤被元宝绑架时那一脸震惊的样子，就像当初他第一次见到元宝时那样。在她的身边，什么奇葩的惊喜都会有。真不知道是喜还是悲。

只不过，从现在长欢门里对元宝的态度来看，她这么做无疑是给自己抹黑，玉瓷虽然想帮助她，但是，她现在这么一闹，恐怕谁也帮不了了！她在一步步地把自己往死胡同上逼。要是她真把自己给折腾死了，那该如何是好？

玉瓷想到这里，平静的心湖像是被一团大石搅乱，瞬时乱了心境，索性起身偷偷地跟在丫鬟们身后，一同前去围观绑架了宋宇贤的元宝。

此时，万毒阁的门外已经里三层外三层地聚集了长欢门六大楼留下来的所有的人，每个人都拿着自己的武器，只待宋宇贤一声令下，一人一口吐沫，都能把元宝给淹个半死，更别说他们同时对着元宝出手了。

听他们说，元宝把宋宇贤给掳了进去，已经一个时辰了还没出来。万毒阁的门窗紧闭着，谁也不知道里面到底是什么情况，门外肃杀而安静。玉瓷迅速地没入到了人群当中，找了一个地势偏高的位置，等待着元宝的出现。

而彼时，万毒阁里的元宝，在检查了所有的尸体仍旧没有任何发现和进展以后，垂头丧气地在宋宇贤旁边坐下。

无期看了一眼外面的情势，着急地在屋子里走来走去："哎呀娘呀，元宝你这次玩大发了。跟你说了多少次了，做事情得三思，三思，你看看你惹了多大的麻烦！我这把老骨头早晚被你给吓死。"

元宝无视无期的唠叨，扭过头来看着宋宇贤，哭丧着脸问他："我现在还出得去吗？"

宋宇贤的手摸了摸已经包扎妥当的后背，说："难。"

"就是。"无期说着走到了元宝的对面，"你怎么能那么冲动呢！你现在这样，不管出不出去，都难辞其咎了。越狱、绑架，你知道这是多大的罪吗？"

“反正都是罪，多那么一条少那么一条也没啥区别了。”元宝有些委屈，眼角瞥到了不远处的一具尸体，霍地站了起来，像是有什么重大发现似的冲了过去，仔细地在尸体的伤口上看了半天，随后又跑向其余几具尸体检查，然后，突然激动地对他们说道：“我知道是谁干的了！”

“谁？”无期和宋宇贤异口同声地问。

“你们来看。”元宝把他们叫过来，指着一处伤口分析道，“他的伤口从这里往下有一个停留，所以导致了收刀的时候伤口会比别的地方更深。长欢门里用刀的人讲究一刀干净，而在用刀的人里，会有这种毛病的人只有五个。”

宋宇贤和无期闻言一震，忙问：“你知道是哪五个人吗？”

元宝点了点头，继续询问：“他们中的是什么毒？”

“非长欢门内部调制的，是江湖上一些下三滥的药。”

元宝想了半天，又转向宋宇贤：“你们在我的屋子里找到了什么？”

“毒药。不过，很有可能叛徒身上的毒药是后来才放进去的。”宋宇贤沉声回答，“唯一能确定的，就是他是一个与外界往来频繁的人。”

元宝赫然一惊，看来要陷害她的人，不管那天她到底有没有去地牢，最后都会把矛头转到她的身上。

元宝在脑海里仔细地过滤了一遍：“那天我跑回屋的时候，看到我的窗户是开着的，当时我没在意，后来我被关起来了，我才觉得那不是巧合。也就是说，有人在我出去跑步的时候，进去放了东西。但是，因为当时回来得急，所以放了东西的人没有机会把现场清理干净。之后我不是被关了起来吗，以他的手法来看，那个人一定会回去重新清理一次现场的痕迹。你有查过第一个在我屋子里搜查的人是谁吗？我觉得第一个去的人，很可能就是凶手。”

宋宇贤愣住，一方面，是没有想到元宝原来也懂得分析；另一方面，是为了这一个新的发现。

“那天去了很多人。”宋宇贤仔细地回答她，脑海里蓦地闪过一张脸，然后把几个他有所怀疑的名字报了出来。

元宝埋头冥思苦想了好一会儿，眼底突然放光，目光灼灼地看着宋宇贤说：“信陵楼，刀法，毒药，清理现场。我如果猜得没错的话，凶手应该是信陵楼的副楼主程九书！”

宋宇贤和无期怔了怔，显然没有料到真正的叛徒竟然会是身份如此之高的人。程九书这样一个几乎没有任何前科和不良记录，甚至可以说，为长欢门付出了很多，一看就是爱门的人物，一时半会儿都让他们无法理解他叛门的动机到底是什么。

不过，现在可不是琢磨他动机的时候，元宝打了个响指，正想要求宋宇贤去把程九书给找来，万毒阁的柜子突然被挪动，片刻间，重离就从密道跑了进来。

元宝看到重离惊讶地大叫起来：“哎呀重离，你怎么来了？”

无期心疼地看着被重离挪到地上的药瓶子，这条通道，整个长欢门里除了门主以外，他就只告诉了元宝和重离。以往这密道都是用来藏咸菜的，现在好了，自打被他们知道以后，什么咸菜也藏不了了，随时还要损失那么几瓶子的药！

不过，也亏得重离知道这条密道，否则，情况还真有点难办了。

重离瞥了一眼元宝，没有理会她莫名其妙的热情，径直走到宋宇贤的面前，对他说道：“我终于查到是谁了！”

“谁？”

“程九书！”

“我们也查到了！”元宝没有想到宋宇贤竟然会派重离去查此事，颇有些意外地拍了拍他的肩膀，知道是谁要害她以后，有种如释重负的轻松，“想不到你果然有点实力。虽然你这个马后炮晚了点，没有在我发挥聪明才智之前就把问题解决，但是，你的精神还是很值得嘉奖的！”

“起开。”重离一脸嫌弃地啐她，这都什么时候了还想着夸自己。

“程九书现在在哪儿？”宋宇贤也不磨叽，直接追问。

重离点了点头算作回答。

宋宇贤从重离欲言又止的面容上看出了端倪，看了元宝一眼，然后没有继续再问，转身沉默地跟着重离从密道出去。然后，一路跑到了信陵楼。然而，看着藏书阁里死在书桌上的程九书，元宝只觉得嗡的一声，脑袋里一片空白，半天都没能回过神来。过了好一会儿，才颤颤巍巍地走过去，摸了他的脉搏，确定他早已死亡。

元宝的手上还残留着程九书尸体的余温，可是，这个唯一能证明她清白的人却死了！程九书一死，那也就意味着，元宝洗白无望，甚至连这条人命都有可能加在她的身上。

她必死无疑了。

这到底是怎么回事？什么人总能在她之前算准了她的下一步行动？连程九书这样的副楼主都成了那个人的刀下亡魂，可见，此人绝非一般。这个人到底是谁？他这么做，又有何目的？

元宝忽然有些想哭，却怎么也哭不出来。要是大声哭一场，这一切都会过去那该有多好。为什么到头来，总是这样无可救药的结果！元宝刚刚燃起的希望，瞬间就被熄灭了。

重离和无期脸上的表情也都愈发地沉重，唯有宋宇贤，依然如冰山一样，看不出丝毫情绪的起伏。只是，眼底的逼人寒气似乎遭到了挑衅，熊熊燃烧起来。

已经发现元宝从万毒阁跑出来的门众们，在信陵楼外重新聚集起来。就算宋宇贤对于她的挟持并不在意，但她的举动在旁人看来，无疑是触犯了大忌。

听着那一声声的催促和威胁，元宝不知为何却笑了起来，只对宋宇贤说了一句“走吧”，便没有再多言语，跟着宋宇贤走了出去。

宋宇贤一出现，外面的门众就做好随时动手的准备。宋宇贤只淡淡地扫了在场的人一眼，然后下令：“把元宝关押起来，六日后——”宋宇贤顿了顿，目光停留在元宝身上片刻，才又开口道：“杀。”

第七欢　审判

玉瓷的心，慌了。

在听到宋宇贤说出那个“杀”字的时候，他的心里像是瞬间被人拿走了什么似的，空落落的，怎么也无法填满。明明他和元宝相识不过数日，她却像是在他的心里住了很多年一样，不舍、难过、期待交织着，让他混乱而纠结。就连自己也说不清楚，对元宝是一种怎样的情愫，竟会让他如此恋恋难忘。

他是当今宁朝三皇子，几乎没有什么事情是他想做，却做不了的。如果是在皇宫，他一定会用自己的权位或者说法，保住他想保护的人，哪管什么理由和后果。

可是，这里是长欢门。

一个与他平时所生活的皇宫完全不一样的地方。

现在这个时候，他自己都是嫌疑人，就算他想帮，又该怎样才能帮她？更何况，现在宋宇贤甚至下令不准任何人去看望元宝，把她彻底地隔绝起来了。后来他从大家的只言片语里，发现信陵楼的副楼主已死，猜测有可能陷害元宝的人就是那个人，那又能怎样？

他清楚地知道，线索的中断，意味着的是什么。

长欢门里，那么多人，想要看到的是实实在在的证据。就算他们都知道，一个连会选都过不了的人要杀那么多人几乎是不可能的事情，但是，眼前的事实却让他们主动忽视了元宝平日里的样子，而选择相信自己所看到的。

玉瓷一想到往后不会有一个人可以嘲笑了，没有人可以斗嘴了，就有一种无法言明的失落。他说好了要帮她写段子讲单口相声的，他明明都已经为她写了好多，如果她真死了，那他的这些段子，谁来演绎？

“真的就只能这样了吗？”玉瓷决定去找宋宇贤谈谈，却没有想到，会在他的屋子里，听到柳唯唯的追问。

“宋门主，这都是我的错。我不该告诉元宝那里关押了犯人，也不该引诱她去地牢。我确实嫉恨她，可是，元宝到底罪不至死，我也没有想过会有那么大的连锁反应。你就不能再想想办法宽容宽容吗？”柳唯唯急切地看着宋宇贤，试图从他冰冷的唇齿之间听到哪怕一句让她宽心的话。

可惜，宋宇贤只是宛如一尊不可侵犯的雕像一般坐着，一言不发。

“宋门主！”柳唯唯着急起来，眼泪簌簌地往下掉。

宋宇贤换了一下坐姿，冷淡开口：“插死程九书的刀是元宝的。”

宋宇贤的话让柳唯唯最后的希望也彻底崩塌。从信陵楼得到的消息来看，程九书是在元宝劫持宋宇贤之前被杀死的。不管元宝有没有机会从被关押的地方逃出来，她的武器也让她难辞其咎。就算有宋宇贤、无期等人为她作证，证明她不可能出去杀人，但程九书的死，也让信陵楼里大部分的门众对元宝更加憎恨！她已先失了人心。

“有人要把元宝置于死地。宋门主，你必须要救她！”

宋宇贤看着柳唯唯哭红的眼，心烦意乱地起身走到窗边不再搭理她。窗外的落叶被风吹到了窗枢上，即使干燥，还是被宋宇贤的双指捏出了汁液。

“长欢门有长欢门的规矩，并不是你我觉得她没有杀人，认为她是被冤枉了，那就一定能救得了她。现在所有的证据都指向她。一桩接着一桩的命案，全冲着她去，没有任何的证据显示她与这些谋杀无关。”

柳唯唯用力地擦掉了脸上的泪珠：“是我害了她。”

“没有你，她也一样会有这一天。”宋宇贤把手中的叶子扔了出去，这一切的起因，似乎都是从古雌钥匙的丢失开始的。或许，这一棋局从会选开始就已经转了起来。只是，他们到了现在才发觉端倪而已。如此缜密的算计，一步一步把元宝逼上了死路。甚至，每一次都是在刚有一点点线索的时候，又被人掐断。

宋宇贤现在唯一能肯定的，那就是叛徒还在门里。除此之外，他甚至不敢继续往下调查。元宝都无法救下，往后，要是不断地有无辜的人，那该怎么办？

宋宇贤为自己的无能为力感到愤怒。这是第一次，他觉得自己或许，辜负了林白首对他的信赖。

而柳唯唯看着宋宇贤挺直的后背，一直等不到他的指示和回话，不敢打扰他，只好默默地退了出去。谁知，她一出去，就与在门外等了她很久的重离撞个正着。

重离把柳唯唯拖到一边："接下来的事情你就交给宋门主来处置吧。嗯。"

"线索已经断了，门主又不在。只有六天时间了，要是再追查不到真正的凶手，到时候就谁也救不了元宝了！"柳唯唯有些激动，抓着重离的胳膊使劲地晃他。

重离不知道该怎么劝她。女孩子之间的感情总是让人难以捉摸，明明前几天还故意陷害元宝，现在却又着急地想着为元宝脱罪。他完全跟不上柳唯唯这个跳跃的节奏。

"重离，你说我是不是很傻？"柳唯唯看他不说话，拼命地晃着他追问。

重离被她晃得有点晕，忙退离她几米开外。

"现在就只能这样了吗？"

"不知道。"重离坦白，"除非事情发生什么转机，或者奇迹。嗯。"

柳唯唯苦笑道："你相信奇迹吗？"

重离愣了愣，他从来都不相信奇迹的。可是，显然柳唯唯现在想听到的是肯定的回答。重离平日里老实惯了，就算是安慰人，也不太会撒谎，只好用沉默代替回答。

柳唯唯就知道他会这样，深吸一口气仰起头，宋宇贤的话不断地回荡在她耳边。

"重离，你知道吗，或许是因为和元宝在一起太久了吧，我从来都不相信奇迹。如果，这六天之内再找不到凶手的话，我想，我这一辈子都不会原谅自己。"

"我听无期楼主说过，这个事情并不能完全怪你。嗯。"

"可是，却是因为我而发生了。元宝那么快被牵连毕竟因我而起。还记得以前我们学习的时候，楼主们都是怎么教的吗？"柳唯唯扭过头来看着重离，"让情绪来左右自己的人，一辈子都是一个残疾。你我都在冲着成为楼主的目标而努力着，如果有一天要背负着这样的愧疚活一辈子的话，我想，我宁可现在就死了算了。”

重离的脑海里闪过小时候三个人一起学习的画面，那时候的记忆，已经遥远得有些模糊了。

“我在想，这个时候能帮助她的，或许只有一个人了。”柳唯唯看着天上飘过的几朵白云突然说道。

重离意外地看向她：“谁？”

“玉瓷。”

玉瓷听到自己的名字被提及，顿时愣在当场，不知道她这句是有意还是无意说之。

他吗？

或许吧。

自从元宝被关起来进入死亡倒计时以后，门里就陷入了一股异常沉默却又让人感觉暗涌起伏的氛围当中。时间一天天过去，宋宇贤这边还是没有任何的进展，他已经连续几天没有睡过一觉了。

林白首的回信依然没有送来。

无期整天就来找宋宇贤谈心，问他解决办法。甚至就连长欢门里退休了十多年的老楼主们也不时来他书房转一圈，询问情况。宋宇贤看着眼前的烛台，明明累得要死，却怎么也无法睡着。不想说话，只想一个人待着静一静。

同样，当看守元宝的人把饭菜给她送来，通知她明天就是最后期限的时候，元宝却一口饭也吃不下去。愣愣地看着房梁发呆：“难道我真的要被这样冤死了吗？”

元宝深深地叹了一口气，以往她总是贪生怕死，任何有可能会让她病发死亡的事情，她都坚决不会去做。她一度以为要是哪天知道自己要死了，她一定会疯掉。可是，当死亡真正来临的时候，她反而没有那么恐惧了。或许是因为很早的时候，她就明白，自己是没有未来，随时都会死的人吧，早死晚死也都一样。

只是，她还有那么多的事情没有去做！长欢门的钥匙还没有找到，她还没有真正努力一次通过会选，林白首还没有看到她成功的样子，她还没有去外面看过……

遗憾，还有那么多。

元宝不是一个习惯后悔的人，但是，悔恨的种子却在她心底生了根发了芽，柳唯唯那日对她说过的话历历在耳。他们都曾那么努力地生活过，现在，元宝才发现，柳唯唯说的一点都没有错。她的人生，无聊得甚至死到临头了，都没有任何让她觉得可以纪念或者满足的事。

想一想，她过得也真够失败的。

元宝扒拉了一下碗里的饭菜，算了，一切都是命中注定的，顺其自然吧。

元宝端起碗来，决定什么也不想了，先把这最后一夜过好。于是，大声地朝外嚷嚷了一句“给我来只鸡啊”，便一边哼着小曲，一边吃起了最后的晚餐……

六日之期一到，纵然宋宇贤是代理门主，也不能轻易更改门里处罚叛徒的规矩。一大早，元宝就被人接走，送上了断头台——长欢门的大门。

此时，门内门外，早就站满了长欢门的人。大家都在等着这一刻的审判。

元宝看着他们熟悉的面容，那些曾经一同生活过的日子，就这样一去不复返。她的心里却是一片平静。

不过是老天想给她一个重新开始的另外一种人生而已，没有什么好畏惧的。十八年后，她又是一条好汉。指不定那个时候，她就没有这一身的病了，像普通人一样。

元宝在心里不断地对自己这么说着，尽量不去想任何负面的内容，不管人群中传来怎样的对话和嘲笑，她都异常配合地跟着牵引她的人，慢慢地跪在了所有人的面前。

“元宝，你还有什么想说的吗？”宋宇贤从人群后走了出来，淡淡地问她。

人群中的宋宇贤，还是那么气宇轩昂，英俊不凡。若不是眼睛周围因为睡眠不足而出现的淤黑，让宋宇贤看上去更像一个正常人了，元宝都不会从他的万年面瘫脸上看到愤怒和不甘，看到那些属于平常人所有的情绪。

不过，话虽这么说，想想也对，好歹她也是他的姘头，自己的媳妇都保护不了，那他往后还怎么在长欢门里混？他的面子往哪搁？更何况，他一回来就招上了这种难破的案子，他好不容易树立起来的光辉形象就这么被轻易地毁了，怎么着心里也不会舒坦的。

“小宋宋，我死了以后，你重新找一个贤良淑德的娇妻吧。”元宝鼓励似的对宋宇贤说道。

宋宇贤的眼皮狠狠地抽了两下，怎么到哪儿她都没个正形！这都什么时候了还想着这个！

宋宇贤无视她的不正经，朝着她走了过去，俯身冲着她的耳边一字一句道：“对不起。”

元宝愣了愣，耳根刷的一下就红了。宋宇贤竟然还会跟人道歉？元宝伸出手摸了摸他的额头，确定他没发烧，才又冲他笑了起来：“我连累你了。”

“放……”宋宇贤到了嘴边的粗口还是没有说出来，不到怒极，他从来不会爆粗口，可看着元宝这副笑吟吟的样子，他的心里却说不出来地一阵绞痛。

印象中他每一次见到她，她都是笑着的，仿佛天塌下来了都有树顶着一样。即使在这个时候，她的脸上依然挂着笑容，让人感受不到丝毫的难过和悲伤。

身后，柳唯唯的哭喊声骤然传了过来。每个人都要为自己的行为付出代价。虽然没有她，元宝早晚也会被人算计，但是，若不是她的一时冲动，宋宇贤也不会在这个节骨眼上被逼到任人控制的地步。宋宇贤回头本打算让人把柳唯唯带下去，重离就已经冲了上来，待他看着重离把柳唯唯给拖走，回过头来的时候，元宝脸上的错愕仅仅一瞬便消失不见。

几乎是在这一刻，宋宇贤忽然就懂了。

懂得了林白首为什么会对元宝不一样，懂得了元宝一直以来所做的伪装，也懂得了她曾经所做的一切，到底是因何而起。

“元宝，以后有机会的话，还是做自己吧。”宋宇贤看着她，一字一句地说道。

元宝愣了愣，一股从心底泛起的酸意让她有种想哭的冲动，却强忍了下来。就算是要走，她也要走得洒脱，不能让任何人看到她的泪水。于是，故意罔若未闻般的调笑起来："小宋宋，你好婆妈啊。"

就知道她会这样。

宋宇贤摇摇头叹了口气，自从遇到元宝，他叹气的次数比以往多了好多。

"不想再为自己辩解一下了吗？"宋宇贤的声音很淡，就像头顶飘过的云彩。

如果辩解有用的话，又怎会到了现在这一步？

元宝不知道为什么宋宇贤今天的话会这么多，都到了这一步了，说再多又有什么用？

事实摆在眼前，她就算再否认，又有多少人能相信？

"我没有什么要说的了。"元宝不想煽情，不想在那么多人面前掉眼泪，更不想让别人看到她的惶恐和脆弱。她一直都在强撑，不想因为宋宇贤的几句话就崩溃。门主不在，她必须要坚强地面对这一切。

于是，只好率先一步停止了谈话。

宋宇贤从她的眼睛里看出了她不愿意多谈，挥挥手走回了人群里，吩咐道："开始吧。"

然而，宋宇贤的话音刚落，就在这个时候，一支长剑忽然从天而降，瞬间砍掉了元宝脚上的链条。一身月白长衣的玉瓷如神祇般降临，足尖轻轻点地，一把拽住了元宝，在所有人的错愕当中，朝着人少的山林里，狂奔而去……

"你个锤子！你快放我回去，被小宋宋抓到，你就死定了！"元宝一边被拖着狂奔，一边冲玉瓷大吼！对于玉瓷的突然出现，又惊又喜。惊的是，玉瓷竟然会不顾自己性命来救她；喜的是，到底老天还是不想那么快就把她收回去。

但是，看着身后不断涌上来的门众，劫后余生的窃喜很快就被惶惶不安所替代。

见过玩命的，没有见过这么玩命的！

从宋宇贤的眼皮子底下把人劫走，他是有多不要命了！他是嫌在门里还不够无聊，非得给自己找点麻烦才高兴吗？

"快放手！要是被小宋宋抓到，你就死定了，死定了你懂不懂！"元宝使劲儿地挣扎着，试图挣脱玉瓷的手。可是，她越挣扎，玉瓷反而抓得越紧。

“你怎么知道死的不是他？本殿下武艺高强，想干什么就干了，谁也拦不住！”

元宝忍不住啐他：“也不知道当初是谁被门主给逮住的。”

“别废话了，有那工夫还不如跑快点！”

“我为什么要跑啊！”

“废话，我把你从断头台上救下来了，要你死的人能放过你吗？”玉瓷实在被元宝烦得不行，好不容易救她一命，她不感恩戴德、三跪九叩谢谢他就算了，还在这里叽叽歪歪没完没了。难得有机会上演英雄救美女的戏码，现在难道不是该她犯花痴崇拜他的时候吗？她怎么就不能有点正常姑娘该有的反应！

元宝到底还是受不了这种激烈的奔跑，跑了一段路身体就已经有些撑不住了。不是到了这一步，她也不会发现自己的身体竟然如此虚弱。她不想牵连玉瓷，也不想浪费他的好意，可是，有些问题是必须要面对的。

“我们这样能躲到什么时候？这里全是长欢门的地盘，我们能往哪儿跑？”元宝气喘吁吁地提醒玉瓷。毕竟她现在是戴罪之身，也许现在赶紧回去认错，迷途知返，玉瓷还有得救！她不想因为自己而牵连别人。

玉瓷却对她的担忧恍若未闻，回头看到元宝的脸色无比苍白，吓了一跳：“哎呀，你脸怎么这么白？”

“粉擦多了。”元宝想也不想便脱口而出，明明心里想的是身体要扛不住了，可是话一出来总得变了味道。

玉瓷对于她这个时候还有心情调侃颇为赞赏，考虑到她一直叨叨着自己有病，虽然平时总觉得除了她的脑子，其他哪儿也没病，但保险起见，还是拦腰抱住她，带着她跳到了树上逃跑：“先躲开后面人的追捕再说……”

玉瓷掌心的温度透过衣服传递到元宝的身上，从他身上飘散过来的淡然茶香，让人心神安宁。元宝扭头看着玉瓷细腻干净的肌肤，忽然有些恍惚。

他是堂堂当朝三皇子，而她，不过一介平民百姓，到底为什么，他要这样豁出性命地来救她？

甚至，他曾经还想过要杀了她！

发生了什么，他会对她有了改变？

又是什么，导致了他走上了这一步？

“喂，玉瓷，你干吗要救我？”元宝用手指戳了戳他。

玉瓷始终目不转睛地仔细寻找着逃生的路，过了半晌才反应过来，回答道：“本殿下做事走的就是一个即兴！”

早就知道从他嘴里问不出什么正经话，他还老说她不正经，其实，最不正经的人就是他了！但是，即便这样，元宝的心中也像有一股暖流涌过，暖洋洋的。

只不过，前路未知，后又有猛虎，元宝忍不住幽幽地叹了一口气：“玉瓷，你不必这样的。”

听到她的叹气，玉瓷才用眼角的余光扫了她一眼，继续看着前方狂奔：“反正闲着也是闲着呗。”

元宝嘴角抖了一下：“你是有多闲！”

玉瓷一副很难办的样子：“唉，没办法，谁让你喜欢我呢！”

元宝被他吓得身子一震：“我什么时候喜欢你了！”

“看你对我这么着迷的样子，不就是喜欢我吗？”玉瓷一脸的理所当然。

元宝汗颜，说：“不要自作多情好不好！”

“你这人真是会破坏气氛！”玉瓷瞪她，温柔的脸上满是鄙夷，“你不喜欢我，那为什么对我这么着迷？”

“我什么时候对你着迷了？”元宝咆哮。

“又是献吻，偷看，又是抱着我的，还说不着迷？”玉瓷说着眼角还从元宝抱在他腰上的手扫过，好像在说：“看看你自己的所作所为！”

要不是碍于他们现在还在上空逃命，元宝真恨不得一脚踹死他：“你个锤子，你飞来飞去，我不抱着你我抱谁？”

“那不就是还是被我英俊的外表所倾倒了吗。”

“……”元宝发现真的没有办法跟他沟通，转世孔雀的自我感觉良好程度到了一定的地步，真心是没药救了。本来这是多么悲情又壮烈，史诗般的一幕，一到了玉瓷嘴里，什么话说出来都带着一股找抽的味道！再紧张再严肃的气氛，都能被他搅得让人哭笑不得。

她怎么就招上了他这种人呢？

不过，骂归骂，现在两个人毕竟是在逃命。当玉瓷抱着她躲了半天，才发现自己迷路的时候，只好急忙找一个隐蔽的地方暂时停了下来。

长欢门位于群山中间，一向地形复杂，岔路交错。而每一个进入六大楼的人，都会得到一份进出口的地图。这份地图会通过特殊的方式传送到每个人的脑海里。从无实图，也无法绘制下来。若是没有地图的人，想要从长欢门里离开，不小心走错了路，轻则残疾，重则丧命。所以，在山林里走的每一步和每一个方向都得慎重，就像现在两个人遇到的情况一样。

“这里有岔路，我们往哪边走？”元宝看了看面前泾渭分明的两条道问玉瓷。

元宝平日里虽然玩世不恭，但是，越矩的事情，她一般都是不会去做的。现下第一次跑到山林深处，难免有些紧张和慌乱。

玉瓷左右看看思量了片刻，指着空无一物，甚至连杂草都没有的左边。

元宝对于他的判断有所怀疑，要是她没记错的话，他们貌似来来回回在这里绕了好几圈了。于是，看了一眼植物茂盛的右边，说：“一般没什么障碍的地方才最危险，我们走右边。”

“左边！”玉瓷坚持。

“右边！”

“左边！”

“听我的没错的！我在长欢门那么多年，对长欢门的了解绝对比你多。越是好走的道就越危险！”元宝说着已经挣脱他的怀抱，径直朝着右边跑了过去。

玉瓷没有办法，只好紧跟着她。

然而，当他们没入茂盛的丛林中的时候，却没有看到，带着人马追上来的宋宇贤，仅在岔路口停留了片刻，就毫不犹豫地向着右边而去。

玉瓷很快就发现了追上来的人，没有想到他们的速度竟然那么快，只好拽着元宝加速往前逃。只是，穿过茂密的灌木丛，玉瓷突然一把拉住了元宝，停了下来！

“哎呀我的天，差点掉下去了！”元宝猝不及防停下来，看着脚底被她踩落的碎石子滑落到空无回音的深渊里，惊魂未定地紧紧拽住了玉瓷的袖子。

长欢门因地理位置的特殊性，悬崖峭壁多得数不胜数。有些，直接就是陡峭的悬崖，一眼便知。而有些，则躲在茂林的背后，一不小心冲过了茂林，才会发现那竟然是万丈深渊！就像是现在元宝和玉瓷所在的地方一样。

早知道这一片灌木背后是陡峭深渊，打死她也不会自以为安全地往这边跑。

而就在两个人停顿下来的空当，宋宇贤已经带着门众们追了上来，将两个人团团围住，困死在了悬崖边上。

玉瓷一副“看吧，我就说这条路不能走，你非得走，现在自寻死路了”的模样看着元宝。元宝心虚地把头扭到别处，悔恨交加。

玉瓷看她这副难得不好意思的模样，到了嘴边的挤对又咽了下去，撞了元宝一下，低声道：“我忽然很想念一句诗。”

元宝看了一眼距离他们一百米外的宋宇贤等人，真为玉瓷的智商着急。“这都什么时候了，你还想着煽情！”

“不是煽情，是必须要抒发一下我现在的感情让你知道。”

“说说说。”元宝不耐烦地摆手。

“天堂有路你不走啊，地狱无门你偏闯！”

就知道他念不出什么好东西，但是，元宝自知理亏，也不好反驳他。瞪了他一眼算作反应。也真是奇了怪了，每一次她只要和玉瓷在一起，就准没好事。再好的事情，凑他们两个人身上都得黄！

况且，都这个节骨眼了，大军都杀到他们面前了，他居然一点也不急。真不知道他这算是天生的心态好呢，还是故作镇定。

这边，两个人还在这里斗嘴，对面已经摆好了全部阵势。宋宇贤挥了挥手让身后的人不准轻举妄动，自己则淡淡地看着元宝开口叫她：“元宝。”

“嗯，小宋……宋门主。”元宝应了他一声。

“回来。”宋宇贤的声音带着毋庸置疑的强势口吻，却冷得没有一丝温度，之前他身上好不容易才建立起来的亲近感，顿时烟消云散，让她忍不住哆嗦了一下。

“抖什么呢？”玉瓷看见她抖，小声地问。

元宝翻个白眼说：“风大！”

“元宝！”宋宇贤再次开口，往前走了几步，试图靠近她。从山顶呼啸而来的风把他黑色的长衫吹得翻飞起来，像是随时都能飞走似的。任何时候，宋宇贤都像神祇一般不可靠近，捉摸不透。

“她不会回去的！”玉瓷注意到了元宝在面对宋宇贤时低垂的眼眸，已经先她一步代替她回答，“一，她没有杀人，但是被你们冤枉成了杀人犯，不仅无法证明自己的清白，连命都给搭进去了。二，她现在越狱了，更加触犯了门规。不管这两条的哪一条端出来，她回去都不会有什么好果子吃，干吗还要回去送死？”

“胡说八道！”宋宇贤身后的人听到玉瓷这么说，有人已经叫嚣起来，“元宝杀人那是人证、物证俱在，何来冤枉一说？会有今天这局面全是她咎由自取，不思进取，只想着走歪门左道所致。自长欢门建立以来，叛门者死，不管是谁都同样会被处置。更何况，她还杀了门里那么多的同胞！就算她是宋代理门主的心上人那又怎样？王子犯法尚且与庶民同罪。如果宋门主不秉公办理的话，长欢门何以立威？再说了，你一个外人，有什么资格来插手长欢门内部的事情？”

“唉唉唉，注意你的用词，我可不是外人。作为林门主的关门弟子，我虽然之前没有和你们一起生活，但我可是如假包换的长欢门门众！”玉瓷听着对方振振有词的话，真为元宝感到悲伤，她的人缘也实在太差了！

“元宝，你现在回来，事情还会有所转机，既然你是冤枉的，老夫相信只要把话说明白了，宋门主一定会给你时间来证明你的清白。但你要继续这么执迷不悟，就谁也帮不了你了。”就在对方听到玉瓷的话还欲还击的时候，一个苍老的声音从人群中传了出来。

元宝听到这个声音蓦然一惊，没有想到长欢门聚金楼早已退休了十多年的老楼主钱盛竟然会在这里。更没有想到，有朝一日，他会成为说客出现在她的对面。

看着钱盛和蔼、温和的笑容，顿时就让元宝想起了小时候教他们上课的老财迷，想起了那时他们一群小孩子无忧无虑的生活，想起了那个时候门里的孩子们都把她当好朋友……

不知道是从什么时候开始，她不再成为他们集体中的一员。似乎长大和成长就是这样残酷的事情吧。如果他们都不会长大，永远都是小时候该有多好！

“你就吹吧。”玉瓷看到元宝似乎有些动摇，温柔地笑了起来，看着钱盛说，“给她时间证明清白？别搞笑了，早干吗去了？她已经被你们宣判了死刑，如果你们真相信她，又怎会把她处死？要不是我救下她，估计现在她早成亡魂了，你哪还有机会撒谎？逃不逃反正都一样。回去是死，不回去，难说不会有奇迹发生。”

“玉瓷，你别忘了自己也是长欢门的一员！做出这种大逆不道的事情，你真以为你们能逃得了吗？”钱盛被玉瓷的话激怒，拄着拐杖厉声呵斥，“奇迹？老夫从来都不相信奇迹！这里全是长欢门的地界，你们都没通过会选，一辈子都别想从这里出去。”

玉瓷脸上绽开的明媚笑容璀璨夺目：“那可不一定哦。”

元宝看着宋宇贤那一边，因为玉瓷的话而引发的骚乱，令元宝清楚地明白，他们不可能这样一直僵持下去。

宋宇贤还没有动手，就说明他还在给元宝机会。

面对着寡不敌众的形势，早晚两个人还是会被抓回去。

可是，玉瓷的话也没错，如果真的能证明她的清白，又怎么会到今天这一步？钱盛话虽然这么说，但也不排除她这样回去了，会被处死的可能。甚至，就连玉瓷也会受到她的牵连。

那如果不回去呢？

“咱俩真要跳下去吗？”元宝再次看了一眼身后的深渊，突然开口问道。

玉瓷没有想到元宝竟然会提出这么没志气的提议，斜睨她一眼嫌弃道：“谁要跟你跳了，我活得好好的。”

“那怎么办？他们不会放过我们的。”

玉瓷认真地想了想，说：“你把衣服脱了，色诱吧。”

“滚边儿去！我还是黄花闺女！”元宝狠狠地给他一掌。

“拉倒吧，都黄花菜了。”

元宝没心思跟他斗嘴：“快想办法，别废话了！”

“杀过去？”

“宋宇贤一个人就能把我们两个人都削了。”元宝好心提醒。

玉瓷相当不喜欢元宝这副总是畏惧宋宇贤的样子：“你是有多怕他，不就是个宋宇贤吗？”

“就因为是宋宇贤！”元宝抑扬顿挫地强调。且不说元宝现在好歹是宋宇贤名义上的姘头吧，她的一举一动，怎么着也会影响了宋宇贤。

长欢门这种以实力说话的地方，宋宇贤如果没有绝对的实力，林白首又怎么可能把长欢门交给他来负责？

元宝事后都想过，当时要不是宋宇贤压根儿没有阻止她的打算，她根本不可能有机会挟持他。更何况，门里还传说过，宋宇贤当年离开长欢门的时候，武功就已经和林白首不相上下了，鬼知道现在回来了，他又进步成什么样了。所以，宋宇贤是绝对不可小觑的！得罪宋宇贤，后果很严重！

玉瓷真搞不懂这女人的脑子里都在想些什么，能矛盾成这样：“那你想怎么办？”

“废话，我这不是不知道才问你的嘛。你来救人，难道不想后路的吗？”元宝也着急了。

玉瓷依然一副无所谓的样子：“这又不是我的地盘，想那么多有什么用。先救了再说呗，都跟你说了，像我这么有格调的人，走的是即兴的。”

“管你即兴不即兴，赶紧想办法。”

悬崖之上，风呼呼地吹着。对面的人看着两个人在悬崖边上竟然吵了起来，眼皮抖了抖。这两个人也真是够不怕死的，都没有眼力劲儿的吗？

“咳咳。”宋宇贤听到身后人的议论，用力地咳嗽了两声，示意他们好歹注意一下情势。

元宝和玉瓷听到了咳嗽声，朝宋宇贤看了过去。

“咱们真要做出殉情这种事情吗？”元宝侧身问玉瓷。

“不要！”玉瓷摇头，“我活得好好的，才不要做殉情这种蠢事。”

“要不我们还是杀过去吧。”元宝想了想，认真地提议。

杀过去总比跳下去被摔死得好。万一还真杀出了一条血路也说不定。

玉瓷看着前方不知道在想什么，片刻后，点了点头说："还是杀杀看吧。正好好久没有练手了，最近闲得实在无聊，借这个机会，活动活动筋骨。"

"可是，我们没有武器怎么办？"

"我是十万个为什么吗？"玉瓷真有点不太习惯元宝什么都问他，平时看她挺机灵的一个人，怎么对手一换成了宋宇贤，她这脑子就不好使了呢？

玉瓷就近扫了一圈，指了指他们面前灌木丛底粗壮的藤条，说："我看这藤条不错，将就着使吧。"

玉瓷说着就要去捡地上的藤条，然而，就在他弯腰的瞬间，没有注意到给他让路的元宝走到了他的身后，他的腰刚弯下去拽着藤条，屁股稍微翘了一些，元宝被他这么一顶，一个没站稳，脚底瞬间打滑，伴随着一声尖叫，直接向后倒了过去。

同时，元宝在向后倒的时候，本能地一把抓住了玉瓷的腰带，玉瓷猝不及防，被她这么一拉扯，在重力的作用下，两个人同时摔了下去。

高速的下坠让元宝脑海里一片空白，幸亏玉瓷手中的藤条在下降的过程中挂在了悬崖上的一棵松树上，这才阻止了两个人的下落，暂时保住了他们的小命。

元宝依然死死地拽着玉瓷的脚，在空中晃来荡去。

元宝往下看了看，依然看不见地面，往上看了看，是陡峭的崖壁，还有玉瓷的腿。

死亡来得比她想象中要快得多，到了现在元宝都有些惊魂未定，声音里是无法抑制的颤抖："吓死我了，吓死我了。你怎么回事啊，捡藤条的时候你不会注意一下后面啊，差点没命！好不容易逃了，却这么狼狈地死了，这得多丢人啊！"

坦白地说，玉瓷吓得也不轻。第一次与死亡如此近距离地接触，让他半天才回过神来。为了不让元宝察觉出他的恐慌，死要面子活受罪地强撑着打趣她："谁让你非得站我身后的？我这挺拔的脊背是让你多么神魂颠倒。"

"你敢少夸自己一句吗？少自我感觉良好了，赶紧想办法吧，现在咱们要怎么办？"元宝简直不敢往下看，抬头看，似乎这个位置又不太合适，只能瞪着面前的崖壁催促玉瓷。

玉瓷也没敢耽搁，藤条支持不了多久的。更何况，下面还有一个人坠着。于是，仔细地看了看，分析了一下地形说："我看着这下面是河吧。"

"貌似，应该是吧。"元宝不敢确定，往下看一会儿都头晕。

"元宝姑娘，现在咱们是一根藤条上的蚂蚱。现在你有两条路可以选：一，我们就这样在这里风化等死；二，我们自己跳下去。现在这个位置我估摸着也不算太高了，河水应该够深。只要你有胆识的话，我建议你和我一样，选择第二个。"

元宝怎么听这两个都不太安全问道："那我要是想选第一个呢？"

"我会把你踹下去。"

"可是，要是跳下去死了咋办？"

"命该如此，咱们来世再见吧！"

"谁跟你要来世啊，我这辈子都没过完呢！"元宝说什么也不肯现在就往下跳，"我是旱鸭子，不会游泳。我不要跳。下去就没命了！"

玉瓷只觉得双腿都快被元宝给抠掉两大块肉了，疼得想拔腿，又拔不动。藤条挂住的树枝已经开始有了断裂，粗粝的藤条把玉瓷的手都给划破了，就算他想承受，树枝也承受不了两个人的重量。于是，玉瓷只好用力地把脚给拔出来，试图将元宝给弄下去，他也好解放。

谁知，元宝一到关键时刻就发挥她贪生怕死的本性，不管玉瓷怎么抖，元宝都像个猴子一样，不管两个人的姿势有多暧昧，有多邪恶，她都死活不放手，就这样死死地抱住玉瓷的双腿。然而，对于元宝这个奇葩来说，任何很正常的事情到了她身上，都会变得匪夷所思。

不知道是玉瓷的抖腿发挥了作用，还是玉瓷衣服的质地实在太好了。元宝深深地感觉到自己在不断地下滑。当她滑到玉瓷脚边，意识到再这么滑下去就得掉下去的时候，她唯一的办法就只有拿命拽住玉瓷的裤子。

然后，衣服不作美呀，刺啦一声，玉瓷的裤子从后面直接开叉，撕成了两半。而完全没有反应过来的元宝，直接拽着撕烂的裤子就掉了下去。玉瓷也来不及多想，同一时刻，放开了手中握住的藤条，跟着她一起跳了下去。

第八欢　追杀

河里的水冰凉刺骨，元宝被呛了好多水，只本能地一个劲儿胡乱扑腾，却越扑腾越往下沉。迷糊中看到一个白色的身影向着自己游了过来，然后，双唇上落下一片柔软的触感，一口气度了过来。元宝顿时如醍醐灌顶，意识到自己又被玉瓷给亲了，无奈水的阻力让她根本无法推开玉瓷。随即，她感觉到腰上被玉瓷给托起，挣扎了两下，她就被玉瓷给拽出了河水，吸上了一口新鲜的空气。

元宝恨不得把所有空气都呼吸到身体里，大口大口的，又咳嗽又喘气。

“你个流氓！”玉瓷一把她拖上岸就忍不住骂她。

元宝的手里还留着半截玉瓷的裤子，脸上白一阵红一阵的，被一个大老爷们儿骂流氓，太跌份儿了！

元宝也有些不好意思：“谁让你裤子质量那么差的！”

玉瓷挑眉，说：“我让你往我裤子上扯的？”

“你一直动来动去，我不抓你裤子抓哪儿？”

“我就知道你对我有不良企图。”玉瓷气得甩了她一头一脸的水。拧着湿透的衣服提步走开，下半身因为透风被吹得凉飕飕的。拉了拉长衫的摆，尽量遮住自己的腿。

元宝瞥眼不小心瞅见了他的腿，脸上一阵发烫。为了掩饰心虚，大声地反驳他：“我呸，鬼才对你有不良企图。”

“虚张声势也是没有用的！”玉瓷斜睨她一眼，没心思跟她斗嘴。这个地方，完全偏离了他的计划。更何况，又是丛林深处，危机四伏，还带着一个大号拖油瓶。玉瓷必须冷静下来，警惕地四处走动探查。本来，要不是身边有个元宝，他索性就这么裸着了。可毕竟男未婚女未嫁，他这么在她面前晃来晃去的，总是有些不成体统。她大大咧咧的倒是无所谓，他可做不到！好歹他也是当朝三皇子，他的腿那是什么人都能见的吗？！

只不过，玉瓷本来想扯一片大点的叶子来挡挡，无奈，他毕竟是皇宫里长大的，哪会折腾这些东西。就算给了他叶子，他也没能用上，只好作罢。

元宝不明所以地看着玉瓷暴躁地走来走去，看他的样子，似乎心情不好，她也不好去招惹他。于是，静下心来仔细地检查了附近的情况。

茂盛的枝丫遮天蔽日，仅有几束细小的光线透过枝叶的缝隙照射进来。也许是因为这里长期无人往来，石头上长满了苔藓。

风飒飒地吹着，回荡在耳边经久不息。空旷的丛林里发出奇怪的响声。长欢门里的死人大多被埋到了山里，元宝看着周围颇感阴森的环境，缩到玉瓷身边，压低声音问他："你说，这里不会真有鬼吧？"

"我看你自己就是个鬼，色鬼！"玉瓷瞪了她一眼，伴着他的这句话，两个人的视线都情不自禁地就往下走了。然后，突然意识到什么似的，各自急忙把头扭开。

玉瓷咳嗽了两声掩饰尴尬："这里在悬崖之下，他们一时半会儿还找不过来，先在这里待一会儿吧。"

玉瓷说着就去找石子想要生火把衣服给烤干。可是，皇子就是皇子，技术活这种事情，一般他们都是做不来的。哪里知道在这种前不着村后不着店的地方应该怎么办。

元宝实在看不下去，只好把他手里的石头抢了过来，搭好架子，迅速地把火生了起来，脱下衣服开始烘烤。

而至于玉瓷的裤子，元宝实在无能为力了。

不过，元宝可不想长针眼。为了美观和往后的视线考虑，元宝抽空还是扯了一大堆花花草草，给玉瓷编了一个草裙，递给他。玉瓷看着她编的草裙，差点没一口老血吐死当场。但是，有了总比没有的好。实在没有办法，也只好忍了。

两个人一直都没有说话，各自忙碌着。

空气里，只有树枝因为燃烧而发出的啪啪声，四周静得出奇。

元宝之前的注意力一直在别的地方，现在休息下来的时候才发现自己的脚伤似乎又重了。要在平时，为了引起大家的注意，她早嚷嚷开了。现在，她只是默默地瞥了一眼躲在树后面的玉瓷，不动声色地把唯一的纱布再裹紧了一些，然后找了一根细的长树枝去河里打了几条鱼，顺道一起烤了。

玉瓷坐在元宝的对面，火光把他的脸映得宛如朝霞一般柔和明媚。

元宝看着他温柔似水的面容，问出了憋了好一会儿的疑惑：“玉瓷，都到这一步了，你还要继续撒谎吗？”

玉瓷正在翻鱼的手一滞，说：“你想说什么？”

“实话实说吧，你为什么要救我？”

玉瓷被元宝问得愣怔了片刻，似是想到了什么不开心的事情，漾在脸上的笑容瞬间退隐下去，浓重的悲伤弥漫在眼底深处，如同稠墨一般，怎么也化不开。

过了很久，玉瓷才缓缓地说道：“看着你跪在那里，我想起了我哥哥。”

元宝恍如被人当头一棒，愣住了。

“当年，我没有机会救下他。现在，我不希望救不下你。”玉瓷侧目，紧蹙的眉峰舒展开来，“就当是弥补一点点遗憾了吧。”

山林的夜晚似乎在瞬间就覆盖上来，夜晚的风带着刺骨的寒意丝丝缕缕地渗透进身体，瞬间就把元宝血液中氤起的感伤驱散干净。

元宝一个激灵，斜眼看着玉瓷：“我说，你是不是爱上我了？”

玉瓷被她呛了一下：“属孔雀的吗？少开屏。”

“谁让你说这么容易让人误会的话的。”元宝咳嗽了一下，“还有，不要把你的专有词汇用到我身上。”

玉瓷简直要被她打败了，这多好的气氛，每次都被她毁个彻底：“我这是煽情你懂不懂，煽情！这么美好的时候，你就不知道应该煽情一下吗？你就不懂得什么叫做配合吗？”

元宝想了想，噌的一下把衣服给裹紧，抱着双臂，紧张地看着玉瓷：“孤男寡女，夜深人静，荒郊野外，你选这么个地方来煽情，很难让人不怀疑你的动机。”

“明明是你对我图谋不轨，你不要把位置给整反了！”玉瓷抓狂，有种被戳中心事般的狼狈，急忙否认，“我堂堂当朝三皇子，身后的女人一溜一溜的，拉起手来都够绕长欢门几圈了，怎么可能会爱上你！”

元宝被他吼得懵了一下，没想到他反应这么大。虽然这话听着有点让人不太舒服。但是，念在他说的毕竟是大实话的分儿上，她忍了。

“那好吧，你赢了。”元宝抿唇不再言语，心里却在思考，玉瓷怎么总是做出一些和他高贵的身份完全不相符的事情呢？就不能让她稍微有点念想，不要彻底毁了当朝皇子在她心目中的光辉形象！

估计是意识到自己刚才的反应太过激，沉默了半晌，玉瓷又突然叫住了有些昏昏欲睡的元宝。

“元宝。”

“干吗？”

“你就不能端庄点吗？”玉瓷说着，指了指元宝那个四仰八叉的睡姿。

元宝迷迷糊糊，把被风吹到脸上的头发给拨开，说：“端庄这种词眼，对我来说，稍微有点陌生。”

“就你这样，以后有谁还敢娶你。”

“不劳惦记，本姑娘压根儿就没考虑过要嫁人。”

玉瓷错愕：“咋了，打算断了六根，出家当尼姑？”

“身体发肤，受之父母，尼姑没头发，我才不要。”元宝嘟囔着翻了个身，“反正我也活不长，我就还是不去祸害别人啦。要是哪一天发现我死了，我丈夫不得守寡了吗？”

“你倒是想得开。”玉瓷看着她的后背，小小的肩膀上似乎总扛着很多无形的东西，比如疾病，比如长欢门。不管到了什么时候，她从来都在为别人而活。如果有哪一天，她做事情只为自己的话，或许，她会比现在活得更快乐吧。

“想不开那又能怎样呢？”听着玉瓷的话，元宝的语气里却蒙上了一层淡淡的雾，像头顶忽明忽暗的月亮一样，让人听不真切。

玉瓷从她话语的字眼里捕捉到了某些信息，问道：“你父母呢？”

元宝闭着的眼睛猛地睁开，一只手扣着树皮，过了半晌才说道：“我是石头缝里蹦出来的。”

“从没想过要找他们吗？”玉瓷早就听闻长欢门里大多数是一些无父无母的孩子，在战乱中失去了亲人，或者被人抛弃。却没有想到一直被林白首如此重视的元宝竟然也是如此！

“不需要。”元宝回答得斩钉截铁。

她十多年的生活，他们没有参与，她的喜怒哀乐、悲欢离合，他们没有参与，她曾经为了寻找他们的下落，跌跌撞撞伤痕累累的时候，他们不知所踪……还有什么要找的必要吗？反正她从小就把林白首和无期当父母一样了，找不找对于她来说，都不重要。更何况，就算真找着了，又能怎样？再怎么血浓于水的亲情，也已经被时光和过往划开了很深的鸿沟。

元宝从来都不会去想很遥远，或者很虚妄的事情。

玉瓷显少遇到元宝这种心事重重的时候，皇宫生活中亲情的冷暖，他比她的感受要深，明白此类事情多说无益，索性什么也不提。

茫茫月色下，也许是太累的缘故，元宝没一会儿就睡了过去，而玉瓷，则看着她的背影发呆，不知道在想着什么……

彼时，信陵楼副楼主程九书被杀，信陵楼里早就乱了套了。更何况，程九书的亲信也都是信陵楼的核心骨干，根据以往的表现和考核成绩来看，宋宇贤为了避免不必要的意外和麻烦，直接选派柳唯唯为暂定的副楼主，接替程九书之位，让柳唯唯作为这次寻找元宝的主要负责人。并派出了六大楼现有的人手，全部听从柳唯唯的指挥，去寻找元宝的下落，必须活捉回来！

“还没有找到元宝和玉瓷吗？”柳唯唯一回到门里，宋宇贤就把她召过来询问。

柳唯唯擦了擦满头的大汗，眼神一暗，回答：“暂时没有。”

“一定要找到她。”宋宇贤郑重地说。之所以派遣柳唯唯出去，是因为在旁人看来，元宝和柳唯唯已经绝裂，不会包庇她。再一个，如果让别人找到元宝，到时候就不一定能见着活的人了。所以，宋宇贤只能把希望寄托在柳唯唯的身上。

柳唯唯被宋宇贤的郑重震惊了一下，心里打起了鼓，不知道宋宇贤到底是几个意思。

元宝现在既是叛徒，又是逃犯，找到了元宝，她注定要被处罚。可是，找不到元宝，她同样会被处罚，更何况，她若是能离开长欢门也就算了，现在，就算有玉瓷在她的身边，她也绝对出不了长欢门！他们这么躲，又能躲到哪里去？

不管怎么做，元宝都难辞其咎。

现下柳唯唯除了听从宋宇贤的安排，也真不知道该怎么办了。

“下去吧。”宋宇贤见柳唯唯无话可说，淡淡地挥了挥手，让她回去休息。

柳唯唯应了一声，福礼退了出去。然而，她才刚走出去不远，一道黑影突然从天而降，顿时就把她给拽走了。

黑影一直把柳唯唯给拽到了很偏僻的地方才放开她。

柳唯唯看着对方揭下来的面具，无奈地叹了一口气：“我就知道是你！”

重离四下看了看，确定没有人跟踪他们，才放下心来对柳唯唯说：“我不是六大楼的人，很多事情打探不到，只能来找你了。嗯。”

“你想打探什么？”柳唯唯挑眉，心里已经有了计较。

“元宝找到没有？”

柳唯唯的脸上挂着一抹促狭的笑意：“看不出来你还这么关心元宝啊。”

重离一副大义凛然追债的模样点了点头：“她还欠我一千两银子没还。嗯。”

“你什么时候也混得跟金惜那个守财奴一样了。”柳唯唯疲惫地打了一个哈欠。这个时候，整个长欢门里，或许也就只有以前总念叨着要弄死元宝的重离，是最想保住元宝小命的人了。所以，她也只有找重离来交流自己心中的想法。

“重离啊。”

“嗯？”

柳唯唯压低声音说：“你有没有觉得，宋宇贤是故意放元宝走的？”

“你怎么会这样想？”重离感到意外。

“宋宇贤是什么人？”柳唯唯收敛了笑容，严肃地看着重离说，“玉瓷能那么轻易地从他眼皮子底下把人劫走，甚至到了现在都没有被抓到，你不觉得这不太符合宋宇贤的做事风格吗？搁以往，要有人这么挑战宋宇贤的权威，他不得把人杀了啊！”

重离仔细地想了想，说：“确实。不过，宋门主的心思一向难以捉摸，况且他多年没有回来，有可能他现在早就磨平了当年的戾气。嗯。”

“有句话叫做江山易改，本性难移。而且，从他派出的人力来看，看似六大楼出动，实际根本没有那么多。”柳唯唯说着凑近了重离，“你说，会不会是他早就和玉瓷预谋好的？”

“不可能。”重离一听就矢口否认，“这么做的话，对宋门主根本没有好处，甚至无疑是给元宝的罪名雪上加霜。而且，他们的动机是什么？宋门主没有理由要害元宝。况且，元宝自己很清楚，要离开长欢门不是一件容易的事情，尤其她现在还是戴罪之身，哪有那么容易就离开长欢门的。你也别异想天开了。嗯。”

“这只是我的猜想。”柳唯唯嘀咕了几句。但是，也不可否认重离说得没错，元宝就算能逃得了一时，也逃不了一辈子。躲进山林里根本不是长远之计，早晚有一天她会被长欢门的人给抓到，还是要回来的。

柳唯唯长长地叹了一口气，天大地大，却没有元宝一个能长久容身的地方。考不进六大楼，果然是没有未来的啊。

“现在我们该怎么办？”所谓当局者迷，此事是她一手造成，面对现在这个情况，柳唯唯却有些不知所措了。

“相信宋宇贤。”重离沉吟片刻，一字一句地说，“宋门主一定会想办法的……”

元宝睡到半夜，突然被一双手给推醒。

玉瓷明亮的眼睛在她身上扫了一圈，就把她的睡意吓得烟消云散，急忙双手抱住胸前，问他：“你想干吗？”

“走了！”玉瓷言简意赅。

元宝被他弄迷糊了，问：“去哪儿？”

玉瓷笑意嫣然：“离开长欢门。”

“我们出不去的。”元宝笃定地看着玉瓷。她之前之所以一直没问到底何去何从，就是因为太清楚想要离开长欢门，几乎是不可能的事情。

可是，玉瓷却对她的担忧不以为意，拍了拍她的肩膀说：“我还记得路！”

“那不一样的。”元宝摇摇头，难得认真地分析着，“记得也没用。唯唯曾经跟我说过，入口和出口根本就是两回事。所以，你进来了，不代表你出得去。你从外面进来就应该知道，长欢门的入口，是根据奇门遁甲和天象来进行排位的。你当时进来的时候和现在是两个方向，还别说天象也因此而发生了变化。

百年以来，只要不是通过会选的人，是不会知道长欢门的出口所在的。因为，只有通过会选的人才会得到地图。更何况，门主也说过，出去比进来更难。这也就是为什么长欢门的很多人，如果通过不了会选，就一辈子都无法离开长欢门的原因。出口所设置的那些机关，要是实力不行，是绝对出不去的。而且，稍有不慎，引发了某些机关，就等于告之了他们我们的下落，到时候就更麻烦了。”

“那怎么办？”玉瓷听着她的分析，有些话想了想还是忍住了。当初他一个人进入长欢门已经九死一生，差点就在半路挂了。如果是他一个人要走出去，或许还有点可能，但是，带着个元宝，这个几率就得走负数了。更何况，元宝看似糊涂，实则机灵得很，任何时候，心里都把长欢门放在第一位。但凡是涉及长欢门的事情，她绝对就能马上翻脸不认人。出入口的地图属于特殊机密，泄露者死。玉瓷的路线图本就是门里的人所给，要是他真带着元宝出去了，在行走的过程中让她察觉到了什么，或者怀疑了什么，她随时都有可能会为了长欢门而把他给交出去。

这期间的利害关系玉瓷非常清楚，所以他不能冒这个险。

“我也不知道。”元宝叹气，对于玉瓷心里的那些小九九恍若未觉。元宝只知道，玉瓷救她是好心，虽然他有可能做了无用功，但是，他却是为了救她才把自己卷到麻烦中来的，所以她也不能责备他什么，只能尽量想想办法。既然活着，就总能想到活下去的方法。

“要不，我们先在山林里暂时躲一躲吧。”元宝提议。

玉瓷想了想也只好同意：“我们得换个地方。”

元宝点了点头，可是，她刚一站起来，像是被人一把拽住似的，一屁股又跌坐到了原位。

从脚上传递而来的痛感，让她疼得微微颤抖起来，睡着了没有发现，醒来才意识到脚上钻心的疼越发剧烈起来。

玉瓷瞥眼发现她瞬间泛白的脸色，心里咯噔一声，急忙把她的裤腿掀开，看着她又红又肿、变形得厉害的脚，着急地问道：“怎么回事？脚怎么还没好？”玉瓷蹲了下来，直接把她的鞋子脱掉，拆开早就捆绑不住的纱布，看着她肿胀的脚，眉头越皱越深。她怎么会这么傻，脚都成这样了，还要强撑！

而她竟然伪装得那么好，要不是因为她被他突然叫醒，一时没有注意到自己的脚伤，他都没有发现她的伤竟会这么重！

“还不是怪你。”提起这个元宝就想揍玉瓷一顿，正所谓伤筋动骨一百天，她那天要不是被玉瓷给吓得崴到，后来又一直被关押着，没有机会养伤，她这脚能成这样吗？

“算了，就这样了。能不走，还是别走了。”元宝说着把脚缩了缩，打算重新穿进鞋里，可是，纱布被玉瓷给解开以后，再系上就更困难了。元宝试了好几次都无法将脚塞进去，反而把她疼得冷汗直冒。

玉瓷心里有些过意不去，每次他的逗弄，都会给她引来很多后续的麻烦。他说：“不能在这里休息，要不还是我舍弃一下我尊贵的身份背你走吧。”

“不用。”元宝一副“我怕你占我便宜”的样子往后坐了坐，“你去找点消肿的药来给我敷一下就好了。”扛麻袋都有累的时候，更何况是人。

而且，元宝对其他方面废柴，但是，毕竟她常年和药与无期混在一起，对药草治病这方面还是颇有些认识和心得的。

玉瓷看她如此坚持，只好答应下来，仔细地听着她对需要找的药草的描述。虽然玉瓷深深觉得他们二人的相处模式实在有点诡异，但还是很听话，难得没有发表一番自我美化的言论，在附近去找了起来。

山里的天气总是瞬息万变，玉瓷走的时候还一片晴朗，不一会儿，一朵厚重的云层就已经被风吹了过来，停留在上空没有挪动，天色也随之暗了下来。树叶被大风刮得哗哗作响，元宝约摸着玉瓷应该回来了，可是，等了很久，玉瓷始终没有出现。

元宝不知道等了多久，狂风毫无停止的迹象，依然在肆虐地刮着。到底山林湿冷不比在门里，元宝冷得瑟瑟发抖。

玉瓷还没有回来。

原本还在视线范围内的玉瓷，找着找着消失在了山林深处。

元宝不敢大喊，怕把门里的人给喊来。可是，就这么一直等不到玉瓷的出现，她更着急！要是他一不小心被抓走了，她一个瘸腿的姑娘，在这荒山野岭的，该怎么办？

元宝思虑再三，决定去找玉瓷。

这个时候他可千万不能出事了。

然而，现在元宝脚的这个情况并不乐观，每走一步都钻心地疼。如果这是平坦的大路，元宝还能跳着走，可惜在树林里，路本就不平，不时还会不小心踩到几个石子，走起来比平时要艰难许多。

元宝一边走一边骂，心里慌得不得了，心思全在找人上了，就连脚上的伤都被心里的慌乱所压制了下去，她就是掘地三尺也得把玉瓷给找出来！

"哎哟喂，你是有多想我，这才一会儿不见就如隔三秋找起来了。"就在元宝找得无比焦虑的时候，玉瓷阴阳怪气的声音就从身后猛地传了过来。

元宝看见他，恍如失而复得的珍宝一般，激动地拽着他的衣领就把他给扯了过来，一下子抱住："可算是回来了！"

玉瓷本来因为担忧她这么乱走而愠怒的怨气，被她这么一抱，懵了一下。责备的话卡在了喉咙里，怎么也说不出来。

不过片刻，怀里的温热倏尔散去，元宝像没事人似的笑嘻嘻地放开了他。看着玉瓷一身狼狈，替他绑好的草裤叶子也少了好大一半，一丝不乱的头发也凌乱地散了下来。桃花一样的眼睛里明亮如星，即使此番落拓，却也依然英俊而明媚。

玉瓷这样的男人，真该放在皇宫里供着才对。

"我先扶你过去吧。"玉瓷用巨大的芭蕉叶兜着他找到的草药，另外一只手扶在元宝的腰上，把她扶到了附近一块干净的地方坐下。

元宝在玉瓷找到的草药里翻了翻，虽然他找的这一堆，没用的比可用的多，但是，好在数量足够，将就一下还是可以的。

只不过，草药没法捣碎就只能用咬的了。

这个时候，也顾不得什么面子的问题了。

元宝本来打算自己动手，谁知，玉瓷问了几句她打算怎么弄以后，直接抢过了她手里的药草，盘腿在她面前坐了下来，二话不说把药草全部塞到了自己的嘴里。嚼碎以后贴到了她的脚上，然后，扯下了元宝衣服下摆多余的面料，直接当纱布使，绑好包了起来。

元宝的鞋子虽然塞不下脚，但是玉瓷很有默契地找了好多和他的草裤相同的叶子，交给了元宝，让她自己编了一双能走的“凉鞋”，替她重新穿上。

元宝看着玉瓷细心仔细地替她穿鞋，脸早就跟煮熟的虾一样红。

要是她自己弄，早就随便糊弄一下就算完了。可玉瓷却这样认真而郑重。元宝长这么大，第一次被人这样照顾、体贴着，有一种快要窒息的奇怪感觉萦绕在心头，怎么也无法驱散。

“玉瓷，你真的很细心。”元宝由衷地说道。

“那是。”玉瓷从不放过夸自己的机会，“本殿下给你裹脚你是积了多少辈子的福气呀。前几辈子你肯定做了不少好事，才轮到了今天，快点好好歇歇一番，我们马上得上路了。”

“多谢多谢。”元宝难得没有嫌弃他的自恋，并且还感激着。

玉瓷一时还有些不习惯她不挤对自己，哼了哼，想到自己的草裤似乎有曝光的危险，戳了戳元宝说道：“把那个叶子递给我一下，我塞点叶子进去。”

元宝一看着玉瓷一颗心就狂跳不止，弄不清楚到底是怎么回事的她，为了掩饰自己的情绪，尽量表现得和平时一样，贱贱地把叶子拿在手里甩了甩，说：“求我啊，快求求我啊。”

玉瓷眼皮一跳，直接起身抢了过去：“你贱得相当有层次。”

“别这样，我以后还要混的，层次太高混不下去了！”

玉瓷要是手里有一块砖，一定会毫不犹豫地拍下去。

但是，可惜他现在手上除了没多少重量的叶子以外，什么都没有，所以，他忍了。只不过，他刚一坐下，忽然又像受惊的鹿一样跳了起来。纵身跳到了一棵树的高处，随后又跳了下来，一把扯着元宝就要走。

元宝被他突兀的举动吓了一跳，忙问：“怎么了？”

“快走！有人追上来了！”

“是唯唯追上来了吗？”元宝急忙追问。

玉瓷一边带着元宝往前加速跑，一边说道：“柳唯唯怎么可能会来追你？”

“这个时候一定是柳唯唯来，不管怎么说我也是因为她才进来的。现在信陵楼的副楼主也死了，信陵楼里可用的人不多，小宋宋只有用唯唯才能堵上他们所有人的嘴。更何况——”元宝眼眸一沉，“只有唯唯，小宋宋才放心得下。”

玉瓷对于元宝的分析颇为意外：“你倒是看得清楚。”

“关乎小命能看不清吗？”元宝嘟囔着，对于长欢门的追捕功力心有余悸。这才休息了没一会儿，他们果然就已经找来了。看来，幻想到底还是幻想，即便是宋宇贤，也不可能会放过他们的。

而且，想到这里，元宝忽然有种，好像，似乎，自己是给宋宇贤戴了绿帽子的感觉。

不管怎么说，她好歹还是宋宇贤的姘头吧。

可是，她却跟着玉瓷跑了！

宋宇贤的光辉形象应该受到了很大的影响吧！

这种突如其来的负罪感是怎么回事啊！

“不过，我估计你要失望了，应该不是柳唯唯带人来。这拨儿人和之前追我们的那些不同。”玉瓷侧目发现元宝兀自进入不明所以的抓狂状态，以为她是因为柳唯唯而有些情绪失控，急忙把元宝揽入怀里，带着她飞了起来，“如果我猜的没错的话，他们是来杀你的！”

元宝闻声一怔：“你怎么知道？”

“我是天才。”

元宝虽然觉得宋宇贤应该会抓活口回去，不至于派人来杀她。但是，看玉瓷的样子也不像是在开玩笑。只不过，她的疑惑还没来得及问出口，身后的人竟然已经追了上来。倏尔之间，就已经把他们团团围住。

元宝看着面前的这一群黑衣人，吓得哆嗦了一下。

这个颜色的衣服她再熟悉不过了——千鬼楼!

长欢门里隶属暗杀的六大楼之一。难道，宋宇贤真的非杀她不可吗?

“小心，他们都是千鬼楼的人！”元宝现在属于半残状态，无法动武。看这情势，这一场恶战是无可避免了，只好压低声音提醒着玉瓷。

玉瓷点了点头，运功做好了应对的准备。

“各位前辈们，早上好哇！”元宝故意和他们打招呼，试图转移他们的注意力。然而，她不开口还好，她一开口，对方二话不说，挥刀就朝着元宝和玉瓷砍了过来。玉瓷为了保护她，也不顾及什么走光不走光的问题，劈叉、踢腿、飞脚，每一次双腿的抬上抬下，都宛如他穿着裤子一般！挥洒自如，行云流水。就连对面的黑衣人，都被玉瓷如此奔放的打斗给震慑住了。实在不忍直视他这个介于裸和不裸之间的下半身。

元宝看着他那双忽隐忽现的腿，深深觉得很快她一定会长出一排针眼。

不过，玉瓷和黑衣人打做了一团，元宝也没闲着。她乘机在老树林里找了一根最粗的藤条，当玉瓷把谁打到地上的时候，她以最快的速度颠过去，用这跟藤条把对方给抽晕。

但是，在接连打了几个人以后，元宝忽然想到他们都穿着衣服的，而玉瓷的裤子还没有着落呢!

于是，当下一个人倒在她面前的时候，这一次，她用了比以往更大的劲儿把对方抽晕，然后迅速地去扒他的裤子。

玉瓷打得大汗淋漓，本来还指望着元宝差不多了，跟他先撤了再说，谁知，回过头就看到这么有伤风雅的一幕，顿时有种想把元宝也一块打了的冲动。

“你在干什么？”

“脱裤子！”元宝忙得不得了，浑然没有注意到身后渐渐靠近的一个黑衣人。

玉瓷这一边被几个黑衣人缠上，无法脱身，那一边元宝却毫无察觉，玉瓷想喊，但是，就是因为他分神看元宝的空当，被对方抓到了空隙，直接掐上了他的脖颈，把他逼到了死角。

元宝费了九牛二虎之力，终于把黑衣人的裤子给抡了下来。她得瑟地抡了裤子站起来的空当，身后的人朝着她扬起了手中的刀。而玉瓷看着对方冲元宝下手却自身都难保。就在这千钧一发的时候，找到了玉瓷位置的元宝，兴奋地拽着裤子就抡了起来。不偏不倚，正好抡到了身后的黑衣人脸上。随即，黑衣人一不留神，“啊”了一声，暴露了踪迹，元宝猛然一惊，顺势就扑倒过去，用手里的裤子，硬是把对方给捂晕过去。

而玉瓷看到她脱离危险，始终戴着黑手套的右手，轻轻把手套往下蹭了蹭，掐住他的黑衣人只觉得有什么东西扑面而来，悚然松手。玉瓷得到空当，一脚将其踢开，然后向着元宝冲过去，拦腰抱起了她，就向着另外的方向跑去。

元宝对于刚才差点就牺牲了的事心有余悸，一边跑还不忘一边追问:“为什么他们非得要杀我们！”

“废话，现在这可是最好的除掉你的机会。”玉瓷尽量把她往上提了提，避免她的脚与地面接触，“在长欢门的时候，有宋宇贤保护着你，他们还无法轻易动手。一旦离开宋宇贤的视线范围，要对付你，就轻而易举了。”

“你的意思是说，他们不是小宋宋派来的人？”

“不是早就告诉你是另外一拨儿了吗？”

“一激动给忘了！”元宝说着说着沉默下去，“不对，他们应该不是千鬼楼的！”元宝忽然想到了什么，目光灼灼地看着玉瓷，“从他们的武功和刀法来看不像是千鬼楼的。”

重离从小到大最想进的就是千鬼楼。对于他来说，做一个闻名天下的刺客，比做什么都要更具有吸引力。所以，那个时候，为了躲避有朝一日重离真成了千鬼楼楼众，到时候对她展开的追杀，元宝特地去取经学习了一下千鬼楼的训练。

千鬼楼的楼众杀人，一定不会有退路的！更何况，千鬼楼里几乎聚集了长欢门精英中的精英，单说武功的话，一个可以顶上百个，她怎么还可能有机会打得了他们？就算玉瓷再厉害，他们俩也绝对不会是千鬼楼的对手。而刚才追杀他们的那群人，武艺参差不齐，显然是故意用千鬼楼的装扮来误导他们的！

难道，那个叛徒还没打算放过她吗？

也不知道两个路盲出门前是不是没烧香，本来以为他们总算是逃脱了黑衣人的追杀，谁知，好端端地又走到死胡同里了。

看着前面唯一的出路——倾斜的巨大山坡，再回顾身后紧追不舍的黑衣人们，元宝犹豫地瞪着玉瓷：“跳吗？”

“跳！”这一次玉瓷没有丝毫的迟疑，大悬崖都跳过了，这种山坡又算得了什么。于是，看了一眼身后的黑衣人们，提着元宝的腰带，毫不犹豫地向着斜坡跳了下去……

第九欢　心动

玉瓷为了不让元宝受伤，在往下跳的时候，一直把元宝紧紧地护在怀里，两个人随着山坡不停地下滑翻滚，直到同时撞到了山坡脚的一棵树上才停止了下滑。

好在这一次山坡上都有树叶以及植被作为屏障，他们也只是受了点皮外伤，并无大碍。

总的来说，他们这两次“跳跃”算得上是福大命大了。

更何况，元宝被玉瓷护在怀里，大部分的伤势都在玉瓷身上了。而且，她一向认为自己皮糙肉厚，经常被林白首惩罚当人肉靶子，这点伤势她还是很习惯，很无所谓的。

只不过，对于玉瓷来说，养尊处优的宫廷生活让他从小到大哪经历过这些。今天所有的这些伤害，算得上是他有生以来的第一次了！

只是，到底他也是个男人，一个死要面子的男人，所以，就算全身上下如散架一般疼，他都始终没有抱怨过一句，甚至就连哼都没有哼过一声。要不是元宝发现他的大腿上被刮开了无数的伤口，她都不知道玉瓷竟然伤得这么重。

尤其是想到刚才玉瓷竟然用自己的身体替她挡住一切伤害的那一幕，元宝这心里说不出是什么滋味。

但是，这股滋味很快就被一股担忧冲淡。

元宝一直随身携带的药，早就不知道什么时候已经丢了，还好之前没有发病，从现在起，她必须小心翼翼地控制着自己的情绪和身体的负荷，尽量不去想身体上的事情。否则，到时候真发起病来，那就是不想死也得死了！

玉瓷不知道元宝心里的担忧，现下两个人相互搀扶着迅速地离开了山坡，找到了一个隐蔽的洞穴，暂时躲到了里面。

这一路的追杀让两个人都无比疲惫。尤其是玉瓷，一夜未眠就算了，刚才又经过如此激烈的厮杀，早就累得无法继续行走。扶着元宝坐下以后，自己就紧挨着她坐了下来，连斗嘴自夸的心思都没有了。

元宝身体的疼痛已经让她几乎麻木，这个时候也顾不得什么男女有别了，只想好好地休息一番。于是，她顺势靠在他的胸膛上，听着他的心跳，一下一下，扑通扑通，好像是催眠一般，就连自己的心跳也和他的逐渐一个频率，渐渐地从激烈变为缓和，不知不觉间，沉沉地睡了过去。

时间一分一秒地流逝，一声惊天的响雷在山林间骤响，惊醒了沉睡的两个人。

元宝和玉瓷醒来，看着对方近在咫尺，都有些微微地出神，等回过神来以后，玉瓷迅速地把元宝推开了。

元宝还没醒彻底，迷糊了一下，没有发现玉瓷在刚才那一瞬间的反常和发烫的脸。

“玉瓷，你给我说说，你的生活是什么样的吧。”听着外面如万马奔腾的雷声，估计山里很快又要下雨了。这一时半会儿他们肯定走不了，反正也没什么事情可以做，元宝索性找了个话题和玉瓷聊了起来。

玉瓷犹豫了一下，还是把元宝替他抢来的裤子给穿上，走到洞口的风口处坐了下来，问：“你想要听什么样的？”

“都行。”

“我从小在皇宫里长大。那是一个……”玉瓷仔细地想了想，缓缓地继续说道，“一个，吃人不吐骨头的地方。”

“不是说皇宫里有用不尽的金银珠宝和看不完的美人吗？那应该是仙界才对。”

玉瓷脸上分不清是冷笑还是什么嘲讽，难得认真地回答：“金银珠宝和美人，都是踩在无数的尸体上堆积出来的。”

“这么恐怖……”元宝瑟缩了一下，“那我以后要是出去了，一定不会去皇宫。”

“是吗？”玉瓷扭过头来看了看元宝，“那是一个，充满很多诱惑和可能的地方。”

“我对死人堆都没有兴趣。”元宝撇撇嘴说，“所以，这就是你离开那里非要来长欢门的原因吗？”

对于她的胡思乱想，玉瓷既没有承认，也没有否认，只是笑了笑：“我来这里的原因多了去了。”

元宝的脑海里蓦然闪过初次相见时，二人不小心闯到了冷冻室，玉瓷看着自己哥哥的无头尸体痛哭的那一幕，他最狼狈的时候，总是被她遇到。

皇宫如果真的那么好，为什么他的哥哥却是长欢门的一员呢？他又为什么放着好好的三皇子不做，非得来这里遭罪呢？

元宝把头靠在洞穴的墙壁上，凝望着他问：“你还会回去吗？”

“会。”不假思索地肯定。

“既然你那么讨厌那里，那干吗还回去？”

“你会回长欢门吗？”玉瓷反问。

元宝被他问得一愣，两个人看着彼此笑了起来。

对哦，那是他们的家，不管它有多么可怕，那毕竟也是他们的家。

家里有他们所在乎的人。

还有，他们赖以活下去的一切。

又怎么可能真正地离开？

元宝难得和玉瓷可以好好地聊天，不想破坏这样和谐美好的气氛。元宝接着问：“听说皇子们都和皇帝一样有着三宫六院，你呢？”

“我？”玉瓷失笑，“光棍一个，有三宫六院，却没有人。”

元宝不信，就玉瓷这张温柔的笑脸，只要他不说话，要糊弄几个妹子还是很容易的。

“真的假的？”

“你猜？”

“去死。”真是的，说不上几句好话，元宝就知道他又开始不正经了。

玉瓷看她那副气呼呼的样子轻笑起来，却没有说，这个世间还有一个人，一个他甚为在意的人，一个从头到尾他还没有提及的人。

虽然他们暂时还没有成为夫妻，但是，他在心里已经把那个人当作自己的妻子了。

只不过，在这一刻，他自己也说不清楚为什么，不想让元宝知道。

短暂的沉默过后，元宝还是忍不住好奇地问："京城都有些什么热闹的地方呢？"

"京城热闹的地方多了去了，不过，应该这么说，长欢门里有的，京城也都有了。只不过，外面之所以精彩，是因为有不同的人吧。整天都面对着长欢门里的这一群人，你不觉得很无趣吗？就和皇宫里一样。"

"或许吧。"元宝自始而终都是一个害怕改变的人，她没有那么多的勇气和习惯去承接各种各样的意外，唉，一说这个话题又得沉重了。"对了，说下正事吧，我们接下来该怎么办？"

玉瓷侧身莞尔，诱惑般地露出了温柔的笑颜："你想不想改变一次？"

"改变什么？"元宝疑惑地看着玉瓷，不知道他这突然又来的哪一出。

玉瓷漾在脸上的笑容宛如春风里的暖阳："当然是离开长欢门喽。"

"……"元宝翻个白眼，这不还是要送死吗？

玉瓷看到了元宝的犹豫，不知道为什么，突然会对她说出要离开长欢门的提议。或许是对于这种逃亡生活的厌烦，以及未知的惶恐吧。又或许，仅仅是不想看到她现在这个模样，带着伤，越伤越深。

玉瓷最受不了的就是元宝这个瞻前顾后的毛病了，不就是做一个决定而已，有必要想那么久吗？

玉瓷见元宝迟迟不说话，拉下脸来问："别废话了，走还是不走？"

元宝沉吟片刻，想了想，最终还是被玉瓷给蛊惑，决定走一次离开长欢门的路！总好过就这样漫无目的地逃命，或者死于追杀之中的要好。更何况，她心里明白，就这样躲，又能躲到什么时候，早晚他们还是会被发现的。到时候，元宝死了就算了，玉瓷也会被她牵连。元宝虽然总一副嫌弃玉瓷的样子，但是好歹也是一条人命，她并不想因为自己而连累他人。

任何感情，她都亏欠不起。

既然想法达成了一致，休息得差不多了，两个人就决定上路了。为了找到指引，两个人只好朝着宽敞有河的地方走去。只不过，两个人还没有走到河边，那群黑衣人就已经再次追了上来，拦住了他们的去路。

元宝看见黑衣人的出现简直都要泪奔了。

他们都是信陵楼的吗，找线索怎么就能那么厉害？他们的追缉能力太强了，真心不容小觑。

“怎么办？”元宝腿脚不利索，靠在玉瓷的身上，凑到他的耳边小声地询问。

“唉，他们对咱俩是有多执着。刚才都被打成那样了，还不放弃。”玉瓷一脸无奈，“你平时是欠了他们多少银子，这么穷追不舍的。”

“滚边去，这都什么时候了，还有心思开玩笑。”元宝一个伤员，跟着武功也没见得有多好的玉瓷，两个人要真对付这么些人，还真是很吃力的。

可是，就算两个人不想打，对方却已经率先动手打了起来。

对方从后面袭击，幸亏玉瓷反应够快，直接把元宝推到地上，抢过来对方手里的剑做武器，破解了他们的致命出手。然后一边踹着元宝往旁边爬，一边替她挡掉所有的攻击。

元宝本来想起来帮个忙，但无奈这腿实在是伤得重了，她刚一站起来，不仅没有替玉瓷分担掉黑衣人的袭击，反而自己把自己摔了，连带不小心拽到了玉瓷，把他给拽到了地上。

玉瓷的肩膀上因此而中了一剑，鲜血顷刻就染红了他早已变色的月白长衫。

“你到底是来帮谁的？”玉瓷恶狠狠地瞪了元宝一眼。

“我就想帮你啊！”元宝无辜地回答。

“你给我好好地待着，你别动就是帮我了！”玉瓷强忍着身上的疼痛，避开黑衣人们的砍杀。然而，长欢门训练出来的人，哪是那么好对付的。

玉瓷一分心，对方就得到了空隙，同时向着玉瓷受伤的那只手袭击过去，玉瓷应接不暇，只好忙着与他们周旋。

就在这个时候，一个潜伏在树上的黑衣人悄无声息地靠近了元宝，然后提剑，朝着元宝刺了过去。

元宝猝不及防，刚站起来就挨了那么一剑，不禁尖叫了一声。本来是致命的一剑，好在她起身的时候，脚崴了一下，身体发生了倾斜。于是，避开了要害部位。她甚至来不及多想，几乎是用上了全部的力气，用捡来的粗树枝，在中剑的一瞬间就朝着对方抡了过去。对方为了避开她的攻击，只好提剑后退。

“小心！”玉瓷远远地看见元宝受伤，心中一沉，二话不说就朝着元宝跑了过去。而他一扭身，背后的空门暴露，直接硬生生地受了对方的一剑。当玉瓷赶到元宝面前的时候，元宝只看见他的后背一片“血染的风采”，忍不住惊呼起来。

玉瓷把元宝护在身后，不断地后退，只小声地交代她注意自己的安全。元宝点了点头，第一次觉得自己竟然这样没用。平时不努力，打架打不过，现在脚受伤了，她甚至连自保的能力都没有。如果她以前努力练功的话，至少现在她还能帮玉瓷一下，他也不至于受伤成这样！

黑衣人渐渐逼近，两边对峙着，几乎是在同一瞬间，黑衣人朝着玉瓷冲了过来。同样的阵法，同样的攻击，扛一次还行，第二次，他们的攻势越来越强，可是玉瓷却明显反应慢了下来。眼看着他们的剑同时向着元宝而去，玉瓷索性放弃攻击，直接转身把元宝抱在怀里，硬接了他们同时刺来的剑！

元宝的脸上顿时被溅上了一股温热，她的瞳孔骤然紧缩。玉瓷明媚的脸在那一瞬间变得模糊起来，眼底似有大雾，怎么也散不去。元宝愣愣地被他抱在怀里呆立住，怀里的温度紧紧地贴在她的心上，明明两个人靠近有足够的温度，她却无法抑制地颤抖起来！

玉瓷的脸耷拉在她的肩膀上，她甚至能感受到，玉瓷在承受了巨大的痛楚以后，无法停止地颤抖。她动都不敢动一下，害怕一不小心就会给玉瓷带来更大的痛楚。一滴一滴的血沿着他的后背滴落到地上，也滴到了元宝的脚上，炙热的血液滚烫得几乎能烧起来。元宝的手一点点地缩紧，对面的人显然也没有想到玉瓷竟然为了保护元宝而以身肉搏，不用看，他们也赢定了，索性停留在元宝对面，没有继续下一步的攻击。

元宝只感觉到怀里的人似乎失去了一切重量，正沿着她的肩膀往下滑。元宝下意识地就把玉瓷抱在怀里，眼底在瞬间失去所有的温度，一点一点，变得冰冷起来。她本不想加害任何人，也不想任何人因她而死，可是，她越退让，带给自己，还有身边人的伤害就越大。她不能再这样下去，不管能否打得过眼前的人，她都不能再这样被动下去！

“玉瓷，玉瓷……”元宝动了动嘴唇，声如蚊子般地叫了叫怀里的人。

玉瓷强忍着剧烈的疼痛“嗯”了一声，听出了元宝情绪里的异样，明明说话的声音都在颤抖，却还在强撑着：“没事，就是擦破了点皮，休息一会儿就好，你千万别跟我煽情。”

元宝一大串煽情的话被他这一句堵得卡在喉咙里，半天说不出来，都到这个时候了，他还是这样一副找抽的样子。好不容易有那么一次时机，就不能给她机会表达一下她此时此刻的强烈感动吗？

“你别以为你搞这么一出，我就会以身相许了。”元宝把头仰起来，用力地眨了眨眼。从小到大，玉瓷是除了林白首以外，第一个用生命来保护她的人，也是第一个不在乎她是废柴，嘴上说着很毒舌的话，心里却始终愿意帮助她的人。她到底何德何能，上辈子积了什么样的德，能让他这样待她？

玉瓷看着元宝那副模样，就知道元宝心里想的是什么，也知道她会说什么，可是，就连他自己也不知道自己为什么会替她挡下这些剑。那一刻，几乎是出于本能，就是不想看到她受伤。保护她，就像保护一件珍贵的玩具一样。从看着她被送到断头台的那一刻，这样的感觉就越发强烈地盘旋在他的脑海里。想他堂堂当朝三皇子，从来都是别人为了他要死要活，此时此刻，他却为了一个相识不过数日的女孩，连自己的性命都豁出去了，这种改变让他愕然，也让他茫然。

身体传递过来的剧烈疼痛，让他无法继续思考任何问题，所以，他只能暂时阻止这类问题的发生。等回头有空了再细细琢磨琢磨。他说：“放心，我就是顺手让你感动那么一下而已。在我感动的万千无知少女中，你不过是其中之一。”

“多谢抬爱。”元宝到底还是忍不住眼皮抽了抽，看在他为她受伤的分儿上，也就不挤对他了。于是，轻轻地推开他，把他扶到旁边坐下，并说：“交给我来吧，他们要杀的是我。”

“不用。”玉瓷温柔一笑，明媚得宛如盛开的向日葵，“我还没死呢。你一边儿歇着去，别影响我发挥。难得可以和长欢门的人过招，我求之不得。”

玉瓷说着，直接摘下了那只黑色手套。

当手套里露着森森白骨的右手赫然出现的时候，元宝刚要说出口的话瞬间顿住，一颗心迅速跌至谷底。就连在场准备出手的黑衣人，也被玉瓷的那一只手吓得止住了前进的步伐。

骷髅指！

谁也没有想到玉瓷竟然拥有骷髅指！

元宝到现在都还记得，在长欢门的小人书里记载，骷髅指乃是前古州国第一妖功，练习此功的人必须是极度憎恨自己的人，用自己的血肉之躯来喂食亡灵。而那些学习骷髅指的人，在拥有亡灵力量的同时，也就等于失去了正常人该有的某些东西！比如长久的生命，以及活生生的血肉和自由！据说练成此功者，一人可敌千军万马。元宝一直以为这根本就是传说，哪有人会恨自己到这一步，非得去练这种莫名其妙的功夫。更何况，这种功夫也太过于夸张了。想不到，今天居然让她撞见了！

打死元宝她也没有料到，玉瓷温柔的面容下，竟然有一颗如此阴暗的心。若不是被逼到这一步，玉瓷恐怕绝对不会把这只手给露出来。

怪不得他戴着的手套就一直没有摘下来过，亏得元宝还以为那是装饰！

他到底有着怎样的过去，会如此讨厌自己，甚至到了憎恨的地步？又是为什么，他会选择学习骷髅指，难道也是为了他哥哥吗？元宝看着脸色煞白的玉瓷，本来以为经过这一次的厮杀，两个人的距离近了些，现在却又忽然觉得她距离他好远好远，远到她根本就看不清楚他真实的面貌到底是什么样的。

远到，让她觉得这种陌生的可怕！

然而，元宝发愣的空当，还来不及看玉瓷如何出手，对面的人就像是被什么东西侵入到了身体里似的，双眼顿时一黑，全部自杀而亡，血溅当场。

他们就这么死了？就这么莫名其妙地死了？

“你做了什么？”元宝目瞪口呆地看着地上的一具具尸体，半天都没能回过神来。骷髅指难道真这么玄乎，杀人竟到如此迅速的地步？

玉瓷只笑不语，猩红的眼在元宝回头的间隙瞬间褪去，恢复了往常的颜色。玉瓷一言不发地把手套重新戴回手上。然而，元宝哪肯就此罢休，就算是天下第一妖功，也得有个步骤的。就这样莫名其妙的，人就死了，也太玄乎太诡异了，让人非常有阴影的！

然而，也许是这种武功本身就不容易控制，玉瓷的手套刚一戴上，也不知道怎么回事，整个人直接倒了下去。元宝被他突如其来的晕倒吓了一跳，忙跑过去把他扶起来，探了探他的鼻息，确定人还活着以后，松了一口气，却没有想到，在角落里，竟然还躲着一个人！

一个一直观察着他们的一举一动，始终没有出现的人！

黑衣人闪电般的出手，一剑朝着元宝的胳膊刺了过去。

元宝的耳边呼啸而过的风声让她本能地侧了一个身，躲过了黑衣人的攻势，随即猛地回头，把掉在地上的剑握住，霍地起身，问："谁？"

黑衣人缓缓地在元宝面前停住，显然为这一次的失手有些不满，不言不语直接朝着元宝又发起了攻击。元宝的武功本就很差，虚张声势装装样子还能唬一下人，可是，面对着对她的情况了如指掌的门众，就只有躲闪的份儿了。尤其现在玉瓷晕倒过去，昏迷不醒。要早知道还埋伏着这一个，玉瓷就应该先把人弄干净了再晕，这下子好了，就元宝一个人了！

"喂，玉瓷你快醒醒！你再不醒咱们就得完蛋了！"元宝大声叫喊着，试图把昏迷的玉瓷给叫醒。可是，不管她喊得有多么大声，他就是这样躺着，一动也不动。

元宝这回没有人保护了，只能强忍着脚上的疼痛，拼命躲避着对方的追杀。她觉得自己似乎已经对玉瓷产生了依赖，现在玉瓷昏迷着，她反而有些不知所措起来。

不过，好在现在玉瓷已经昏迷，估计暂时也不会成为黑衣人的目标。当务之急，她必须要先保住自己的小命！

而且，元宝看着追杀自己的黑衣人，每回头看一下，就觉得他的身影太过熟悉，熟悉得让她分辨不清到底是谁。脑海里闪过一张又一张的脸，都是平日里他们在一起生活的模样。那些近在咫尺的家人们，现在一个个都穿上了蒙面衣，要置她于死地！

元宝仔细地看着对方的出手和身影，再次肯定了自己的猜测，他们一定都是信陵楼的人！否则，除了信陵楼的，没有人能在这么恶劣的环境下，还能追查出他们想要的信息，并埋伏得如此隐蔽！只是，当下在楼里的程九书已经死了，到底是谁，还能控制着信陵楼呢？

都说只有被逼到了绝境才会体现出一个人最大的实力。如果是玉瓷替元宝扛下这一切伤害是推动的话，那么，他的昏迷无疑激发了她所有的潜能。黑衣人想要杀了元宝，然而，元宝从小就是在重离的追杀中活过来的，打架的本事没有，逃命的本事她对自己还是很有信心的。好在现在是一对一的情况，存活的几率还有一半。她只需要躲着这一个便可，比之前好对付多了！

元宝虽然明知对方或许不会把她的话当回事，但还是忍不住想要追问："为什么要杀我？"

对方没有回答，直接用行动告诉了她："杀了你才是硬道理。"

只是，元宝毕竟有伤在身，跑得不利索。再怎么跑，也不如脚好的时候来得迅速。

不过，她倒是在瞎跑的过程中捡到了一个非常好的武器，那就是一株仙人掌！

元宝也不顾手上的刺了，直接把踩到的仙人掌连根拔起，握着根茎朝着黑衣人扎了过去。黑衣人每靠近一次，她就把仙人掌抡起来扎他一次。她就不信了，他能扛得住这种大扎活人的游戏！一来二去几次，黑衣人不仅伤不到她，反而浑身都被扎了个遍。

"你玩够没有？"黑衣人显然已经失去了耐心，终于忍不住开口，气急败坏地骂了一句。他一开口，元宝的脑海里瞬间闪过了几张脸，仿佛不久以前，她曾经和他擦身，那是熟悉得不能再熟悉的人了。

"又不是我要你和我玩的。"元宝继续用仙人掌丢他。

然而，黑衣人被元宝给逼急了，不顾身上的刺痛，直接把元宝手中的仙人掌给砍成了两半。元宝怔了一下，黑衣人趁此机会迅速挥剑朝元宝刺过去。看着利剑距离自己越来越近，元宝脑海里嗡的一声，耳边是越发加快的心跳，身体不受控制，像是被封住了所有的穴道一般，顿时愣在当场。

而刚才还昏迷不醒的玉瓷，此时此刻像是受到了元宝惊慌迫切的感召，猛地醒了过来，然后抓起地上的剑直接朝着黑衣人飞了过去。黑衣人猝不及防，被刺中了后背，回头发现玉瓷竟然醒了，几个翻身跳离元宝数米开外。

黑衣人的眼睛在玉瓷的黑色手套上停留片刻，意识到玉瓷醒来或许自己就没有活路，也不恋战，捂着伤口，二话不说迅速地隐没在了丛林之中。

黑衣人一走，元宝这才猛地惊醒过来。

元宝刚想夸玉瓷一句，这一会儿接着一会儿的诈尸真让人受不了。谁知，玉瓷看了元宝一眼，两眼一翻，又一头扎到了地上，这一回，彻底地晕死过去了。

元宝目瞪口呆地看着这起来又倒下去的玉瓷，狠狠地揉了揉眼睛，确定刚才不是自己眼花看错了。直到等了好一会儿玉瓷都没有醒过来，她戳了戳，踹了踹，玉瓷依然一动不动地倒在那里。

虽说黑衣人刚才被玉瓷给吓走了，但元宝也根本来不及高兴。玉瓷这么昏迷下去也不是个办法，现在她要是自己走了的话，很可能就不会被追查到下落了。要是不走的话，黑衣人就算受了伤，也绝对会继续追上来，到时候万一他去找了同伴过来，玉瓷岂不是更没得救了？

更何况，玉瓷刚才还为她受了那么重的伤，都快把命给搭进去了！

她要是丢下他跑了，也太狼心狗肺了！

于是，元宝也顾不得那么多了，封了玉瓷的穴道，迅速地把自己的衣服撕成好几个布条，暂时先替玉瓷把伤口的血给止住。然后，将他扛到了背上，沿着一条偏僻的小路走了进去。

山林间的狂风暴雨，在酝酿了良久之后，终于倾盆而下。就算有植被的摩擦，打滑泥泞的山路也比平时更加难走。

不知道是不是因为受伤的关系，元宝没有想到玉瓷竟然会有这么重。以前也不是没有背过人，只是，没有一次像现在这么吃力。也许是因为这一次玉瓷昏迷了，整个人的重量全部压在了元宝的身上，她甚至有种越背越重的感觉！

要在平时，元宝早撂担子不干了。虽然每走一步脚上都钻心地疼，但一想到他蓦然转身用整个身躯替她挡住所有刺过来的剑的那一幕，元宝的心里就像落下了柔软的海绵，吸吮着身体里所有的暖流。她深吸了几口气，又继续扛着玉瓷往前走。

冰冷的雨水沿着发丝渗透到身体里面，就算头顶繁盛的枝叶遮天蔽日，也无法完全阻挡雨水的冲蚀。两个人的身体都一点点变得冰冷，被雨水点点滴滴地夺走体内的余温。

玉瓷还是没有醒。元宝的脸上也被丛林里植被上的长刺所刮伤，她用手随意地把溢出的鲜血抹去。为了保护住玉瓷，在不小心把玉瓷摔了几次以后，她索性脱下自己的衣服裹在他的头上，既避免了再次把他摔倒，也避免了让他毁容的可能。更何况，真毁容了，到时候他醒了以后赖着她，那可就难办了！

山林里的天气总是千变万化，倾盆的大雨下了一会儿就逐渐转小，元宝自己身上的伤势也不轻。若不是玉瓷陷入昏迷，她必须得强撑着，所有注意力都在他的身上，她也不会发现自己竟然能有这般惊人的毅力和潜力。

但是，元宝心知这么走也不是个办法，所以，当她发现一堆枯枝败叶遮挡的山洞里正好适合两个人藏身的时候，迅速地把玉瓷给拖到了里面。

为了能给玉瓷处理身上的伤口，元宝这一路走来，一边走一边捡了草药。然后，为了取暖，又在山洞里点着了火。可是，当元宝准备给玉瓷上药的时候，却怎么也撕不掉他的衣服。就算浑身湿透，他伤口的血痂也还是凝固起来，与衣服紧紧地贴到了一起。

这里又没有剪刀之类的工具，元宝只好把头发上唯一的簪子给拔下来，一点点小心翼翼地挑开他的伤口和衣服之间的粘连。然后，费了好大劲才把他的衣服给脱掉，撕了一部分自己的衣服去外面沾湿，又跑回来替玉瓷清理伤口，来来回回不知道折腾了多少次才把草药给敷上。

只不过，这样一来的话，玉瓷可能又得裸着了。

元宝甚至都能想象到，玉瓷醒来以后那副抓狂的表情，一定会很搞笑。元宝总是会在逆境中给自己找到乐子。想到这里，元宝自己都忍不住笑了起来。

只是，在这个临时避难所里，元宝不知道黑衣人他们什么时候会追上来，也不知道玉瓷醒来后会怎样，所以根本不敢睡。在空旷的山林里，疲惫使得她脑海里一片空白，只有一个意念，不断地强迫自己撑着撑着，尽自己最大努力撑着……

洞外的雨似乎没一会儿又大了起来。清脆的雨声拍打在枝叶上，发出啪啪的响声。偌大的山林里，雨声把一切的声响都淹没了。时间缓缓流淌而过，不知过去了多久，玉瓷昏昏沉沉醒来的时候，看到元宝竟然瑟缩着身子靠在洞口，似乎是睡着了，一动不动。

远远地看过去，她的衣服被撕得东一块西一块的，好像乞丐一样。她脸上一条条的红印子，因为数量庞大而触目惊心。玉瓷低头发现自己的身上横七竖八地绑着各色的带子，忽然觉得有点眼熟，仔细一琢磨才发觉那竟然是元宝的衣服。

也亏得她平时抠成这样，现在还舍得撕衣服了。

不知道是不是元宝的草药发挥了疗效，玉瓷起身的时候觉得身上的伤口似乎没有那么疼了。虽然还是不太习惯身体上这样多的伤口同时发作的阵痛，但还是忍了下来。

玉瓷哼了哼，叫了元宝两声，元宝像是睡得很沉一般，依然没有应他。玉瓷只好朝着她走过去，可是，走近了他才发现，元宝脸上的红印子竟然是被划开的小口子，细密而红肿。而他的身上，除了胳膊和腿上有以外，几乎没有什么太多细小的伤口。

玉瓷难以想象，元宝是怎么把昏迷不醒的他给挪到这里的，又是怎么守着他不眠不休，甚至为他几乎都快要毁容了的！记忆中的元宝，似乎从来不会做这种对自己身体不利的事情，她是着了什么魔道不成？玉瓷从来没有想过，这个世间，还会有一个人，会这样不计后果地来保护着自己。那一刻，看着元宝红肿的脸，他的心被柔软地抚摸着，一股心疼油然而生。他看着她，恨不能替她承受了这一切。

“喂，元宝姑娘，快醒醒啦。”玉瓷推了推她，元宝被他这么一推，直接顺势倒了下去。玉瓷悚然一惊，这才注意到她浑身都透着一股淡紫色的冰冷。

玉瓷的心里咯噔一声，颤抖着去感受她的呼吸，才发现竟然没有了！

玉瓷吓了一跳，骤然把手缩了回去，二话不说，即刻就把元宝给扶到了地上，对准她的嘴巴，渡了一口气进去。玉瓷不停地给元宝渡气，她冰冷的唇让他感到说不出的慌乱。他脑子里如一团乱麻，只是不停地重复着相同的动作。过了好一会儿，元宝才猛地睁开眼睛，看到对面脸对脸的玉瓷，惊呼着一把将他推开。

“你个臭流氓！死不要脸，乘人之危，你，你，你……”元宝指着玉瓷把能想到的所有词都给骂了一遍。

看到她醒了过来，玉瓷总算是舒了一口气。还有力气骂人，说明她没事了。玉瓷无视她的叽叽歪歪，脸上温柔如水地笑着，心里却惶惶不安。这个时候他才意识到，她所说的生病，看来并非是假的。

或许是她平日里爱护得太好，所以，很多人都想不起来，她其实一直都是一个被判了死刑的人吧。

更何况，平常看她的样子就知道，她极为爱护自己，别说像现在这种逃亡了，就连跑都很少会有。如今这种高强度的逃命，就算她有力支撑，她的身体也注定受不了。要是他再醒晚一会儿，她有可能就这么一觉睡过去，再也醒不来了。

要是他没有发现的话……玉瓷简直不敢往下想。那种无法言明的惶恐让他茫然，也让他慌张。

“元宝，你得的到底是什么病？”玉瓷在元宝的旁边坐了下来，肃穆地问。

元宝被他问得愣怔了一下，咧开嘴笑了笑：“我也不知道。”

“你自己的病你不知道？”

“无期又没说。”元宝撇撇嘴说，“不过，有可能说了我就忘了。越重要的东西，无期说的就越少。他每天跟我叨叨那么多话，谁记得住那么多。”

元宝看到玉瓷醒了过来，心情颇好，很满意地看了看自己包扎的地方：“伤口怎么样了，还疼吗？”

“无妨。”玉瓷温柔一笑。

元宝的目光被他夺目的黑色手套所吸引：“玉瓷，你的手那到底是什么武功？”

玉瓷伸出手弹了弹她的额头，说：“你猜。”

“去死。”

“不死。”

“咱俩的对话能稍微有点分量吗？”元宝对于玉瓷这么无聊很是嫌弃，好心地提醒着他。正所谓近朱者赤，近墨者黑，看来，玉瓷再继续在长欢门待下去，就要被同化了。

“我可是当朝三皇子，就是送你一个‘滚’字，都有极重的分量。”玉瓷逮机会就不忘显摆自己。

元宝翻个白眼，看了看外面早已停止的雨水，转身问玉瓷："你这样还能走吗？"

"废话。"玉瓷点了点头，"我又没残了。"

"那我们先走吧。"元宝说着，正打算起来，可是，她刚撑着双腿想要站起来，又猛地一头扎到了地上。这才发现，自己竟然连站都站不起来了。

玉瓷看着元宝被淤泥染黑的脚板上凸起的肿胀，想了想，直接在她面前蹲了下来，说："我背你吧。"

"别，到时候你的伤口裂开就麻烦了。"元宝拼命摇头，已经欠他一次了，元宝不想再欠一次。

"没事，裂开了再补上呗。"玉瓷毫不在意地笑着，人已经直接蹲到了她的面前。

元宝俯身看着玉瓷灿烂的眉眼，心跳骤然加速，一股难以抑制的激动情绪在血液里扩散。两个人相识以来的种种画面，不断地在脑海里回荡。元宝的手指蜷曲起来，就好像她的手里还残留着他之前的余温一样。为她不顾一切，为她豁出性命，他做得那么自然随意，可是，落到她的眼底、她的心上，却留下了深深的烙印。那一颗不久之前埋下的种子，似乎在这一瞬间发芽绽放。

元宝犹豫着不需要他背，玉瓷却直接揽着她的腿按了上去，元宝才刚贴上他的后背，他就已经站了起来，死死地撑住元宝的双腿，怎么也让她无法从上面下来。

"怎么样，本殿下的背还结实吧。"玉瓷大声地询问着元宝，试图缓解身上因为元宝的覆盖所带来的疼痛。

元宝哪知他的心思，反正现在她下去也不可能了，索性为了避免扯到他的伤口，积极地配合着他，拍了拍他的肩膀说道："嗯，相当结实。"

"本殿下长这么大还是第一次背人，你回头可得好好地感恩戴德，三跪九叩，感谢我。"

"我以身相许要不要？"元宝忽然脱口而出，说出以后就连自己都吓了一跳。不知道自己这是怎么了，恨不得狠抽自己两巴掌，一张脸也因此而涨得通红。

好在玉瓷仅仅愣了一会儿，就把她说的话当玩笑，笑吟吟地直接把她给拒了："算了，我还想多活几年。不用那么隆重，你还是随便感谢一下就行了。"

元宝愣了愣，平日里总听他强调她肯定被他迷倒了之类的话，她本以为他会接下她的话茬儿，却没有想到他竟然会直接拒绝，有一种无法言明的失落漫过心头："谢了。"

玉瓷被她这两个字呛了一下："你这也真够随便的。"

"我一向都按照你的要求办事。"

"说得好像多么唯命是从似的。"玉瓷觉得她没有直接反驳有些反常，过来一会儿又沉声问她，"我说，你不会是喜欢我吧？"

元宝斜眼瞥着他，明明想要否认，可是，话到了嘴边却成了："是啊，就是喜欢你了，怎么办？"说出这句话以后，甚至连她自己也不明白，是想要借着玩笑说真话，还是仅仅是想开一个玩笑。

只是听到她这么说，玉瓷却忽然停下脚步，严肃地说道："我已经有婚约了。"

"没听你说过啊。"元宝感到意外。

"谁没事把这个挂在嘴边叨叨。"玉瓷继续往前走。

"那怎么办呢，我喜欢上你了？"元宝控制不住再次脱口而出，就好像是有些话被推到了嗓子眼，若不说出来，就会堵在喉咙口无比难受一样。

玉瓷的心跳骤然一停，用眼角的余光看到了元宝捏紧的拳头，心想她又想要捉弄他了吧。于是，云淡风轻地笑了起来："没事，我不喜欢你就行。"

元宝心里有一个地方似乎被一块巨大的幕布盖住，怎么都无法掀开。

"喜欢你个锤子，我跟你开玩笑，你还当真了！"元宝急忙掩饰刚才的尴尬，为怕不够突出，还继续补充强调，"门主从小到大提醒我最多的一句话，就是不准我爱上任何人，我怎么可能会违背门主的旨意呢，真是的。"

玉瓷听着元宝的话有瞬间的错愕，真没见过感情还有这样要求的。如果每个人的感情都能这么泾渭分明，开始和结束都能随意控制，那这世上忧愁的人，不知道会少多少了。真不知道该说她太天真呢，还是对人与人之间的情感太过自信了。只不过，即便是这样，玉瓷还是觉得林白首的话有些诡异，就算是他对元宝有不一样的偏爱，感情的事情，也不至于插手得这么深吧。而且，有他在背后给元宝撑腰，有几个男的不要命了敢对元宝不利呢？

“为什么林白首不让你爱别人？”玉瓷不解。

元宝不假思索地回答：“因为我是一个随时都会死的人。早就和你说了嘛，万一哪一天我和谁扯一块去了，我翘辫子的话，那对方不得孤老了吗？我这人你懂得，见不得别人伤心的。”

真的只是因为这个吗？

玉瓷怔了怔，觉得恐怕没有那么简单。这事的前后逻辑也弱得太值得怀疑了！也只有元宝会相信林白首这种明显是胡诌的话了。

不可以爱上任何人？

如果只是为了保护她，从林白首对元宝的纵容来看，有必要到这样一步吗？

“话说，你的姘头你不要了？”玉瓷忽然想到了宋宇贤，想到元宝在宋宇贤面前所表现出来的不一样，忍不住故意调侃起她。

元宝狠狠地给了他一巴掌：“你这是存心挤对我吗？谁都知道宋宇贤明明是为了保住我，被门主逼得才这么说的，就像门主说你是他的关门弟子一样，都是胡诌的，能当真吗？”

“那可不一定。”玉瓷一想起宋宇贤，血液里就有种奇怪的感觉在突突地往外冒，似乎从见到宋宇贤的第一面起，他对于他，就有一种隐约的势均力敌的敌对情绪了。明明心知元宝和宋宇贤之间没有什么，一提起她是宋宇贤的姘头身份，就总有些不是滋味。

难不成他哪根筋搭错了，看上元宝了不成？

玉瓷想到这里急忙甩甩头，赶走这种莫名其妙的想法。他不过是觉得元宝比较特别而已，怎么可能会看上她呢？更何况，王府里还有一个人在等着他，他怎么能做对不起她的事情！

莫名其妙，简直莫名其妙！

元宝看着玉瓷甩头，对于他间歇性的抽风早就习以为常，懒得搭理。反正太过自恋的人，难免都是有些怪癖。

元宝偷瞄了玉瓷一眼，说：“喂，你说，喜欢一个人是怎么样的？”

“无时无刻都想看见他。他开心你开心，他难过你难过。就这样吧。”玉瓷想了想回答。

她现在对待玉瓷不就是这样吗？！

难道她真的喜欢上他了？

元宝为自己这个发现意外不已，细细地回想认识玉瓷以来所走的每一步，明明看上去无比正常，可是，为什么对待他，她就会有不一样呢？以前元宝看玉瓷哪里都不顺眼，现在，经他这么一说，奇怪的是看他哪里都顺眼了。而且，最主要的是，她的胸口还紧紧地贴在他的脊背上，仿佛能感受到他的心跳一般，他们的心挨得那么近，竟让她莫名地有些开心。

如果这真的是喜欢的话，那这不是注定要是一场单恋了吗？

元宝一直都以为这一生她都不会喜欢上谁，想不到竟然会在这个时候，喜欢上一个最不可能的人，无法抑制的激动情绪在蔓延。元宝沉浸在自己还会喜欢上一个人的喜悦当中，痛苦的逃亡路顿时也变得充满了色彩。

只是，一个人要是持续地喜悦，那就等于发癫没药医了。所以，元宝乐了一会儿也就正常了下来。看着玉瓷额头上豆大的汗珠往下掉，才想起他还有伤在身，好心说道："玉瓷，歇会儿吧，他们暂时应该追不上来。"

"好。"玉瓷疲惫地应了一声，不管怎么说，他毕竟是皇子，能背着她走这么一段路，已经是非常难能可贵，快要他老命的了。就算元宝不提，他也是想着再走几百米就得休息一下的。不然，这个英雄也是会被累趴下的。

然而，不知道是不是因为元宝和玉瓷刚才的对话过于暧昧了些，一时之间两个人都有些无话可说。甚至，稍微有些许换种角度相处的尴尬。玉瓷看着元宝，也不像平时那样肆无忌惮了，总觉得两个人之间的气氛有些诡异。虽然元宝说话总是真真假假，虚虚实实，他也没太把元宝的话当真，但是，看着她的时候，还是忍不住会想起她说以身相许的那一幕。

如果刚才他没有拒绝呢？玉瓷想到这里，自己都忍不住笑了起来，就算他不拒绝，元宝也会拒绝的吧。不管两个人在一起的时候，有过怎样的心动，到底他们也是无法走到一起的两个人。

元宝不是一个习惯沉默的人，见玉瓷始终不说话，以为是看穿了刚才自己的掩饰，急忙没话找话说："玉瓷，能说说你哥哥的事情吗？"

玉瓷闻言抬起头："很好奇？"

“是。”元宝看着他，粲然一笑，“我现在不就是和他一样吗，都成了叛徒。现在就连你也是了。你说，这是不是传说中的风水轮流转呢？”

玉瓷愣怔了一下，虽然觉得元宝的后半句话有点奇怪，但也没多想：“真的很想听吗？”

“是的。”

玉瓷看着元宝笑吟吟的脸，本来不愿意提及哥哥的事情，但现在两个人都前途未卜，能不能走出这片林子都还是未知数，都到这一步了，把那些秘密独自埋藏在心里和说出来，又有什么太大的区别。既然她那么好奇，索性就让她知道吧。

玉瓷清了清嗓子，脸上始终挂着若有若无的笑意：“哥哥从小就是太子，也是父王最为重视的一个皇子。哥哥一出生就被认为是会给宁朝带来巨大改变的人，所以，从小到大，父王都把他当接班人一样严格培养。然而，后来不知道为什么，哥哥来到了长欢门。自从哥哥来长欢门以后，我和他在一起的时间就少了。直到他通过会选离开了长欢门。那个时候，我才知道，他已经是长欢门里数一数二的高手。

只是，他一个太子，好端端的太子不做，却把所有的时间都用在完成长欢门的任务上。你应该可以想象得到，他既是当朝太子，又在长欢门里风生水起。据说，还是下一任门主继承人的热门人选。我不知道长欢门对于哥哥来说有怎样的意义，但是，哥哥对长欢门的忠诚是你无法想象的。”

“可是，他背叛了长欢门。”

玉瓷但笑不语，捡了一根树枝在手里把玩，脸上的表情忽明忽暗：“我还记得有一次我和哥哥去京城外面玩的时候，一个江湖人士说了长欢门的坏话，当下就被哥哥处死了。你无法想象哥哥平时是一个多么温柔的人，却会为了一句话而杀死一个人。或许从那个时候开始，我就对长欢门有了敌对的情绪吧。总觉得那是一个很可怕很可怕的地方，把我所认识的亲人，改变得面目全非。”

元宝到底是不习惯听到别人说长欢门不好，忍不住插了一句：“你现在来了长欢门，还这样想吗？它其实并不像外界传的那样。就只是一个稍微竞争有点激烈的大宅门而已。”

玉瓷的嘴角微微上扬，对于元宝的提问不予置评，只继续淡淡地说道：“哥哥为长欢门做了很多事情，甚至为了长欢门宁可舍弃太子之位。我无法理解长欢门对于他来说，到底有什么样的含义，我只知道，我恨透了长欢门。但是，因为那是哥哥极力想要保护的地方，所以，我从来不会在他面前表现出对长欢门的不满。直到我最后一次见到他，是他那被送到皇宫里的首级……”

“当时，他被判以叛门罪。”元宝沉默了片刻，缓缓说道。眼底百转千回，似有重重心事。可惜，玉瓷都没有看到。

玉瓷听到这句话，顿时就提高音量质问起来：“你能想象一个为了长欢门宁可去死的人会叛门吗？”

“你当时为什么不来说清楚呢？”

“我来得了吗？”玉瓷讥笑着反问，“你以为我不想来吗？我甚至请求父王出兵，恨不得把长欢门给夷为平地！”

若非长欢门的人，天下间谁又能轻易自由进出？就连哥哥与他如此亲密，都不曾透漏半分如何进入长欢门。那个时候，他就是想进，又怎么可能进得来？要是早知道那一次的告别，是两个人的永别，玉瓷怎么也不会放哥哥回长欢门的！

话题一旦涉及宁青墨，玉瓷就比平时更容易激动。就连气氛，也多了几分沉重。元宝在斟酌了用词以后，小心翼翼地问：“你觉得你哥哥是被人冤枉了，是吗？”

短暂的情绪失控之后，玉瓷很快就恢复如常：“我只不过很好奇而已。”

“这就是你来长欢门的目的吗？”元宝似乎明白了什么。

玉瓷却笑得暧昧：“我不是早就告诉过你我来的目的了吗？”

元宝挑眉，问：“你什么时候说过了？”

“你自己记性不好忘记了，我可不管哦。”

“你胡扯！”元宝说着就站了起来，要和他好好掰扯掰扯。谁知，她还没朝着玉瓷走近，玉瓷原本满是嘲讽的脸上顿时一沉，霍然起立朝她大喝：“小心！”

第十欢　误会

身后的暗器以迅雷不及掩耳之势在元宝的腿上划开了一道口子，看似细小的飞刀却有着尖锐的刀锋，顿时就把她的腿给划得鲜血直流。元宝捂着伤口迅速倒向旁边，随手扯了一大片叶子当武器使。

同时，玉瓷手中的树枝也充当了利刃，在玉瓷的手中，不断地旋转着隔开了所有朝着二人飞来的暗器。

对于这突如其来的袭击，元宝都已经不太意外了。只是，最先出现的是暗器的话，很有可能此时追来的，会是千鬼楼的那些疯子杀手们！现在他们二人都受了伤，想要顺利脱身，恐怕就不那么容易了。所以，在经历过前两次的教训以后，对方出现之前，元宝为了不给玉瓷添乱，站在原地一动不敢动。

已经站到了元宝前面的玉瓷也极为谨慎，始终与元宝保持着两米内的距离。

但是，这一轮的暗器袭击之后，山林里便又恢复了平静，就像他们来时那样，静悄悄的，只有风把叶子吹动的沙沙声在耳边回响。

玉瓷朝着元宝使了一个眼色，然后轻功点地，飞到了旁边的树上，仔细地观察了一会儿，才又下来。

“你刚才应该是不小心触发暗器了。”玉瓷小心翼翼地说。

“我们进入了长欢门的阵局了吗？”听到玉瓷这么说，元宝的眼睛里蓦然一亮，长欢门虽然控制了整个山林，但是，因为范围太大的关系，也只有在会有行人通过的地方，才会设置暗器关卡，或者阵局，“你说，这是不是意味着我们其实已走到了出口所在的方向？”

玉瓷想了想，眼底闪烁的不安一闪而过："应该是吧。"

元宝顿时兴奋起来，从来没有想过，有朝一日，自己还会有机会走上离开长欢门的这条路。甚至，当玉瓷和她说试一试离开长欢门的时候，她都没有，或者说是不敢想，他们会真的找到出口所在的方向！

她本以为她永远都不可能有机会的！

"想不到我们运气这么好，就这么瞎走还能走对了！"元宝激动地说着，仿佛一瞬间身上的所有伤病都不药而愈了。无法抑制的兴奋充斥在她的脑海里。她拉着玉瓷立即就要上路，想办法尝试一次离开长欢门的路途。

玉瓷怔怔地看了看元宝，不知道想到了什么事情，脸上温柔的笑容顷刻之间荡然无存，对于元宝的兴奋置若罔闻，只闷闷地应了一声，过了很久，温柔的笑容才又一点点爬到他的脸上。他对元宝指了指方向，让她听着自己的指示往前走。而这之后，便毫不在意元宝身上的伤，宁可看着她蹒跚地前行，也没有再提打算背起她赶路一事。

元宝也乐呵呵的，没有多提，只心想着毕竟玉瓷身上有伤，背了她那么久，总是要休息一下的，谁让他是皇子呢！只是，在走了一段路以后，元宝就频繁地看身后的玉瓷，不知道他为什么会突然走得那么慢。他一个脚好端端的人，还不如她一个瘸子走得快，这也太匪夷所思了。难道是因为他身上的伤吗？

元宝想起之前给玉瓷包扎时，他伤痕累累的身体，以为他是因为伤口的关系，于是，老实地听着他的指挥，放慢了脚步，跟在他的身后和他一起走。

然而，暗器之后，这一路两个人走得却出奇的顺利。顺利得让元宝都产生了错觉，以为以前那些总说长欢门相当难以出去，甚至没有绝对实力出去就会死在半路的人，根本就是说了一套糊弄人的谎话而已！

只不过，元宝并没有开心多久。当她所走的路越来越宽敞，一点点告别阴冷潮湿的丛林，她以为他们快要走出去的时候，眼前一排整齐站立的黑衣人却挡住了他们的去路，把唯一的大路占得满满当当。

元宝看着前面黑压压的人群，这一次，比起之前的任何一次，人数都要多得多不说，每个人身上所散发出来的肃杀之气，只一眼便让人不寒而栗，甚至能够清楚地感受到他们必杀的决心。看来，他们是铁了心要把元宝留在这里滋养土地了！

“你们要不要这么阴魂不散啊！”元宝真心给他们跪了。不过就是对付元宝和玉瓷而已，有必要那么夸张吗？以前她怎么就没发现长欢门的人都那么执着呢！

元宝无奈而着急，照这种情势下去，她和玉瓷很有可能会走上死在医馆门口这条苦情路。

“办吗？”元宝小声地凑到玉瓷耳边，尽量言简意赅地问他。

玉瓷微微侧头，瞬间端出平日里温柔而暧昧的笑颜，推了元宝一下：“哎呀，这大庭广众的，现在就办怕是不太好吧？”

元宝被他的表情弄得恶寒了一下，却听得一头雾水：“现在不办啥时办？”

“废话，肯定得有床了才能办啊，猴急什么啊你。”玉瓷明知她没听懂，便故意调戏道。

“猴急你个锤子，你想哪里去了！”元宝算是听懂他什么意思了，这都什么时候了，他就不能稍微认真一点吗？好好地谈个事情，他怎么总能想到这些有的没的事情上！

“到底咋办？”元宝怒瞪着玉瓷。

玉瓷微微一笑，眼眸深沉地看着元宝，张了张口，欲言又止的样子，刚想说什么，耳朵似乎是在瞬间捕捉到了风吹草动，随即像没有什么话要说似的，把一根手指放在嘴唇上，示意她闭嘴。

元宝被玉瓷的举动弄得莫名其妙，现在这种紧张的时刻，一个人的情绪总是容易受另外一个人影响，现在倒好，被他弄得除了想揍他以外，再无别的想法了。

而对面的黑衣人看两个人一副根本没把他们放在眼里还在打情骂俏的样子，顿时就炸毛了，以最快的速度布好了阵，向着他们冲了过去！

元宝看见黑衣人冲过来，吓得一边拉着玉瓷的袖子一阵猛拽，一边嚷嚷：“他们来啦！”

玉瓷却始终不为所动，反倒沉着冷静地拍了拍她的肩膀。就在四面八方而来的剑即将把他们刺成两个刺猬的时候，一声冷冷淡淡却不可触犯的“住手”，从不远处传了过来。随即，黑衣人如临大敌，纷纷把剑调转了方向。

就在这个时候，长欢门里六大楼还未走远的人顿时从四面八方涌了过来，把他们团团围住。

元宝看到黑衣人在遇到六楼众的时候慌乱起来。

所有人齐刷刷地抽剑，后退着围成一个圈，看着向他们而来的楼众们。

元宝被这突如其来的阵势吓了一跳，拽了拽玉瓷的袖子："这演的哪一出呢？"话音刚落，人群中迅速让出了一条道。

一身黑衣的宋宇贤，逆着光缓缓地走了过来，宛如神祗一般，带着无法逼视的耀眼光芒走到了他们的前面。

宋宇贤看都未看黑衣人一眼，只把目光停留在元宝的身上，一字一句道："我来了。"

元宝以为自己出现了幻觉，用力揉了揉眼睛。确定对面出现的人真的是宋宇贤以后，顿时惊讶地语无伦次起来。

"小宋宋，你怎么会来的？你是来杀我的？咱们好好商量行不行，我，我不是故意要跑的……"

"瞧你那点出息。"玉瓷在旁边用手肘撞了她一下，真不知道她怎么每次一碰到宋宇贤，就变得和平时判若两人。甚至，也只有在面对着宋宇贤的时候，玉瓷才会非常强烈地感觉到，她其实是一个妹子，一个并没有看上去那么无坚不摧，让人想要保护的妹子。也不知道她是被宋宇贤下什么毒药了，对待宋宇贤和对待旁人，区别会有那么大。

宋宇贤脸上深刻的脉络被元宝的举动逗乐，蜿蜒成一条条绵长而优雅的纹路，摇了摇头对元宝淡淡地说道："跟我回去。"

元宝愣了愣，没有想到宋宇贤居然说的是这个。她犹豫了一下，刚想问他是不是真要杀了她，宋宇贤已经与玉瓷不动声色地交换了眼神，转过身朝着黑衣人走了过去。

黑衣人中为首的一个，看着宋宇贤走近，双手紧紧地握着手中的剑一步步后退，终于退到无路可退的时候，索性豁出去了，要和宋宇贤拼个鱼死网破，却连出手的机会都没有，就已经被宋宇贤用一颗石头打中了他手里的剑，剑被震到了地上。随即还未动手，宋宇贤宛如鬼魅一般已经站到了他的面前，直接拧断了他的双手，将他如垃圾般丢到了地上。

黑衣人们看见自己的头儿这么轻易地就被制伏，面面相觑片刻，随即都纷纷弃械投降，不敢再有半分越矩。

宋宇贤身后的人，在他的示意下迅速地冲了过来，把为首之人抓起来，按到宋宇贤的面前，然后一把扯掉了他脸上的面具。

宋宇贤看着面具下的人微眯着眼，并没有太大的意外。倒是元宝，发现对方竟然真的是信陵楼的人，甚至还属于精英中的精英人士，震惊得半天都说不出话来！

“刘念！”宋宇贤冷冰冰地念出了黑衣人的名字。

刘念的身体颤抖了一下，把头扭到一边，不敢与宋宇贤对视。

宋宇贤朝身后的人使了一个眼色，随即，刘念身后的同党也被控制住，并被取下了面具。面对着一张张曾经同住一个屋檐下的面容，元宝的心里一阵说不出的难过。

门里的人，尤其是六大楼的人，元宝一般都只记得名字，没有什么交情，一方面是因为他们看不起元宝，另一方面，也是因为这些人都是门里数一数二的精英，常年基本没有时间在门里，所以很难见到。

可是，连交集都没有的人，到底是为了什么，他们非要置元宝于死地呢？

难道是因为程九书，或者被人指使的吗？

到底他们对元宝是有多深重的恨，会让他们宁可豁出自己的性命，也要把元宝杀死？

元宝发呆的空当，不知道宋宇贤问了刘念什么，刘念显然没有要交代的打算，低下头就准备咬舌自尽。宋宇贤也不着急，只轻轻地抬起手捏住了他的下巴，拧断，然后将一颗紫色的药丸放到他的嘴里。

“我说你可以死了吗？”宋宇贤周身散发出来的阴冷气息，让元宝站在后面都忍不住一阵发寒。

宋宇贤用自己的行动再次证明了，得罪谁都是不能得罪他的。

宋宇贤挥挥手，让六大楼的人把这群不要命的带走，甚至没有多说一句相关的话。所有人训练有素地迅速把现场清理干净，只剩下了一直停留在原地的玉瓷和元宝。

宋宇贤朝元宝招了招手，让她过来。元宝犹豫了一下，心情忐忑地一拐一拐地朝着他走过去。宋宇贤这才发现她受伤的脚，大跨步走到了她的面前，说道："回家。"

元宝一脸难办和疑惑："这怎么回事？小宋宋，为什么我觉得这快得有点……有点太过诡异了？你们怎么会突然出现的？你又是怎么知道我们在这里的？"

宋宇贤脸上的无奈仅出现了一瞬就又恢复如常，难得耐心地说："你回家我告诉你。"

"不杀我了吗？"元宝试探着问。

"不杀了。"宋宇贤笃定道，"回去再说。"

"真的不会杀了？"元宝还是不太相信。

"不会了。"

元宝认真地想了想，清楚地明白，不管她答应还是拒绝，宋宇贤既然都出现在了这里，她就不可能有机会从他眼皮子底下逃走了。一次可以，宋宇贤这样的人，是绝对不允许出现第二次同样的情况的。所以，离开长欢门这种天真的想法，或许只能等以后了吧。而且，以她和玉瓷二人现在的这种情况，估计也经不住再多的折腾了。

更何况，宋宇贤从来都不会撒谎。既然他说不会杀她，那就说明她真的不会死了。尤其现在这群黑衣人被抓，元宝更想知道事情的来龙去脉。于是，对宋宇贤点了点头，说："那好，我相信你，我们一起回去。"

"嗯。"宋宇贤应了一声。

元宝咧嘴笑了笑，转身朝着玉瓷一瘸一拐地快步走去，不知为何，在那一瞬间，看着她距离玉瓷越来越近的背影，一股淡淡的失落在宋宇贤的心间弥漫开来。就好像是一件明明属于自己的东西，有一天发现它渐渐地离自己远去一样。宋宇贤摇摇头，不想被这种莫名其妙的情绪所影响，迅速地收回了目光，转身向着来时的路走了回去。

玉瓷看到宋宇贤走，目光越发地深沉，若有所思地想到了什么，并没有听到元宝对他说的话。直到元宝发飙，狠狠地拍了他一下，他才回过神来，问她想干吗。

"一起回门里了。"元宝提醒，上扬的语气里是难掩的高兴。

玉瓷却无法被她的高兴感染，斟酌了一下，沉声问她："你真的，必须要回去吗？"

"那当然。"元宝以肯定的语气回道。

玉瓷的心里有种说不出的失望："我可是豁出小命才把你救出来的，你就这样回去了，就这样让他们呼之则来挥之则去了？"

"我相信小宋宋。"元宝的脸上挂着笃定的笑容。

"他要是要你死呢？"

元宝耸耸肩说："那也是我的命了。"

"你就这么舍不得宋宇贤？"

"想什么乱七八糟的呢，赶紧地，快回去了！"元宝莫名其妙地白了他一眼，不知道他又抽什么风，明明知道她和宋宇贤之间的真正情况，怎么会觉得她和宋宇贤有什么呢？

元宝懒得理他，重新回到长欢门的喜悦冲淡了对事件本身的疑惑，只随便捡了一把比较粗的大刀当拐杖，就紧跟着人群离去。

回到长欢门以后，宋宇贤就召开了紧急会议，随后才又单独把元宝和玉瓷叫到了自己的书房。沉吟良久，宋宇贤才对元宝缓缓地说道："从你被劫走的那一刻起，其实，一切都是一局棋。"

元宝听到宋宇贤的话，目瞪口呆地愣在当场，半晌才反应过来，试探地问："你的意思是说，玉瓷把我从刑场救下来，根本就是你们早就设计好的？"

宋宇贤点了点头，手中的毛笔被他轻轻捏住把玩，一边看着元宝，一边缓慢地把他和玉瓷在行刑前一天所商量好的一切，一五一十地告诉了元宝。

元宝听着二人联手救她，从最初的匪夷所思，到后来的惊讶接受，不过是须臾的时间，然而，也正是在这须臾之间，元宝欢喜的心情也变得沉重起来。

怪不得玉瓷能那么轻易便把她从刑场上救下来带走了。

怪不得那天的宋宇贤会一直反常！

原来，从头到尾，这都不过是一场戏！

元宝说不清楚现在自己是怎么了。在当时根本没有任何证据能够证明她清白的情况下，宋宇贤唯有用这样的方法才能暂时救下她。宋宇贤可谓是为了救她费劲了心思，现在，兜转了这么一个圈，总算是保住了她一命，可是，她却并没有重获新生的喜悦，脸上的笑容一点点地隐退下去，欲言又止地看了看宋宇贤，又看了看玉瓷。

元宝的脚上此时已经做了简单的处理，但是，她站了一会儿还是有些承受不住，只好慢慢地踱到旁边的椅子上坐下。宋宇贤一看她坐下，似乎就猜中了她的心思，让她有话直说，有问题就问。

元宝想了想，还是不太理解宋宇贤和玉瓷演这么一出戏的真正目的，开门见山地问道："为什么要这么做？"

宋宇贤倨傲的下巴微微上扬，说："程九书的死让我不得不再次怀疑，叛徒想要除掉的是你，还是仅仅想毁灭证据。如果我没有在刑场上杀了你，那么，那群叛徒就一定会再次动手。他们只要动手，我就能肯定他们从一开始是否冲着你而来。如果他们的目标真的是你，那么只要你不死，他们就会露出马脚，我只需要抓到对你下手的那些人就能重新找回线索了。"

元宝愣怔了一下，宋宇贤果然比她更懂得每一件事情背后的利害关系。可是，为什么什么事情她都是最后知道的那一个呢？

"他们为什么要杀我？"元宝不解。

宋宇贤摇了摇头，可能性太多，暂时他还无法给予她肯定的答复。

宋宇贤不回答，元宝也就没有继续追问。反而，沉默地看着地板发呆，手指变换着，不知道在计算着些什么。

"元宝。"宋宇贤见元宝不像平时那样叽叽喳喳问东问西，反而有些不习惯，沉声叫了叫她，似乎看穿了她的心事，一字一句道，"骗你，都是情非得已。"

"哦。"元宝呆呆地应了一声，细想一下，宋宇贤做事情一向没有和人商量的习惯，以他的身份，想做什么就做了，看不上元宝，不信任她的能力也是理所当然，这个她早就知道，并且见识过了。或许正是因为习惯了如此，所以，她对于宋宇贤才没有太多的怨言。因为，她的不满不是来自他，而是此时，在她旁边静坐喝茶的玉瓷！

元宝看着玉瓷温柔含笑的脸颊，想起那一夜，他说他看着她，想起自己哥哥时眼底的悲伤，想起他对她所说过的话和做过的一切，难道这都是为了骗她而说的谎话吗？

元宝转身看着玉瓷，话是对着宋宇贤说的，眼睛却没有从玉瓷的身上离开过："那也就是说，后来我们所遇到的出口根本就是假的，对不对？就算我没有误打误撞地走到那里，到最后，你们还是会把我，甚至包括那群黑衣人叛徒引到那里去，对不对？"

"是。"宋宇贤笃定地点头。

元宝还是有些不太明白，又问："那你是怎么知道我们在哪里的？林子那么大，万一我们迷路了，在中途就被杀死怎么办？"

"你们要是这么轻易就被杀死了，也就不配我的信任了。更何况，我在林里的几个方向都设置了机关。不管你们触发了哪里的，我都会知道。那也是我和玉瓷约定的暗号。"宋宇贤顿了顿，而且，触发机关的同时，也等于是告诉了他们，真正的叛徒已经出现了。所以，宋宇贤看似很着急地派着柳唯唯去查探他们的下落，实则一直都在等待时机而已。

"你怎么知道我们会触发机关？要是一直都没有触发呢？"元宝还不死心。

宋宇贤冷冷地朝她身后看过去，说："玉瓷会触发。"

"玉瓷！"元宝这下不再追问宋宇贤，而是把目光投到了玉瓷的身上，"那你是故意受伤诱导他们，故意做戏给人看的吗？"

玉瓷看着元宝眼里的怀疑和犹豫，很想说不是。可是，他有什么资格说这样的话呢？

就连他自己现在都说不清楚，为什么很多时候，他明明知道那里有机关，或者说，他故意错过了很多的机关，只不过是想和元宝在一起多待一会儿而已。而受伤与否，都不是和宋宇贤商量过的内容，只是情不自禁就那么做了。或许在他的心里，是一直妄想着和元宝一起离开长欢门的吧。

所以，他才会故意不去触及那些机关，不让宋宇贤知道他们的下落，宁可自己伤痕累累也没有提及过。哪想，他越不想被发现，到头来，还是被元宝不小心给触发了。

真不知道这一切都是天意，还是一局棋。

宋宇贤的计划，总是在满是漏洞和可趁之机的可能中，让人感受到他的缜密和城府。一步一步的，其实早就在他的计算之中。

或许，宋宇贤从一开始就没抱着玉瓷会真正配合他的想法，宋宇贤所肯定和揣测的，一直都是元宝而已。不管走向了哪条路，最终都会到达这里，与宋宇贤会合。

也是因为宋宇贤对元宝的绝对了解，所以，就算玉瓷没有行动，宋宇贤也会相信，有朝一日，元宝会在不经意间，让事情向着他所需要的那个方向发展。

宋宇贤果然没有玉瓷想象中那么简单。甚至，还有一些可怕。

玉瓷心里长长地叹了一口气，有些话还是闷在心里比较好。于是，笑意重新堆上了脸颊，说："废话，不演戏，谁看呢？你要知道了，这戏就演不下去了。你这糟心的演技，就别说出来丢人现眼了，幸亏我英明，没有告诉你。"

很多时候，我们明明知道事情就是如此残忍，但往往还是期待从对方口中听到心中所想的话。

可惜，玉瓷没有给元宝这个妄想的机会。

他笑嘻嘻的话，像黑衣人锋利的刀一样，在元宝的心中划开了一条口子。元宝本来很想一把鼻涕一把泪地哭诉他明明是演戏，却还一直骗自己，可是，从小到大，元宝就不是一个善于把自己的难过轻易暴露出来的人。越是难过的时候，就越要笑着，不让别人看到自己的难过。

于是，元宝的嘴角上扬起一抹弧度，开玩笑地对他说："玉瓷，你骗我骗得很溜啊。"

"既然是演戏嘛，那必须得追求逼真不是？要是那个时候咱俩没有受那么重的伤，最后能抓到那么多人吗？更何况，谁知道有没有人埋伏在四周，一直都偷窥着我们呢？"玉瓷没心没肺地摆了摆手，仿佛之前发生的一切就跟吃饭、喝水、睡觉一样随意。

然而，在元宝看来，她却错把他的这份随意当成了真诚，被他所打动，甚至还有过以身相许这种愚蠢的想法！

羞愤、难堪交织着徘徊在元宝的心上。

元宝真不懂这世上为什么会有那么反复无常的人？

是她经历太少太单纯，还是，他把玩弄别人当成了乐趣？

他们都是太善于伪装的人，可是，再多的伪装也不能阻止她心底的汹涌起伏。

虽然当时两个人的话都被当成了玩笑，可是，现在看来，玉瓷当时的拒绝，有可能根本就是个借口或者谎言罢了！

听着玉瓷的话，元宝并不开心，相当不开心。

因为，从头到尾他们都把她当傻子一样来耍！

宋宇贤设计了这一切是为了救她，也就算了。玉瓷这一路来，明明有那么多的机会和她解释，告诉她真相，甚至，依然像过去那样对待她，可是，他都没有这么做。

他把她当个傻子一样，在她面前不停地演戏，不停地蛊惑她，不停地让她沦陷，让她把他当成救世主，把他当神一样来看待。黑衣人袭击了他们那么多次，或许，一直都是元宝低估了他，其实，每一次他们明明都有机会不用受伤，都能抓到黑衣人的。可是，玉瓷并没有那么做。他让自己伤痕累累的同时，也在她的心上划下了更严重的伤痕。

元宝的第一次爱恋，才刚刚绽放，就注定枯萎了。

元宝扭过头来不再看玉瓷，宋宇贤肯和玉瓷合作，必定没有那么简单，想了想，才插口问宋宇贤："你们之间达成了什么协议？"

元宝认真的时候，总有一种让人无法抗拒的力量。她的小聪明总是出现得恰到好处，让人意外连连。虽然此时她的脸上依然布满了细小的伤痕，却也因为这些伤痕，在明亮灼灼的目光下，有一种动人的美。宋宇贤在这一瞬间，被这样的美所吸引，愣了半晌才回过神来，咳嗽一声，以掩饰刚才的失态，冷淡地说："你没必要知道。"

元宝本欲继续追问，但想了想又止住，不告诉也好，如果知道了是什么，或许她会更郁闷。到底，玉瓷救她也不过是场交易而已。

"接下来的事情你无需再插手，继续补课。"宋宇贤吩咐着。

“哎哟，宋代理门主，你今天的话可是有史以来说得最多的一次了。”玉瓷看了看元宝的脚，调笑般地插话，“还真不愧是门主，压根儿不给休息的机会了。”

宋宇贤目光凛冽地扫了玉瓷一眼，低头继续处理手上的事务，没有搭理他。

“小宋宋，还有事情没？”元宝站起身说，“没有的话我回去重新安排学习的事情了。”

宋宇贤头也不抬，既然交代完了就不该有所眷恋，冷冷地说：“下去吧。”

“我跟你一块呗。”玉瓷看元宝要走，也跟着她一起站了起来，跨步跟了上去。几乎是在同一时刻，与元宝同时扶上了门，元宝下意识地直接重重地打开了他的手。玉瓷有些莫名其妙，元宝也不说话，两个人就这样僵持在门旁，一动不动地看着对方。

宋宇贤听到声响抬起头，还没闹明白两个人在门口干什么的时候，元宝忽然甩手狠狠地给了玉瓷一巴掌。

脸上火辣辣的疼痛从皮肤一点点往血管里渗透着。

宋宇贤和玉瓷都被元宝这突如其来的举动吓了一跳。

宋宇贤的眉头微微地皱了起来。玉瓷愣了半天才反应过来，元宝又逮机会打了他，心里莫名其妙之余也来了火气，冲她厉声呵斥道：“你干什么？”

元宝按捺不住，咬牙切齿道：“你个骗子。”

“什么？”

元宝冷冷地瞥了他一眼，什么也没说，直接开门，头也不回地走了出去。

玉瓷真没见过打了人一声不响就跑的！

想他堂堂三皇子，三番四次被她打，这算怎么回事！

越想越窝火，明明他救了她，她现在也不用被处罚，这是一件很值得高兴的事情。可是，事情却并没有向着他所设想的那个方向发展。就好像一条无形的沟壑，忽然横亘在了两个人之间。玉瓷甚至都不知道这道沟壑从何而来。本来玉瓷的心情也说不上有多好，被她这么一打，更是火冒三丈地朝着元宝追了过去。

玉瓷毕竟刚刚包扎完身上的伤口，行动不太方便，跑得也自然慢了一些，一会儿的工夫没想到就落下元宝一大截，只好在后面大喝："站住！"

元宝听到他的叫唤，定了定，没有回头，又提步往前走。

"我叫你站住你聋了吗？"玉瓷气急败坏地说道。

"你让我站我就站，那多给你面子。"

"你再不站住，我就把你要以身相许的事情到处说去！"玉瓷被她气得只好拿出了杀手锏。

果然，话音刚落，元宝就停了下来，愠怒地回头："都说了那是玩笑了！"

玉瓷不理她的咆哮，一边走一边问："你干吗打我？"

"看你不顺眼。"

"我这样举世无双的皇子，你居然看我不顺眼？"玉瓷表现出明显的不信。

"不要随便开屏，黄孔雀！"元宝嘲讽地笑起来，"希望你能把玩笑和现实分清楚一点，不要让我为你的智商着急。"

"你是怪我一路都在骗你吗？"玉瓷一语戳穿她的心事。

元宝愣了一瞬，却极力否认："关我什么事情，反正你和小宋宋什么都商量好了，你们做什么都知道，我不过就是个废柴而已，有什么必要知道呢？跟着干不就行了。"

听着元宝阴阳怪气的话，玉瓷的火气顿时就烟消云散，扑哧一声笑了。

"笑什么笑？"元宝瞪他。

玉瓷忍不住说道："你这样子很可爱。"

元宝怔了怔，说："收起你的糖衣炮弹，我不吃这一套。"

"是吗？"玉瓷笑意渐深，"你家姘头可是为了你费尽心思了。"

元宝不知道玉瓷怎么忽然又扯到这个上面，话赶话地接口道："那是，小宋宋对我好得不得了。"

"可不嘛，为了救你，连我这么大的嫌疑犯都用上了。"玉瓷没有想到她会这么说，听到她明显地倾向于另外一个人，就算明知是气话，他这心里也不是个滋味，就连说出的话也带着一股子酸味。

难道，他真的喜欢上她了吗？

"玉瓷，你觉得很好玩吗？"元宝忽然失去了耐心，沉声低吼，"把我当个傻子一样耍很好玩吗？在我面前又是替我挡剑，又是表现得对我体贴入微，其实都不过是你和小宋宋商量好的，故意让他们知道我们受了伤，故意一路留下线索。让我像个傻子一样相信你是第一个不在乎我的好坏而对我好的人！”

玉瓷被元宝吼得懵了一下，听着元宝的质问，脾气一下子也就上来了，怒道："怎么，你难道觉得从一开始我就告诉你这是演戏，你就能解决这一切了？这一切都不过是宋宇贤设下的棋局，你不恨他、不怪他，反倒怪起我来了，你就这么喜欢他？”

元宝被他的反问，问得愣在当场，脑海里蓦然闪过他背着她一步一步往前走的那一幕。

对，这一切都是宋宇贤布下的局。可是，到底是什么变了，知道他欺骗自己的时候，她会那么难过呢？

难道真的是因为喜欢上了他，所以，眼睛里就容不下一丁点的沙子了吗？

明明他这么做也是为了她好，可是，为什么她就不能以一个平常心来接受呢？

元宝不懂，一点都不懂。

长欢门里最多的就是光棍，这么多年以来，门里的人几乎没有谁娶亲成家，所有人都在为了长欢门而奔波着。所以，从来都没有人告诉她，爱情应该是什么样子，她也没有见过别人的爱恋是什么样子，更没有人告诉她，喜欢一个人会变成什么样。或许就算知道了，真到了某一步，她还是会不知所措吧。感情真的是好复杂、好难懂、好影响心情的事情。

还是顺其自然，什么也别想，就这样吧。

“哦。”元宝应了一声，也没接话，转身就走。

玉瓷看着她这副含糊不清的态度，怒火持续飙升，吼道:“你给我站住！”

元宝停下来说："我要去安排学习的事情了。"

“你给我把话说清楚！”玉瓷端出了皇子的架子，元宝的态度让他火冒三丈，“我告诉你元宝，你少把我当撒气桶。有什么不满你冲宋宇贤发去，别来我这儿找存在感。”

元宝没有想到玉瓷竟然又把话题扯到了宋宇贤的身上，人在生气的时候很容易口不择言，于是，到了嘴边的话不经过任何思考就溜了出来："你要我说什么？你以为小宋宋是谁，他是我姘头，他做什么都是为了我，我为什么要去找他撒气。况且，我对他也没有气。你我之间该说的刚才也说完了。哦，对，谢谢你救了我。"

"你！"玉瓷气绝，元宝的回答让他始料未及，"你到底想干什么？"

"是你想干什么吧。"元宝怒极反笑，"玉瓷，你是不是爱上我了？"

"胡说八道！"玉瓷像被戳中心事似的慌张地矢口否认。

"那你这么穷追不舍做什么？"元宝不知道为什么，话题会一下子转到了这个上面，只想尽快离开他，静静地待一会儿，"该说的都说了，能让我知道的我也知道了，还有什么要说的吗？"

玉瓷拽住元宝："你刚才是什么意思？"

"什么什么意思？"元宝猛地把手抽了回来。

"打我一巴掌就算完了吗？"

"难不成你皮痒了还想再来一巴掌？"元宝冷笑道，"你骗我，我打你一巴掌算报仇，咱们两清了。"

玉瓷厉声道："放肆！"

"玉瓷，你忘了吧，这可不是皇宫！"元宝意味深长地后退了几步，话里有话地说道，"就算门主承认你是他的关门弟子，你也别忘了，这里是长欢门。"

"你打算这么阴阳怪气到什么时候？骗了你的人又不止我一个！"

元宝不理会玉瓷的询问，只和他保持着一定距离，说道："小宋宋是我姘夫，你和他能一样吗？"

玉瓷心口骤然一窒："呵呵，没看出来你现在倒是掂量得清了。你不用演了，宋宇贤不在。"

"是你自己演多了，看谁都觉得是在演戏吧。"元宝挑眉，语气渐冷，认真地说道，"你放心，我一直都记得自己说过什么话，在做什么事。我感激你救我，你放心，有朝一日若有需要，我会还你这份救命之恩的。我不习惯亏欠别人。"

“好，很好！元宝你做得非常好！”玉瓷几乎是咬牙切齿地说出了这句话，明明心里知道她说的全是气话，可就是忍不住被她气得发抖。从来没有谁敢这样说他，也从来没有谁敢这样玩他。难道他之前的猜测没有错，他其实已经在不知不觉中喜欢上了她，所以才会那么在意她眼中的自己是什么样的吗？可是，看她现在这个态度，玉瓷又恨得牙痒痒。早知道他在山崖边的时候，就不该救她。她死了一了百了，他又怎会像现在这般无法控制和愤怒。

“三皇子，看在你救了我的分儿上，我得提醒你一句，做人还是不要太把自己当回事的好。”元宝说完，脸上重新挂起了似笑非笑的表情，转身就像什么都没有发生过似的，笑嘻嘻地离开了。

玉瓷却失去了继续追问的勇气，看着她离开的背影，忽然心里一阵痉挛。一种害怕失去的恐惧油然而生，就好似当年与哥哥之间的不舍一样。

果然，真正被蛊惑的不是她，而是他。

从他答应与宋宇贤合作那一刻起，他的心其实就已经变了，只是，直到这一刻，他才清楚地确定自己，早已沉沦。然而，这个发现却并没有让他有多大的快乐。他想起了元宝在山林中对他说过不能爱上任何人的那些话，他的喜欢，反而让他更加惶惶不安。毕竟他来长欢门不过须臾，等到事情做完他就会离开，早晚有一天他要回到他的皇宫，继续他的生活。而她，一如既往是长欢门的一员。从此之后，他们之间也不会再有交集。更何况，他已然有了婚约，接下来，他又该如何是好？

第二卷

叛门者，杀无赦

第一欢 逃避

在抓到黑衣人们以后，长欢门里开始忙碌起来。也不知道是不是因为沉寂了太久，大家一看有事情要做，个个跟打了鸡血似的忙来忙去。

玉瓷和元宝被宋宇贤归类为特殊人士，为了他们的安全，他特地派遣了更多的人手来看守他们，虽然说是保护，但玉瓷怎么看都有一种变相软禁的意味。

不过，玉瓷最近脑子里一团糨糊，正好身上有伤，也就索性一直待在屋子里，哪儿也没去，不停地思考他和元宝之间的问题。

因为元宝身体的关系，她属于过一天算一天的人，从来都不会想太久远的事情。

可是，玉瓷和元宝不一样，他做事情需要按照计划行事，而且，每一步都必须得走在可控的轨道上。对于他来说，任何事情既然发生了，他就需要看到一个结果，感情亦是如此。

或许，元宝喜欢一个人，只在乎陪伴在一起的那段时间和过程。哪怕短暂，只要有过，她也就心满意足。可是，对于玉瓷来说，从小的宫廷生活，还有哥哥之死的影响，就使得他不管任何事情，都更看重结果。

如果一开始就知道他和元宝没有可能，那么，他会狠狠地掐断这份念想，不会继续在她的身上浪费时间，同样的，也会控制住自己的情感，不让它越陷越深，也不让自己有难过的机会。

玉瓷把任何事情都当成物品一样，试图控制。

可是，他却忽略了，很多时候，很多事情都是我们身不由己的。

就像是最初他来长欢门要把元宝杀死，到头来，却一次次地救下她；明明两个人的立场敌对，他却总是忍不住想去找她。

理智总会由着我们控制。

所以，玉瓷想来想去都没想出一个所以然来。

这样的情况让他抓狂，也让他清楚地意识到，再这么任由感情发展下去，有朝一日元宝对他造成的影响，绝对比他想象的还要严重得多，甚至有可能到不可控的地步。

玉瓷不喜欢在自己的计划里出现任何的意外，哪怕是感情。所以，为了避免这一天的到来，他决定先一步扼杀自己的情感。从自己做起，和元宝保持着距离。

玉瓷纠结自己的事情，而另外一边，元宝也没好到哪里去。

有生以来第一次喜欢一个人，却被对方当猴耍，怎么着元宝这心里都不会舒坦的。不过，元宝一向习惯什么事情都顺其自然，是自己的早晚都是，不是自己的，再去争取强求也都没有用，尤其是感情。所以，郁闷了一段时间，元宝就把这个事情抛诸脑后了。她就算不高兴，也总是会很快找到排解郁闷的方法，不会让自己一直沉浸在悲伤的氛围之中。

比如，去找宋宇贤了解黑衣人的审讯情况。

虽然宋宇贤让她不要插手，但这毕竟是她的事情，要她不闻不问，她还是做不到。不过，宋宇贤却没有和她说具体的打算，只简单地告诉了她，黑衣人被抓获，一方面，洗刷了元宝的清白，证明了她和谋杀那个叛徒无关，是遭人陷害；另外一方面，只要在抓来的这群黑衣人里面寻找到相关的线索，追查到下令杀元宝的人是谁，最后，就有可能追查到真正的叛徒。而那个人，很有可能就是偷走了钥匙的人。同样，也只有追查到那个人，才能知道他会对元宝下手的真正原因到底是什么。

现在所有的一切，也只是推测而已。

元宝听完这些，本来信心满满，心想，宋宇贤想要审问的话，多花一些时间，就没有他问不出来的事情。

可是，元宝万万没有想到的是，她还没有高兴多久，这群黑衣人就在一夜之间全部毒发身亡。

当元宝听到消息急忙赶去的时候，宋宇贤和无期早已在那里开始验尸。

宋宇贤站在无期的身后听着他的分析，看到元宝出现，狭长的眼眸微微上挑，从里面走了出来。

“什么事？”宋宇贤问。

元宝往里看了看，问：“怎么了，怎么了？现在是个什么情况？我听说他们都死了，到底是怎么回事？他们死之前你有问出什么没有？”

宋宇贤叹了口气，说：“我说过，让你不要插手这件事情。”

对于宋宇贤明显的拒绝，元宝只好拿出杀手锏：“哎呀，小宋宋，你又不是不知道，我这人最恨不得随时都能见到你的嘛，你整天忙着查叛徒，我见不到你会无比想念的嘛。正所谓一日不见如隔三秋，你看我这才一个时辰不见你，就跟过了好几年似的。”

宋宇贤被元宝恶心得哆嗦了一下，急忙伸出手放在她面前，示意她闭嘴。

“全在之前服过药。”无期的声音从身后突然传了过来，“我猜测，除非他们完成任务能够拿到解药，否则，只要没有解药就都会死。”

无期说着看了元宝一眼，问：“你又来干吗？”

“看小宋宋呗。”元宝笑得花枝招展。

无期抖了抖，说：“好做作。”

元宝瞪了他一眼，适可而止：“他们都救不活了吗？”

无期一脸明知故问地学着元宝翻个白眼：“哎，和自己人较量，真不是一般的累。对方把所有的时间都算得无比精准。从最核心的人开始，一个个相继死亡，真能救活我就是仙了！”

曾经的家人变敌人，一时之间角色的转变，元宝还是需要时间接受，虽然黑衣人的死断了线索，没有把矛头再扯到元宝的身上，可是她的心里并不轻松，毕竟，这里躺着的每一个人，都是和她从小一起长大的。就算他们全冲着杀她而来，她也不可能看着他们都死了拍手称快。

“他们好歹也是长欢门的一员，什么人的心能那么狠呢？”元宝不敢走进去，只在外面远远地看了看。

“心不狠如何成事？”无期不屑地反问，“你现在最好还是好好学习，想办法把自己保护好吧。真正的叛徒明显在门里，但是，敌暗我明，指不定接下来又会耍什么花招，只能加倍小心了。”

“那必须的。”元宝严肃地点头。

“元宝，”宋宇贤往前走了一步，轻轻叫住她，打断了他们的谈话，眼眸一沉，说：“出来。”

元宝不知道宋宇贤突然要找她出去谈什么，和无期面面相觑了一会儿就老实地跟着宋宇贤走了出去。

宋宇贤一出来就抱手问道：“上课的事情你都安排好了没？”

“呃，还没有。”元宝心虚地回答。这几天她被情绪左右，一直都在纠结她和玉瓷的问题，才想开了没几日，又把注意力都放到了黑衣人的身上，谁知道今天就出了这样的事情。所以，这几天基本属于荒废的情况，并没有认真地学习。

宋宇贤叹了口气：“马上就要会选了。”

“现在这样还要继续会选吗？”元宝有些忐忑，照现在这么个情况发展下去，如果那个暗处的叛徒拥有着相当数量的楼众，那么，在长欢门里的人，很快就没有多少人了！也很快的，长欢门就要成坟堆了。

“会选继续。”宋宇贤英俊的面容上难得地挤出了一丝笑容，却没有丝毫的温度，“把你自己的事情做好。其余的，都和你无关。”

“可是，我好歹也是长欢门的一员，总不能这样看着你们忙活，什么都不做吧。”元宝大妈病发作，还想争取一下，虽然她这个六楼外的人插手这些事情是不合规矩的。但是，好歹宋宇贤也是她姘头，走点后门了解下情况应该不为过吧。

不过，宋宇贤可没那么好的耐心听她叨叨，也显然没有要和她说更多的打算，凛冽的目光从她脸上一扫：“不要让我重复同样的话。”

一看宋宇贤恢复面瘫脸，元宝顿时就被吓得急忙鞠躬弯腰：“我认错，我反思，求大王原谅。”

“时间照旧，今天就开始上课。”宋宇贤丢下一句话后，翩然转身走了进去，继续和无期交流着黑衣人的情况。

宋宇贤都这么说了，元宝再死皮赖脸，估计宋宇贤会毫不留情地削了她。哪怕他现在比之前稍微好说话点了，她也没有这个勇气去招惹他。

元宝本来想怪宋宇贤太不懂通融了，但转念一想，宋宇贤还是避讳她非六大楼楼众的身份，才故意这么赶她走的吧。毕竟，他现在也是代理门主，长欢门里那么多张嘴，随便张张闭闭，指不定多少谣言就出来了。回头传到林白首的耳朵里，林白首不让他好过了，估计，他也不会让她好过。

所以，想要真正地为长欢门做什么，或者了解什么的话，还是必须得成为六楼众才行。

当务之急，只要和她没关系的，她还是别管了，要是这一次她再过不了会选，估计她以后就真没有机会了。

一想到这里，元宝顿觉自己责任重大，这个时候，她必须强大起来，不说能保护他人，至少她能先把自己保护好。

于是，她老实地回屋把学习的计划重新提上正轨。计算了一下日子，一看今天正好该重离指导她，换了衣服就去找他了。

好久不见重离，说实话，她还有些想念他了。

也不知道这段时间，他过得怎样了。

对于长欢门里的非楼众们，这个时候，恐怕是最闲的时候了。

重离一般没事可做的时候都在练剑，他看到元宝出现，愣了愣，立即收剑，朝着她走了过去。

重离的眼角、眉梢都飞扬着明显的笑意，却死活要板着一张脸，表现出自己的成熟："还算活着回来了啊。嗯。"

"那必须的，我不回来你不得想死我吗？"元宝笑嘻嘻地调侃，看着重离这副样子，忍不住就想挤对他两句，"怎么着，没有我让你追杀的日子，过得寂寞空虚吧？"

"起开。"重离一脸嫌弃，跨步走进了屋里，"你除了会惹麻烦，什么能耐都没有。嗯。"

"别说，惹麻烦也是 种本事。"元宝一听他接话就开始抬杠，"它分为大麻烦和小麻烦。对于我这样的人才来说，一般随便动动手指，惹的那都是大麻烦。像你这种，就是费尽心思，也不一定能惹一个小麻烦。所以，惹麻烦这种事情，你没有那个才华了，羡慕嫉妒恨，也是没用的。"

重离眼皮一跳，说："你还光荣了。"

"抬举抬举。"元宝拱了拱手，"二般点光荣。"

重离一个大白眼丢了过去，真不知道经历过了这些生死的考验，为什么她还一点长进都没有，随时没个正形。

重离有点烦了，说："没完没了了还。"

"行啦行啦，不说这个了。"元宝知道再说下去，估计重离得抽剑砍人了，她现在这瘸腿可还没有好，跑不利索，回头没死在黑衣人手上，反倒死在重离手上了，那也太不值当太不辉煌了。

于是，一边吃重离桌子上果盘里的葡萄，一边问他："话说重离啊，最近我不在门里，你没欢呼自在吧。"

"胡说八道。"重离没好气地瞪她，把剑挂回床边，然后在元宝的对面坐下，目光灼灼地看着她。

元宝从来没有见过如此正襟危坐的重离，被他看得有些发毛，往后缩了缩问："干吗？"

重离忽地"哎"了一声，然后郑重道："帮不了你什么忙，对不起。"

重离只要一想起自己什么也做不了，就无比窝火，明明知道元宝危在旦夕，想帮她做点什么，却因为不是六楼众而只能看着别人去忙碌。这种无能为力的感觉让他觉得自己就是个废物。

元宝不知道重离这句"对不起"是从何而来，被重离吓得一颗葡萄籽咽了下去，咳嗽好半天才缓过劲儿来，依然保持着相同的笑脸，对他说道："你不杀我，我就谢天谢地了。真的，你又没做错什么，干吗和我道歉，咱能别搞煽情吗？"

重离就知道她会是这个反应，也没太在意，沉默了半晌又忽然叫住她："元宝。"

"嗯？"元宝疑惑地看着他，今天的重离甚为反常，不知道他又想干吗。

"我有一个不祥的预感。"重离一字一句，缓慢地说。

元宝很少见到他这么不安的时候，脸上的笑容也渐渐地收敛了，问："什么预感？"

"长欢门太平不了多久了。嗯。"重离长叹，"很有可能，过不了多久，我们就要为了长欢门而战了。"

元宝被重离突然的郑重给弄得懵了一下，说："不要说得那么玄乎。"

“难道不是吗？”重离面色凝重，“从古雌钥匙被偷，到现在接二连三地死人，虽然门里沸沸扬扬地传言，这一切都和你有关，但是，我始终觉得你不过是他们的一个幌子，或者一个由头，是用来掩盖他们真正目的的。嗯。”

元宝的心里咯噔了一下，忙问：“那他们的目的到底是什么？”

“我只知道，真正的目的一定不会是现在所看到的这么简单。对方明显对长欢门的事情了如指掌，甚至，似乎一切都在向着对方所控制的方向发展。如果我们任由事情继续这么发展下去，长期处于被动局面，那么，长欢门早晚是会乱的。你别忘记了，转世灵童一直都没有找到。现在谁若拥有古雌钥匙，谁就能统领长欢门。谁知道钥匙是不是真的在对方手里呢？更何况，林门主毕竟还没有退位，如果强行上位，有些事情还是需要提前铺垫好的。嗯。”

元宝意外地听着重离一字一句的分析，本以为他是个二货，虽然是新人第一，但也是属于那种一根筋的武夫派，没想到他还有这个心思，平时也没有什么机会让他发挥，看来，她还是小看他了。

元宝用一种崭新的眼神重新审视重离，对了，元宝想起来了，当时宋宇贤是把重离派去追查嫌疑人下落的！要不是他，他们也不会在那个时候赶到，并发现了程九书的死。

看来，别人都已经发现了重离的能力，可是，就算如此，元宝看了他半天，脑海里的重离是个二货的形象已经根深蒂固，再怎么能耐，她还是没有办法把他和宋宇贤，或者与楼里的其他精英放在同一个高度来审视。

所以，面对着他详细的分析，她回应的话，就常常带了点嘲讽的意味：“哟，看不出来你看得还挺明白。”

重离以“你以为我和你一样废柴”的嫌弃眼神瞅着元宝，说：“宋代理门主肯定早就看穿了这一切，却一直按兵不动。我想，有可能他心里已经怀疑到了一些人，可是，对方的身份或者地位太高，他不敢轻举妄动罢了。虽然有很多事情我还是不太明白——”说到这里，重离顿了顿，琉璃色的眼眸越发深沉浓郁，“古语有云，分久必合，合久必分，长欢门到底还是平静太久了。元宝，这个时候，我们如果无法强大起来，下一个死的或许就是我们了。嗯。”

一涉及生死，元宝就认真了许多，说道：“我知道。”元宝看了看重离挂着的剑，说：“重离，不管门里发生什么事情，找不到钥匙，我们早晚都会死。甚至，死人的数量有可能是我们无法估量的。浮生门和古雌钥匙的关系，从小就在长欢门的每个人的脑海里刻下了烙印，谁都知道，浮生门开，天下必乱。”

重离难得能和她严肃地商量事情，赞同地点了点头，说：“叛徒应该还在门里。”

“不。”元宝忽然摇头，想了想说，“刚才听你说完这些，我觉得现在我们的首要目标不是去帮着小宋宋找叛徒或者什么的。既然门主把小宋宋留在长欢门里，我就相信他能把这个叛徒揪出来。可是，如果钥匙不在这个叛徒手上呢？叛徒既然能让门里那么多的人为他效命，就说明他不简单。很有可能有朝一日，我们会在门里自相残杀，那一天如果真的来了，我们至少不要给他们添乱。所以，我们现在只能尽最大努力提高自己。”

“添乱的一般只有你。”重离意味深长地斜睨她一眼，再次强调，“我们必须强大起来。嗯。”

“所以，我的学习就交给你啦！”元宝笑嘻嘻地拍了拍重离的肩膀。

窗外的蒲公英被风吹散飘落进来，落到了重离的肩膀上，看着窗户外的蔚蓝天空，听着天空下来来往往的人声交流，重离刚激起的高昂情绪不知为何又低落下去：“如果我现在是六楼众，那么，我就不会像一个多余的人似的，整天只能在自己的屋子里练剑，或者发呆。我觉得我像一个废人了……”

元宝忍不住瞪他一眼，一个糟老汉子，怎么总是趁人不注意走一下文艺煽情范呢？

虽然曾几何时，元宝也是这样想的。觉得自己是个废人，什么也做不了，明明口口声声说着要保护自己的家人和家园，事情真正到来的时候，却只能坐以待毙，任何忙都帮不上。甚至，还不时让事情越来越乱。

可是，宋宇贤说得没错，她现在这样的实力又能做什么呢？

元宝看了看重离屋子里的文竹，蓦然想到了在林子里被黑衣人追杀的那一幕。如果玉瓷没有在她身边的话，是不是她早就死了，又何来现在的多愁善感？尤其是想到前几天和玉瓷的争吵，元宝就有一种觉得自己也不是什么好鸟的感觉。爱情，真是一个会让人丧失理智的东西。现在想来，元宝都觉得当时的自己有些莫名其妙，大惊小怪。

唉，不想了不想了，想起来都是一把辛酸泪。

“你只是运气不够好而已。重离，你要是六楼众，一定会做得很出色的。我一直有种这样的预感。”元宝理了理思绪，不想被负面情绪所影响，坦率地开导起重离。

从她认识重离起，他就是一个非常努力，并且目标明确的人。他和长欢门里的所有人一样，想要进入六大楼，提高自己，或者离开长欢门，去外面的世界走一走，看一看，见识不一样的生活。所以，从小到大，他都一直在为着这个目标而努力着，虽然有时候比较一根筋，感情迟钝，但说穿了也就是比较天然呆，但是，他却是一心一意为长欢门着想的。

如果有谁要他为了保护长欢门而死的话，那么，元宝可以肯定，他一定毫不犹豫地就用自己的生命去换。

只不过，重离对于她的鼓励，意外中却带着一丝怀疑：“是吗？”

“那是。”

“你的预感一向都是偏的，从来没有准过。嗯。”重离很是嫌弃地说道。

元宝直接掀桌，怒道：“重离你个锤子，我好心好意安慰你，你还戳我短处！”

重离就知道她会这样，叹了一口气叫住她：“元宝。”

“有话说有屁放。”

“不要随时把你男人的一面展示出来。”重离啐她，半晌才又恢复认真，压低声音问，“你觉得，这次的事情和玉瓷有关吗？”

“什么事情？”元宝有点莫名其妙，“小宋宋和玉瓷勾搭在一起，把我给救了，这不是你们都知道的吗，不算什么秘密吧。”

“我说的不是这个。嗯。”重离摇头。

“那你说的是什么？”

重离沉吟道：“黑衣人背后的势力。”

“没有吧。”元宝仔细地想了想，虽然她知道玉瓷背后肯定有一个叛徒，可是，潜意识里她始终觉得这个叛徒应该没有在此次事件中发挥任何作用。

毕竟她一直都觉得，现在动手的和玉瓷身后的应该是两拨儿人马。

然而，玉瓷到底还是和叛徒扯到一起的人，算不上有多清白。被重离这么一问，她反倒觉得可疑了。更何况，很多事情就是不能多想，多揣测，否则，会越想越复杂。

“你怀疑什么？”元宝收敛了笑容问他。

“没什么。”重离怔了怔，“是我多想了吧。”摇摇头没有继续说下去。

元宝知道以重离的性格，不善于捕风捉影，更不会有空穴来风的询问，有可能他真的发现了什么。

元宝想继续追问，可是重离已经闭嘴，起身重新拿上了剑，看了元宝一眼，说：“开始上课了。”说完径自走了出去。

算了，他不说拉倒。她一向不强求，顺其自然，该是她知道的，早晚也会知道。然而，毕竟元宝现在脚伤未愈，无法进行实际操作，重离也只好教她一些心法，修炼内功。元宝开始的时候还总是被重离严肃的样子逗得笑个不停，重离看她是老毛病又犯了，后来被她笑得一窝火，直接把她头发削了一小缕，她这才乖了下来，大气不敢出地开始认真学习。

只不过，两个人练了没有多久，柳唯唯忽然出现在重离的院子里，叫住了元宝，把她从院子里带了出去。

“元宝，我们还是朋友吗？”柳唯唯把元宝带到了从前她们常常在一起玩的后山坡上，开门见山地问她。

元宝怔了怔，忽然鼻子有些发酸，急忙抬起头看了看被枝丫割裂的天空，半晌才又低下头来看着柳唯唯，肯定地回答：“是。”

柳唯唯被元宝眼里的坚定戳中，热泪盈眶地握住她的手说：“你，你不怪我吗？不怪我把你害成这样吗？”

元宝温柔地笑了笑，摇摇头。对于她来说，只要不是生死攸关的事情，什么都能轻易过去：“唯唯，记得我对你说过的话吗？我们要做一辈子的好朋友。”

柳唯唯擦了擦眼角的泪痕，说：“记得。”

“上下牙都还有磕在一起的时候，更何况是两个人呢，你说对不对？”元宝反握住了她的手，“唯唯，你那天说的话，我仔细想过，你说得对，我是一个很自私地人。我自私地以为自己需要好好地活着，却不曾考虑过我现在的平静又是从何而来。幸亏有你，否则，我都不会知道，我其实用了一种错误的方式来表达我对这个家的爱。现在，我知道该怎么做了。我一定不会再像过去那样堕落下去，我一定要考入六大楼，一定要离开长欢门，一定要找到钥匙的下落。你相信我。”

“真的吗？”柳唯唯意外地询问。

“嗯。”元宝郑重地点了点头，她不是一个习惯说这类话的人，可是，她却必须说出来，为了避免以前的误会再次发生，她必须让柳唯唯知道她真正想的是什么，“所以我需要你的帮忙。”

“放心，只要你一句话，我一定做到。”柳唯唯坚定地拍了拍她的手。

元宝咧开嘴笑了起来：“嗯嗯，多的我也不煽情了，你去给我偷几份考卷吧。”

“滚！”柳唯唯抽手就是一掌拍过去，元宝猝不及防，被她拍得往后退了几步，正好重力转移到了受伤的脚上，疼得她龇牙咧嘴。

“姑娘铁砂掌练得不错。”元宝一边咳嗽，一边挤对她。

柳唯唯注意到她包成一团粽子的脚，又急又气：“你没事吧？”

“放心放心，就是让你的铁砂掌给吓了一跳。”元宝挥挥手，在柳唯唯的搀扶下坐到了旁边的台阶上。元宝四下看了看没人，把宋宇贤和玉瓷交易的事情一五一十地告诉了柳唯唯。

柳唯唯听完以后却没有太大的惊讶，反而舒了一口气：“看来我果然猜得没错。我就知道宋宇贤做出这么反常的举动一定是有阴谋的。”

元宝在心里憋了好几天，终于能把心中的话吐出来了，像是抓住救命稻草似的拉住柳唯唯：“你说，我该开心吗？”

“当然。不管怎么说，宋宇贤也用他的办法保住了你，你这妍头赚了！”

“我相当不爽。”

“为什么？”柳唯唯不解，兜了那么大一个圈子全是为了她着想，这么缜密的棋局，那么大的铺垫，用在元宝的身上，柳唯唯甚至都觉得有些浪费。宋宇贤为了元宝当真是用心良苦，把所有人都给骗过去了，也保住了她一命，她还有什么不满意的呢？

“小宋宋会布这样一局棋我能理解，更何况，他就是这样的身份，或者这种类型的人，又不是第一天认识他。本来我也没有对他抱有多大的希望，可是——”元宝的眼底水光波动，“玉瓷不一样。”

“怎么就不一样了，不还是替宋宇贤完成一件事情很而已。”

“他欺骗了我的感情！”元宝的声音闷闷的。

这下子柳唯唯吓了一跳，提高声音问她：“你们在一起了？”

元宝急忙捂住她的嘴，摇头否认：“怎么可能！小声点，小声点！你别瞎嚷嚷！”

“那何来的欺骗一说？就因为他没有在一开始就告诉你，这是他和宋宇贤的计划？”

“不，不是这个。”

“那是哪个？你把我说糊涂了。”

元宝也不知道该怎么说才能更清楚地表达自己的想法。

对，玉瓷做的这一切都是为了救她，或许不告诉她，也是为了让追杀她的凶手更早地露出破绽，可是，他却在这个过程中故意让她感动，引诱了她。甚至，他所做的每一个举动，都是为了引君入瓮而演的，就像是打了一巴掌再给颗糖一样。

如果她根本不稀罕这颗糖呢？

她用真诚对他，他却只把她当作一个玩笑！

甚至很有可能，元宝其实讨厌的不是他，而是那个愚蠢的自己吧！

柳唯唯看元宝沉默下去，心里说不出地忐忑：“元宝，你变得多愁善感了，很可怕，你知道吗？”

“哪有，我好歹也是一个怀春少女好不好。”

柳唯唯眼皮一跳，说：“好恶俗的用词。”

“哪里恶俗了？”

柳唯唯也没有跟她开玩笑的心思，严肃道：“你别忘了你在长欢门，而玉瓷，早晚有一天是要回到皇宫里去的。”

“我知道。”元宝点头，“就算他不回去，我也不会和他有什么的，你放心。”

“你知道就好。”

元宝的笑容有些落寞：“唯唯，我想请你帮我打听个事。”

“什么事情？”

“玉瓷和宋宇贤之间达成的协议是什么。”元宝凑近柳唯唯的耳边小声地说。

柳唯唯担忧地看向她：“必须要知道吗？”

“是。”

“那等我消息吧。”

第二欢　正轨

黑衣人一死，所有线索顿时全断。虽然这边有无期进行尸检，深一步地查探他们所中的毒到底是什么，试图从中找到毒物的来源，但是，宋宇贤翻遍了这群黑衣人生前所住过的地方，依然没有任何什么线索。他们在行动前，就像是早知会有如此情况似的，早早地就把屋子进行了清扫，任何蛛丝马迹都没有留下。

用无期的话说就是，和同门的人做对手，就跟和镜子里的自己做对手一样。长欢门里处理事情的所有举动和方式，对方都了解得一清二楚。甚至，比宋宇贤还更了解。所有的调查也因此而陷入了僵局。

一向自负，没有什么事情解决不了的宋宇贤，这一次被对方给耍得团团转，他说不出地郁闷和窝火。在宋宇贤的影响下，整个长欢门都沉浸在一股压抑而紧张的气氛当中。

好在元宝现在所有的目标和重心都放在了学习、努力通过会选上，对于门里的气氛她也没太过在意。否则，以她的性格肯定又得招出什么事情来了。

至于玉瓷，自从那次和元宝争吵之后，也没再在她面前出现了。不知道是元宝有意躲避，还是他真的无比得忙，元宝也始终没有见到他。正所谓眼不见心不烦，再加上元宝每天又忙又累，又故意把与玉瓷有关的课程省略掉，不知不觉中，玉瓷给她所带来的影响，似乎也就没有那么大了。

只是，这样一来，她和重离在一起的时间就多了。自然而然的，受他摧残也就更厉害了！

比如现在，她的脚伤差不多痊愈以后，心法教完的第一件事情就是教她扎马步。

“你的下盘是吃多了鱼吗，扭成这样？给我好好蹲着！”重离自打开始教元宝扎马步起，就没停止过叨叨。他就不明白了，不就是扎个马步而已，她怎么才蹲下去没一会儿，那脚就抖得跟得病似的。这开始的几天抖也就算了，都抖了一周了，她怎么还是没有任何长进！

“要说多少次让你别抖了！”重离咆哮了。

元宝满头大汗，哀怨地看着重离：“我的双腿不受控制，你不能怪我。我都酸得站不稳了。”

“那腿不是你的吗？自己的腿都管不住，你下面要怎么练？”

“你就当它不是我的吧！”元宝扛不住了，试图站起来。

重离眼角一抽，按着她的肩膀就往下压：“把手给我抬高，往下蹲。保持！保持住！让你别抖了！”

“我也不想抖！我这是哆嗦，哆嗦！”元宝这下子也咆哮了。

重离手中的柳条直接抽到她的小腿上：“你再抖我把你腿拧断了！给我站好！”

元宝瞪了他一眼，直接往地上一躺，开始耍赖：“你还是把我脚拧断吧！”

重离恨不得上去掐死她：“每天都来这么一次，你觉得有意思吗？”

元宝看着头顶的浮云说：“咱就不能直接进入功夫，省略这一环节吗？”

“扎马步乃是所有武功修习的基础，你睡觉不脱衣服，直接往床上躺吗？”

“我以后跟人打架又不拼马步，你要知道我时间有限啊！你得传授我点实际用途比较大的！”

“少废话！”重离踹她，“快点给我起来继续。”

“你看小宋宋就没有扎过马步，却依然很厉害的啊！”元宝试图再挣扎一下，她心里很想把马步扎好，可是，实际情况却一点都不乐观。眼看着重新会选的时间一天天临近，再这么下去，她的考核又要玄了！她不能让时间一直耽误在扎马步上啊！

“你又不是他，你怎么知道他没有扎过马步？”重离真没见过学习还这么挑三拣四的人。想当初他光扎马步就扎了一年，她这才一周多就受不了了，他已经教得算够快的了，她还想咋样？

元宝毕竟有求于人，重离教她不比以往，她想学就学，不想学就不学。

更何况，现在又是非常阶段，所以，对于重离的咆哮她只能忍了。可是，或许是这个马步扎得太久的缘故，她这么一躺，直接起不来了。

“唉唉——重离，快来拉我一下，我的双腿不能动弹了，你说我是不是要瘸了？”元宝一向爱惜自己的身体，发现有如此强烈的不适，急忙伸出手在空中乱抓，要重离过来帮忙。

重离沉沉地叹了一口气，走过去拉住她的手把她从地上拽了起来。

“哎哟喂，亮瞎了我的狗眼了，看来我来的可真不是时候啊！”元宝刚一站稳，就听到重离身后传来的调笑声。一看是金惜，大大地翻了个白眼，懒得搭理他。

“元宝姑娘，听说你过去一周一直停留在扎马步的阶段，所以，我特地来表示一下亲切的慰问。”金惜打着算盘，朝着元宝走了过来。

元宝把手抽回去站稳，定睛对金惜说：“看着我。”

“看你干吗？”金惜莫名其妙。

“你先别管，先仔细地看着我的眼睛。”元宝强调。

金惜不知道她又要玩什么名堂，看她这么认真的样子，还真听话地看着她。

只见，他的眼睛刚和她对上，她眼底的不屑明晃晃地伴随着一个大大的白眼，从他面前飘了过去。嘴里还不忘丢下一句“不劳费心”送给金惜当见面礼。

真没见过翻白眼还非得要对方看着的。

金惜被她这个白眼弄得哭笑不得。正所谓没有更无聊，只有最无聊。看来无聊之王的宝座不管什么时候，都非元宝莫属，谁都抢不走了。

重离淡淡地看了金惜一眼，自打元宝开始学习起，他就没间断过来“慰问”她，对于他的出现习以为常，反正门里对元宝比较在意的也就那么几个人了，只是，他围观就围观了，偏偏和元宝一个德行，这嘴就是闲不住。

金惜看到元宝还在扎马步，早就在旁边笑开了花：“哎哟喂，重离你不是偷懒了吧，她怎么到现在这马步还扎成这个样儿，没有丝毫改变呢？哈哈，你看看她一个马步都扎成了什么样。”

重离对于金惜的废话懒得搭理，可是，元宝听到他说自己哪能静得下来，一句不合意就冲他反击过去："你个不学无术，武功差的死一边儿去。"

金惜对于她的挤对置若罔闻，笑得无比欢乐："哎哟，你这腿，得鸡爪疯了吧。"

元宝强忍着脚上的抖动，吼道："去死。"

"重离，你看她这脸，多像一副拉不出粑粑来的样子。"金惜还在继续。

元宝一听他这么粗俗的形容就想过去抡他："你给我闭嘴！"

"好好扎你的马步，不要得瑟。"

"你再说话我用袜子把你的嘴给堵了。"

"你穿过袜子吗？"

"我用重离的袜子把你的嘴给堵了！"

"你脱得了吗？"金惜越笑越张狂。

元宝恨得牙痒痒："我不会用偷的抢的吗！"

"你不怕他削了你吗？"

"你……"

重离听着他们的争吵，揉了揉被元宝吼得有点耳鸣的耳朵，手中的柳条朝着她的小腿再次抽了过去："让你别抖了！"

元宝被抽得生疼，又不能发作，只好忍了，扭过头去不再看金惜。

无奈，金惜闲得无聊，本来就是来找元宝消遣的，哪能这么快就休战，于是端出一副长辈的样子，反倒教训起了元宝："你看看你，我就说让你注意夜生活，不要太纵容自己嘛。你看看，你这晚上肯定没有好好休息，所以白天顶不住了吧，站都站不好了。不听老人言，吃亏在眼前，懂不懂啊！时间就是金钱，你现在一直都在浪费钱懂不懂啊？挣钱多不容易啊……"

"你给我闭嘴！"元宝简直要被他给逼疯了！

金惜脸上的笑意渐深，继续说："重离也真是可怜，白教你了，都一周了还一点长进都没有，真没见过这么笨的学生。"

"不要瞟来瞟去的，盯着远处，脚，别抖！"重离对于想要无视的人，一向都能很彻底地无视。所以，不管金惜叽歪什么，他都没有搭理，只把目光放在元宝的身上，仔细地教授着她。

金惜看元宝要被他气得吐血了，眼眸一转，停留在重离的身上，说："重离，你也真是一点都不懂得怜香惜玉。虽然她也不是什么玉吧，但是好歹也是一个大妹子，值那么几两银子。你这么抽她，也不怕她往后对你有怨念了，天天咒你。”

提起这个，重离可算有了点反应，无奈地强调：“她是个男人。嗯。”

“你才是男人呢！”元宝一听不乐意了，“我明明是男人心，女人身！”

“完全没看出来。”重离摇头。

金惜在旁边听着都快笑弯腰了，笑得快岔气了才停下来，拍着重离的肩膀说道：“重离啊，人生全用来练功也太无趣了。平时上你课练习也就算了，你说你每天早上找她练，晚上找她练，你是打算让她成为铁娘子吗？你看她这腿抖的，让她歇会儿吧。”

难得金惜说了句能入耳的话，元宝急忙在旁边应和着。重离想了想，估计金惜在，元宝也不能专心练习，索性就让她先休息了。

元宝一听到可以休息，顿时欢呼起来，一屁股就朝着地上坐下，使劲地揉着自己发酸的腿。

重离走到屋子里去喝水。金惜看他走进去，一把拉着元宝就往外走。

“你要带我去哪儿？”元宝脚酸得不得了，待在原地不肯跟他走。她可好不容易才能歇一会儿，现在是一步路也不想走了。

“我那儿新到了一批翡翠，你来给我鉴赏鉴赏，看看是不是真的。”

就知道金惜来找她，肯定有什么不良企图。

元宝转了个身不愿意去，说：“又没好处，我才不去。明明我又不懂，每次都要拽我去看这些东西。再说了，六大楼现在很闲吗？你现在不是应该去调查叛徒的下落吗，哪来的心思去弄翡翠？”

“我是聚金楼的，谢谢。查叛徒轮不到我来查，不知道越权拉仇恨啊！”金惜说着就把元宝从地上拽了起来，“每次只要你看不上的翡翠，一般都能卖得特别好。你必须得去帮我拉动一下内需。”

元宝一脚朝金惜踹了过去，却被他轻易闪开。元宝问道：“我眼光有那么差吗？”

“不差，你眼光独到得不得了。”金惜把手中的算盘甩得啪啪响。

元宝怎么听这话，怎么觉得别扭。金惜这个钻钱眼里面出不来的，真不知道他除了钱，还知不知道别的什么东西。

元宝本欲推脱，金惜才不给她拒绝的机会，拉着她就硬是往前走。

只不过走了一半，金惜还是忍不住停下来，略微担忧地问元宝：“我说，你这小身板还撑得住吧？”

“怎么撑不住了？”元宝对于他的询问感到莫名其妙。

金惜瞥了一眼她的腿：“那你能不能正常走路？”

“我很正常啊！”

金惜的眼皮跳了跳，正常人走路双腿都是合拢的，元宝走路直接半蹲大开腿，这也叫正常？

“你这个马步路的走法，实在很不雅观。”金惜咳嗽了一声，好心提醒她。

元宝长长地吐了一口气，一副“你真没见识”的样子拍了拍金惜的肩膀：“淡定，合不上了。”

“需要我帮忙吗？”金惜笑得诡异。

元宝急忙捂着胸口往后撤退，大声一喝：“注意，我是一个汉子！”

旁边路过的人听到她这么一句，纷纷停下脚步回过头来，像看怪物一样看了元宝一眼，然后以百米冲刺的速度迅速从现场离开。好像被元宝沾上会得传染病似的。

金惜看到旁边瞬间变空，笑着一把拉住了元宝，说：“没事，菊花随时都可以盛开的。”

元宝用力把手抽了回来：“你自己盛开就够了。”

“别啊，我们要菊花满地才有诗意啊。”

“你去死。”元宝和他保持一米的距离。

任谁和元宝在一起都得吵，金惜就知道不能和她好好说话，两个人硬是一路吵到了聚金楼才消停下来。

金惜吵了一路，累得口干舌燥。进来以后也不废话，直接把那一堆弄来的翡翠往元宝面前一丢，让她自己看。

元宝本来还以为是什么值钱得不得了的东西，还这么小心翼翼地包了好几层，谁知，打开包裹一看，看着每个翡翠上沾着的血迹，元宝顿时就被吓得愣在当场。

“发什么愣呢，让你鉴赏鉴赏，赶紧。”金惜看元宝不动，不满地催促起来。

各式各样的翡翠上沾着的血迹，因为风干的关系有些发黑，摸了一下还不会掉。为了证明是自己眼花，元宝特地用手去抠一抠，当碎末沾着她的指腹掉落下来后，她放到鼻息间闻到一股腥臊味，即刻就把门窗全部严丝合缝地关上，并把金惜给拉到了一边，小声地质问他：“这些血翡翠你是从哪里弄来的？”

“你这么紧张干吗？”金惜被她的一惊一乍弄得有些哭笑不得，“好好说话，别搞得神神经经的。不知道的还以为我和你在屋子里做什么见不得人的事情呢。”

“别废话，回答重点。”元宝把准备去开窗的金惜给拽了回来，“这些血翡翠是怎么回事？”

金惜把手收了回来：“自然是从那群被宋宇贤抓走的黑衣人那里搜出来的。”

元宝意外地愣住，忙问：“怎么可能？不是说线索中断了吗？哪儿搜的？”

“宋宇贤那里断了，我这里又没断。”

元宝狠狠地踩了他一脚：“你不都是被他管着的，有什么区别？”

“这你就不懂了。”金惜气定神闲地摇头，拉着元宝走到翡翠面前坐下，“这些翡翠是在会选开始前我就弄到的。只不过，是从其中一个黑衣人的柜子中得来的。谁知道他最后会被扯上这档子事情呢。真是太浪费银子了。”

长欢门里有一个类似于账房一样的地方，通常大家都叫“柜子，”专门放置各人的贵重物品，一般都由聚金楼来打理。只是，这地方放置物品的同时，也意味着高价的摆放费。门里很少有人会真的把东西往这里放。除了钱特别多的六楼众以外，而把东西放在里面，也意味着除非是本人自己打开，否则，任何人都看不到里面的东西——哪怕，是关乎古雌钥匙或者叛徒的线索。

想不到金惜竟然能够弄到柜子里面的东西。实在，太影响柜子在她心目中的地位，太掉节操了！

“他是故意放在你这里藏着的吧？”元宝不相信地询问，不然，怎么可能那么轻易地就让金惜拿到柜子里面的东西了。

金惜一副胸有成竹的样子，说：“哪有，明明是寄存在柜子里的。”

“你的节操掉到哪里去了？不是说，除了本人，谁也不能打开柜子，看里面的东西吗？”

“不知道什么叫非常时期非常处理吗？”金惜在她的额头弹了一下，“反正他都死了，谁让他是叛徒的！我一好奇就打开他死前存的东西看了。谁知道，果然让我发现了不能说的秘密。”

元宝看着这些翡翠颇为不安，不管怎么说，这些东西都是重要线索：“你打算怎么办？”

“当然是高价卖给宋宇贤喽。”

“你钻钱眼里面了，这都什么时候了还想着卖钱。你咋不把自己给卖了？”一提起这个元宝就来气，真没见过比金惜还爱财的！都生死攸关，关乎长欢门生存的大计了，他还惦记着钱。

“唉唉唉，注意你的用词！我这么值钱的移动金元宝，那是能随随便便就卖的吗？我就是想卖，宋宇贤也要买得起啊。更何况，整个长欢门里的吃穿用度，哪一样不得花钱？这钱哪里来的？门主现在还带着那么多人整天在外面逍遥快活，没有我们聚金楼的节衣缩食，勤俭节约，努力挣钱，哪有你们的潇洒快活？真是站着说话不腰疼！一点都不为我们含辛茹苦的劳苦大众考虑。”金惜拍着桌子，一板一眼地抹起了辛酸泪。

元宝最烦的就是金惜这套忽明媚忽暴雨的德行，忙说：“不要夸大自己的作用。”

金惜叹息：“唉，大实话就是让人难以接受。”

算了，不能跟他扯别的，一扯就没完没了了。钻钱眼里面的人，和正常人是不太一样的。

元宝不再搭理他，他不说她自己去找。于是，她把其中一个翡翠拿起来仔细地端详了片刻，说：“既然这些翡翠是黑衣人存下的，那应该会是追查叛徒的线索，存在那里，就是不想让人发现的。你说，这些翡翠和叛徒有什么关系呢？”

“我哪里知道。”金惜把算盘摆到桌子上，一脸兴趣缺乏。

元宝真想给他一巴掌，啥都不知道，那叫她过来干吗？是要分享他没有道德，拿了死人的东西这种喜悦吗？她发现，她真是越来越搞不懂金惜了。真不知道他脑子里除了钱，还有没有装别的东西。

元宝看金惜就只顾着在那里拨弄算盘，也懒得问他，问了也是白问，继续拿起几个翡翠仔细地研究了一下。

“你说，这些翡翠会不会是他们联络的线索或者方式呢？戴在手上、脖子上、头上什么地方，不太容易成为目标被发现，还能在门里随处走动，传达命令？”

金惜的眼底亮了亮：“有这个可能。”

元宝得到肯定，顿时有了信心，看了半天忽然像发现什么了不起的事情似的，急忙拽着金惜：“你看，你看，这些血迹的排列，是不是一点都不像是无意中沾染上去的？若是谁的血溅上了，血迹不会留得特别均匀。或者说，留得也太有美感了！”

元宝说着，还仔细地把翡翠一字排开，当看着翡翠上的血迹拼凑起来仿佛是种符号的时候，元宝惊呼一声，拼命地晃金惜的肩膀：“会不会这些血迹其实根本就是暗号？”

“哎呀，你脑袋被门夹了？几个时辰不见，变聪明了？”金惜对于她的发现感到意外不已。

元宝眼皮一跳，说：“我一直都很聪明，只是不太明显而已。”

金惜模仿元宝的口气说：“不要美化自己。”

元宝瞪了他一眼，找来纸笔把血迹的形状和样式都给抄了下来，一边抄还一边说：“长欢门里破解暗号什么的应该是交给信陵楼来处理。可是，现在整个长欢门里谁都有可能是叛徒，尤其是信陵楼。上次追杀我的那群黑衣人就全部是信陵楼的。所以，我们现在不能把这个给他们。可是，如果不给的话，咱们目测是破译不了这些暗号的。”

“万一不是暗号呢？”金惜还是有些怀疑。

“我也不知道，这只是我的猜测，只能试试看了。”元宝说着，突然，她听到了屋外面传来的细微叹息声，下意识地就把手中的翡翠给包了起来，抱在胸前，厉声大喝："谁？"

金惜用手中的算盘珠子打破了窗户，砸到了门外的人身上，只听一句清脆的"哎呀"，金惜就已经知道了来人是谁，这才松了一口气，沉声一喝："进来！"

"谁啊？"元宝还保持着刚才的姿势没有动，一副严阵以待的样子，就好像手中的翡翠都是自己的家当似的，无比在意地抓紧。

"不要这么一惊一乍的，宝姑娘。"来人走了进来，元宝看到对方的面容才认出来是谁，舒了一口气，"原来是你啊，可吓死我了，我还以为是什么奸细呢。"

"你被奸细弄得也太紧张了。"童天说着把手中端着的茶水放在桌子上。

作为金惜的贴身丫鬟，元宝自从认识她起，记忆中她就一直是女扮男装，圆圆的脸蛋白皙如凝脂，可爱的模样就像一个善财童子。好久不见她，元宝还怪有些想念："哟，善财童子来了啊，最近哪儿潇洒去了？"

也就元宝在门里会这么目无尊卑长序，和下人开玩笑了。

童天笑吟吟地应了一声"没去哪里玩"，就在金惜的身后站好了。

金惜看元宝抄画得也差不多了，直接起身把她怀里的翡翠给拿了过来，对童天说道："送她走人。"

"我都没看完呢你就送我走了？"元宝惊讶地大呼起来。

"谁说没看完，你不是都抄画完了吗？难不成你暗恋我，非得和我多待一会儿？"

"咱们都还没弄清楚是怎么回事呢！"

"行了行了，也就是咱俩关系好，让你看看，心里有个底。知道大家都在追查叛徒的下落没有闲着，顺便激励你好好学习。其他的，六大楼的事情那是你能插手的？"

元宝听着这话非常有种过河拆桥的感觉，明明是他把她找来研究这群翡翠的可疑之处的，现在找出可疑的地方了，他就把她往外轰了。元宝还欲再说什么，童天已经把她连拖带拽地给拖出了房门，送到了聚金楼的门口和她挥手再见。然后，又迅速地跑回了屋子里。

“公子。”童天有些不明所以地看着正坐着发呆的金惜。

“送走了？”

“嗯，走了。”

“公子这么把宝姑娘赶走，她会误会你，会对你不满的。”

“无妨。”金惜一改面对元宝时那副奸商的嘴脸，心事重重地看着桌子上的翡翠。

“公子，你为何要跟宝姑娘撒谎？这些东西明明是你从宋代理门主手上，先他一步发现偷回来的。现在是非常时期，要是让他知道了，必定会对你起疑的。”

金惜无所谓地摆了摆手说：“我君子坦荡荡，不怕他查。”

“宝姑娘会不会受到牵连呢？”

“不会。”金惜无比笃定，“这是唯一能保护她的办法了。以宋宇贤的脾气，翡翠不管是谁发现，在谁手上都脱不了嫌疑。她一定会把翡翠的事情告诉宋宇贤，就算将来发生什么不可预料的事情，她也没有对宋宇贤有任何的隐瞒，至少为着这个还能保住她一命。”顿了顿，金惜把目光放到了远处，像是想到了什么不开心的事情，喃喃自语，“我不想再让前几天的事情发生。”

“可是，这么做真的对吗？”童天略微担忧地看着金惜。虽然金惜总是一副和元宝斤斤计较，从不把她放在心里的样子，可是，他却总是在她看不到的时候，默默地为她做了很多事情。哪怕她从来都不知道，从来也没有对他说过一句感谢。

任何事情一旦和元宝有关，金惜总是把她的生命安全放在第一位。童天跟了他那么久，甚至都不明白元宝到底对金惜做过什么，他会这么在意她的安危。

金惜安慰似的冲童天笑了笑，说：“跟了我这么久，还不知道我的脾气吗？我想做什么就做了，没有对不对的。小童，你难道真的没有发现这批翡翠不一样的地方吗？”

小童闻声走过去仔细地研究了半天，脸色一沉，说：“他们都是聚金楼的东西。”

金惜意味深长地笑了起来：“我们，也都很危险了不是吗？如果这些东西让宋宇贤先拿到，恐怕，有可能我们怎么成替罪羊了都不知道。”

“那现在我们该怎么办？”童天慌张起来。这样一批危险的物品从聚金楼流出，显而易见，叛徒之事也和聚金楼脱不了干系，尤其是聚金楼里谁没点黑账和见不得光的事情。追查叛徒这个也就算了，没做过的事情不怕他们查。怕就怕的是，把不相关的一些事情也给牵扯出来，到时候反而更加麻烦。

金惜气定神闲地看了童天一眼，悠悠地吐了一个“等”字。

等宋宇贤来找他，等那个真正的叛徒露出马脚，等叛徒开始行动，等查出这一串翡翠的真正含义……金惜已经隐约察觉到，这个叛徒必定不会如此简单。他们所要面对的，是一个以他小小楼众的身份都无法对抗的人，除了等，他们什么都做不了……

而元宝，也果然不出金惜所料，离开了以后，很快就把知道的都告诉了宋宇贤。毕竟，她比他更在意长欢门的生死，更在意叛徒的下落。所以，很快地，宋宇贤就去找金惜了，和他彻夜长谈。

元宝不知道他们谈了什么，也不知道接下来宋宇贤会怎么处理这些事情，她只知道，她其实为了躲玉瓷，已经有一段时间没有上他的课，更没有见到他了。

元宝不去找玉瓷，他也没有来。元宝本来以为二人就会这样一直这么冷战下去了，只是，他们都没有想到，一直躲着玉瓷的元宝，会在早上被重离拖着跑完步回去换衣服的时候遇到玉瓷。

玉瓷看着元宝走路跟扎马步似的，那腿叉得实在滑稽又搞笑，忍不住脱口而出：“哟，马步姑娘，早啊。”

“早什么啊，这都什么时辰了，才起来。”元宝翻个白眼，懒得理他，继续往前走。

“你打鸡血了吧。”玉瓷跟在她的身后调笑着。

“不要把你自己做过的事情，妄想到别人的身上。”

“哎哟，这才几天不见，火气这么冲。”

元宝听他这副口气，顿时就气不打一处来，好像她还没有和他和好吧？他们现在属于水火不容的阶段，他怎么能这么若无其事？

“你想干吗？”元宝停下来瞪着玉瓷。

玉瓷温柔一笑，说："怎么，你是不打算考过会选了吗？该上的课也不来上，该交流的也不来交流。我不来找你，你是不是打算就放弃这一科了？"

"不劳惦记，我自己琢磨过，单口相声这种东西我还是能写的，所以，多谢你操心。你自己去玩儿吧。"

玉瓷看元宝这爱答不理的态度，也不生气，直接从怀里拿出了一张纸，在她面前一晃："哎哟喂，这是什么东西，真是闪得我眼睛都快瞎了。"

元宝看着他手中的白纸，顿时脸色铁青，也不管自己岔开的马步脚，一个飞毛腿就朝着玉瓷飞了过去。

玉瓷把手中的纸顺势塞到了袖子里，一个轻巧的闪身，避开了元宝踢过来的飞腿。元宝这脚本来最近扎马步扎得就不太能收放自如，让他这么一闪，她一时之间也没有触碰到一个合适的支点，于是，脚底一滑，直接一个大劈叉就朝地上摔了下去。

玉瓷在旁边不厚道地笑弯了腰："哈哈……元宝姑娘啊，你是来搞笑的吗？都说了在长欢门，不用行此大礼的。你突然很懂礼数了，我会很不习惯的。"

元宝挣扎了半天也没能站起来，只好冲玉瓷咆哮："别废话，赶紧过来把我扶起来。"

"你求我啊，求我啊！"玉瓷学着她的语气，轻佻地索性往旁边一坐，偏不上前。

元宝眼皮一跳："去死。"

"我死了可就没有人扶你喽。"

玉瓷话是这么说，但人还是走到了她的面前，朝她伸出手。元宝拽住他的手，谁知，一下子竟然起不来，险些把玉瓷都给拉到地上。

元宝只好放开手，无奈地叹口气说："扯到腿了。"

玉瓷被她弄得哭笑不得，这么让她坐在地上也不是个事，于是，索性横腰抱起了她。上一刻元宝还在看着自己的腿出神，下一刻，就落入了一个温暖的怀抱里，半天都没缓过神来。

"你的口水都快把我的衣服弄湿了。"玉瓷笑吟吟地好心提醒着出神的元宝。

意识到自己的失态，元宝急忙推开他，擦了擦自己的嘴角："胡说八道，我就没流口水！”

“那你干吗抱着我不放呢？”

“谁抱着你不放了？”元宝气呼呼地想要走开，谁知刚走出去，头发就被拽住。这才发现自己的头发不知道何时竟然勾到了玉瓷腰间的挂件上，缠住了，怎么弄都弄不下来！

这是什么神奇的挂法！

玉瓷看元宝在他的腰间如此挣扎，一副好心帮助她的样子，敞开双手说：“看在你这么着急的份儿上，我就让你抱紧我吧，来吧。”

“滚边儿去！”元宝狠狠地踩了他一脚，每次一遇到他就没什么好事，他简直就是扫把星转世！“快点想办法解开这个。”元宝指着他腰间的挂件咆哮。

玉瓷看她急得面红耳赤的样子，也不跟她开玩笑了。低下头来仔细检查挂件的时候才意外地发现，都不知道她的头发是怎么缠上的，本来直接把玉佩解开，问题就解决了，这下子连玉佩都解不开了，同时被头发缠上了！

“别发呆了，你倒是快点解啊！”元宝见他半天也没能把挂件拿下来，越发着急地催促起来，两个人现在的姿势要是被别人看到，指不定又得传出什么绯闻了！

“正在努力，别催别催。你倒是别晃啊！”

然而，话虽如此，玉瓷弄了半天还是没办法把挂件弄下来，又不敢轻易用力，回头把元宝的头发给扯下了一小撮，她不得跟他玩命？

元宝四处看看，决定不能再继续耗下去了，说道：“咱们先找一个没人的地方再弄。若被人看到，我一世英名就被你给毁了！”

听她这么说，玉瓷顿时摆出一副委屈的样子瞪她：“臭不要脸啊。明明是你毁我的好不好？我这么英俊潇洒的皇子，就被你这么死皮赖脸地占了便宜去。”

“你还要不要脸！”元宝气绝，变脸比翻书还快！好歹他也是当朝皇子，怎么能说出这么掉价的话呢？

忍无可忍的元宝豁出去了，说：“你的剑呢？把你的剑给我拿出来，把头发削了！”

“谁大清早的带着剑出门遛弯儿啊。”

“那怎么办？咱俩这样要是让谁撞见了，跳进黄河都洗不清了。”元宝急得直跳脚。

“你有洗清过吗？”玉瓷挑眉说道。

“我现在是小宋宋的姘头，回头别人说我不守妇道，我没脸见他了！”元宝强调。

玉瓷怔了怔，脸上的笑容一点点淡了下去。听到她如此在意宋宇贤的时候，心里泛起的嫉妒让他极端不舒服。只好咳嗽了一声，把头扭到一边，不让元宝看到他的不满。

元宝却毫无所觉地继续催促着：“快想办法！”

“没办法了，目测现在这个距离，只有我那里最近。你现在有两条路：一，在这里等到有人来救你；二，跟我回去。”

元宝思来想去，虽然两个办法都不合适，但没有办法，总得把头发给解开吧，于是，只好跟着他偷鸡摸狗地赶回到了他的小屋。

玉瓷手里拿着剪刀，看在她的头发和他的挂件系得如此结实的份儿上，只有连着她的一小部分头发也给牺牲掉，一并剪了。元宝看到掉在地上的一小撮头发也没在意，总算是和玉瓷分开，不用和他保持尴尬的姿势了。元宝这才长长地舒了一口气，迅速往后退，退离他两米开外。

“躲那么远干吗，我又不会吃了你。”玉瓷意外地愣了一下，脸上重新堆起意味深长的温柔浅笑。

元宝也不跟他磨叽，直接伸手让他把当时两个人签订的合约还来。

玉瓷早就知道她会这么说，索性耍起了无赖：“你自己有，拿你自己的去。”

“就知道你不会给。从现在开始，我宣布合约作废！”元宝只好破罐子破摔了。

玉瓷一脸奸笑：“白纸黑字，怎么，我都没有赖账，你还想赖账不成？”

“我不需要你教了！”

“没办法，作为一个有责任心的先生，你这种厌学的情绪，我也是能理解地。”玉瓷说什么都不肯把合约还给她。甚至，还把她的情绪当成是她又开始不好好学习的表现。

元宝真没见过比他还无赖的！

“你到底是不是皇子！哪有皇子会像这样的！”

“我知道，你所有的怀疑都是因为你羡慕嫉妒我。唉，早就说过了，一个人要是太完美，也是一件人神共愤的事情。”

元宝要被他打败了。为什么在欺骗了她之后，他还能像什么事情都没有发生过似的，站在她面前说这些不要脸的话呢？他的神经是有多大条？

然而，听着玉瓷絮絮叨叨的话语，元宝这才发现，不管他对她做了什么，不管他对她有怎样的欺骗，她的心还是向着他的，看见他，听着他那些自我感觉良好又不要脸的话，她心中那无法抑制的窃喜就充斥在她的一言一行中。好似他对她的所作所为，她也能理解了。那些欺骗，也变得无足轻重了。

元宝平静的心湖再次被他掀起了波澜。

怪不得无期和林白首总是和她强调不要爱上任何人了！

爱情，真的是一个可怕的东西。它不仅会影响你的喜怒哀乐，甚至，情绪还会随着对方感情的起伏而起伏。就连元宝自己也都说不清楚，为什么两个人的矛盾和争吵，就这样被轻易地翻过去了。

或许，这就是喜欢吧。

元宝的思绪早就飘到了远方，等到猛地回过神来的时候，只见玉瓷距离她越来越近，越来越近，近到她甚至都能感受到他灼热的呼吸喷在她的脸上。元宝不知道他这么突然靠近想要做什么，愕然地愣在当场，一动不敢动。

谁知，玉瓷的脸在距离她仅有两寸的地方停了下来，然后，热气随着他嘴唇的开合扑面而来，好像随时都会亲过来一样。元宝下意识地就紧紧地把眼睛给闭了起来。

玉瓷看见她紧张地把眼睛闭上，脸上情不自禁地挂起了笑颜，伸出手把手中的剪刀，挂到了她身后的钉子上。

“你这副挣扎的模样做什么？”玉瓷挂好剪刀，好整以暇地笑起来。

元宝猛地睁开眼睛，回头注意到他竟然是来挂剪刀，刚才那一瞬间心里涌起的期待和羞涩，顿时化成了尴尬，全摆在一张脸上。元宝无地自容，恨不得找个地洞钻进去。

看到她这副面红耳赤的样子，玉瓷却笑得更加欢快了。

元宝决定不能再待下去，否则，以后她在他面前都抬不起头了。于是，二话不说，起身就走。

玉瓷却忽然慢悠悠地叫住了她："喂，元宝。"

"放。"元宝从他郑重的语气里听出了端倪，背对着他停了下来。

玉瓷咳嗽两声说："你就不能文雅点？"

"我一向粗俗，看不惯就别说。"元宝故意用恶言恶语来掩饰心中漫起的忐忑。

"没关系，作为一个亲民的皇子，再粗俗的人我都见过了，你不算什么。"玉瓷朝着元宝走了过去。

元宝听到脚步声，往旁边挪了几步，转过身来看着他说："你到底想说什么？"

玉瓷沉吟片刻说："我们做兄妹吧。"

元宝一愣："你脑袋被驴踢了？"

"怎么，不乐意？"

"是的。"元宝神色一敛，斩钉截铁地对他说道，"不做！"

玉瓷愕然，没有想到她竟然会拒绝："咋地？我可是当朝皇子，跟我做兄妹你也算半个皇亲国戚了，多少人求着我，我都不搭理。这么好的机会你还不要？"

元宝心里的不安瞬间烟消云散，随之而来的是一股莫名的愤怒。他把她当成了什么？

"玉瓷，我再说一遍，我不稀罕你那高贵的身世！"元宝一字一句地强调。

玉瓷被她的郑重弄得颇为尴尬。元宝却视若无睹，直勾勾地看着他问："玉瓷，你是怕喜欢上我吗？"

"怎么可能。"玉瓷有种被戳中心事的慌乱。

"那好端端的做什么兄妹？严格地说，咱俩一样大吧。"

"这样的话，哥哥照顾妹妹就理所应当了啊。"

"拉倒吧。"元宝斜睨他，紧皱的眉眼像是突然想明白了什么，自嘲般地笑起来，"要我说多少次，我对你没兴趣，你别老觉得我会对你纠缠不清！"

玉瓷虽然很想说"不是这个意思"，可是，话到了嘴边却变了："还算你有自知之明啊。”

“放心，我都告诉过你，我这辈子是不会爱上任何人的，你不用那么小心谨慎。不就是跟你开了一次玩笑嘛，你平时跟我开的还少吗？别的没见你当真，这一次，你倒是比我还惦记。弄得好像我多么离不开你似的。这个世间除了爱情，还有很多事情在我们的生活周围。没发现这几天没有你来影响我，我也一样过得很快活吗？所以，最好收起你那些多余的同情心和担忧吧。”

元宝说完，愤怒地摔门而去，真没见过比玉瓷还招人厌的了！不就是想以兄妹的身份和她划清界限吗，有必要这么做吗？

对，她是喜欢他。可是，她却不敢把自己的喜欢真正告诉他。就算上一次不小心说漏了嘴，她也依然没有承认过对他的喜欢。甚至，依然在感情上与他泾渭分明。他何必这么多此一举呢？他就这么怕她纠缠他吗？元宝越想越窝火，走了几步打算回去再找玉瓷发泄发泄，但走到一半她又停了下来，她不过区区小老百姓，有什么资格要求他做事，必须按照她想的那样来呢？

她也太看得起自己了。

想到这里，元宝忍不住嘲笑起自己的自以为是，摇着头又继续刚才的路。感情，真的不是她能随意控制和掌握得住的，和玉瓷到底怎么样，一切随缘吧。

这一边，元宝被玉瓷的一句话弄得情绪低落。看着元宝摔门离去的玉瓷，也好不到哪里去。

玉瓷依然站在刚才和元宝说话的位置，看着只剩下自己的房间，脸上的温柔一点点隐没下去。在说这句话之前，他考虑了很久，久到一直不敢见她，只是为了确定自己的心，确定两个人往后还能不能像现在这样继续相处。他是一个害怕改变的人，同时，也是一个不想在长欢门里留下任何牵挂的人。对于他来说，所有多余的牵挂都是影响计划的因素，他必须铲除干净。所以，他只有用这样的方式，才能很好地控制住自己的情感，不继续蔓延。

可是，元宝似乎并不接受他的这种想法。

想想也是，他这样的想法又何其自私呢！

看来，他又做了不该做的事情了。

玉瓷悠悠地叹了一口气，来到长欢门以后，他叹气的次数，比从前又多了很多。

第三欢　包庇

元宝自从和玉瓷上一次的不欢而散以后，一直都处于情绪低迷的状态。直到柳唯唯来上课了，她才从这种状态中恢复过来，佯装毫无心事地听着她讲课。然而，柳唯唯毕竟和她做了十几年的朋友，她这副太显眼的假装，一眼就被看透了。

于是，柳唯唯放下手中的笔问她："你怎么了，一副心不在焉的样子。"

"没有啦。我在想晚上吃什么呢。"元宝急忙否认。

"还装！"柳唯唯佯怒，正打算追问，门外突然有人把她叫了出去。

"你先自习，我出去一会儿。"柳唯唯放下书本，直接跑了出去。过了好一会儿才又心事重重地回来。

元宝一看她这个样子就是又有事情了，以为是找到了关于叛徒的线索，顿时来了精神，拉着柳唯唯就问："怎么了？"

"你就不怕上次的事情再重演？还敢问我。"柳唯唯无奈地摇摇头，她怎么每次都好了伤疤忘了疼。

元宝却不以为然地耸耸肩："咱们误会都解除了，话也说开了，你怎么可能还会害我一次呢？我相信你不会的。"

"你还是别信任我的好，有压力。"

"行了行了，都认识那么多年了，有什么好隐瞒的。我看他们今天来找你谈的这个事情好像也不是什么大事，不然你肯定就跟着他们走了，哪还会继续在这里上课。"

柳唯唯颇有些头疼地摇了摇头，元宝经常这样好了伤疤忘了疼的，她深感担忧。思虑了好一会儿，在元宝的旁敲侧击胡乱猜测下，柳唯唯才坦白告诉她："昨天有人进藏书阁了。"

听到她这么说，元宝忽然想起早上跑步的时候，似乎听到有人说昨天好像有人进了哪儿，她当时也没在意，难道他们说的是同一件事？

元宝顿时有种不祥的预感：“有人来偷东西了？”

“好像没有。”

“那是，有什么东西被偷了吗？”

“没有，或者说，暂时还不知道。”柳唯唯摇头坐下，“藏书阁那么大，里面放着的书籍、案卷数不胜数，有什么被偷了，也不是一时半会儿就能查出来的。只是，位置有了些移动。宋宇贤今早去的时候，有些起疑而已。”

“他一向疑神疑鬼，有可能是谁收拾的时候没有放好吧。”元宝安慰柳唯唯的同时，也像在安慰自己。对于她来说，没有什么比长欢门的安稳更重要了。

“放心吧，宋宇贤可是下届门主的热门人选，有他在，长欢门暂时不会出什么麻烦。估计又是哪个为情所困的姑娘汉子的情感纠纷在藏书阁里进行了。”

“希望如此吧。”话是这么说，元宝还是有些不太放心，毕竟现在属于非常阶段。之前闹的那些麻烦都还没有解决，现在，任何小细节都有可能引发更大的麻烦，所以，还是谨慎得好。

柳唯唯一想到元宝之前经历的那些，怕她多心，不再继续这个话题，而是直接转移话题问她和玉瓷之间是不是发生了什么事情。

元宝一听就急忙否认。她怎么能把自己喜欢上玉瓷这种事情告诉旁人，哪怕是和她关系最亲密的柳唯唯也不行。就算她在心里不断地告诉自己，她不过是喜欢他而已，不会想要和他发生什么，可是，这种话有谁会信呢？甚至就连她自己，也开始不信了！感情的不可控，就在于它会让一个人，对未来充满很多不切实际的奢望和幻想。她和玉瓷，根本就是两种不同背景下的人，她的爱，也注定不会有任何结果。更何况，她一个随时都有可能会死的人，又有什么资格去讲未来呢？与其说出来让柳唯唯为她担心，还不如什么都不说好。

可是，她不说，不代表柳唯唯就什么也看不出来。

所以，考虑了片刻，柳唯唯还是把调查到的真相告诉了元宝。

“元宝，还记得你回来时让我去调查，玉瓷和宋宇贤达成的协议那事吗？”

“记得。查到了？”

“如果我告诉你这个协议，你答应我，不能想不开，也不能做出什么出格的事情。”柳唯唯严肃地看着她。

“弄得那么郑重，放心地说吧，我有分寸的。对不起谁也不能对不起自己不是？”

听到她这么说，柳唯唯才放下心来：“玉瓷找宋宇贤帮他调查一个女人的身世。”

“什么女人，长欢门的？”

柳唯唯摇了摇头：“那个女人，是他未过门的媳妇。”

元宝顿时愣住：“结果呢？”

“查不到。”柳唯唯蹙眉，“我有一种直觉，这个女人，一定不简单。”

元宝“哦”了一声就沉默了。或许是早就有心理准备，知道两个人的不可能，听到玉瓷从头到尾在意的都是另外一个女人，她并没有想象中那么难过，也没有预期中的爆发。只是这之后的一段时间，元宝都把自己放在一个忙碌的状态中。为了不让玉瓷见缝插针地在她脑海里出现，影响自己的情绪，元宝一有空就开始做从金惜那里买来的习题，转移注意。谁知，她不去找他，他却总是逮机会就在她的面前出现。

比如现在这样。

玉瓷不知道哪根筋搭错了，迷恋上了下厨。大晚上的不睡觉，端着做好的烧饼就来找元宝。

“这是我亲手做的，尝尝。”玉瓷把一个比洗脸盆还大的烧饼放到元宝的面前。

元宝对于他的厚脸皮，只能用不耐烦来对待：“你下毒了？”

“闲着也是闲着，找点事情做。”玉瓷笑得一脸温柔，“看你整天睡那么晚，吃点夜宵就不会肚子饿了。”

元宝没有想到玉瓷竟然还有这个心思，意外之余，也有些感动，刻薄的话终还是没有说出来：“味道不错，只是不够甜。”

"这样啊，"玉瓷愣怔了一下，"眉景不喜欢吃太甜的东西。"

柳唯唯的话瞬间漫过耳畔，捕捉到他话里的名字，元宝顺口追问："眉景是谁？那个对你很重要的人？"

"嗯。我回去以后，打算娶她过门了。"玉瓷脸上是一成不变的笑容。

不知是有意还是无意，元宝只觉得他这句话像是故意说给她听一样，从前不见他提，这个时候倒还提上了！

元宝闷闷地应了一声，放下了手中的烧饼说："我喜欢很甜的东西，和她完全不一样。"

玉瓷拍掌，似是对于元宝情绪的转变浑然不觉："好说，我回头弄个咸的。"

元宝抬起头来看着他，忽然开口："玉瓷，你们是怎么认识的？"

"有一次，我在街上救了她，然后她就一直随我在王府。"

"然后你们俩就日久生情了吗？"

玉瓷既没有承认，也没有否认。过了良久才说道："我承认我不是一个好男人。"

"你确实不是。"元宝点了点头，没有听到他对她感情的肯定，不知道是失落还是得意。晚一步遇到，终归还是晚了一步。

玉瓷看了看元宝，没有接下她的话茬儿。有些话，他大概一辈子都不可能会告诉她。玉瓷曾给过苏眉景承诺，所以，不管他是否真心喜欢眉景，他也不会告诉元宝，他真正的心，到底向着谁。更何况，就算没有苏眉景，或许，他和她也不会有未来。一个人很难不受到外界的影响和改变，可是，他却是害怕改变的人，尤其是对待感情上的问题。所以，他现在能做的，也不过是维持现状，走一步算一步罢了。

元宝对于玉瓷的心理，始终都只有揣测，看他不说话，眉头微微地皱了起来，便问："玉瓷，除了她，你还会娶别人吗？"

"不会了。"玉瓷笃定地回答。

元宝愣了愣，失笑："看不出来，你还是一个专情的人。"

玉瓷莞尔，笑容里却没有了以往的温暖，只是有些寂寞。元宝扭头看着他，一向话多的她，一时之间被他弄得有些无话可说。两个人索性就这样沉默着。

屋子外面忽然传来一阵骚动，元宝起身出去看了看，又折返回来：“好像是六大楼的人在指挥加强防守呢。”

玉瓷一边戳着自己的饼，一边说道：“听说，昨天藏书阁有人进去了，你们长欢门事情怎么这么多。”

“说的好像皇宫里面啥事也没有似的。”元宝反驳他一句，末了又觉得不对，又接着说，“唉？我说你这小道消息倒是灵通得很。”

“都闹成这样了，能不灵通？像我这么聪明绝顶的人，老天就是比较厚待的，啥都瞒不住。”玉瓷又开始自我感觉良好了。

元宝翻个白眼，说：“你也不怕哪天直接把自己绝秃了。”

“秃了我也是天才，哈哈……”玉瓷嚣张地笑起来。

元宝听着他的笑，像被传染了一样，忍不住也挂起了笑颜。这段时间以来，想到玉瓷就让她无比纠结的心情，仿佛被这笑声驱散，露出了阴霾背后的晴朗。或许，元宝真正喜欢的，其实是和他在一起的那种感觉吧。

那种让她感到轻松，又简单的感觉。

只是，元宝不知道为什么，明明晚上精力很旺盛的她，忽然会袭来一阵无法抵挡的困意。也不知道是不是因为饭饱神虚的缘故，元宝坐着都快能睡过去了，泼了水在脸上也觉得困，只好下逐客令：“我要睡了，你先回吧。”

玉瓷却瞪了她一眼，赖在原地不走：“吃完我的东西就赶我走了，你也太不厚道了！”

“我困了！”

“你不是要学习的吗？外面的人都没睡，你反倒要睡了！你对得起父老乡亲，对得起门主，对得起你姘夫吗？明天是你每周例行的考试日了吧，你复习好了吗？你就不怕他为难你吗？”玉瓷厉声斥责起来。

元宝本来还有的睡意，被玉瓷这么一说，顿时全无。他不说这个还好，提起这个她就一肚子的郁闷。

对于要在短短三个月的时间内，就把别人学习几年的东西全掌握的要求，元宝实践起来才发现是很有难度的。当初，她确实有些异想天开了。林白首的担忧也不是没有道理。元宝也一直都很清楚自己的能力到底如何，她不像柳唯唯、宋宇贤或者重离这样的天才，也没有他们那么好的资质，她其实和普通人一样，不过比他们多一点点小聪明而已。资质平平的她，再加上身体的顽疾，无论怎样，想要考入六大楼，都注定要比别人多更多的努力。而以前的元宝，因为她自以为是的方法，以为自己反正是要死之人，还不如把更多的机会留给门众们，所以，没有把更多的精力放在学习上，或许，就像柳唯唯说的那样，她不过是给自己的堕落和不学无术找借口而已。所以，才会白白浪费了那么多年的时间。要是早一点，她想明白之前那么做根本没有用的话，或许，现在的她，也不至于这样恶补了。

而且，现在真正出了问题，想要去弥补，毕竟也不是一朝一夕就能补上的！就算死记硬背都没用。更何况，她的身体也不像常人那样。如此高强度的训练，不断地在挑战着她的身体极限。甚至，在白天的训练过后，有几次，元宝晚上因为身体骤然疼痛，疼得一整夜都无法入睡。午夜梦回的时候，元宝都会在想，如果当初的自己没有停止学习，循序渐进的话，或许也就不会像现在这么吃力了。

可是，这些对于元宝来说，都是可以克服的。毕竟在她心里，没有什么比长欢门更重要。她现在最大的问题，就是每次面对宋宇贤的抽查考试时，看着那满篇的红叉，想死的心都有了。那是一种，明明以为自己付出了那么多，却什么收获也没有，对这些日子以来所有努力的否定。

再加之宋宇贤、金惜、柳唯唯等人，特地抽出自己的时间来给她补习，她更加有种无地自容的感觉。不过，这些都不算完，元宝最崩溃的就是考试完了以后，还要面对着宋宇贤一对一的特殊补习，那对于元宝来说，那才是最要命的！

“捡。”

“吃。”

“练。”

“写。”

一般人说话都算句，但宋宇贤是算个儿的。每次一跟元宝说话，用吐的。一个字，两个字，三个字，这么地吐。她就不明白了，多说一个字会死啊。跟林门主在一起的时候怎么没见他这样说，平时处理问题的时候怎么没见他这么说，偏偏一给她补习，他就惜字如金了！而且，元宝要是做得不对，或者宋宇贤不满意，他手中的戒尺呼啦就招呼过来，抽得她手心都出了血印，每次回去疼得脸都没法洗。

用柳唯唯的话说就是："整个门里，也就他能收拾你了。"

元宝以前和宋宇贤在一起的时间不会超过一炷香，所以始终觉得他这人太过完美。除了性格难以捉摸，不太好相处以外，整个人就像一个仙人一样。可是，现在她一天大部分的时间都和他在一起，这才发现，那根本都是假象！

每次宋宇贤在教训完她以后，不出一刻钟，他绝对站着也能睡过去！元宝就不明白了，怎么会有他那么能睡的人，属猪的吗？每天日上三竿才起，没讲两句就睡过去了。或者上课的时候，讲着讲着又睡过去了。被元宝叫醒以后，又一脸茫然地问她讲到哪里了。

不走神会死吗？

"喂！"

"哦，我困了，睡会儿。"

"……"

你能负点责任吗？

以前看他不说话，觉得那是酷，现在才知道，他不说话完全是因为他睡过去了！

玉瓷听完她的唠叨，没有像以往那样嘲笑她，脸色反而阴沉下来，阴阳怪气地说："倒是看不出来，宋宇贤对你这么有耐心。"

"这哪是耐心，是糟心！是不负责！"元宝翻个白眼，玉瓷要知道宋宇贤讲过一遍的东西，不会再讲第二遍，每次都害得她要做很多功课补上，就不会觉得宋宇贤有耐心了！

"耶？奇怪了，我现在不知道为什么，突然又有些扛不住了。"元宝的眼皮重得她怎么都撑不住，也不管玉瓷了，直接趴在桌子上就要睡下。

玉瓷的声音一下子提高八度："你就当着我一个充满诱惑力的美男的面就睡觉了？"

"我在身上洒了各种毒粉，你要是不小心碰到我，死了我可不负责。"元宝闭上眼睛，疲惫地说。

玉瓷眼皮一跳，说："你是想保护自己呢，还是害自己？"

"我乐意。"元宝打了一个大大的呵欠，困意袭来，挡都挡不住，也不想跟他废话了，"我眯一炷香的时间，你不走的话，就在这里给我检查检查这些对不对吧，到点叫我起来。"

"好吧。"玉瓷无奈地答应下来。

元宝不一会儿就睡着了，玉瓷看着她的脸，在烛火之中明明暗暗，刚才面对她时的笑容，也在顷刻之间烟消云散。玉瓷若有所思地把头扭到窗外，好似有一朵化不开的乌云悬挂在头顶，随着月色的深沉，越发阴沉起来……

元宝这一觉睡得实在太沉。次日被每天拉她出去跑步的重离给叫醒的时候，气得差点飞去揍玉瓷一顿。说好了让他晚上叫她起来，他居然没叫！她这一觉睡到天亮，都没有好好复习，一会儿考试又得出问题了！元宝嘴里碎碎念着，念着念着忽然觉得有些奇怪，她这段时间睡得都不安稳，昨天怎么会睡得那么死呢？

难道真是太累了？

不过，即便如此，元宝也懒得管了。一颗心全放在了宋宇贤的一周小考上。只是，当结果出来的时候，果不其然，差强人意，她又被宋宇贤教训了一顿。

为了把今天所犯下的错误补上，元宝被罚到藏书阁里抄书。只是，藏书阁因为那天忽然有人出现，而加重了把守。元宝刚开始在里面抄写的时候，总有些忐忑，折腾了好久才静下心来认真地抄写。时间也因此而过去了大半。

听着外面打更的声音响起，抄了一天书的元宝累得走都不想走了，身体本就比一般人要虚的她，索性趴在桌子上睡了过去。

不知过去多久，突然，"铛"的一声，一本书和一把剑相撞的摩擦声把元宝给骤然惊醒。

她一睁开眼，还没弄明白是什么情况，宋宇贤就已经跃到了她的面前，拉起元宝就扯到了身后。接着他随手抓起元宝桌子上的毛笔，就朝着对面攻击而来的黑衣人丢了过去。元宝被他拉得一晃，一时没有站稳，直接撞到了宋宇贤的身上，结实的肌肉把她撞得眼冒金星。晃了好一会才意识到，宋宇贤竟然在藏书阁里和一个黑衣人打了起来。

两个人的打斗声，按理说外面负责看守的人应该早就听到了，可是，他们都打了好一会儿了，居然还没有一个人进来。眼看着黑衣人的实力不弱，宋宇贤一边要负责保护元宝，一边要与黑衣人对抗，占了下风。尤其是，黑衣人刀刀致命，都冲着元宝而去。藏书阁里，都是一些极为珍贵的书籍材料，还有密宗，宋宇贤不想因为黑衣人的出现，而破坏了这些东西，只好一手搂紧了元宝，往旁边躲避黑衣人的进攻。

元宝的耳朵贴在宋宇贤的胸膛上，听着来自他心脏的跳动，像是有无数只小鹿撞在自己的心上，失了节奏。这是她第一次这么近距离地和宋宇贤接触，男神的气息缠绕在她的身上，使得她身体的所有神经都变得异常敏感。也是在这个时候，元宝感觉到了朝着自己所在方向的风，呼啸而来，下意识地就把宋宇贤给推了出去，自己则硬生生地接了这一剑！

宋宇贤和黑衣人显然都被元宝这突如其来的举动吓了一跳，愣了片刻，宋宇贤率先反应过来，急忙去扶住元宝，黑衣人则趁机逃了出去。宋宇贤没有继续去追，而是急忙封住了元宝身上的穴道止血，并将其扶住。

“你疯了？”宋宇贤低声呵斥她。

“顺手，顺手，呵呵。”元宝强忍着身体剧烈的疼痛，笑着说道。

宋宇贤冰山般的脸上难得地出现了生气的表情：“我宋宇贤还不需要你来保护！”

“我没有，我发誓，我真的是顺手。”元宝伸出五根手指对着他，“下意识而已。”

宋宇贤明显不信，问道：“说吧，你想我为你做什么？”

元宝愣住，没有想到，她下意识的举动在他看来，竟然成了阴谋。说不出是什么滋味，元宝只是觉得特别窝火。虽然明知道宋宇贤就是这样现实得可怕的人，知道不能轻易得罪他，知道他对别人信任的微薄，但是，还是压制不住心里的怒火，说道：“宋宇贤，别把别人想得都跟你一样！”

被打开的窗户忽地灌进来一阵凉风，看着元宝因为愤怒而微红的脸，发丝凌乱地掠过她的眼眸，那眼底的愤怒就像一簇烈火，散发着诱人的光芒，宋宇贤看着看着，竟有瞬间的失神。张了张口，什么也没说。可即便是这样，宋宇贤也不相信她的话，在危机时刻，自保的人他见得太多了。他却从来没有想过，像元宝这种一向贪生怕死的人，竟然会为了他去挡下这一剑。以往两个人之间的关系算不上多融洽，他也清楚元宝对他是什么样的态度，所以，在元宝替他挡了那一剑后，他甚至都做好了元宝以此来威胁他的可能。

想不到，她却没有这个想法。宋宇贤的心里再次掀起了一番波澜。

对于争吵这种事情，一个巴掌总是拍不响的。宋宇贤不说话，元宝一下子就泄下气来，到底她还是怕他的，他越沉默，她就越忐忑，总怕他要是心情不爽，把自己给削了，那就难办了。于是，一个三百六十度大转弯，脸上重新堆满笑容，问宋宇贤："话说，你怎么会突然出现的？"

宋宇贤看着元宝的变脸有种深深的无力感："我早料到他会再来。"

"这是叛徒吗？"

"不像。"宋宇贤的口吻里第一次出现了不确定，"或许是，又或许不是。"

"这人来藏书阁有什么目的？藏书阁里都是一些卷宗，没什么见不得人的东西。"

"目前还说不准。或许，对方想偷的也正是那一份卷宗而已。"

"什么卷宗？"

"关于叛徒的。"宋宇贤说完以后站了起来。在他看来，没有把具体情况告诉元宝的必要，"你在这里等我一会儿。"

宋宇贤说着就去刚才黑衣人逗留过的地方检查了一会儿。

元宝沉不住气，看他来来回回走了几圈，急忙追问："怎么样，知道他偷什么了吗？"

宋宇贤没有回答她的提问，只是简单地判断黑衣人应该还会再来，就又不说话了。

这不是要把人急死吗？元宝忍不住又问："外面负责看守的人呢？刚才都打成那样了，他们怎么还没来？"

"都被支走了。"

"刚才的黑衣人吗？"

"嗯。"宋宇贤在书柜之间留下记号以后，便径直走过来把元宝直接横抱起来。

元宝惊呼一声，刚想说什么，宋宇贤已经大跨步走了出去。两个人这个姿势，实在是……元宝看了一眼门外重新回到岗位的楼众，看着对方瞪大的双眼，就好像宋宇贤居然会抱着她出来，这简直就是天下第一奇观似的！

好吧，虽然元宝自己也觉得，好像不太适合，而且很诡异。可是，他们有必要非得弄出一副，牛粪糟蹋了鲜花的表情看着她吗？

考虑到宋宇贤毕竟在门里有众多的拥护者，元宝为了自己的声誉和小命，还是忍不住开口：“小宋宋，其实我可以自己走的。”

宋宇贤一个“嗯”字，余音百转千回，把元宝给吓得立即转变笑脸：“哎呀，我真是太幸福了。小宋宋，我就喜欢你抱着我的样子，真是把我迷得都分不清楚东南西北啦。”

宋宇贤被她的话弄得起了一身的鸡皮疙瘩，嘴上虽然说着让她闭嘴，可是，就连自己都没有意识到，他百年不变的冰山脸上，此时却挂着一丝若有若无的笑容。

元宝看着他的笑容，有种自己是不是被人下药的幻觉，始终觉得今天的宋宇贤有点奇怪，脸还是那张脸，说话还是那副爱答不理的腔调，可是，元宝就是说不上来，总觉得宋宇贤今天和平时不太一样。不对，确切地说，是从晚上见到他起，他就和平时有些不太一样。但是，到底是哪里不一样了，她又说不出来。

一般情况下，像宋宇贤这种超级难以捉摸的人，元宝都会选择能躲多远躲多远，谁知道宋宇贤会不会一个不高兴把她削了呢。可是，元宝却没有想到在无期这里包扎完了以后，宋宇贤居然又抱着她，要把她送回了自己的房间。

元宝这一路以来经受多少目光的洗礼，让她有些承受不住，便说：“其实，小宋宋，以后咱不用这样。我身强力壮的，死不了。”

“是吗？”

“嗯嗯，那肯定的。”元宝猛拍胸脯。

宋宇贤脸色一沉：“我还轮不到你来告诉我什么该做，什么不该做。”

得，又变天了。

她所认识的宋宇贤又回来了，这下子她放心了。

宋宇贤估计也意识到这么做实在有些太过引人注目了，把元宝放到了屋子外以后，并没有进去。临走了，似乎想到了什么，才又回过头来叫住她。

元宝被他欲言又止的样子弄得一头雾水。本以为他还有什么要交代的，谁知，宋宇贤想了想，又摇摇头，丢下一句“没事”，摆摆手就走了。

元宝气得直跺脚，每次话都说一半，全部说完会死啊！

元宝愤愤地进屋，关上门的瞬间，却被屋子里一双明亮的眼睛给吓得差点尖叫。幸亏被对面的人及时捂住了嘴，不然，宋宇贤听到又得回来了。

“你吃多药了，在我屋里待上瘾了？大晚上不睡觉，来我这里干吗？”元宝没好气地瞪着对面的玉瓷。

“你可算回来了。”玉瓷对于她的指责毫不在意，指了指桌子上的饼说，“给你做的。”

“你最近没病吧，好端端地给我送什么饼？”

“闲得慌，我可是做了好久的。”玉瓷温柔地笑起来。

“你就为了等我吃饼？”

“不然你以为呢？”

“今天的人怎么都疯了。”元宝不能理解了，今天可把她给折腾惨了。还吃饼呢，她现在恨不得立马躺床上什么都别干了。可是，玉瓷哪会那么轻易放过她。她不吃，玉瓷居然撕下饼来要亲自喂到她嘴里，元宝吓得步步后退，玉瓷就步步紧逼。一不小心，玉瓷踩到了她的裙子，一个踉跄，直接把她扑倒在地。

元宝看着距离自己仅有一根手指距离的玉瓷，有种呼吸都在瞬间停滞的感觉。两个人就这样大眼瞪小眼地瞪着对方，这个画面，莫名地让她有种似曾相识的感觉，好像，不久之前，他们似乎这样过。

“起来！”玉瓷一副受惊的样子大喝道。

元宝一脸黑线：“大哥，你压着我，起来的人该是你！”

“哦，忘了。”玉瓷讪笑两声，一点都不为自己制造的意外感到羞愧。

元宝强忍着肩膀上的伤痛，等着他起来。但是，玉瓷却没有要动的迹象，反而用双手撑住身体，与她拉开一段距离以后，沉声说道：“元宝，我们做兄妹吧。”

“滚！”

元宝就知道他一来找她，肯定没什么好事，说来说去又说到这个事情上了！她都跟他保持距离了，他还想怎样？他就这么怕，和她有什么吗？

一股熊熊燃烧的怒火，顿时充斥在她的血液里，元宝不顾身上伤口被撕裂的危险，重重地把玉瓷给推倒，然后轰了出去，气得一夜都没有睡好。

第二天，重离来找元宝跑步的时候，发现她受了伤，还顶着两个黑眼圈，特别人道地让她少跑了两圈，于是，她就正好早了一些去找宋宇贤，却没有想到，会在半路遇到玉瓷。

元宝就不明白了，他难道是老年人的作息吗？每天又没什么事情可做，起得比鸡早，睡得比狗晚的。元宝一看见他，以为他又要来和她说做兄妹这种无聊的事情，没有搭理，绕道而行。

玉瓷似乎早就料到她会绕开自己，也没有追过去，只是，用不大不小的声音缓缓说道：“哎呀，我这胸口，昨天被某个人给撞得现在都没缓过来。”

元宝听到这个立即停下了脚步，脸一下就红了！转过身去，怒冲冲地走到他面前：“我警告你，再乱说，别怪我不客气了！昨天那明明是你压着我！”

“什么？你说我什么，我没听见！”玉瓷假装什么都没听见的样子，歪着耳朵故意逗她。

元宝就知道，不管两个人的关系如何，每次只要和玉瓷在一起，她的情绪就不稳定。她和别人在一起的时候，哪一次不是把别人给气得火冒三丈，玉瓷倒好，完全反过来了。

然而，两个人还没说了几句话，一颗石子忽然从远处飞了过来，好在玉瓷闪得及时，躲开了石子的攻击。石子直接飞进了旁边的柱子上，陷到了里面怎么都抠不出来。

元宝愣了愣，不明白大清早的谁要打架呢，回过头就看到宋宇贤突然朝着玉瓷发起了攻势。玉瓷则迅速后退，躲避宋宇贤的攻击。可是，从他们一攻一守的打斗中还是能看出，玉瓷似乎有意在避开与宋宇贤的冲突。元宝意外地看着他们，不知道为什么宋宇贤会突然朝着玉瓷出手。按理说，玉瓷一是林白首的关门弟子，看在林白首的面子上，宋宇贤也会和他保持一定的距离，再一个，两个人之前合作过，好歹算得上是合作伙伴，平时也没什么冲突，怎么突然就打起来了呢？宋宇贤也不是那种会随随便便和人动手的人，今天这到底是怎么回事？

元宝并不担心宋宇贤会怎么样，因为，她太清楚宋宇贤的实力了。就算玉瓷用他的骷髅指，或许也不会是宋宇贤的对手。可是，玉瓷到底是她喜欢的人。如果要在平时，元宝指不定还会凑会儿热闹，看着他们打一架呢。现在，玉瓷的一举一动，总是在无形之中牵动着她，就连她自己也没有意识到，他在她心里的位置，变得越发重要起来。所以，眼看着宋宇贤出掌拍向玉瓷的时候，元宝刷的一下冲了过去，一下子拽住了宋宇贤。

“哎呀小宋宋，这大清早的，活动筋骨也加我一个嘛。”

宋宇贤被她这么一抓，还未收力，幸亏及时转移，把未发出去的掌力拍到了旁边的柱子上。否则，他这一掌下去，元宝半个月都别想爬起来了。

宋宇贤愠怒地看着元宝，目光很冷，冷得让人发寒。元宝被这样的目光吓得瑟缩了一下，意识到他看穿了自己的小把戏，急忙放开手。也正因为她这么一出，宋宇贤和玉瓷也没有继续打了起来。

宋宇贤不再理会元宝，抬头看着玉瓷，声音里听不出任何的情绪，只用肯定的语气对玉瓷说道：“出现在藏书阁的人是你吧。”

玉瓷闻声，嘴角漾起一抹似笑非笑的弧度：“宋代理门主，可真是会说笑。我最近晚上一直和元宝在一起，怎么可能会去藏书阁。长欢门里解决不了问题，就总往新人身上推吗？”

元宝意外地看着两个人，回忆起玉瓷最近每天晚上都来找她，按理说他应该没有机会去藏书阁的。毕竟两边的路程也不短。而且，每一次出了问题，确实大家也都把矛头指向玉瓷，她能体会这种被冤枉被诬陷的滋味，所以，不希望别人也这样继续冤枉他。况且，当着宋宇贤的面，元宝毕竟还是有私心的，于是急忙点头，和玉瓷站到了同一阵营：“是的，他一直在我那里。”

“元宝。”宋宇贤叫她。

元宝一愣，宋宇贤只是沉默地看着她，却把她看得后背冒起了一丝丝的冷汗。宋宇贤突然的沉默，让她越发不安，急忙强调，“小宋宋，我没撒谎。”

宋宇贤没有回应她，只是深深地看了元宝一眼，然后没有再多言语，扭头走了。

这就算完了？就这么完了？

元宝目瞪口呆地看着宋宇贤的背影一点点消失在走廊深处，总觉得宋宇贤的那一眼，饱含了太多的深意。只是她不懂，连最浅薄的那一层，她都看不懂。

“啊，好困，我继续睡会儿去。”玉瓷打了一个呵欠，也没说什么就往回走，却被元宝给拦住。

元宝相信这世上没有什么事情是空穴来风的，宋宇贤会怀疑他，也一定有他的原因。可是，元宝既然帮助了玉瓷，就说明她还是信任他的，只不过有些话必须说明，于是，元宝敛眉看着他，一字一句道：“玉瓷，希望我今天说的，没有错。”

玉瓷听到她的话，依然笑着，却像宋宇贤那样，没有给予她任何的回答。元宝看了一眼宋宇贤消失的方向，又回过头来看了看玉瓷，转身追着宋宇贤所在的方向而去。

玉瓷站在原地，看着她一点点地奔向宋宇贤，就像是有什么东西一点点把他的心里挖空一样，愣在原地，久久都没有回过神来。

元宝是一个很容易受外界影响的人，本来藏书阁的事情她并没有太放在心上，就像柳唯唯说的那样，有宋宇贤在，这种小事他能搞定。可是，身上的伤却提醒着她，藏书阁的事情绝非一般。更何况，从当时黑衣人要杀她的情况来看，很有可能这回潜入藏书阁的人，和之前追杀她的叛徒有什么联系，所以，元宝总是特别在意这件事情。和宋宇贤上课的时候，看到有人来找宋宇贤汇报藏书阁的情况，元宝趁机就追问：“小宋宋，藏书阁里是什么东西丢了吗？”

宋宇贤吹了吹茶水，说：“嗯。一些卷宗，还有，长欢门的半张地图。”

“半张地图？这个有什么好偷的，有半张一点用都没有。”元宝有些不能明白。

宋宇贤显然因为早上的事情还在生气，并没有解释的打算，而是继续喝着手里的茶。元宝却以为他是觉得自己能力不够，说了也等于白说，所以懒得理她。

看着宋宇贤桌子上的点心，元宝忽然意识到了什么，沉默下去。

玉瓷忽然的殷勤，到底是真的像他所说的那样，还是另有目的？玉瓷是她喜欢的人，她不想怀疑玉瓷，同样的，也不想让宋宇贤怀疑他。可是，照现在这么看，玉瓷显然还是嫌疑最大的人。想要洗清怀疑，唯一的办法，就是把真正的贼抓到就行了。

看在玉瓷好歹也为她做了几天饼的分儿上，元宝想为玉瓷做点什么，就算是还他人情了。而且，元宝也想通过这次机会，让宋宇贤看到，其实，她还是很有潜力的！

长欢门每天的运作，不会因为这些小插曲就停止。所以，在黑衣人被抓到以前，除了加强对藏书阁的看守，各部门依然正常运作。

于是元宝更加频繁地出入藏书阁。既然宋宇贤认为那个人没有偷到想要的东西，一定还会再来藏书阁一次，那么，元宝索性就在藏书阁里面待着，她就不信那个人一直不出现。并且，还趁着这个机会，在藏书阁的各个地方，做了点手脚。反正平时，就她一个人在里面待着，她也不用担心会有谁破坏了她的计划。

只是，一连守了好几天，黑衣人依然没有出现。元宝觉得是不是自己多心了，有可能上一次黑衣人就已经偷到了想要的东西。谁会那么傻，继续顶风作案呢？不过，估计是元宝习惯了在藏书阁里看书了，就算心里有所怀疑，也依然没有挪位置，反倒有在藏书阁生根的打算。

直到某天，元宝忽然觉得肚子疼，打算出去找茅房的时候，半路又不疼了。于是，她索性折返回去，却无意中让她发现了潜入藏书阁里面的黑影。元宝早就在藏书阁里设下了埋伏，正所谓明枪易躲，暗箭难防，就算她不出手，她的陷阱也足够抓住黑衣人。为了不打草惊蛇，她一直都躲在暗处，直到眼看着黑衣人进了陷阱被抓住，她才从黑暗中得意地走了出来。

看着网兜里的黑衣人，元宝哈哈大笑道：“谁说必须武功高强才能抓人的？有时候武功反而坏事。看看，我就是最好的证明。”元宝随意应了一声外面听到动静前来询问的人，便打算自己先单独处理一下黑衣人。

考虑到黑衣人的武功不弱，元宝一直和黑衣人保持着一定的距离，同时还向着黑衣人所在的地方洒了点早就准备好的药粉，以防止他突然袭击。看到黑衣人浑身无力地瘫软在地上，她才朝着他走过去，抢过了他手上偷来的地图，并扯下了他脸上的面罩。

可是，元宝看着黑衣人的样貌，却愣在当场。打死她都没有想到，黑衣人竟然真的是玉瓷！

“玉瓷，你又骗了我一次！”元宝觉得她是该愤怒的，可是，她现在却连冲他发火的欲望都没有了，只有一种无法言明的悲伤弥漫在心头，他竟然这样一次又一次地骗她！在她无比相信他的时候，在她费那么多力气，想要证明他清白的时候，他竟然辜负了她对他的信任。她甚至为了他，向宋宇贤撒了谎！

“你说话啊，你不是很能说的吗？为什么现在一句话也不说了？”元宝踹他。

药物的作用让玉瓷整个人都瘫软无力，挣扎了好一会儿才从地上坐起来，眼眸深沉地看着元宝说：“有吗？元宝，我怎么记得有一些事情，从最开始我们相见的时候，我就告诉过你，我必须知道。”

元宝恍然一愣，脑海里蓦然闪过那一日，玉瓷面对着被冰冻起来的宁青墨痛苦的情景，想起在山林里，两个人谈及宁青墨时他眼底的悲伤。元宝问道：“难道是为了你哥哥吗？”

“是。”玉瓷坦白承认。

“他已经死了，就不能选择让这件事情过去了吗？”

“怎么可能？”玉瓷冷笑，“我哥哥被林白首一刀斩于长欢门！他是我最重要的亲人，却被你们这样草率地杀了。过去？怎么可能过得去？如果有一天林白首被人不明不白地杀死了，你能算？”

元宝咬紧了嘴唇，沉默半晌，问：“知道真相，真的就那么重要吗？就算你知道了那又能怎样？他已经死了，这是事实。他叛门，这也是事实，并没有什么草率和不清不楚！你难道还想要为他报仇吗？你有没有想过，如果有朝一日，你真杀了门主，长欢门的人会放过你吗？冤冤相报何时了，你有没有想过，就为了你自己，有多少人会为此而牺牲？”

“哈哈——”玉瓷忽然大笑起来，“我说过，我只是想要知道哥哥死的原因。”

“你能保证知道以后，真的什么都不做吗？”

玉瓷沉默。看着元宝在烛火的倒映下，忽明忽暗的脸，他的心口一阵刺痛：“元宝，你有你的立场，我也有我的。我所认定的事情，不会轻易就改变的。”

“你会后悔的！”

“是吗？或许吧。”玉瓷莞尔一笑，看着元宝，心里却下了赌注，元宝会放了他，他只能赌这么一次！赌她的善良，赌他在她心里的分量。

“玉瓷，你怎么就这么执迷不悟呢！”元宝咬紧嘴唇，为什么结果总是那么难以接受。

“元宝啊。”玉瓷喃喃地低下头，笑了一声，深吸了一口气，“谁让我是三皇子啊。”

元宝看着他的笑容，愣在当场。准备好的一大堆话，因为他这一句忽然全部卡在了喉咙那里，一个字也发不出来。

那样的笑容里，没有悲喜，没有惶恐，只有寂寞，那丝丝扣扣的寂寞。为了追寻一个真相，宁可把自己性命豁出去也在所不惜的寂寞。

元宝不懂他这么钻牛角尖到底是为了什么，或许，就像玉瓷不懂她即使被长欢门抛弃，也依然为它而活是为什么一样。

元宝的嘴唇动了动，忽然有些怀念两个人在林子里的那段时间了。就算身后危险重重，至少，那个时候，他们都活在当下，不为别人，都是为自己而活着。他总说她不知道为自己而活，他又何尝不是这样？

这世上很多事情，我们劝得了别人，却劝不了自己。元宝知道阻止不了他，可是，却也不能就这样看着他一直不顾自己安危地查下去，然而，她刚想说什么，外面忽然传来了一阵参差不齐的脚步声。

元宝来不及多想，立即把袖子里的解药塞到了玉瓷的嘴里，然后把套在他身上的网兜解开：“今天的事，我不会说出去。可是，玉瓷，你最好记着，你若敢做对长欢门不利的事，我一定不会放过你。快走！”

玉瓷怔了怔，没有想到元宝竟然会在这个时候放了自己。这一局他赌赢了，却赢得并不光彩，也不快乐。但现实情况容不得他多想，他像平时那样冲元宝温柔一笑，随即，毫不迟疑地从窗户逃走了。

当宋宇贤带着人冲进来的时候，只看到元宝在网兜里挣扎。

宋宇贤四下打量了一下，问：“刚才什么声音？”

元宝心里咯噔一声，这是传说中的千里耳吗？外面的人都没听到，隔着这么远，他居然都能听到！

元宝隔着网兜对宋宇贤说：“我研究抓黑衣人的办法。但是，唉，失败了，把自己给兜里面了！”

元宝一边念叨着她的计划，一边在网兜里翻来翻去。宋宇贤直接走过来，把网兜给扯掉，直视着她。

宋宇贤干净的眼睛里宛如深渊一般不可捉摸，却似乎能在一眼之间就将她看穿。元宝每一次被宋宇贤看着，都有一种裸奔感。尤其是在这样的时候。所以，从他进来起，她就一直左顾右盼、东拉西扯地说着一些无关紧要的事情，却不敢与他对视。

宋宇贤带来的人检查完藏书阁，发现没有什么异常以后，就在宋宇贤的指挥下退了出去。

藏书阁里只剩下宋宇贤和元宝两个人。宋宇贤每次一不说话，元宝就会手足无措，不知道该怎么面对他。就像是暴风雨来临前的平静一样，阴沉得让人压抑而忐忑。

元宝实在受不了他这么看着自己，便开口说道：“小宋宋，你是不是爱上我了，这么目不转睛地盯着我看。”

宋宇贤却没有理会她的调侃，一字一句问她：“元宝，你没有什么要说的吗？”

“没有啊。”

宋宇贤眼眸一沉，随即走到一排书柜面前，从里面拿出一捆极老的竹简丢给元宝。

元宝接到，只看到上面的一行字："叛门者死。"她手抖了一下，差点把竹简给掉到地上。

元宝就知道，任何事情都是骗不了宋宇贤的！就算她自以为伪装得再好，宋宇贤也还是看出了她心里的那些小九九。再继续演下去，估计宋宇贤就不是丢竹简那么简单了。

但转念一想，既然刚才当着那么多人的面，宋宇贤没有拆穿她，那么，就说明宋宇贤还念着两个人这点微薄的交情，想给她一次机会。可是，元宝却明白，这个机会她接不了，也不想接。宋宇贤不开口，元宝也不敢多说什么，元宝现在公然为了玉瓷犯了一次门规，要是再有一次，估计宋宇贤就得宰了她了。

所以，她悄悄地从藏书阁里退了出去。

然而，她却也不敢再去找玉瓷了。这个时候，她若再去找他，那明显就是给自己找麻烦了。不仅仅是因为如此，更因为他对她的欺骗和利用！这是让她无法原谅的。又或许，元宝更不待见和原谅的，其实是自己吧。

只是，这一夜过后，宋宇贤依然像过去那样，该上课的时候继续上课，甚至，那一夜好像根本就什么都没发生过似的。好像宋宇贤相信了元宝其实真的是自己在弄陷阱，好像他也不在意到底谁才是真正潜入到藏书阁里的人一样。

可是，越是这样，元宝就越发不安。就连她自己也说不清楚，自己最近是怎么回事。除了在这几天上课的时候，在宋宇贤这张鬼面脸上，明显感觉到了宋宇贤心情不好，甚至连觉都不睡了。有意无意地，元宝总能察觉到宋宇贤似乎在盯着自己。

只是，他不睡，她倒是有些犯困了。抄着抄着宋宇贤交代的内容，眼皮越来越沉，直接睡着了。

当宋宇贤忙完手上的公文，抬起头来看到她似乎是睡着了，意外了一下。平时她的精力总是很旺盛，根本不可能会在抄课文的时候睡过去。宋宇贤也没多想，哼了哼试图把她叫醒，她却依然倒在桌子上没有反应。宋宇贤叫她，她还是没有动。宋宇贤蓦地意识到了什么，急忙起身朝着她走过去，手才放在她的鼻息间就瞬间收了回来，再去探她的脉搏，竟然没有了！

宋宇贤心口一紧，吓了一跳，平静的心在这一刻慌张地狂跳起来。一种不想失去的感情迅速地占据他的身体。他甚至不敢想象，要是她醒不过来了，他会怎么办。

宋宇贤甚至来不及多想，迅速把她平放在地上，然后一边压她的心脏，一边捏住她的嘴往里渡气。来来回回不知道弄了多少次，每一次看着她没有反应，就像是把自己给掏空一样，用力得甚至都把她肩膀上的伤口给震裂开了，衣服上侵染了她的鲜血，元宝才骤然猛吸了一口气，迷迷糊糊地醒过来。

元宝一睁开眼，看着满头大汗的宋宇贤，几乎是脸贴脸地悬在她的上空，愣了一下，随即才反应过来，一下子坐起来，莫名其妙地看着他问："我，我，我怎么躺地上了？"

宋宇贤擦了擦额头的汗珠，意外地看着元宝："你不知道发生了什么？"

元宝摇摇头说："不知道啊。"

她只知道她莫名其妙躺在地上了，而宋宇贤以一个很可疑的姿势在她身上！更重要的是，当元宝发现肩膀上的伤口居然裂开的时候，一个三防的动作，就缩离宋宇贤好远，怀疑地看着他。

看着她清醒过来，宋宇贤这才松了一口气，嘴唇动了动，还是没有说出她刚才差点就醒不过来这件事情，也没有注意到元宝这副看色狼一样的表情。

宋宇贤一直都以为元宝的病，不过是无期和林白首夸张了而已，这世上哪有随时都有可能会死的病。如今，第一次面对她的病毫无征兆地突发，他才意识到，他们说的竟然全是事实。这一刻，他忽然就明白了林白首对她的放纵，明白了她的贪生怕死，明白了她这么在意自己身体的原因。

如果不是他反应及时，或许，元宝就这样再也起不来了！

宋宇贤看着元宝，刚才那一刻的慌乱并没有完全消失，从来都无所畏惧的他，第一次那么那么害怕失去一个人。这种害怕让他担忧，却也让他惶惶不安。

元宝看着宋宇贤越来越紧皱的眉头，想起他刚才和她之间的暧昧姿势，总有些不安："小宋宋，刚才，是不是，你对我做什么……什么见不得人的事情了？"

“嗯？”宋宇贤抬头，“嗯”了一声又没了下文。

这是要把人急死啊！这一个“嗯”字，到底是几个意思？

元宝在宋宇贤旁边焦躁地转来转去，各种猜测在脑海里轮番出现，越想越觉得诡异。

“没做什么。你刚才睡着了，我叫你而已。”宋宇贤过了一会儿似乎才听到她的问题似的，回答她。

“那就好，那就好。”元宝舒了一口气，幸亏宋宇贤是正人君子，她就知道他不会做什么事情。只是，为什么她会睡过去了呢？不应该啊，她还直接睡到了地上，这得是怎样的睡姿啊！

可是，元宝想了半天，也没想有丝毫关于自己睡着了这段记忆，就好像被挖空了一样。元宝折腾了一会儿就坐回去继续抄写，宋宇贤忽然又问她：“你的身体觉得如何？”

“啊？很好啊，怎么了？”

“没什么。”宋宇贤淡淡地应了一句，末了，在元宝目不转睛的注视下，才又继续说，“看你睡得很香。”

元宝就怕宋宇贤以为她没上心，急忙表示刚才纯粹是意外，她一般不会睡的。肯定是最近擦的药有助眠的成分，所以才会一时不小心睡着了，绝对不会有下次。宋宇贤也没在意，找人来给她进行简单的包扎以后，留下她继续抄书，自己则去无良楼找无期询问元宝的情况。

“她刚才发病了，心跳和呼吸全无。”宋宇贤把刚才的情况直接告诉了无期。

无期脸色一沉，宋宇贤既然来找他说，就说明元宝一定被他救了回来。无期问道：“有异常没？”

“她醒来之前，心跳有些紊乱。”

“这是第几次了？”

“第一次。”宋宇贤仔细地想了想，补充道，“我第一次见到。”

无期停下杵药的手，问：“是不是她最近太累了？”

“应该没有，她一向很爱惜自己的身体。”

“不，你理解错了。比起她的身体来说，她更在意的，其实是长欢门！”无期的声音提高了一个八度，“你以为她为什么非得要考入六大楼？真的是为扬眉吐气？她那种性格的一个人会在乎这些？或许在你们看来，她不过是有点心病而已。元宝不像你，或者像重离和柳唯唯那样的天才，严格地说，她很平凡。她不过是有些小聪明而已。她资质平庸，身体也不行，本就不适合习武，或者说，她更适合开个小店，每天固定那么一段时间，卖点东西，很平静，很安逸就够了。现在，对于她来说，要在三个月内学会那么多东西，本就是一件很勉强的事情，她在做着你们认为很平常的事情的时候，却在承受着你们无法想象的痛苦。她不仅仅是心病那么简单，如果是那样的话，也不至于到现在都治不好。我早就告诉过你，她的病无药可救，现在我给她的一些药，也不过是缓解她的痛苦而已。她随时都会死，并不是玩笑，不要太勉强她了。当然，就算你不勉强，她也会这么勉强自己的。”无期苦笑着，“宋宇贤，多看着她吧……”

宋宇贤从无良楼离开以后，心情莫名地很沉重。他是一个从来都不会轻易受别人影响的人，从小到大，因为他的骄傲，还有与别人之间的距离，他一直都活在自己的世界里。他以为他会一辈子这样下去。然而，这个时候他才意识到，有那么一种人，明明你们是两个毫不相关的物种，可是，有一天，当你们被牵连到一起的时候，你的思想竟然就会被这种物种牵引。哪怕这种牵连的关系是别人强加给你的，但是从那个时候起，其实，你们之间的关系就发生了改变，自己却没有意识到。你看着她，也不再是陌生人的看法了，你们之间有了勾连，有了联系，一切都是那么顺理成章。你会开始在意她，关注她，而所有的感情，也都是从在意开始的。哪怕你最初心里压根儿没有她，但是，在逐渐的相处中，你才会发现，对方早已不知不觉地走到了你的心里。

就像宋宇贤现在这样！

明明他和元宝根本就是两条平行线，要不是钥匙的丢失，要不是门主把他叫了回来，他这一辈子都不会和元宝有半个铜钱的关系。他的所有情感和思绪也都只为他自己存在，可是，为什么他要在这个时候觉得元宝不一般呢？这到底是为什么？

宋宇贤一边走一边不停地思考着和元宝之间的关系，不知不觉走到了信陵楼附近，正好遇到了从里面出来的柳唯唯。

宋宇贤顺口把她叫住，并且问道：“你说，喜欢一个人是什么样的？”

柳唯唯被他问得莫名其妙：“啊？宋门主，你怎么突然问起这个来了？”

“今天有人问我。”

“哦，为她做什么都心甘情愿吧。”柳唯唯心里意外了一下，没有想到竟然还有人会问宋宇贤这种事情，便把从别人那儿听来的告诉了宋宇贤。

宋宇贤“哦”了一声就走了，现在这样，算喜欢了吗？从他开始答应负责元宝的辅导起，到现在明知她包庇却心甘情愿地为她隐瞒，这不就是柳唯唯说的那样吗？

宋宇贤对于自己的感情很迟钝，忽然发现自己居然也会动心，也会喜欢上别人，就不知道该怎么办了。她成功地打进了他的心里，而她，似乎却并没有和他一样。想到这里，宋宇贤突然觉得很可笑，什么时候自己也开始变得会去在意别人的想法了。不过是忽然看到元宝病发而已，有可能他也只是因为担心林白首到时候来烦他，所以比较在意她的生死罢了。可是，为什么他又要为了救她，做出那么多事情。明明知道元宝为了掩护玉瓷在撒谎，还是为了保护她而没有揭穿。真的就只是因为林白首吗？

这如果叫作喜欢的话，那他喜欢她什么呢？

没他聪明，没他厉害，没他有才，什么都不如他。难道，他喜欢的就是她的平凡，她为长欢门所豁出去的那股韧劲？宋宇贤摇摇头，想要做回从前那个自我狂妄的宋宇贤，但是，他做不到了。

再也做不到了。

因为，他已经把元宝，当成他真正的姘头了！

宋宇贤回到了书房，元宝还在抄书。夕阳下，她的脸像一个暖阳，散发着柔和的光芒，把他冰冷的心一点点融化。

“元宝。”宋宇贤叫她。

“啊？”

“没事了。”

元宝莫名其妙，宋宇贤却露出了笑脸，忽然觉得，其实他想要的，也不过是这样静静地看着她就够了。就算现在才知道这么久以来自己的反常是因为这个，那现在意识到，算不算太晚？

玉瓷知道最近宋宇贤一直找人盯着他。反正从来到长欢门起，他就处于被人监视的状态，反而并不在意这些了，索性在屋子里，闭门不出——画画。

玉瓷的记忆力一向很好，既然没有办法把地图给偷出来。那么，幸得他在偷的时候仔细地看过地图，所以，现在他只有凭借记忆，把看到的全部画出来！

好在那次被元宝抓到，他们的关系就更加恶化，元宝短期内是不会来找他的，而他这一时半会儿也没心思去找她解释什么。更何况，两个人之间的关系本就脆弱，他来到这里，也不是来谈情说爱的。每当玉瓷有些忍不住想去找元宝的时候，就不断地提醒自己，他是皇子，还有，他来这里的目的。

终于，在屋子里待了几天之后，他凭借着记忆把长欢门完整的地图给画了出来。在长欢门里等了那么久，现在，是他唯一的机会，他必须把要做的事情做完。

玉瓷把地图放到了腰间，为了能避开外面人的监视，他故意用尽了各种办法，终于把自己给弄得发了烧。当无期来看过他，开了几服药以后，就让他安心在屋子里面待着。而看守的人，看到他生病似乎也安心了许多。对于他的监视，也没了最初那么紧迫。

玉瓷等的就是这个生病的机会。一直躺在床上的他，等到送来的药都喝完以后，趁着午休的时间，偷偷把送药的人给打晕，给他换上自己的衣服，把他塞到被子里，并点了他的穴道。然后，换上了对方的衣服，端着剩下的药从大门出去。

一路躲躲闪闪，终于，让他在地牢旁边的一条密道里，发现了被挪动到“冰库”里的哥哥的尸体！

按理说，一个被处于叛门罪而死的人，长欢门是不可能保留他的尸体的。所以，自从上一次在林白首那边的密道，无意中发现了宁青墨的尸体以后，玉瓷一直都在怀疑，有可能哥哥的身体上藏着什么秘密，是必须要留下来的。可是，自从上次在冷藏室发现宁青墨以后，玉瓷就料到林白首一定会把尸体挪位。所以，这余下的日子里，他一直都在寻找有可能冷藏的地方。如果尸体依然还被冷藏的话，那就只能说明玉瓷的怀疑没错。如果已经销毁了，那就说明，一切都是他的胡思乱想了。

所以，为了证实自己的猜测，玉瓷才不惜铤而走险。然而，当玉瓷一点点检查哥哥的尸体的时候，果然让他发现了一些东西。

在宁青墨的脖颈延伸到胸口的地方，还有手腕上，有一小串像是被烙进去的诡异符号。玉瓷明白，要把这具尸体拿走是不可能的，他也并没有拿走的打算。于是，他只好用带在身上的小刀，把那一串符号画在自己的手臂内。然后，没有过多停留，迅速地从冷藏室撤退，回到了自己的屋子。

然而，玉瓷本来以为这一串符号会是关于古雌钥匙的秘密的，可是，当他翻阅了长欢门各类小人书，发现这个东西竟然来自浮屠塔的时候，他忽然就明白了什么！尤其是，当他把这一串符号倒着看的时候，第一次与元宝相识时，在她身上看到了同样的符号那一幕一闪而过。当时他没有在意，现在想来，如果他早一些发现，或许就不会等到现在，和元宝纠缠不清的时候，才发现真相了吧！

怪不得元宝一直都反对玉瓷去追查宁青墨死的原因，因为，宁青墨就是因为元宝而死的！确切地说，元宝，是害死哥哥的罪魁祸首！

玉瓷看着摆在眼前的事实，忍不住冷笑起来，原来，所有人都把他当傻子一样耍！身上抄下的这些符号，就像是嘲笑一样刺眼。

夜色深沉，凉风把屋外夹竹桃的气息送到了屋子里，淡而甜腻。他想起自己来到长欢门的第一夜，门里的静谧就像是一个巨大的墓地。唯有这夹竹桃的香味，带着丝丝缕缕的人气。若不是因为认识了元宝，他一直都觉得这里是一个死人堆一样的地方。是她，让他看到了生气，现在，也是她，让他对这个地方充满了更深的憎恨。这生气的下面，埋葬着的或许是比之前更多的阴谋和秘密。

玉瓷越想越无法冷静，手中的杯子被他捏碎，然后，他出现在了元宝的房间里，把她再一次打晕，带走了！

元宝醒来的时候发现自己竟然躺在冷藏室一样的地方。面对着空空如也的冰室，除了在厚厚的冰层下面，看到曾经与玉瓷一起所见到的那具尸体以外，这个地方，什么都没有。

当然，还有她面前站着的玉瓷。

元宝没有想到玉瓷竟然在擅闯藏书阁之后，还敢把她给掳走，脸上的表情随之变得沉重。元宝问道：“我怎么会在这里？”

玉瓷脸上却没有了往日的温柔笑颜，就和这四周的冰层一样，冷漠而冰凉。玉瓷只冷笑了一声，便走过来，按住元宝，试图强行脱掉元宝的衣服。

元宝大骇，不知道他到底有什么企图，厉声大喊：“你放手！玉瓷你想干什么！你给我放手！”

玉瓷却对她的叫喊置若罔闻，当他把她的上衣撕扯掉，露出她脖颈延伸到胸口的地方，和哥哥一模一样的那一串符号的时候，他停止了手上的动作。看来，他猜得果然没错，哥哥是为了元宝而死的！于是，他用力地把元宝从地上拽起来，然后按到了尸体面前，指着尸体上面和她一模一样的符号说道：“我一直都在想，哥哥对长欢门那么忠诚，怎么可能会叛门。看来，你果然从一开始就在骗我！”

元宝看到尸体上那一串符号的时候，愣了愣，觉得有些眼熟。想了想，才想起自己的身体上有和他一样的符号。可是，这不是她觉得眼熟的原因，而是，隐约觉得这些符号的样子，好像在其他的地方也见到过。

“说啊，你不是挺能说的，现在怎么不说话了？”玉瓷催促道。

元宝回过神来，扭过头说：“你说什么我不懂。”

“你还要装到什么时候？”玉瓷猛地掐住元宝的脖子，把她抵在冰面上，“我哥到底是为什么死的？”

“门主不是说了吗，叛门！”

“你还要骗我？”玉瓷捏住元宝脖子的手更加用力，使得元宝整个脸因为呼吸的不畅而憋得通红，“说！”

元宝就知道，若是他继续追查下去，真相早晚会被他知道的。以他的聪明来说，只要发现了宁青墨身上的这一串符号，要发现真相并不难。可是，元宝却明白，真相并不是他所想的那样！

“你就那么想知道吗？”元宝只觉得空气变得越来越稀薄，大口地吸气，断断续续地问他。

“说！”

“对，严格地说，他确实不是叛门。”元宝咳嗽起来，若不是因为喜欢，她差点都忘记了玉瓷的温柔也不过是伪装而已。不管平日里和他的关系有多好，一旦涉及他所在意的事情，他就会变成那个不择手段的三皇子，无情而冷酷。

元宝蓦地放弃了挣扎，说：“有没有人告诉过你，太有野心了，是一件很可怕的事情。”

“你什么意思？”玉瓷放松了捏住她脖颈的手。

“我想，你只知道你哥哥为了长欢门而付出了全部，却不知道他这么做的用意吧。”刚才的刺激使得她的身体，有一瞬间的支撑不住，元宝抓住胸口前的衣服，努力地呼吸，试图调整急速的心跳，缓了一会儿才慢慢地说，“宁青墨想要的，你以为真的仅仅就是一个皇位？我告诉你吧，他想要的，是长欢门的门主之位！”

“他有这个实力，为什么不行？”

“我想你比我清楚，你哥哥是一个多么残暴血腥的人吧！这样的人又怎么可能继承门主之位。”元宝就知道结果会是这样，“当年，他为了得到门主之位，和六大楼主串通好了想要逼迫门主下台。可是，门主早就发现了他的企图，却一直没有行动。当时我无意中撞见了他，他想要杀我灭口。甚至，想要利用我来威胁门主。你应该知道，我宁可死，也不会让他利用我来做对长欢门不利的事情。于是，为了躲避他的追杀，我阴差阳错地就逃到了浮屠塔里，也就是放古雌钥匙的地方。你可以想象得到，如果他能拿到古雌钥匙，就能统领长欢门。可是，进入浮屠塔必须要处女之身才能打开第一层的门。所以，他为了钥匙，必须保我。虽然这层门最后还是被他毁了，但确实也是因为我，他在浮屠塔被重伤。我们身上的符号，也就是在那个时候留下的。后来门主才赶来，以偷钥匙的叛门之罪将他处置了。”

当然，元宝上次在林白首的密道里见到宁青墨的无头尸体的时候也吓了一跳，之前一直不能明白为什么会把宁青墨的尸体留着，现在，她总算是明白了！他的身体上保留着长欢门最原始的符号密码。

“不可能。”玉瓷显然不相信元宝所说的这一切，他所想象和猜测的，根本不是这样的！

“事实很难以接受吗？”元宝冷笑一声，“你所敬重的哥哥，根本就不是你想象中的样子！”元宝之所以一直隐瞒着不说，不过是不想让玉瓷费劲千辛万苦跑来，白做了一场梦罢了。看来，元宝再一次好心做错事了。

玉瓷看着她笑，却有一股无名火蹭蹭地往上冒：“闭嘴！”

“我偏不！”元宝也被他吼得来了火气，“他会如此，全是他咎由自取！”

“他因你而死了！”玉瓷几乎是咬牙切齿地说道。

“所以你要来杀了我吗？”

“对！”

“你执意要这么做的话，杀吧。”元宝索性把脖子一扬，看着他。

玉瓷面对着元宝的挑衅，右手猛地伸出，掐住了她的脖子。元宝看着他戴着黑色手套的右手，想起在树林里，那一根根森森白骨，只有极端憎恨自己的人，才能练成骷髅指，他对自己的恨，难道来源于对宁青墨死的无能为力吗？

元宝抬眸等着玉瓷出手，可是，玉瓷掐住她脖子的手，怎么也拧不下去。元宝甚至能感受到，他在下决心那一瞬间的颤抖。真相往往比谎言更让人难以接受。元宝知道，玉瓷杀不了她的。因为，她从他的眼睛里看到了这些日子以来，两个人的朝夕相处，看到了生死关头的相互扶持。如果玉瓷真下得去手，那么，或许今天的他，也就不会站在这里了。元宝的心里一阵闷疼，说过不要为死去的人而活着，却总是要受到死去的人影响，难道他要一辈子都活在宁青墨的阴影下吗？

元宝扭了扭头，让视线与他相平：“我不知道你为什么执意要查这件事情，我也根本不是什么重要的人，重要的线索。玉瓷，你把所有事情都想得太复杂了，这世上哪有那么多复杂的事。”

听到她这么说，玉瓷像是听到一个天大的笑话一般，放声大笑。笑声还没有停止，不知道从哪里得到消息的宋宇贤，就突然带着人冲了进来。以迅雷不及掩耳之势，把元宝从玉瓷手中抢走，并将其带走关押。玉瓷也难得地没有反抗，而是很老实地跟着他们离开。走之前，深深地看了一眼冰层里的尸体，千言万语最终化成了嘴边的一抹叹息，悠然而过。

元宝就知道，任何事情，都能被宋宇贤轻易拆穿和发现。更何况，就算没有宋宇贤，如果玉瓷继续这么查下去，早晚会有这么一天，他是会知道这个真相。并且，为了真相而付出代价的。元宝本来以为自己无坚不摧，拥有钢铁一般的心肠，不会为了谁而乱了分寸，可是，看着玉瓷被带走她才发现，原来自己竟是这么放不下。放不下和他在一起的时候快乐轻松的时光，也放不下，他为了哥哥所承受的那些深不可测的黑暗……

第四欢　逼婚

擅闯冰库的罪名说大不大，说小也不小。好在死者是玉瓷的哥哥，他会这么做也情有可原，排除他是叛徒这个嫌疑以后，就算宋宇贤念在他是林白首关门弟子的分儿上没有处置得很重，玉瓷也还是被拷打了一番，软禁起来！

玉瓷被抓，藏书阁的事情算是告一段落。而叛徒依然没有任何的线索。长欢门还得继续着运作。眼看着重新会选之期临近，元宝也必须得继续她的课程。

只不过，在上一次的小考以后，宋宇贤看见元宝在推算方面零进步，突然原本由玉瓷上课的时间全部成了他的。只是，看似他上课的频率多了，实际上，元宝总觉得，不知道是宋宇贤太忙了，没工夫顾及到她的课程，还是宋宇贤没耐心了，她总觉得好像学习的强度没有之前那么大了。

只是，忙惯了一下子有点闲，元宝反而不适应了。当元宝难得有机会睡个懒觉时，突然奇怪重离今天怎么没叫她跑步，正打算去问他呢，就看到重离从宋宇贤的房门里出来。

“喂！重离！”元宝急忙追了过去。

重离却似没有听到她说话，喊了几声都没反应。

“是让小宋宋给鞭笞了吗，怎么魂不守舍的？”元宝很少看到重离这副模样，以前每次看见他，他都是一股意气风发的样子。就算是被她连累得进不了六大楼，他也总是朝气蓬勃。尤其是重离一直都把宋宇贤当成竞争对手和超越的目标，所以，重离对待宋宇贤总是会有些不一般。按理说，如果宋宇贤找他的话，他应该是很兴奋才对。现在这个状态，怎么看都觉得有点奇怪。

元宝不知道宋宇贤跟他说了什么，但是，总隐约觉得应该不会是什么好事，可是，当她进去试图从宋宇贤的嘴里套出点什么的时候，宋宇贤却对和重离谈话的内容闭口不谈。

元宝明白，想从宋宇贤的口中问出什么来比登天还难，索性放弃了。反正该她知道的，她早晚都会知道。

这不，元宝没有去找重离，大晚上的重离就来找她了。

只是，当重离一脚把元宝的房门给踹开的时候，看着光着身子一只脚踩在浴桶里，大半个身子还露在外面的元宝，两个人都愣住了。随即，屋子里爆发了元宝惊天地泣鬼神的尖叫。

重离的脸在一瞬间憋得通红，好像屋子里氲氤的雾气全部喷在他的脸上似的。重离迅速地转身后退，把房门带上。然后，冲入茫茫夜色当中。不知道跑了多久，也不知道跑向了哪里，为了缓解脸上的燥热，重离只有加速的奔跑，试图让吹在脸上的冷风缓解体内升腾起来的温度。可是，不管他怎么跑，脑海中怎么也挥之不去刚才所看到的那一幕。元宝踩在木桶里的脚，还有她露在外面的半个身子，就像是被定格了一样，停留在他的眼睛里，怎么都赶不走。山林里的树被重离的奔跑惊得抖落着枝丫上的树叶，穿梭在林间的风把树叶吹得沙沙作响。在这一片沙沙声中，重离忽然回神，好像是在一瞬间明白了什么似的，捏紧了双拳，默默地做了一个决定，然后，停止了奔跑，转身，一副无比悲壮的样子，向着来时的路走了回去。

经过刚才重离那么一吓，元宝完全没有了继续洗澡的心思。虽然往常重离来找她，都是用踹的。但是，自打元宝死里逃生以后，重离就有些日子没有这么做过了，而且，大部分时候他都是白天来找她。要早知道重离今天居然不敲门就这么闯进来了，她就会在门口弄把刀，他一开门就戳死他才对！她的清白，她身为黄花大闺女的大好清白，就这样让他给毁了！传出去她还要怎么见人啊！

元宝越想越焦躁，在屋子里不停地转来转去，琢磨着往后见到重离该怎么办。这时，门再次被人一脚踹开。

“你又来干吗？”元宝没好气地瞪他。

重离仰天，深吸一口气，目光灼灼地看着元宝，挣扎了好久才掷地有声地说道："从今天开始，我会把你当成我未来的妻子来培养！嗯。"

元宝摔了一下，平时重离那么严谨，一丝不苟，甚至还有些古板的人，今天居然说出这样的话，元宝震惊了半天都没有回过神来，忙问："什么情况，什么情况？"

"我想过了，既然我把你看了，你的清白已经在我手上被毁了。作为一个有责任心的男人，嗯，我必须对你负责。虽然我横看竖看都看你不顺眼，但是，我会把你培养成一个合格的妻子的。嗯。"重离顿了顿，继续补充，"一个和我重离很般配的妻子。"

"我去你个锤子。"元宝脱下鞋子就朝着重离丢过去，说得好像她这一辈子都嫁不出去似的，真没见过这么不要脸的。看了她就算了，张口闭口还那么嫌弃她！要真做他妻子，不被他气死也被他闷死了！更何况，元宝压根儿就没想过他会突然来这么一出好不好！做他的妻子还不如当尼姑呢，谁要跟个闷葫芦做夫妻啊！

"你赔我几千两精神损失费就行了，看在咱俩同门那么多年的分儿上，其余的就算了。"元宝抱手强调。

"不行。"重离斩钉截铁地拒绝，"我会对你负责的，你不要有负担。"

"鬼才有负担，谁要你负责啊！"

"我知道，你一向口是心非。虽然娶你有点自降身份，可是，谁让我不小心看了你。你不用多说了，我既然答应了会对你负责，就一定言出必行。就这样了。嗯，你先睡吧，明天我再来找你商量具体的培养事项。嗯。"重离说完转身就要走。

元宝冲出去一把拽住他，一字一句地加大音量强调："重离！你不要胡思乱想行不行，不要给自己套那么多莫须有的责任行不行！我不需要你对我负责，我对我自己负责就行了。你放心，刚才的事情只要你不说，我不说，谁也不会知道，我也不会用这事来纠缠你，我们就当刚才什么也没发生过怎样？我已经忘记了，彻底地忘记了，你去睡一觉，一觉醒来你会发现刚才那个就是梦。"

"刚才那是事实，不是梦。嗯。"

"我说你怎么那么难沟通呢！"元宝气绝，耐心地对他说道，"以后，你还是你，我还是我，我们还是现在的这个样子，行否？好端端的，谁要做你妻子啊！”

听着她的话，重离的心里却有一股说不出的失落，不知道从何而来，做他的妻子，就这么难以接受吗？想他好歹也是新人第一名，只要进入了六大楼，以后很有可能会有机会成为新的楼主，怎么看他都是前途无量的。她居然还嫌弃起他来了，他都没有嫌弃她！

“这事就这么定了，你不用挣扎了。我说过会对你负责，就一定会做到的。”

“我不要你负责啊！我的天，你要不要这么死脑筋啊！”

可惜，重离已经走远，对于元宝的呐喊早就抛之脑后。

元宝被重离给吓得一夜都没有睡好，第二天起来，意外地发现重离居然没有找她跑步，以为是他忘记了这茬儿，谁知，吃早饭的时候，重离突然出现，把一个煮好的鸡蛋递给元宝，并对她说：“你以后要做我妻子，还是胖点好。”

元宝顿时就把鸡蛋给丢地上了：“重离，我再强调一遍，我不要做你妻子，也不要你对我负责！”

重离却当没有听到，把鸡蛋捡起来，说：“不要浪费！嗯。”

元宝觉得非常有必要和重离好好地沟通，于是，之后一连几天，只要有时间就往重离面前跑，给他详细地分析他这么死脑筋是没有未来的，他们两个人还是做朋友比较好之类的。

可是，重离却依然不为所动，只把她的解释当成了她的害羞。元宝不知道重离哪根筋搭错了，真要照他这么培养下去，她不残也得疯了！且不说她是否喜欢重离，在很早以前，门主就对她下达过死命，一，不准爱上任何人；二，不准和任何人成亲！

她一个要死的人是没有未来的，而重离，将来是要进入六大楼的人，他还有锦绣的前程和未来，怎么能毁在她的手上！

“元宝，你死了也正好，反正我也不用再找了。找个女人在床边很麻烦。”

看吧，这就是重离的想法。妻子这个物种对于他来说，是远远没有武功重要的！他压根儿就不懂妻子是什么含义！可是，不管元宝怎么说，重离还是意志坚定，哪怕元宝端出了宋宇贤都没有用。毕竟，宋宇贤当时说两个人是姘头也是权宜之计，所以，重离压根儿就没放在心上。

连宋宇贤都没用了！

元宝只好拿出最后的杀手锏，对重离坦白，她喜欢的人是玉瓷。

重离听完似乎才有了点反应，本来元宝以为这下他该放弃了，谁知，他竟然问她："然后呢？"

元宝彻底疯了，直接抢过他的刀架在他的脖子上咆哮："也就意味着，他比你更早看过我了！所以，你晚了，他会对我负责的，你就不需要多此一举了！我也不在乎你的多此一举！"

"你喜欢他？"

"是，非常喜欢，恨不得拿整个生命来爱了！"元宝故意说道。

"他打算娶你吗？"

"呃。"元宝被他问得愣了一下，"他会娶，我也不会嫁！我是长欢门的人！"

"长欢门并没有规定过门里的人不能外嫁。嗯，他是当朝三皇子，你难道要去做他的嫔妃？"

"呃……"

"你觉得你能抛下长欢门去皇宫生活，还是你觉得那样的生活才是你想要的？你觉得你能过得了会选离开长欢门吗？嗯？"

重离的追问让元宝咋舌，以前看他这么一个闷葫芦，三拳打不出一个屁，现在居然把她给问倒了。以前她怎么就没发现他这么认死理呢！天天琢磨武功，都快成呆子了！

"重离，我随时都会死的。"

"我知道。"重离沉下眼眸，"不要让我重复相同的话。"

"重离，你喜欢我吗？"

"不知道。"重离坦白。

"你不过是觉得看了我的身体，所以想要对我负责罢了。你对我都没有感情，我们为什么要在一起呢？"元宝认真说道。

重离早已习惯了她的没正经，反倒不习惯她的认真。

元宝看着重离，等待他的回音，忍不住打了一个哈欠，气氛也因此而缓和下来："你说我最近怎么总想睡觉。"

"喂！"重离看她一副要去睡的样子，喊了她一声。

元宝有些昏昏沉沉的，好像心跳都跟着平静下来似的。被重离一吼，猛地清醒过来。不知道是因为被重离吓的，还是心脏的骤然跳动让她极为不舒服，豆大的冷汗直掉。

"怎么了？"重离也发现了她的异常，敛眉追问。

话音刚落，元宝突然捂着心口，疼得滚到了地上，蜷缩着身体抖成了一团。重离以为她又开始装病了，但是，一靠近才发现，她的呼吸竟然彻底紊乱了。重离顿时吓了一跳，看她在腰间摸来摸去，才记起她身上随时都带着药的，于是，急忙在她身上搜出了药瓶子，把药给她强行灌了进去。过了好一会儿，她的颤抖才渐渐停止，恢复过来。

"怎么回事？"重离神色凝重地看着元宝。

元宝擦了擦额头的汗珠，深吸一口气，也是一脸沉重："心病犯了。早就和你说过的，我不能情绪波动太大，最近心情有点动荡，都是让你给吓的。"

这是重离第一次见到她病发，之前她一直都很在意自己的身体，所以，就算她总是嚷嚷着自己活不久，他也从来都没有把她的话放在心上，只想着她不过是夸大自己的病情，想要偷懒而已。可是，看着刚才她倒地后冰凉的身体和不住的颤抖，他才开始意识到，她的病，比他想象中严重得多。怪不得宋宇贤会突然找他，要求减少上课的负荷量了！

或许，宋宇贤也见到她病发的这一幕了。

"你这样多久了？"重离问她。

"不知道，最近有些频繁，估计是让你给刺激的吧。"元宝大口大口地呼吸着，即使醒来，呼吸还是觉得有些不够畅通。

重离把元宝从地上扶起来坐到旁边的台阶上，说："回去休息吧，我带你去无期那里看看。"

"不用。"元宝摇头拒绝。

等到她的呼吸完全平稳下来，才又拽了拽他，元宝肃穆地看着他说："重离，不要把今天的事情说出去。”

重离微微一怔，说：“你应该去无期那儿看看。”

“我会去的，但是，希望你不要把我发病的事情说出去。”元宝的语气里几乎是恳求。她清楚地知道，最近自己的身体确实有些吃不消，似乎是从林子里逃亡回来以后，她明显地感觉到，这段时间比之前更加嗜睡，或者说，夜里身体的疼痛比以往更频繁了。本来以为只有晚上才会发作，没想到现在居然连白天也会了。也许，这就是突然加强了身体压力的后果吧。

马上就是会选最后的机会了，这是元宝唯一能离开长欢门去寻找钥匙的机会，她不能出任何的问题！这也是她唯一想要拼搏的一次，所以，她不想放弃！如果宋宇贤知道她的情况的话，很可能都不会让她继续参加会选。

重离看着她坚定的眉眼，却说不出话来。他一直都觉得她是一个不学无术、好吃懒做的人，现在，却忽然有些明白她了。

“一定要参加会选吗？”

“当然啦。”元宝笑了笑，“保护我家，人人有责嘛。不然你们又老说我不上进，其实我还是很努力的。”

“嗯，现在发现了。”重离鼓励地笑了笑，却难掩担忧，“可是，你的身体真的不要紧吗？”

“放心吧，放心吧。只是以前闲了那么久，忽然最近强度稍微大了点，有些不习惯而已，没事的。”元宝安慰他，似乎也是在安慰自己。

元宝一向不喜欢总说自己身体的事情，于是转移话题对他说道：“重离啊，我们比赛吧。”

“什么比赛？”

“就娶妻这个问题，我觉得我们再这么争论下去也是没有结果的。不如比赛定结果怎么样？”

难得她还有这个心情说这些，重离也只好陪着：“比什么？”

“我们比谁摘的花最多怎么样？”元宝看了一眼身后的林子，“什么花不限，但得是花。在一炷香的时间内，在不使用武功和外力的情况下，谁摘的多就听谁的！”

“你的身体能行？”

“废话。”

重离想了想，看在她刚才病发的分儿上，就当是他对她高强度训练的补偿，同意了。

元宝高兴地跳起来，宣布开始以后，两个人向着相反的方向而去。

元宝看了一下林子，以重离的速度来说，采摘量一定在她之上，所以，比速度，元宝肯定是输了。对付重离这种老实的呆子，元宝必须得想点什么歪门邪道。于是，她跑到了厨房大哥的菜园子里，把那一片刚长出来的也不知道是什么东西给框了起来。然后，就又到了原地等着重离出现。

当重离信心满满地抱着满满一堆的花来到她面前的时候，元宝就把重离给带到了菜园子，指着里面的花说道：“看，还是我赢了。”

重离气绝，“你耍诈！”

“哪有，我只说了不能用武功和外力，我都没有用嘛。”

重离抓狂：“谁让你把菜地给圈起来的！”

“黄花菜也是花啊！没看见这一朵朵的，开得正好吗？”

重离把手中的花丢到地上，就知道她每天尽整这些歪门邪道：“算你狠。”

“那咱们还是老样子，不再谈做妻子这档子事情了。”

重离犹豫了片刻，从一开始，他们之间的关系，他就一直都处于下风，不管发生什么，他始终是勉强不了她的，只好答应：“暂时同意你了。”

“什么叫暂时！”元宝不满地喊了起来。

重离却没有回答她，甚至就连他自己也说不清楚是为什么，还想留着这个回旋的余地和可能。

“你把大厨的菜都给踩死了，他知道了会毒死你的。”重离冷静地说道。

元宝这才意识到，刚才自己就顾着围这些花菜了，回头指不定大厨就把她当花菜给煮了！

“怎么办，怎么办？”

“挖了跑。嗯。”

于是，在重离的馊主意下，两个人把菜地里所有的菜都给拔了。可是，面对着这么多的黄花菜，两个人却有些犯难了。

“话说，我们应该怎么处理这些黄花菜？”元宝看着一桌子的菜，惆怅地问重离。

重离言简意赅地回答：“吃了。”

说着，重离居然还自顾自地拿了一部分去洗，不知道从哪儿偷来了架子，真和元宝在院子里搭起了烧烤。只是，任何东西，一旦吃多就得反胃了。元宝平时就不爱吃蔬菜，这回一下子吃这么多黄花菜，自己都快成黄花菜了。可是，一个菜地的菜那么多，就他们两个人肯定是吃不完的。然而，就算元宝把柳唯唯给叫来也没用，三个人在吃了几天以后，看见类似黄花菜的都一阵反胃。

“不行不行，我吃不下去了。我们还是想办法处理一下这些菜吧。”元宝提议。

“我同意！”柳唯唯举手，“我现在看见条状物就反胃了，让你使诈！每次都坑人坑己的！”

“我听说大厨最近在找拔了他菜的人。”重离幽幽地说。

元宝和柳唯唯想到大厨把他们放在案板上的样子，忍不住打了一个寒战。

“我有一个提议！”元宝忽然灵机一动，“我觉得把黄花菜送给宋宇贤吧！要是大厨发现是他弄走的，绝对不敢追究责任！我们也就不用担心大厨不给我们做饭了！”

“他会收才见鬼呢。”柳唯唯啐她。宋宇贤什么世面没见过，多少人把金银珠宝丢他面前，他都当没看见，会收她这种不值钱的黄花菜才有鬼了！

“试试嘛。”元宝抱着试一试的心态，把剩下的黄花菜捆成了一个大包，然后偷鸡摸狗地溜进了宋宇贤的书房。

“小宋宋，我有一样东西要送给你。”元宝一见宋宇贤就笑得无比欢乐。

宋宇贤看着她不怀好意的笑，低下头继续手上的工作，冷淡拒绝：“不需要。”

“你先看看嘛。”元宝才不管他要不要，说着直接把手中的黄花菜一股脑地全塞到了宋宇贤的怀里。

“这是什么？”宋宇贤皱眉看了一眼手中的一捆菜。

“黄花菜呗。”元宝继续笑着，把准备了好长时间的台词背了下来，“黄花菜作为一个可用药可养生的好东西，既可以煮汤，也可以做饭，还可以除味，甚至还能装点房间，体现你不一样的审美情趣和爱好……”

“……”宋宇贤听着元宝对于黄花菜一连的说辞，本来想把她和黄花菜一起打包丢出去的，可是，看着她这副笑吟吟的样子，脑海里蓦然闪过那一日她的昏迷，却又不忍心打断。这是宋宇贤第一次收到这样的礼物，一看就知道她肯定又做了什么坏事，急于处理掉。但是，宋宇贤的心里却有种奇怪的感觉，看着她毫无城府的样子，还是收了下来。

“我就知道小宋宋会喜欢的！”元宝看着宋宇贤收下，啰嗦完以后，就要走。

宋宇贤把黄花菜丢到一边，低声提醒道：“元宝，很快就要会选了。”

“嗯，我知道。我会全力以赴的，你放心。”元宝想起上一次宋宇贤的威胁，急忙表忠心地肯定。

宋宇贤点了点头，没有再说话，而是走到她的面前，深沉的目光里流动着她看不懂的波纹。

“你一定要好好地活着。”宋宇贤在心里默默地说。在元宝莫名其妙的目光下，宋宇贤才又叹了一口气，说：“出去吧……”

第五欢　离开

叛徒和钥匙依然没有消息。

而会选也终于在三个月之后，继续拉开了帷幕。

虽然重离和元宝有了重新再来一次的机会，大家都颇有微词，但是，一想到连续四年这两个人都过不了会选，大家也没太把他们放在心上，这一次依然把两个人当成了乐子而已。而这一次，不知道是宋宇贤有意，还是无意的，重离居然没有再做元宝的对手！

元宝宿命中的对手重离也变成了其他的门众。

只要不是和元宝做对手，以重离连续四年新人第一名的实力，不出意外地成功通过了会选。这个万年坑，也终于可以扬眉吐气地进入六大楼了！

元宝为重离感到高兴。终于有让他体现实力好好发挥的机会了！况且，这下子重离也不会再把元宝当仇人看待了！可是，事情到了元宝这里，却并没有向着她所设想的方向发展。

虽然之前元宝已经做足了充分的准备，在各位会选老手的指导下，认定至少这次垫底过应该是没有问题了。然而，第一轮的算术考核中，元宝明明破天荒地赢了，在第二轮拔河考核的时候，宋宇贤却无视她第一个到达终点的情况，直接宣布两个人失败淘汰。元宝准备了那么久，却遇到了这样的情况！难得这次她没耍小诡计比试，为什么宋宇贤还不让她过！

元宝没有想到自己这段时间以来的努力竟然都白费了，她抱着必过的决心，把每一科都争取做到了最好，她甚至没有想过，要是会选不过她该怎么办！她只有去找宋宇贤！

“小宋宋，你为什么不让我过？”元宝厉声质问宋宇贤，这也是她第一次，敢这样和宋宇贤叫板，仿佛之前对他的所有畏惧，也在这样的努力和不甘中被冲淡了！

宋宇贤淡淡地看了她一眼，说：“实力不够。”

“我已经很努力了！当时明明是我拉赢的！”

“实力不够。”宋宇贤重复着刚才的那句话。拔河的时候，宋宇贤已经看出了元宝的勉强。虽然她有些小聪明，凭借着四年比赛的经验，知道怎么跑会更快达到终点。但是，若不是宋宇贤暗中偷偷地助了她一把，让她侥幸赢了，她在拔河这一轮很可能就已经死了。就算推算有宋宇贤教，这段时间以来，对于元宝来说，还是太过勉强。如果每一科的成绩，她都只能擦边的话，那么，进入六大楼对她来说，还是为时过早。

六大楼的会选，针对的是实力均衡或者某一方面的实力相当突出的门众来进行选拔的。以元宝现在的身体状况，就算是给了她离开长欢门的地图，她都无法靠自己走出去！拔河这一轮，她如果无法靠自己的真正实力取得胜利，那后面的也就不用再选了。这是林白首临走之前给宋宇贤留下的话。所以，他没有办法让她通过。

可是，元宝却并不知道宋宇贤这么做的用意，也不知道林白首临走前留下的话。以为宋宇贤是为了不让她出去惹是生非，给长欢门丢脸，故意不让她过的。或许，宋宇贤就是觉得她这样的人就只能待在门里吧。

“你就是故意的！”元宝生气地冲了出去。宋宇贤没有去追，只是派人把她落选的消息告诉了无期，让无期好好地劝劝她。无期早就知道会是这个结果，这种时候，真要让元宝过了，那才叫危险呢。无期难得没有挤对宋宇贤，而是放下手中的药，一路走到后山，去找躲在这里发泄的元宝。

“我就知道你又来这里躲着了。”无期在她旁边坐下。元宝拿着一根树枝不停地戳着地，头都不抬一下。

“我知道你现在在想什么。但是，你别怪宋宇贤，他是为你好。”

元宝不说话，她现在已经不知道该用什么样的词语来形容自己的心情，也不知道该说什么来表达了。她就知道宋宇贤不会让她好过，就知道宋宇贤所表现出来的和蔼根本就是虚情假意！

无期见她这一脸不愿意多谈的样子，索性把话说开了："是我让他这么做的。"

元宝感到意外，抬起头来看着无期问道："为什么？你明明知道我想要考入六大楼！"

"我知道你这么做的目的是什么，可是，元宝，你有没有想过你的身体？"

元宝愣住，问："我的身体怎么了？"

"你如果离开了长欢门，在外面出了事怎么办？到时候就没有人能救你了。"

"我会好好爱惜我的身体的，不会让自己出差错。"

"真正出事的时候，你往往自己都不知道。"无期淡淡地说道，"你以为只是单纯的及格，就真能过会选吗？"

元宝怔了怔，这个问题她不是没有考虑过，可是——"无期，我知道你们都是为了我好。我以前，以前做了很多傻事。我曾以为把名额和机会留给别人，就是保护长欢门，现在长欢门真正出事了，我却只能坐以待毙，什么都做不了。我不想这样，这不是我要的保护。无期，我的人生只有短短的这么些年，或者说，我的人生根本就没有一个期限，有可能我今天还活着，明天也就死了。我不想留下什么遗憾，我想在我有生之年，为长欢门做点什么，而不是只会无止境地躲在你们的保护之下。"

无期被她这一番话弄得鼻子一阵酸涩，拍了她的后背一下，说："小兔崽子，长大了。"

"一把年纪了哭着好恶心。"元宝看到了无期眼底的泪光，嫌弃地瞪了他一眼。

无期一脚朝着元宝踹过去："你找死吗！"

"你才找死呢。"元宝闪开，随即又蹲下来敛眉对无期严肃地说道："无期，我想为长欢门做点什么。"

看她还会吵架，说明没什么事情了。无期懒得跟她废话，丢下一句"明年再说吧"就走人了。

元宝知道，既然这事情是无期和宋宇贤达成了一致，那么也有可能这个事情林白首也在出力。元宝本来不能理解，现在反而理解了。从始至终，他们所做的一切都是为了她的安全着想，可是，经过这么多事情以后，她已经不是过去那个元宝了。

长欢门的钥匙一日找不到，她就一日无法安心。她这段时间以来的所有努力，也都是为了找到钥匙。早知道是这个结果，她又何必这么努力地想去通过会选？

现在，既然他们不让她有这个机会，那么，她只有一个办法——自己离开长欢门！

“我一定要跑出去。我一定要出去寻找钥匙的下落。”元宝把自己的想法告诉了柳唯唯。

“可是，你根本出不去。”柳唯唯好心地劝她，对于她这种大胆的想法急忙否定。非六大楼的楼众想要私自离开长欢门那可是死罪，就算宋宇贤是她的姘头，这也是不能饶恕的罪。她好不容易才保住了一条命，现在又要做这种触犯门规的事情，她是上瘾了吗？

“谁说的，我上一次跟着玉瓷差点就出去了。唯唯，你现在已经考过了，你带我走。”

“不可能的。”柳唯唯摇头，“这是违反门规的大事！你千万别做傻事！有些错，是犯不得的……”

听着柳唯唯的劝告，元宝忽然明白，今非昔比，柳唯唯已经不再是过去那个什么都支持她的朋友了。现在柳唯唯作为信陵楼的副楼主，她身上所肩负的使命和责任，是不能跟着元宝这么胡闹的。而且，这一次元宝所做的，是明知会触犯门规的事情。所以，她又怎能去拖累别人呢？

于是，元宝决定自己走！就算没有地图，她也一定要走出去。

只不过，当她收拾妥当，打算趁早上守卫最为松懈的时候出门时，却被重离给撞见了。

“你要去哪儿？”重离盯着她腰上系着的小包。

“不去哪儿，就是去散步而已。”

“你撒谎。嗯。”重离肯定地说道。

元宝脸上有些挂不住，说："重离，你还是不知道的好。"

"你打算从长欢门逃走？"

"真不愧是我的对手。"元宝都不知道该哭还是该笑了。难道真的是传说中那样，只有你的敌人才最了解你吗？她现在这一身打扮，明明随便得都不能再随便了，他居然也能看出来。

元宝正想着怎么说才能让重离不把看见自己的事情给说出去，毕竟他现在刚刚升为六大楼的人，正是考验他的时候，她可不想连累他。

"我和你一起走吧。"重离忽然走了过来，一把拉着她就往前走。

元宝大惊失色，没有想到一向恪守门规的重离居然会跟着她胡闹，忙说："不行，我不能拖累你。"

"无所谓。"

"不行！"元宝拒绝，虽然不太明白重离怎么忽然愿意和她站一条船上了，但是，做坏事吧，还是不要拉垫背的好，而且，这种还不是一般的坏事，"我不能连累你。"

"你是出不去的。"

"谁说的，我上次就差点出去了。"

"上次是上次。"重离强调。

"走吧。"重离拉着她往前走，"只有我知道怎么出去。"

"重离。"元宝的鼻子有些发酸，以前总觉得对重离简直了如指掌，他会做什么，不会做什么，她都清楚得不得了。否则，她也不会在最初有这个想法的时候，去找柳唯唯。可是，现在她却第一次觉得，她读不懂重离了。

"走快点，别废话。"重离没有给元宝感动的机会，催促声就不断地传来。元宝知道他决定的事情，一万头牛都拉不回来，只好跟着他。

只是，走归走吧，元宝却并不知道，自从宋宇贤回来以后，就一直派人盯着她。所以，她一出走，宋宇贤就接到了消息，即刻把柳唯唯给叫来，让她悄悄地带着一队人马把元宝追回来，免得犯下大错。

柳唯唯也不敢耽误，没有想到元宝胡闹就算了，重离竟然也跟着她胡闹。好在此事宋宇贤秘密进行，否则，要是被门里的其他人知道了，指不定元宝又得接受怎样的处罚了！

“宋代理发现你溜了，快走。”重离察觉到了身后有人追来，加快步伐催促起了元宝。为了避开后面人的追捕，重离只好带着元宝走小道。可是，元宝却忘记了，重离也是个路痴！就算他知道怎么走也没用！在绕了几圈又走回原路以后，元宝决定不能再听重离的了。两个人最后决定猜拳，元宝赢了，最终，重离只好老实地跟着她，走了她所指的方向。

只是，走着走着，元宝忽然看到前面似乎躺着一个女人！

在这荒郊野林的居然还有一个卧倒的女人，元宝和重离都颇为意外，难不成这里还闹鬼了？

“这女人是从哪里冒出来的，难道也是和我一样跑出来的吗？”元宝推了推身边的重离，让他过去看看。

重离一把将她拉在自己的身后，自己则小心谨慎地走过去，用剑戳了地上的女人一下，女人没有反应，重离说：“晕过去了。”

元宝壮着胆子走过去，确定这是人，不是鬼以后，把地上的女人转了一个身，完全是一张陌生的脸孔。她问重离：“你认识？”

“不认识。”重离摇头。

“怎么办？”元宝去探了探她的鼻息，“她还活着。但是，看样子受了很重的伤。”

元宝看着地上的人迟疑了，是送她回去，还是继续走。

“你决定吧。”重离把选择权交给了元宝，反正不管是继续走，还是回去，他都已经做好了会被处罚的准备，所以，选择什么对他来说都是一样的。

元宝看了看重离，又看了看地上躺着的女人，如果继续走，有可能她就会死在这个荒山野岭了，可是，如果回去……

“算了，注定跑不掉了。”元宝到底还是狠不下心把女人丢在这里，走开几步路以后又重新折返回去，把女人给托到了重离的背上，选择了一条宽阔的大道，等着追捕的人来把他们给带回去。

就连柳唯唯带着人出现的时候，也被吓了一跳。没有想到元宝竟然会选择回来，一路上也不知道说什么才好。回去以后，柳唯唯就把他们路上捡到的女子送到了无期那里先进行治疗。元宝坦白承认了错误，可是，宋宇贤听完她的陈词却什么都没有说，而是重罚了重离。

“是我逼着重离带我出去的，和他无关。”元宝看着重离被带下去了，急忙叫住宋宇贤。

“你必须要为你的行为付出代价。”宋宇贤的声音很冷，让她后背产生一阵凉意。可是，宋宇贤却明白，她的身体又怎么可能承受得住他的惩罚。也只有用别人，她才会真正长记性，知道什么该做，什么不该做。

“那就连我一起处罚吧。”元宝做不到看着自己牵连了别人，却什么事情也没有，她不习惯这样。

宋宇贤没有说话，过了很久才又忽然叫她：“元宝。”

“嗯？”

宋宇贤猝不及防地在她的嘴角亲了一下，然后大跨步走了。

元宝愣在原地半天才反应过来，宋宇贤突然的亲昵让她无措，宋宇贤是要闹哪样，这到底是什么意思？好端端地亲她做什么？

元宝被宋宇贤给弄得糊涂了，急忙追了过去：“小宋宋，你不要拿我开涮行不行？”

宋宇贤停下来，脸上的红晕还未完全散去，问：“怎么开涮了？”

“你虽然是我名义上的姘头，但是，我们之间是纯洁的。”元宝一板一眼地强调起来。

“是吗？”宋宇贤的语气里难掩失落。

元宝猜不透宋宇贤的心思，也不知道最近自己是哪里的桃花开了，一个个都这样。索性开门见山对宋宇贤说道：“小宋宋。”

“嗯？”

“我喜欢的人是玉瓷。”

宋宇贤眼底残留的笑意一扫而空。

“哦。”宋宇贤没有再说什么。

“对不起。”元宝诚挚地道歉，却不知道为什么而道歉。只是，看着他暗淡下去的眼眸，却有一丝的不忍，好像自己亲手扼杀了什么一样。

沉默良久，宋宇贤才淡淡地开口，语气里带着毋庸置疑的笃定与自信：“元宝，我是你姘头，从头到尾一直都是。”

“小宋宋。”

“我会等到你回心转意的那一天。”走廊里，贯穿而过的风把宋宇贤的头发吹乱，墨色的发丝掠过他的眼眸，遮挡住了眼底的阴影。元宝只觉得心跳骤然之间变得钝重，小宋宋，到底，她还是担不起你这一句等待的……

元宝不知道宋宇贤是看上自己哪里了，但是，她现在也没心思在意这些。宋宇贤的心思那是很难猜很难猜的，而且也是猜不透的。

所以，元宝也就不给自己找难题了，反正她现在的感情生活处于相当混乱的状态。她是一个随时都会死的人，任何人的喜欢和承诺，她都承受不起！所以，她唯一的办法就是装傻，把这一切都当作一个梦，过了，也就忘记了。

更何况，现在还有一个人因为她的冲动而被处罚，元宝怎能置身事外？于是，她还是偷偷地跑到了无良楼去找重离，并告诉处罚的人，是宋宇贤让她来受罚的。可惜，却被人给轰了出去。

“宋门主早就知道你会这么做了，所以已交代过，你要是觉得对不起重离，就去把长欢门的所有茅厕洗了吧，当是将功补过了。”

他个锤子的，谁规定犯错了就要洗茅厕的！还有没有天理了！

不过咆哮归咆哮，元宝还是老实地洗了。好歹洗茅厕，身体上不会有什么大的重伤。她的身体还是支撑得住的。只是，长欢门那么大，茅厕多得数都数不过来，等到她花了几天时间才把所有茅厕洗完以后，才想起当时她和重离在林子里救下的那个女人。

于是，再次去往无良楼找无期。

元宝来到无良楼，昏迷的女人恰巧刚刚醒过来。当时她一身狼狈，看不清楚长相。现在清洗干净了，元宝都没想到自己竟然无意中捡了一个大美人！只是，大美人开口第一句话就把他们都给问住了。

“玉瓷在吗？”

元宝和在场的其他人被她这么明确的目的给问得吓了一跳，只有无期，脸色阴沉地看着她。元宝扭头的时候，看到无期手中的银针似乎随时都要从他的手里刺过去。元宝一看就知道这是无期杀人前的动作，急忙打着诨制止。

好不容易救活的人，什么情况都不知道就要杀了，这算怎么回事啊？

元宝用眼神瞪着无期以表达自己的不解，无期却当没有看到，把元宝给推开，直接用银针抵在她的百会穴，并问：“你是怎么进来的？”

“我醒来就在这里了。”女子委屈地看着无期，一双水汪汪的泪眼看得人都心软下来。无期却像是没有看到似的，已经把手中的银针刺了一点进去。

无期虽然掌管医毒这一块，这些年却一门心思治元宝的病，很少用针来杀人了。元宝看女人这副柔弱的样子，也觉得太过可疑，更何况，直觉里她总觉得眼前的女人没有他们所看到的那么简单。能够闯入长欢门的人，如果真有那么柔弱，那说明老天也太照顾她了！所以，元宝对待她，说不上看得顺眼，也没有看不顺眼的感觉。就是觉得，既然是审问，好歹对方也是个女孩，没有必要这样逼问。而且，这个时候，元宝的脑海里蓦然闪过玉瓷说起自己未过门的妻子那一幕，难道这个女人就是玉瓷所要娶的人吗？

元宝觉得反正她的目的是冲着玉瓷来的，可怀疑的点自然就多了去了，别回头啥也没问到，先把人给杀了，那就麻烦了！于是，急忙连拖带拽地把无期给拉到自己的身后，代替无期询问女子：“你叫什么名字？”

“苏眉景。”

“你和玉瓷什么关系？为什么会来找他？”

“我是他未过门的正房。”苏眉景的目光里充满着戒备。

“你是怎么进到长欢门的？”无期越过元宝。元宝为避免他再度出手，及时拦住。

“我，我……”苏眉景“我”了半天，一副泫然欲泣的样子。

谁都知道林白首之所以会说玉瓷是他的关门弟子，根本就是权宜之计。虽然元宝到现在也不明白林白首这么做的用意，但是，元宝最初见到玉瓷的时候，就已经猜测到，他来到长欢门一定是有叛徒出卖了长欢门入口的秘密，可是，因为之前一直觉得玉瓷身后的叛徒应该是和门里的叛徒毫不相关的两拨儿人，所以几乎都快把他身后的那拨儿叛徒给忽略了。但是，现在苏眉景的出现，却不得不让人产生疑惑，长欢门的入口这么重要的秘密，苏眉景是怎么知道的？

以玉瓷的性格来说，冒险的事情他应该不会让自己未过门的媳妇去做，如果他来长欢门并没有告诉她的话，那么她是怎么知道入口的？如果告诉了的话，他一定也只有进来了才能给她确切的位置，可是，他又是怎么把这个秘密传送出去的呢？

苏眉景的出现，似乎把之前他们一直都忽略的问题给提了出来。

元宝和无期互相看了一眼，了然了对方心中所想。看来，他们的猜测是没错的。

“说实话。”无期看见苏眉景一哭，烦得不得了。长欢门的女人和男人都是没有眼泪的。所以，突然冒出一个决堤型的，大家都有些受不了。

苏眉景被他这么一吓，反而哭得更厉害了，就像是一个手无寸铁的公主被欺负了一样。

“再哭我就把你废了！”无期下了最后通牒，果然，苏眉景立即噤声，楚楚可怜地看着无期。

“我，我就是来找玉瓷的。”苏眉景委屈地说。

“做什么？”

“他只说出来一个月，现在都过去三个多月了，却一直没有回来，我担心他。下个月就是我们的婚期了。”

“你是怎么进来的？”

“他来之前，我临摹了一份他的地图。”

无期和元宝互相看了对方一眼，默契地把苏眉景打晕，然后走了出去。

“看来她是不打算说实话了。”无期分析。

“我觉得她没有撒谎。”

“你那眼神都是偏的，不需要作参考。”无期一脸嫌弃，“她的内力明明很深，为什么却察觉不到她有武功？”

“难说你误诊了呢？”

“滚一边去。”无期给了元宝一拳，“这件事情你别插手，交给宋宇贤来处理。”

“这种小事也要小宋宋来处理啊，他会很忙的。”

“现在我们不知道，地图到底是玉瓷进来后给她的，还是他来之前留下的，但结果却一样。如果长欢门入口的秘密泄露了，那可是会出大乱子的。”无期也懒得和她多费唇舌，之后，逼着苏眉景把地图交出来以后，就回去了。

而宋宇贤了解完情况以后，并没有立即处置苏眉景。也不知道他怎么想的，居然把苏眉景安排到了玉瓷那里，把两个人关在一起，同时进行监视。

玉瓷一看到苏眉景出现就吓了一跳：“你怎么来了？”

“我，我担心你。”

“胡闹！这是你能随便来的地方吗？”苏眉景的出现让玉瓷一时乱了阵脚，她的出现，无疑更加证实了玉瓷身后有着一股长欢门的敌对势力，这不仅不能让他们顺利脱身，还会让两个人陷入到危险当中。她怎么就能这么乱来！

苏眉景看一向温柔的玉瓷发怒，也吓了一跳，瓮声瓮气地哄他：“我知道错了，你别生气好不好？”

玉瓷看着她委屈的样子，深吸一口气，意识到刚才自己的失态，忙又柔和下来：“眉景，这里很危险，你知不知道？”

“我知道。”

“知道你还来……”

“我担心你。”苏眉景打断了他的话，“你说只离开一个月的，现在却三个月了。三个月没有你的消息，你不知道宫里都乱成什么样了。你要再不回去，被陛下知道了就麻烦了。”

“我会回去的。”玉瓷的声音忽然冷淡下来，“就算他知道了又能怎样？呵，我不过是哥哥的一个替代而已。”

“陛下还是很在意你的。”

“不用安慰我。”玉瓷摸了摸她的头，不想继续这个话题，“你怎么进来的？”

苏眉景淡淡地笑了起来，说：“好歹我曾经也是长欢门的人。就算没有通过会选，我也出来了不是吗？”

“胡闹！”玉瓷厉声呵斥，“你难道不知道自己的病吗？更何况，你现在回来很危险，知不知道？”

“知道啊。但是，我不想因为我的病而连累了你。我知道你是为我来的长欢门，可是，浮生门又怎么可能会为了我这样的人而开呢？我知道我阻止不了你，所以，我只好来找你了。”

“胡闹！”玉瓷再次怒拍桌子，“你不在府里好好待着，要是有个三长两短怎么办？”

“你没事就好。”苏眉景莞尔一笑，沏了一杯茶递给玉瓷，并把自己怎么偷了他的地图，又怎么进来，被抓，被审问的事情一五一十地说给了玉瓷。玉瓷又气又好笑。气的是，她好不容易出去了，却又为了他跑回来；好笑的是，她竟然做出这种偷鸡摸狗的事情。玉瓷都不知道该怎么说她了，她一直都是这样的人，从来都为了他而活着，做的一切也都只为他考虑，他又怎么忍心责怪。

只是，听着她说起元宝竟然跑了出去，料想到或许是宋宇贤没有让她通过会选，所以她才出此下策，想要出去找寻钥匙，心里莫名地一滞。

如果宋宇贤稍微放点水的话，元宝要考入六大楼，这一次应该不会太难。毕竟，有那么多人给她补习，再加上金惜给她准备的历年的考卷，这次又不是林白首负责会选，也不会有那么多的突然事件，所以，既然宋宇贤没有让她过，那是不是因为她的身体？

玉瓷忽然想到两个人逃跑的时候元宝的昏迷，难道是宋宇贤也察觉到了她身体的异样，所以才故意不让她过的吗？

还是，有别的原因？

“你在想什么？”苏眉景发现玉瓷的沉默，用指尖戳了戳他。

“没什么。”玉瓷冲苏眉景笑了笑，第一次向苏眉景撒了谎，却是为了元宝。

想起当时元宝问他和苏眉景关系的时候，说他不算一个好男人，现在来看，果然是没有说错。

只是，也是在这个时候他才发现，之所以对元宝会有不一样的感觉，或许，就是因为眉景吧。

她们那么相像，都是生命被限定了期限，却没有多余怨言的人。

“玉瓷。”苏眉景试探地问，“你还会娶我吗？”

“当然，你是我的妻，一直都是，不管你最后会变成什么样。”玉瓷说这句话的时候，却没有当初那时的坚定了，难道还是因为元宝吗？

“我就知道。”苏眉景笑起来，眼里一闪而过的愧疚，玉瓷却没有看到。

苏眉景脸颊的酒窝深深的，漾着让人动心的甜意。眉景就是这样的人了吧，只要他的一句话，就能开心起来。然而，玉瓷却没有说出，正是因为她的出现，注定长欢门里又要不太平了。

只希望，苏眉景不要被牵扯进去才好。

这一边，苏眉景整天和玉瓷在一起，两个人的小日子过得倒是挺滋润。

元宝的心里却不怎么好受，就好像什么东西被夺走了一样。明明心知玉瓷和她压根儿就不可能，却还是忍不住会有奢望。可是，她又不可能真的去找玉瓷怎么着。毕竟，他现在是戴罪之身，而苏眉景，也是嫌疑人，所以，元宝要是轻易去找他们的话，明显是给自己找事。可是，现在会选一过，她注定还是那个闹心楼的废柴。门里的事情什么都轮不到她来管，新楼众的产生自然伴随着一系列的问题，宋宇贤和重离、柳唯唯整天忙得见不着人，林白首那边也迟迟没有消息。如果是以往，元宝肯定是在哪里插科打诨一天就这样过去了，可是，现在的她，却对于这样的平静无法适应。钥匙迟迟找不到，叛徒的线索依然没有，这也不顺心，那也不顺心，再这样下去，她会疯的！

所以，当宋宇贤看着她暴躁地在菜地里拔菜，制止她的时候，她一时没忍住就冲宋宇贤泻火了："都说让你别管我了，听不懂人话吗？"

吼完以后，两个人都愣在当场。宋宇贤是被她气的，而她，则是意识到对面的人是宋宇贤，给吓的！

看着宋宇贤阴沉的脸，元宝急忙三百六十度大转弯，狗腿似的跑到他面前认错："嗷嗷嗷，小宋宋，我错了，快原谅我！"

可是，宋宇贤却无视她的道歉，直接扭头走了。

完了，得罪大爷了。

"小宋宋，我错了，你原谅我吧！"元宝可是领教过得罪宋宇贤的严重后果的，她真恨不得狠抽自己两巴掌，她怎么就能那么冲动呢！怎么能管不住自己这张嘴呢！眼看着宋宇贤听着她的叫唤，非但没有停下来，反而越走越快，元宝就有种无语凝噎的悔恨弥漫在心头，只好期盼着宋宇贤赶紧忘记刚才的话。可是，她越想让他忘记，偏偏他就越无法忘记。

当元宝在吃了几次闭门羹，隔了几天再去找他时，他居然勒令任何人都不能把元宝放进书房，元宝忐忑得就像热锅上的蚂蚁，怎么也无法静下心来，生怕宋宇贤一个不乐意，直接把她削了，那就亏大了。

而无期到底是看着元宝长大的，她的焦躁看在眼里，也起了怀疑，“元宝，你是不是喜欢上玉瓷或者宋宇贤了？”

元宝没有想到无期竟然会关心起她的感情问题来，也没在意，摆了摆手，想要敷衍过去：“怎么可能嘛，你想太多啦。”

“你忘记我和门主对你说过的话了？”无期一听她敷衍，顿时就把那脸拉得老长。

“没有。”元宝笑起来，“放心，我有分寸的。我不会做出越矩的事情的。”

无期不满地踹了她一脚：“不要跟我嘻嘻哈哈的。”

“我没有。”

“你知道你在做什么吗？别以为我没看到你有空就往玉瓷那里跑，也别以为我没看到你惦记着宋宇贤是开心，还是不开心。”

“恭喜你，成功升为超越重离的八婆会大叔。”

“少跟我贫嘴，我现在没心思跟你开玩笑。”

“我很认真的好吧。”元宝安慰似的拍着无期的肩膀，“谁让我是元宝呢。放心吧，我知道自己做什么呢！”

无期愣怔了一下，随即紧皱的眉头才缓缓地舒展开来，是啊，她一直都清楚自己在做什么。林白首交代的事情，她从来都没有违抗过，只希望是自己多心了。

只是，话虽如此，无期的提醒却不得不让元宝注意。宋宁贤姑且不说，她似乎真的太把玉瓷当回事了。再这样下去，她只会让更多的人为她担心！元宝不断地告诉自己不能这样，不能这样。可是，越这么说，她就越在意玉瓷。哪怕明明知道他来长欢门目的就不单纯，可是，还是忍不住想去看看他在做什么，和苏眉景在一起又是什么模样。然而，真正偷偷跑去看了，看着玉瓷在苏眉景面前不一样的眉眼和温柔，又只会让自己更加难过而已。

到底，她还是没有想象中那么能随意控制得住自己的感情。看来柳唯唯以前说得没错，感情真的是自私的。她做不到看着喜欢的人和别的女人在一起，还当什么都没有看到来对待。感情的初衷在什么时候发生了改变她自己都不知道。她只知道，看着玉瓷和苏眉景在一起，她很不开心，相当不开心！之前，她还能用努力的学习来忘却玉瓷，现在，整天连事情都没有的她，甚至连可以转移注意力的地方都没有。不过，这样的平静对于元宝来说是折磨，对于玉瓷来说，却是最好的机会了。

于是，趁着苏眉景在园子里剪花的时候，玉瓷把她偷偷地叫到了一边，说："眉景，你先回去吧。"

"啊？"苏眉景意外地看着玉瓷，不知道好端端地为什么他会叫自己回去，"怎么了？"

"你在这里不安全。"

"为什么？"

玉瓷不知道怎么跟她分析待在长欢门的凶险利弊，不管怎么说，她都会为他担心，也容易胡思乱想。况且，她在的话，很多事情他也不好行动。他自己倒是无所谓，可是，苏眉景在的话，他做任何事情就都得考虑她了。更何况，哥哥的事情解决了，有些事情可还没有解决呢。

"家里如果没有你，怎么办？"玉瓷温柔地揽住苏眉景。

眉景笑了起来，说："放心，我是处理好一切才来的。更何况，提起长欢门，我比你了解才是。"

"你啊。"玉瓷温柔一笑，心里却一片阴霾。就是因为她曾经是长欢门的人，所以，才更不能让她在这里久待的。长欢门的人，一个比一个猴精，就算她现在用了易容术，也难保不会被人看出端倪。只不过，玉瓷本来以为长欢门的平静会持续很久，还计划着怎么劝眉景回去了，自己再行动，谁知，他未出手，这份平静就已经被苏眉景给打破了……

第六欢　灭门

进入了金秋季节，夜里的长欢门比以往更加冷了一些。

白天的时候，玉瓷不小心把袖子给刮开了，正好露出了之前从哥哥尸体上照画下来的那串符号，苏眉景一看见，下意识地就问玉瓷："谁要杀他？"问完以后，两个人都有些愣住。玉瓷一直都不知道这符号的含义，可是，她又是怎么知道的呢？

以他这段时间对长欢门的了解，如果苏眉景仅仅是一个门众，是不可能会知道这个秘密的。而且，这上面的符号就连现在信陵楼的人都破译不了，她又是怎么知道的？

难道说……

有些事情似乎心照不宣的他们都没有再提。可是，这却成为了一个结，把玉瓷搅得心烦意乱。有什么东西，似乎在一夜之间悄悄地改变了。

凉风透过窗户吹进来，一阵阵地吹散了他身体上的燥热，却吹不散他心里的烦闷。

最近整天都被苏眉景给缠着，没有了元宝在身边的叽叽喳喳，玉瓷反倒有些日子没有想起她了。这会儿空闲了，元宝无孔不入般地迅速蹿进他的脑海里，怎么都挥之不去。习惯真是一个很可怕的东西，反正继续这么躺着也睡不着，玉瓷索性起床走了出去。

院了里，是苏眉景新种下的月桂，不知道她用了什么药物，竟会不分时令地在这么短的时间内绽放，在这寂静的院子里，散发着淡淡的月桂香气。

忽然，身后响起了细微的开门声。玉瓷听到声音是从苏眉景的屋子里传过来的，心想，这么晚了她出来做什么？

玉瓷下意识地就往月桂树后面躲，然后，就看到了一身夜行衣装扮的眉景，避开了看守，偷偷地翻墙从院子里跃了出去。

玉瓷心中一沉，和苏眉景在一起那么多年，她一直都说自己没有武功！可是，从刚才她的身手来看，显然这一点她对他撒了谎。一股强烈的不安盘旋在头顶，玉瓷就知道，苏眉景突然出现在长欢门，不可能是担忧他那么简单。只是，之前的他对她的话从来都没有半分的怀疑，不论她说什么，他都相信，除了哥哥以外，她是他最信任的人了，然而，她却骗了他！玉瓷有一种无以言明的愤怒，一股脑地冲上脑门，现在看来，似乎，愚蠢的是他自己吧！

玉瓷不知道苏眉景这个时候要出去做什么，又怕到头来自己误会了她，于是，一直小心翼翼地跟在她的身后。

直到，一路跟着她来到了浮屠塔。

古雌钥匙已经丢失，这个时候她来浮屠塔做什么？

玉瓷疑惑地看着她轻车熟路地避开了所有的看守，等在浮屠塔的下方。不一会儿，一个黑影出现了！玉瓷仔细地打量着黑影，只觉得这个人似乎在哪里见过，却并不能和脑海里闪过的人脸对上号。

只是，玉瓷还没有看清楚两个人在做什么，苏眉景就已被黑影一掌打飞，黑影一瞬间消失不见。不知在弹出的时候，苏眉景触碰到了哪里的机关，四面八方的暗器顿时全朝着她飞了过去。

“小心！”躲在暗处的玉瓷，眼见着她即将被暗器打中，身体不听控制地就冲了出去，替她挡下所有的暗器。不管她对他隐瞒了多少，也不管他的心里对她产生了多少的怀疑，他的身体早已习惯了在她有危险的时候挡在前方。玉瓷看了苏眉景一眼，她眼眶里刹那之间涌起的潮湿，让他的心微微一颤。然而，两个人还没来得及有任何的交流，宋宇贤就已经带着人赶了过来，把两个人团团围住。

“我就知道，你这婆娘没安什么好心，居然是偷钥匙来了！”无期一见是苏眉景和玉瓷就喊了起来。

宋宇贤目光冰冷地看着玉瓷，身后的苏眉景似乎在一瞬间又恢复了平时的模样，成了那个需要他保护的女子。这样的时候，不管说什么，两个人都撇不清关系了。眉景对他的欺骗，怎么也是他们两个人之间的事情，玉瓷并不想现在谈，也不想把她交给任何人。于是，当宋宇贤打算出手抓走眉景的时候，玉瓷和他打了起来。

“你们俩统统都给我住手！”元宝闻讯气喘吁吁地跑了过来，不顾无期的阻拦，硬是冲过去横在两个人的中间，把他们拉开。

元宝把宋宇贤给拉到一边，说：“小宋宋，让我和他说两句话。”

宋宇贤犹豫了片刻，同意了。

这个时候还来说什么话？玉瓷对于她的多此一举只觉得好笑，本来做好了她会有一堆质问的准备，谁知，元宝看着玉瓷，竟然上去就给了他一巴掌。在场的人，包括玉瓷，都被元宝这一巴掌打得莫名其妙。

“你疯了！”玉瓷捂着脸怒瞪着她。

“我对你说过，你若是做对长欢门不利的事情，我不会放过你的！”元宝一字一句、咬牙切齿地说道，眼底流露的狠光让玉瓷觉得有片刻的恍惚。一旦涉及长欢门的事情，她总会变得和平日里判若两人。可是，看着里三层外三层的形势，玉瓷心里也明白，这个时候不适合走感情路，反正都误会得彻底了，索性一条道走到黑吧。于是，他用指腹抹掉了嘴角的血迹，轻佻地笑了起来：“哼，我倒是不明白了，什么算不利，什么算有利？”

看着玉瓷袖子滑落时露出的那一串符号，元宝的脑海里有什么东西一闪而过！对了，她想起来了，这些符号，不就是和金惜找到的那一批翡翠上的，是同样方式的符号吗？

那难道不是什么特殊的记号？元宝非常清楚，那些符号是她当时在被宁青墨胁迫的情况下被烙上去的。可是，在进去之前，她就在宁青墨的身体上见到过了！如果两者之间真有什么关系的话，只能说明，这些根本是同根同源的符号！那假设成立的话，宁青墨之所以会进浮屠塔，也根本不可能是巧合！

也就是说，叛门的计划，其实早在那个时候就有了。或许，宁青墨压根儿就和他们是一伙的！玉瓷的出现也不是什么为了查哥哥死的原因，那不过是幌子而已！有可能他其实就是冲着钥匙而来的。门里有人作为接应，故意做出了有两拨儿叛徒的假象，以转移他们的注意力。也就是说，其实，真正的叛徒也只有一拨儿！那就是玉瓷！从头到尾，也都只有玉瓷！

一切不过是他所编造出来的骗局而已！

虽然有一些地方，元宝还没有想明白，比如钥匙如果真被他偷了，为什么他还继续留着；比如要是没偷，又为什么要诬陷和追杀她？但是，就目前所看到的这些就已经够了！

玉瓷把他们所有人都当傻子一样耍得团团转！

要说不愤怒那是假的！

而玉瓷，看着元宝眼底不断加温的怒气，不用想也知道现在这样的局面，他把自己逼到了怎样的境地。只是，不管元宝在旁边质问他什么，他都不予回应，不承认，也不否认，好像压根儿没把她当回事似的。

见玉瓷不打算解释，宋宇贤也没继续让元宝在那里咆哮，而是把她拉到了旁边，目不转睛地看着苏眉景问："是你自己坦白，还是我来说？"

苏眉景往后退了一步，不知道是被宋宇贤的目光震慑到了，还是因为他的这句话。

"有什么直接和我说就行。"玉瓷拦在了苏眉景的面前。

宋宇贤却早知会如此，伸出一个手指往前勾了勾，柳唯唯就从人群后面走了出来。就算苏眉景不说，宋宇贤也早就找人查清楚了她的身份。

柳唯唯看着苏眉景说："几年前长欢门有一次会选中，丢了一具尸体。因为往年的尸骨都是集中处理，并且要给他们立碑，但是，当时清理的时候，却发现少了一具尸体。信陵楼的人随后立即上报，然而，找遍了整个门里都没有找到。之后，就被当成了悬案。毕竟死者在门众里也没什么名气，所以，过了一段时间大家也就忘记了。所以，你就算用了易容术，秦深，我还是记得你的，我们到底是同班。"

"你们认错人了，我不知道你在说什么。"苏眉景表现出一副怯懦的样子，急忙否定。

柳唯唯也不着急，在宋宇贤的示意下，和重离共同出手，由宋宇贤牵制着玉瓷，他们则扯下了苏眉景脸上的人皮面具。

柳唯唯把手上的面具丢到地上，说："秦深，我说过的，我记得你。"

眼看着身份暴露，苏眉景索性也就不再装了，脸上一道深长的伤疤，随着表情的改变而触目惊心。她说："那又如何？"

"叛门者死。"柳唯唯斩钉截铁地回答。

"我一个早就被长欢门抛弃的人，算什么叛门？"苏眉景冷笑，丝毫不把柳唯唯的话放在眼里。

宋宇贤似乎没有心思在这里和他们浪费时间，径直走到了秦深的面前说："事已至此，你还有什么好说的？"

"我说什么，有用吗？"她的口吻表现出明显的不屑。

宋宇贤眉头紧蹙，挥了挥手，即刻涌上来的六楼众就要把秦深给抓捕。玉瓷见状，急忙冲过去挡在了她的前面，说："所有事情都是我让她这么做的，你们放了她！"

秦深意外地看着前方的玉瓷，嘴唇动了动，眼底水波流转，却似隐忍着什么秘密，最终什么话也没说出来。

宋宇贤冷冷地瞥了两个人一眼，再耽误下去也是浪费时间，于是挥挥手，甚至没有给元宝插口的机会，直接派人把两个人同时收押带走了。

两个人随即被押到了地牢里。

看着熟悉的地牢，想不到上一次玉瓷是来看元宝，这一次，却成了他自己了。玉瓷此时也没了调侃的心情，待到所有人一走，他直接开门见山地问她："你还打算骗我到什么时候？嗯？秦深。"

"时机成熟，我自然会告诉你一切的。"刚刚明明还为了她不顾一切的人，现在却用这种陌生的口吻质问她，秦深皱了皱眉，有些不习惯玉瓷突然的冷淡。

玉瓷听到她的回答，更大声地笑了起来："呵呵，时机成熟？恐怕那个时候，我已经在地府了吧。"

秦深心中有愧，却也无能为力，只说："对不起。"

这么多年以来的朝夕相处，步步为营的欺骗，一句"对不起"就算完了吗？玉瓷紧紧地盯着她，忽然想起了，刚才和她交手的人到底是谁。

"刚才打伤你的那个人是钱盛吧。"

钱盛是聚金楼的老楼主，在元宝被当成叛徒的时候，当时逼着元宝回去的人就是他。玉瓷的记忆力一向很好，应该不会看错的。想不到，那个时候看着就剩半条命的人了，居然还能折腾出这么多的事情来！

秦深听到他的猜测，笑了起来："玉瓷，你有时候真的很可怕。"

"真正的叛徒是他，对不对？'那个人'也是他，对不对？"

玉瓷闭上眼睛，仔细地回忆了一遍，不待秦深开口，自己就已经慢慢地说了出来："你们的目的其实就是古雌钥匙，不是吗？哥哥死了以后，你们就打算利用我来达成你们的目的。所以，你才会接近我，'那个人'也才会打着为我解开哥哥之谜的旗号出现，然后，你让我爱上你了，再假装有病，不断地向我鼓吹浮生门和长欢门之间的事情，利用我对你的爱，让我为了你，甘愿冒险来长欢门寻找古雌钥匙。从一开始，你们就算计好了，不是吗？如果我成功拿到了钥匙，那么你们的计划没有白费；如果没有成功，我也不过是一颗棋子而已。毕竟，如果你们找一个没有身份、没有背景的人进来，也就不可能会活到现在了。"

秦深听着他冷冷的分析，却有种如释重负的感觉，好像是这么多年以来压在身上的担子终于放下了一样。到了这个时候，她也才可以放下伪装，不用再这么扭扭捏捏，终于可以做一回过去的自己。她说："玉瓷，你是在怪我欺骗你，还是怪我辜负了你的感情？"

玉瓷被她问得一怔，没有接话。

秦深看着他温柔的脸上失去了笑容，苦笑了一下，继续道："玉瓷，你知道吗，你其实并不爱我，你甚至不知道什么叫爱，你只是对我有承诺。你为我做了那么多，只是因为你的承诺，却不是因为爱。你或许会被自己迷惑，因为你在付出，你就觉得那是爱了。可是，当你真正做选择的时候，你就会知道。谁会让你难过，谁会让你心疼，那个人才是你心中最在乎的人。或许，就连你自己都不知道，你爱的到底是谁吧。"

玉瓷的脑海里蓦然闪过一张熟悉的脸，嘴唇动了动，依然沉默着。

"玉瓷，你没有在长欢门生活过，你就不会懂得这是一个多么残酷的地方。"秦深转身走到玉瓷的对面坐下，轻轻地摩挲着脸上那一道丑陋而深长的伤疤，"没有绝对的实力考入六大楼，就要一辈子在这个地方，再也出不去。我看你和元宝相处得不错吧，她若不是因为有门主的照顾，你以为能活到现在吗？在外人看来，长欢门神秘而充满吸引力；在我看来，却什么都不是。当我因为会选没过，被当成垃圾一样埋葬起来的时候，你不会懂得那是一种怎样的绝望！他们甚至都没有检查我是否真的死了，是否还有救，就这样把我丢在了那一群死人堆里。要不是钱盛在那个时候救了我，也就不会有我的今天。所以，不管他要我为他做什么，我都会去做。我对你的欺骗，我只能说一句对不起。我们每个人都有自己的路，有些人可以选择为自己走，可是，有些人却只能为别人而走。”

秦深说完以后，静静地看着玉瓷，等待他的责备和辱骂。可是，玉瓷本来有一大堆的质问和愤怒想要发泄，现在，却连说话的想法也没有了。

从一开始出现在长欢门起，这不过就是一局棋。玉瓷本以为自己才是下棋的人，现在才知道，他不过是被利用的棋子罢了。而秦深，又何况不是如此呢？

玉瓷冷冷地看着秦深，这个被他当成妻子一样的女人，却从一开始，就想着如何把他逼上死路。他是该恨她的，可是，他却又恨不起来。

或许，还是因为他对长欢门的了解不够吧。

如今，他被当成了偷了钥匙的人，不管他现在是一个怎样的身份。身处长欢门，叛门者死。早晚，他也要走上和哥哥一样的道路的。现在，说再多的也没有用了。

“我会把这一切向他们说清楚。”这是玉瓷唯一想告诉秦深的话。

秦深听完却哈哈大笑：“你知道吗，已经太晚了，我的任务已经完成了。”秦深意味深长地看着头顶牢门外投射进来的细小光线说：“长欢门这样的地方，就不该存在的……”

离开浮屠塔以后，元宝就把自己知道和分析过的所有事情全部告诉了宋宇贤，但是，说完以后，宋宇贤只是鼓励地拍了拍她的肩膀，告诉她事情还在他的掌握之中，让她不要在意，就想要把元宝给打发了。可是，元宝还有很多不明白的地方，怎么可能让他这么给糊弄过去。

然而，两个人还没再说几句，柳唯唯突然就冲了进来：“门主，不好了，长欢门的位置不知道被谁给泄露出去了，云剑楼的人带着各大门派的人们攻进来了！长欢门已经被他们包围了！”

“查清楚怎么回事了没？”宋宇贤噌的一下从椅子上站起来，神色凝重地问。

“抓来的人回报，他们以‘浮生门为患苍生’为由，结合了江湖上的各门各派，要求长欢门交出古雌钥匙！”

“尽胡扯，这不是胡扯吗！交出钥匙那不生灵涂炭了！真正交出去那才是为患苍生的开始呢！”元宝忍不住骂了起来。这群江湖人士不要脸至极，这种理由竟然都好意思当成口号来宣传！

元宝早就知道，浮生门和古雌钥匙的秘密一旦泄露，在全国上下必定引起一系列的血雨腥风！只是，她本来以为林白首会在动乱之前把钥匙找到，却没有想到，他们还没能找到钥匙，对方就已经杀了过来。元宝从来都没有想过，有朝一日，长欢门会陷入到这样的动乱之中。之前，他们一门心思都在抓叛徒上，反而忽略了叛徒会这么做的真正目的。这一次，看来叛徒想要的，并不仅仅是古雌钥匙这么简单了！

眼前的一切，一步接着一步，根本就是早就算好了的！

元宝越想越气，气自己的无能，更气她竟然会喜欢上一个一心想要置长欢门于死地的人！要是早在见面的时候就把玉瓷杀死的话，或许就不会有这么些事情了！

宋宇贤看了元宝一眼，知道她心里在想什么，但也没时间耽误，直接问柳唯唯：“他们是如何知道入口地图的？”

“应该是有人泄密了。”

元宝和宋宇贤同时想到了秦深。她一来，长欢门的秘密就被泄露了出去，看来，这个事情和玉瓷也脱不了关系了！

柳唯唯擦了擦额头上的汗珠，如实分析：“现在门里的人所剩不多，要和万人大军对抗，我们的牺牲会很大。消息也已经传送到了门主那里，希望他们能尽快赶回来。”

“谁带的人？”

“好像是云剑楼的二少爷江云隐。”

江云隐吗？

近年来似乎在江湖名声大噪的男人，据称风流倜傥，心思整日都在温柔乡待着，对于云剑楼的事情也显少过问，却名声在外，人品好坏参半，拥有众多的拥护者。

宋宇贤听到了外面传来的嘈杂声，沉吟片刻追问："现在外面情况怎么样了？"

"六大楼的和门众们全在一致对敌，暂时还无法进来。就算他们有了地图，那么多人，想要安全地进到长欢门还需要一点时间。"

"马上把六大楼的核心主干全部召集过来，必须在他们进来之前，把他们拦住！"宋宇贤下令。

柳唯唯领命迅速走了出去。

都杀到家门口了，元宝不可能坐以待毙的，于是，主动询问起了宋宇贤："小宋宋，我现在要做什么？"

"去找玉瓷。"宋宇贤说着快步走了出去。元宝只好紧紧跟上。

地牢里，听着外面忽然冒出来的喊杀声和打斗声，玉瓷也从地上站了起来："外面什么声音？"

秦深轻笑着说："他们终于来了！"

"什么？"玉瓷的心里咯噔一下，不安的预感果然应验了。

"我在来之前，把长欢门的地图交给了云剑楼的二公子江云隐。"秦深冲玉瓷莞尔一笑，"全国唯一能和长欢门相抗衡的地方，也就只有那里了。"

玉瓷感到意外，问："你想做什么？"

"我想要长欢门彻彻底底地毁灭！哈哈……"秦深忽然发疯似的大笑起来，"就算他们现在查到了真正的叛徒是谁，那又怎样？这也不过是计划中的一步而已！玉瓷，好好看看吧，这会是长欢门最后的辉煌了，不会让你失望的！"

秦深说完，张狂地大笑起来。骇人而恐怖的伤疤，因为她的大笑而皱成一团。看着和过去的苏眉景截然相反的样子，玉瓷的心里有种说不出的惆怅。长欢门里，就没几个正常点的姑娘吗？

秦深笑着笑着，听到外面传来了有人进来的脚步声。秦深忽然从鞋子下面抽出了一把小刀，玉瓷以为她要在这个时候对自己下手，迅速后退，却没有想到，她竟然毫不犹豫地一刀捅在了自己的肚子上，然后，在玉瓷发愣的空当，朝着玉瓷扑了过去。玉瓷怔怔地站在原地，不断涌出的鲜血把他的衣裳都给浸湿了，带着血腥的温热，却让他觉得前所未有的冷。而他还来不及说什么，宋宇贤和元宝已经出现在了他的面前。

“你为什么要杀她？”元宝震惊地看着玉瓷。他不是口口声声说会娶秦深的吗？刚才不是还为了她，愿意用自己的性命去换的吗？这才一会儿不见，他就把人给杀了！

元宝蓦然瞥了一眼玉瓷的右手，到底她还是对他不够了解。

玉瓷心知这样的嫁祸根本无法解释，索性恢复了以往温柔的笑脸，把秦深的尸体给挪到了地上，说：“你猜。”

“猜你个锤子！”这都什么时候了他还有这闲情逸致开玩笑！

“你们来找我，是想问外面的事情吧。”玉瓷看向宋宇贤，“如果我说我也不知道呢？”

“你和秦深是一伙的，地图也是你们泄露出去的，你会不知道？现在你满意了，人都已经杀进来了！”元宝愤怒地冲着玉瓷大吼，却被宋宇贤给拉了回来。

“淡定。”玉瓷脸上漾起一丝毫无温度的微笑，“我只想澄清一些事情。”

“说。”宋宇贤紧紧地拉着想要反驳的元宝，看着玉瓷说道。

玉瓷把他们对他的怀疑简单地说了出来，然后，才切入正题说道：“是眉景，也就是秦深，告诉我古雌钥匙和浮生门的秘密的。她曾经跟我说过她在长欢门的生活。可是，她所说的生活，和哥哥告诉我的完全不一样。我有些怀疑，所以才会想来看看到底是不是真的，到底是哥哥撒谎了，还是她。我却没有想到，她竟然会骗我，也没有想到，从头到尾她都在利用我。”

“你在怀疑什么？”元宝对于他前言不搭后语的话不能理解。

“长欢门既然门规森严，她又如何能离开？当年，她做了什么，被逐出了门里？你要说我目的不单纯也是对的，她得了病，浮生门能够颠倒轮回生死，我只希望能够得到钥匙救她一命。或者，你们愿意打开浮生门救她一命。只不过，钥匙偏偏在那时丢了，我也只好等着你们把钥匙找来。我从来不信巧合。”玉瓷明白，既然要他们相信自己，也就只有说出实话了，反正，之前之所以不说，是因为考虑到眉景的关系。现在，眉景他们都把他给卖了，事情也都到了现在这一步，再隐瞒也没有必要。毕竟这里也不是他的地盘，他还是要把一些事情考虑清楚的！

“无期为她号脉的时候，并没有说她有病。如果她有病的话，无期不可能不知道的。”经历感情大起大幅的元宝，一时之间还有些转不过弯来，一会儿是敌人，一会儿又成友人这种，元宝还需要时间调整，所以，依然对玉瓷没好气。

玉瓷只是笑了笑，这个时候，眉景是否有病，已经不重要了。

“元宝，我来到长欢门的目的确实不止一个那么简单，我也确实是有备而来。但是，我却从来都没有想过要伤害你，包括，长欢门的人。”

“人都已经伤了，现在说没想过要伤害？”

“你非要这么说，我也无话可说。若不是……算了，任何人的生死，对于我来说，都与我无关的。”玉瓷又恢复了那个高高在上的三皇子的模样，“我现在和你们说这些，只是因为我没有替人背黑锅的习惯，我也是被算计的人之一，你要懂得，天妒英才总是会这样。现在这种情况，我和你们谈的是合作，而不是恳求你们。”

“你的话一点儿都不可信！”元宝却已经不敢相信他了，“那你说，你为什么还要帮我们？”

“都说了，我也是被害者了。而且，之前之所以没有说，是因为我并不确定偷钥匙的是敌人，还是朋友。更何况，我来这里是想要救人，不是和你们发生冲突。”玉瓷淡淡一笑，接着说：“当然，好歹我也是林白首的关门弟子，证明清白什么的，还是很有必要的。作为一个有身份有地位的人，要是有了负面新闻，还是很影响形象的。所以，你们懂得。”

元宝真受不了他这个随时自夸的德行：“那你的哥哥呢？既然你是为了救秦深来的，那么他算什么？”

“那不过是另外一个必须要来长欢门的理由罢了。好不容易进来一次，只做一件事情，也太过浪费了。”

听着外面的打杀声，宋宇贤没有继续听着两个人这么磨叽下去，目光从地上秦深尸体上一扫而过，问道：“名字！”

“钱盛。”玉瓷心领神会地说出了他一直在查的人。

“果然。”宋宇贤没有猜错，“从元宝上一次给我的那批翡翠里，我心里就已经大致知道是谁了，可是，没有确凿的证据，也不好抓人。而那一夜，出去过的只有钱盛。这一次，抓他也就名正言顺了。”

“可是，我们都没有想到他们明知要死了，却故意把长欢门的地图给泄露了出去！”元宝急切起来。

听着宋宇贤的口气，元宝也知道宋宇贤是相信了玉瓷的话，也不再纠结这个问题，只问：“现在怎么办？”

“先把钱盛抓回来！”玉瓷代替宋宇贤回答了，“他才是真正的始作俑者！要阻止这场战争，我们都需要他。”

“小宋宋，你必须得坐镇，钱盛就交给我和玉瓷去抓吧。”元宝看宋宇贤转身就走，急忙拉住他提议。

宋宇贤犹豫了片刻，好在钱盛那边他已经安排好了人，他们去抓应该问题不大，于是答应下来。现在不是儿女情长的时候，宋宇贤交代了几句，他们就兵分两路各自行动。

然而，之前因为被宋宇贤带着绕的小路，所以长欢门争斗的局势看得不是特别明显。现在玉瓷和元宝一出来，首先映入眼帘的就是一片残酷、血腥的厮杀！

长欢门里，六大楼实力比较突出的楼众几乎都被林白首给带走了，现在留在门里的，大多是一些没什么武功的普通门众。面对着对方那么多人的进攻，想也知道，肯定是前面的人没有顶住，让对方冲进来了！

元宝做梦也没有想到，长欢门会在一夜之间变成了修罗场一样的地方。看着自己的家人一个个地倒在血泊当中，元宝身体里的血液顿时就沸腾起来。充斥在全身的愤怒，把她气得发抖！她想要上去帮忙，可是，却被玉瓷给及时拉住：“先找钱盛！这里交给六大楼的人来处理！”

“不行！你先去，我一会儿过来！”地牢距离厨房很近，看着手无寸铁的大厨们一个个轻而易举地倒在别人的刀剑之中，元宝已经出奇地愤怒了。六大楼的人根本来不了这里，元宝完全不管刚才宋宇贤对他说的话，她在这个时候要是丢下他们走了，那么，这里将会不剩一个活口！

而那群冲进来的人，一眼便发现了衣着和气度不同的玉瓷，以为他会是某个楼里的人，顿时就朝着两个人聚拢过来。

“你先走，不要让钱盛跑了，这里交给我！”元宝虽然武功不怎么样，但是，对付这群人她还能拖延得住！而且，她打架的水平不行，逃命的本事却是一流的！所以，这里的人就交给她来引开了。

只是，玉瓷却对她一点儿也不放心：“不行，你回头被削了，我拿什么给你的姘头！”

“钱老头子如果抓不住，将会死更多的人！快走！”元宝把玉瓷推开便往回跑。话已至此，玉瓷没有再迟疑，迅速向着相反的方向离开。这群人冲了过来，却被元宝给拦住了。

不过，正如元宝所说，她打架的功夫确实不行。也是在这个时候，元宝才真正意识到，长欢门以宅门著称，可是却一直特别注重武艺修为的原因了！当一把把剑朝着她呼啸而来的时候，如果她能有重离，或者哪怕柳唯唯的身手，她也不会如此吃力！

但是，现在也不是后悔的时候，于是，元宝只好用尽全力把他们给引到了厨房，然后，把面粉全部往他们身上一到，在他们看不见的瞬间，把他们全部反锁在了里面。救下了大厨们，随即，元宝向着玉瓷刚才所跑的方向而去。

只是，一路上冲进来的江湖人士实在众多，元宝躲开了这一边，又要去救那一边，早就偏离了之前的路。当她好不容易把一个受伤的门众给放到旮旯里的时候，刚才一出去，就撞见了一个人！

一个穿着红色劲装，竖领却是白色的人。远远的，这个人就像是一个移动的太阳一样，一点点朝着元宝靠近。如果玉瓷给人的是一种冬日暖阳一样的丝丝缕缕的温暖，那么，眼前这个人就像是七月的太阳一样，带着能把人灼伤的热量和刺目的光芒！

这是元宝之前没有见过的那一种人。

他摇着折扇，一步一步走在这一片打打杀杀的火光之中，脸上带着自负而潇洒的笑容，就好像出现在身边的，根本就不是惨烈的厮杀，而是坊间朝他招手揽客的姑娘们一样。不论从哪里看过去，他全身上下都散发着如烈火一般夺目灼人的气息。就连在他旁边被砍下的人，溅了一地的血，却都没有一滴溅到他的身上。

用脚趾头都能想到，这样的一个人，一定不会是等闲之辈！

刚才那些人和他比起来，简直不值一提。只是，那些人元宝对付起来都无比吃力，更别说现在这个！就像是宋宇贤一样，在某些拥有着绝对实力的人的面前，小把戏都是多余并且很快就会被看穿的东西！

元宝可没有自信能从他手上逃走，于是，在他发现自己之前，先偷偷地溜了过去。然而，她还没有跑开几步，身后的人就追了过来，把她抓住，说道："站着！跑什么跑，看见本少爷不知道表示一下热烈的欢迎吗？"

"你谁啊，我就热烈欢迎你了！"元宝翻了翻白眼，脸上刚才在厨房泼的面粉簌簌往下掉。这才近距离地看清楚对面男子的长相：挺拔的鼻梁，深陷的眼窝，果然就连五官都有一种明媚的味道，让人有一种忍不住想多看几眼的冲动。

当然，前提条件是，不是这种打打杀杀的情况。

"土包子，'江云隐'听过没？粉不要钱吗，擦那么多，都看不见你的脸！"江云隐一边说，一边还轻佻地去把元宝脸上的粉给擦掉些，却被她迅速地往旁边闪开。

真没见过这么自来熟的。

元宝和他保持着距离，防备地看着他说："没听过。"

"我，你都不知道，长欢门的人还号称信息天下第一，我看尽是吹牛了。去，土包子，把你们的门主给我叫来，本少爷要和他谈谈！"江云隐一副指挥佣人的样子指使起元宝来。

元宝顿时气不打一处来，说："你洋气，你自己找去！"

"哈哈，小土包子，你脾气倒不小。"江云隐被她逗乐，大笑起来，就连说话的时候都带着一股阳光的味道。

元宝现在可没有闲工夫在这里耽误，况且她也自知自己不是他的对手，对付他这种事情，一般都是交给宋宇贤来的。更何况，听他说话，除了觉得他是二百五以外再无其他，所以，趁着他不注意，元宝一溜烟儿就跑了。江云隐看着她渐行渐远的背影也没有继续去追，眼睛眯成了一条缝，脸上的笑意越来越深，手中的折扇被他给折起来，喃喃道："元宝啊元宝，你是跑不了了……"

元宝左拐右绕，好不容易找到玉瓷的时候，没想到玉瓷竟然在钱盛的手上，成了钱盛的人质。

元宝一看见钱盛，就想起小时候他给他们上课时的情景，忍不住鼻子有些发酸：“钱老头子，都到这一步了，你还要继续错下去吗？”

钱盛重重地剁了一下手中的拐杖，说：“我的事情还轮不到你来插嘴。”

“我知道轮不到我。你是长辈，我连晚辈都不算！我只是不明白，你为何要叛门？”

钱盛哈哈大笑起来：“为钱，为名，为利，可以叛门的理由多了去了。”

“你不是这样的人。”本来以为看见钱盛的时候，元宝会很坚定地要和他决一死战，可是，元宝心里现在很难受，这个总是和蔼可亲，还有点守财奴的老师，却成了真正的叛徒。她曾很喜欢的老师，不仅亲手谋划了这一切，还亲手断送了那么多人的性命，他怎么能够下得去手？

“元宝，不要天真了！”钱盛似乎早就看透了元宝，对于她的质问除了嘲笑，还是嘲笑。

元宝看到被束缚起来的玉瓷，拔掉了右手的黑色手套，那让人毛骨悚然的骷髅指赫然露出。

元宝几不可闻地叹了一口气，结果已经可想而知了：“你想要的，是门主之位吗？”

“他一个半截儿都插在棺材里面的人了，除了会在意点钱以外，他会想要门主之位？他要真当了门主，还没有他在聚金楼里抠的多。对于一个守财奴来说，你觉得这个门主的位置就那么重要？”无期的突然出现，让在场的三个人都颇为意外。无期看着钱盛，目光冰冷得就像是另外一个人。

无期和元宝目光短暂地交流了一下，在钱盛开口之前，没给他任何还口的余地：“老不死的，你都这把年纪了，还折腾出那么多事情来，真是不死心，也不怕给自己留不了全尸！”

“哼，你这个百岁老妖没资格说我！”钱盛阴笑道。

“我可没有你胆子那么大，叛门的事情也敢做。”

“是吗？你和林白首难道这些年做的还少？”

元宝不想听到别人说林白首的不好，于是插话道："钱老头子，你就真那么狠心吗？门外那些正在厮杀着的，可都是和你生活在一起的家人啊！你现在跟我们走，去阻止这场战斗，阻止江云隐的话，或许还有得救。"

"不要天真了。"无期在钱盛开口之前拍了拍元宝的肩膀劝她。

钱盛脸上的纹路，因为他的得意而皱到了一起："长欢门也就只能到此了！"

说着，钱盛就打算动手把玉瓷了结了，然后离开。然而，钱盛却没有想到，他话音刚落，一股透明的物体就从他的眼睛里钻了进去，然后，仅仅在一瞬间，他泛白的眼睛直接就成了黑色。顷刻之间，手脚僵硬地倒在了地上。

元宝看着钱盛和之前在林子里见到的那些人一样的情况，大声惊呼起来："你怎么把他杀了？"

"他若活着，只会把更多的信息传递出去！他都走到这一步了，怎么可能还会回头？你以为他不想说的，你能逼他说出来吗？还是，你觉得宋宇贤能？"面对玉瓷的反问，元宝一句反驳的话都说不出来。

"可是，他现在已经死了，就算真能说什么也不太可能了。我还想劝导让他迷途知返呢。"玉瓷听着她的话，只觉得无期说她天真一点儿都没错。

身为六大楼之一的聚金楼过去的楼主，钱盛又怎么会不知道长欢门是如何审讯犯人的。他之前可以不费吹灰之力，把他们玩弄在股掌之中，就凭元宝能把他说服？她也太异想天开了。再这么耽误下去，只会浪费时间而已。当务之急，是尽快保住长欢门，等林白首回来！

"活着的时候他也没告诉你为什么这么做，你就别多此一举了。"无期嫌弃地看了元宝一眼，有时候她就是太容易感情用事，就因为钱盛以前对她的好，她就忘了之前他要杀她这种事情。对于她这个毛病，无期觉得她必须得改。

"所有事情，等门主回来，就都清楚了。钱盛的余党还有很多，现在他一死，那些人也不敢轻举妄动。外面还很乱，这里交给你们了。你们看着处理掉一些人吧。"无期说完，也不等元宝开口，就已经扛着钱盛走了。

元宝一时之间却有些无法接受，不是因为钱盛背叛了长欢门，而是，那么厉害的他，花了那么多的心思要弄死她的他，在长欢门里掀起了一番血雨腥风的他，就这样简简单单地就死了。

他的背叛，这样就算完啦？

元宝总觉得叛徒的事情解决得出乎意料的快了些，不过，现实情况却容不得她多想。她和玉瓷刚把这边清理完，就遇到了背着重离突然从天而降、满身带血的宋宇贤。

宋宇贤看见他们两个人，毫不迟疑地命令道："快走！"

第一次看到宋宇贤受了这么重的伤，元宝吓了一跳，显然之前他经历了一场恶战，也来不及多问，带着他们就先躲到了以前她和柳唯唯经常躲着去玩的山洞里。

不知道是被谁打的，重离这一次受了很重的伤，陷入昏迷当中一直都没有醒来。元宝把他身上的衣服撕开的时候，他的胸口几乎血肉模糊，而宋宇贤好在只是一些皮外伤，把重离交给元宝以后，就一直在闭目调伤。元宝从来都没有见过宋宇贤这么狼狈的时候，也没有见过有谁竟然能把他逼到这一步。从他的气色来看，显然他受了很重的伤，可是，他却没有把自己的伤势告诉别人的打算，过了很久才睁开眼睛对元宝说道："长欢门失守了。"

不到一炷香的时间，江云隐居然就把长欢门给攻下了，元宝的心里有股无法细说的愤怒，忙问："其他的人呢？"

"全部被江云隐抓走了。"宋宇贤的语气里满是自责，这一幕林白首早在离开之前就已经猜到，可是，他把长欢门交给了宋宇贤，他却没能守住。亏得他一向自负，现在却成了江云隐的手下败将。想来再冷静的人，遇到这样的情况，也难免失落、窝火。从小到大，哪有人敢给他这种气受，敢给他这样的难堪。

"这事情也不能全部怪你，毕竟长欢门现在全部人加起来也不到一千。人家上来就是上千号人，又来得突然，我们没有优势的。"玉瓷难得的安慰起了宋宇贤，这个时候，也就他们四个人运气好，还没有落入到江云隐的手上。

元宝没有想到，看上去这么不靠谱的一个人，居然有这么强的实力，在她的印象中，即使人数再少，宋宇贤也是绝对不会输的！

可是，现在既然输了，他们也不可能一直都待在这个地方，所以，元宝只好继续追问："门主现在还没回来，我们该怎么办？"

"江云隐一定会派人出来追查我们的下落，在没有拿到古雌钥匙之前，他们都不会轻举妄动。浮屠塔那边，也不是那么轻易就能进去的。"宋宇贤冷淡地回答。

元宝一脸茫然地问："除了等，我们什么都做不了吗？"

宋宇贤沉默片刻，说："等到后天晚上。如果门主能按时赶来的话，我们可以继续等。如果不能，那我们必须把关着的人放出来。否则，江云隐会把他们杀尽。"

元宝赫然一惊，没有想到看上去那么阳光的一个人，竟然会做出这种伤天害理，没有王法，遭雷劈的残忍之事。看来，她还是对这个世间了解得太少了。所谓人不可貌相，谁规定像阳光一样明媚的人，就不能是杀人狂魔呢。

元宝越想越忐忑，两天的时间就这样在她的忐忑中过去了。

林白首依然没有回来。

江云隐搜遍了整个长欢门都没有抓到他们，已经开始杀人示威。

宋宇贤知道，他们不能再等下去。

否则，当林白首回来的时候，很有可能长欢门就只剩下他们四个人了。这样的话，宋宇贤宁可以死谢罪！于是，在商量了接下来要做的事情以后，他们就分开去准备东西了。

只是，在准备武器的过程中，元宝身上的药不知道掉到哪里去了。许是因为连续两天都没有休息过的原因，她的心口忽然一阵疼痛，猝不及防地跌倒在地，大口大口地喘着粗气。心病的忽然发作让元宝更加慌乱，仿佛下一刻，呼吸就无法进行一样，元宝几乎是在一瞬间，感受不到自己的心跳。她伏在树干上，以为自己会这样死去。突然，宋宇贤不知道何时出现了，掰过她的脸就渡了一口气过来，元宝没接上的一口气，总算是缓了过来。

只是待她看清楚对面的人是宋宇贤后，他冰凉的嘴唇所触及过的地方，却像着了火一样，把她的整个脸都烧得滚烫。

"小宋宋！"元宝抬着涨得通红的脸，好不容易疼痛过去之后才叫了他，"谢谢。"

“元宝，”宋宇贤被她这一句“谢谢”弄得脸颊也滚烫起来，咳嗽了两声以掩饰自己的羞涩，“好好活着。”

“我会的！”元宝璀璨一笑，在宋宇贤的搀扶下，与他一同向着来时路走走去。

早就回到山洞的玉瓷看到两个人回来，就从元宝晕红的脸上看出了什么。但是，他没有问，现在的他也没有资格问。所以，他只是把刚才打探到的关于门里的消息告诉了他们，情况发生了变化，等着宋宇贤做决定。

眼下他们必须开始行动了。然而，经过一番讨论，他们的计划还是由一个人去把江云隐的人引到林子里，然后，剩下的人去地牢把关押着的人放出来。重离迟迟不醒，现在也就只剩下宋宇贤、玉瓷和元宝三个人了。

元宝这个时候才真正感觉到，自己活到现在的重要。不管她是怎样的身份，哪怕是死，也必须要保住长欢门！这才是她应该做的！之前所说的那些，根本就是空话。

“我去引开吧。”宋宇贤在沉默良久之后突然开口。

元宝一听急忙阻止了他。这个时候，她不能再做那一个被他们所保护的人了：“我去引开江云隐，你们去把大家救出来。”

“不行，江云隐不是那么好对付的。”宋宇贤拒绝。

元宝却坚持道：“别忘了，我逃命的本事那可是一流的！我又不和他打，就是把他引出来而已嘛，放心吧。”

宋宇贤和玉瓷互相看了一眼，心照不宣，都担心她的身体。元宝却表示，就算是死，也必须死在门里，为门里而战。一旦涉及长欢门，元宝就会变得异常固执。所以，不管两个人怎么说都没有用。实在没有办法，他们也只好答应她。

于是，在所有东西都准备妥当以后，三个人分头行动了。

长欢门毕竟是元宝从小长大的地方，就算江云隐有地图又能怎样？江云隐知道的她都知道，他不知道的，她也知道。所以，当元宝偷偷地通过密道，一出来就发现竟然在无意中跑到江云隐房间里的时候，她就朝地上磕了三个头，感谢老天相助。

只是，好巧不巧，偏偏让她撞见了正在洗澡的江云隐。

元宝本来想着用什么方法吸引他的注意力，比较能把他糊弄走，谁知，她才一出去，江云隐就发现了她。两个人顿时面面相觑，好在元宝反应快，顺手抓了他挂在屏障上的衣服就往外冲。

“土包子，竟然敢偷我衣服！本少爷我就剩这一件干净的了！”江云隐看见她跑，霍地从水桶里站起来，随便裹了一条毛巾，就这么裸着上半身冲出去追她了！而江云隐一出来，必然引起其他人的注意，尤其元宝在逃跑的时候，还故意把动静弄得很大，就好像是有很多人出现似的。

于是，暂时留在门里的这些人，顷刻之间全部被元宝给惊动，紧跟着江云隐冲了出去。

只是，江云隐的脚速何其快，元宝怎么可能躲得过他的追捕。很快她就被江云隐追上，逼到了湖边。虽然现在的情况和她预想的有那么一点点的偏差，但是，对付裸男，元宝还是有自己的方法的。

刚才她要是没听错的话，江云隐说的好像是，元宝拿走的是他最后一件干净的衣服了。以他这种纨绔子弟的性格，应该不会和别人穿一样的衣服的。于是，元宝把衣服往湖边一放，威胁道：“你要是再敢过来，我就把你的衣服全丢水里。不对，哎哟，这里好像是牛粪，丢这里也不错哦。”

江云隐是一个有轻度洁癖的人，如果元宝真要把他的衣服给丢牛粪上了，那他绝对会先疯掉的！

“来，乖，给你颗糖吃，你先把衣服给我。”江云隐现在的全部注意力都在他的衣服上，若不是身后的动静太大，他都没有发现门里负责看守的很多人都跟着出来了。随即脸色一沉，厉声大喝：“跟着我干吗，全给我回去！”

“你们就不怕，我一会儿把我的人全叫出来，把这个红太阳给捆了？”元宝听到江云隐这么说，急忙接上了话茬儿拖延时间。

“红太阳？”江云隐被元宝起的外号逗得哈哈大笑，要不是旁边有人好心提醒他，再笑毛巾就要掉了，他都收不住！

“这外号听着还倒真是贴切。”江云隐认真地说。

身后的人一排倒地，虽然刚才江云隐吼了他们，但是，想到元宝一个人竟然敢这么单枪匹马地来挑衅江云隐，应该是有备而来，他们也都不敢轻举妄动。这次前来长欢门的，不仅仅是云剑楼的，还有各地的大宅门。虽然江云隐名声在外，但是毕竟年轻，这又是一支临时组建的队伍，很多人也并不是完全听他的话。所以，就算他催促他们回去，还是有很大一部分都留在这里没有走，好像任何能抓住长欢门里人的机会都不愿放过一般。

“没叫你红蜡烛是给你面子了。”元宝看见身后的人还留着一大半，试图再拖延一会儿时间。

江云隐却紧盯着自己的衣服说：“乖乖，先把衣服给我。本少爷一会儿保准好好地服侍你！”

元宝看着他不正经的笑，捡起一颗石头砸过去：“去死。”

江云隐避开她丢来的石头：“土包子，你还真是好赖不分。最讨厌你这种不温柔的女人了！”

“我还怕你喜欢上我，到时候麻烦呢！”

“土包子啊，你真是一点都不可爱。”

“不要叫我土包子！”

“土包子啊土包子啊土包子！”

算了，跟这样的纨绔子弟讨论这个问题，似乎时机和地点都有点不太对。但是，又不能这么一直斗嘴。元宝正琢磨着找什么话题来拖延时间呢，忽然想到之前玉瓷好像对她说过，江云隐带来的这批人里有朝廷的官兵，于是，直接对江云隐说：“你找那么多人来门里抢东西，谁给你的兵权？”

江云隐的眼睛里散发着危险的寒光：“啧啧啧，你个土包子，我看你们长欢门的人是被关在山里关久了吧。我什么时候说我这些是兵了，看清楚，这些可都是这家府那家府的人，此乃传说中的群架！不要和传说中的打战弄混了！”

“我看你是官商勾结吧！”

“少主。”江云隐正要反驳，一个人突然从黑暗中跑了过来，凑到江云隐的耳边说了几句话。

江云隐听完以后，竟然叉腰笑了起来：“哈哈，土包子，看不出来你还懂得调虎离山！不错不错，我喜欢，我喜欢，还算有点聪明！不过，欺骗本少爷那就要受到惩罚了。”江云隐说着，让身后的人即刻撤退，只留了一小部分在这里对付元宝。

元宝看着他身后的人一走，就知道他们应该发现宋宇贤他们了。既然如此，元宝也没办法再拖延下去，只好按照计划迅速撤退，把江云隐的衣服直接丢到了牛粪上。

江云隐一看到自己的衣服掉在了牛粪上，气得直接从旁边的人腰间抽出了笛子，然后吹了起来。本来笛子乃是很好的乐器，但是，元宝却没有想到，江云隐竟然会把笛子当武器！传说中的魔音穿耳要死人，说的就是她现在这样！

源源不断的噪声传到她的耳朵里，宛如无数把小刀凌迟着她每一寸的肌肤，如果他继续吹下去，元宝绝对逃不了了。于是，元宝果断地折返回去，试图去抢他的笛子，却没想到，笛子里面竟然会飞出两根刺。元宝猝不及防，躲过一根，却被另外一根刺中。手上兀地一阵酥麻。江云隐瞅准时机刚想出手，宋宇贤忽然飞身窜入，先他一步把元宝给抱住。然后，一边保护着元宝，一边和江云隐打了起来！

只是，江云隐毕竟只系了一条毛巾，腿脚不太方面。所以，面对宋宇贤招招致命的出手，只能守而无法攻。

江云隐对于宋宇贤的攻击，压根儿没放在眼里："哟，手下败将今天还爆发得很厉害嘛。"

宋宇贤一向无视废话多的人，只一心和他交战。江云隐越打越激发起了战斗的欲望，难得遇到势均力敌的对手，索性下令不准任何人插手，自己则从其他人那里抢了一个外裳罩住，然后就跟个原始人一样和宋宇贤打了起来。

只是，两个人还没打多久，离开了长欢门数月的林白首忽然带着一大批黑压压的六大楼精锐出现在他们的面前，把整个湖边团团围住。

狂啸而过的风把夜空的云朵吹散，露出了幽亮的月亮。林白首白色的头发在夜里闪烁着诡异而妖冶的光泽，他一出现，顿时就吸引了所有人的目光。林白首只随意地挥舞了一下手，站在江云隐身后的那一排人全部口吐鲜血，倒地不起。

"你的那些小喽啰已经被我送去见阎王了，你已无路可退，现在打算怎么办呢？”林白首朝着江云隐走过去，话是笑着说的，却让人不禁漫起丝丝寒意。

林白首提前赶回来在江云隐的意料之外，但对于林白首能控制他带来的人，却没有太大的意外。毕竟，在来之前他就知道，一旦林白首回来，他就不可能有太大的胜算。出了名的冷血无情的门主，若在这样的时候还留活口，那就浪得虚名了。

看来，这一次，他还是输给林白首了。

就算带来的人再多，只要长欢门六大楼的人一回来，他们依然注定是败局。

听到林白首的一席话，还留在湖边的人，顿时把林白首当恶魔一样看待，纷纷惊恐地往后退，与他保持距离。江云隐却似乎并不惧怕他，笑嘻嘻地看着林白首，丝毫不因现在局势的改变有任何的动摇：“其实，我就是带着大部队来慰问一下长欢门的嘛，林门主何必搞得那么隆重呢？”

“有你这种烧杀掳掠慰问的吗？”元宝忍不住开口。林白首的出现让她顿时有了跟江云隐叫板的底气。

江云隐一脸无辜地说：“有啊，我不是慰问过了嘛。”

“你……”元宝听着他这么不要脸的话，一口气没提上来，直接两眼一闭昏迷过去了。抱着元宝的宋宇贤吓了一跳，抓住她的时候才看到她变紫的手，直接看向江云隐说：“解药！”

江云隐从笛子里抠出一颗小小的药丸，挑衅地晃了晃，无视宋宇贤，看着林白首说：“林门主，你是不是忘了，元宝和我是有婚约的。要我给你解药也不是不行，只是吧，你们太不靠谱了，只要你答应把元宝嫁过来，我自然会给你解药。毕竟，哪有男人会希望自己娶个死人的，你说是吧。”

“做梦！”林白首看到元宝昏迷，本来还打算好好和他谈谈，现在干脆不谈了，直接朝江云隐出手，试图从他手上硬把解药抢过来。江云隐再怎么着，也不可能是林白首的对手。所以，当林白首把笛子抢走的时候，为了不被他重伤，江云隐立即收手。林白首看着元宝的嘴唇也开始变得青紫，担心江云隐的毒过烈，二话不说直接抠出解药就塞到了元宝的嘴里。

江云隐看到林白首对元宝如此在意，虽然有些惊讶，却也不恋战，趁着林白首注意力转移的空当，迅速地退到了远处，甚至也不管在场这些跟着他而来的人，丢下一句“她一定会来找我的”之后，便扬长离去。

林白首身后的人想要去追，却被他拦了下来。江云隐若认真了，又有几个人能拦得住他。林白首看了一眼还在昏迷的元宝，把她交给了无期，同时，下令贤文楼的人重新规划入口的阵门，加强防守。随后，带着宋宇贤等六大楼的人，迅速地把这些留在长欢门的人清理掉。为保证入口的秘密不被泄露，直接派千鬼楼的人打头阵，不留任何活口。而长欢门，总算是在经历了这样一番大屠杀之后，因为林白首的及时出现而保住了。只是，门里也因此长久弥漫着一股无法驱散的血腥味，不断地提醒着门众，这一次惨痛的经历。

大家都在为了长欢门的重建而忙碌着，元宝却连续昏迷了整整五天，才迷迷糊糊地醒了过来。她刚一醒来，才喝了一口水，还没来得及说话，一口紫色的血就吐了出来。无期一号脉，刚刚放晴的脸色，瞬间就阴沉下去：“江云隐这王八蛋的解药里面还带有毒药！这小兔崽子居然心计这么深，这毒药一旦涉及一定量的水以后就会被诱发。这会儿刚活过来，又得病下去了。”

林白首听到无期的话，面色也好不到哪里去，尤其为自己当时的疏忽而自责：“能解吗？”

“放心吧，解毒我最擅长了，一定没问题的。”无期拍着胸脯保证。

既然无期这么说，林白首也就放心下来。虽然现在长欢门重新归于平静，可是，这一次却元气大伤。被江云隐所杀死的门众，还有屠杀所带来的破坏，给长欢门带来了不小的打击和影响。想要完全恢复，估计还需要很长一段时间。

只是，就算短期内长欢门不会再有危险了，有些问题却依然没有得到根本的解决。宋宇贤在沉默了几天之后，到底还是忍不住，趁着林白首休息的时候去找他了。

宋宇贤一见到林白首就开门见山地问：“其实，元宝就是真正的古雌钥匙，对不对？”

林白首正在喝茶的手一滞，随即笑了起来：“太聪明的人容易短命，你知道的吧。”

宋宇贤对于林白首的威胁不做回应，只是接着说：“或者，钥匙其实是玉瓷，对不对？”

林白首浅酌了一口茶，笑意渐浓，说：“我就知道，什么都瞒不住你。”

“从你包庇玉瓷的时候，我就开始怀疑了。这一次，玉瓷联合叛徒，你不闻不问……只是没有想到，他竟然真的是钥匙。”宋宇贤的语气里是无法掩饰的意外，不用林白首承认，他已经从林白首的眼神里看出了自己想要的答案。

“行了行了，告诉你吧。”林白首难得有了耐心，笑了笑道，“其实，元宝和玉瓷都是古雌钥匙。”

宋宇贤怔住，惊问：“两个？”

“嗯。”

宋宇贤想到了之前门里所发生的种种，说：“那这期间钱盛派人追杀过元宝，难道，钱盛知道元宝的身份了？”

“据我猜测，他应该不知道。不过，很可能他猜到了，但是并不敢肯定。毕竟，转世灵童长成个废物，还是有史以来第一次。”林白首的语气里带着深深的无奈，话都说到这份儿上了，林白首也没有继续隐瞒的打算，反正就算他不说，以宋宇贤的才智，他也是能猜到的，“还记得长欢门的小人书里说过的吧，当年江湖第一卦师东越焕，为了防止生灵涂炭，用自己的血肉之躯打造了古雌钥匙，封锁住了浮生门。之后，为保住古雌钥匙才建立了长欢门。一直以来，很多人都以为这是一把大家经常见到的那种钥匙，其实，真正的钥匙哪会是普通的那样呢。”

“难道元宝和玉瓷不是人吗？”

“废话，不是人，难道是鬼啊。”林白首对于宋宇贤大胆的猜测给予了否定，“但是，古雌钥匙以八卦为原理，结合阴阳两极而成。两极相横，则可保持门的安全；一旦失衡，就随时都会有打开的危险。尤其是当两极融合的时候，那就是浮生门开之时。”

“那是不是就意味着，只要元宝和玉瓷同时进入浮屠塔，他们两个人就可以打开浮生门？”

“对！同样的，那个时候他们也就会死。当年始祖用他的魂魄注入八卦阵里转世，每一届的门主会得到指示，去寻找到转世灵童的下落。虽然不是每届都有转世灵童出现，但这一次，元宝和玉瓷同时出现，却是从来都没有过的情况。或许也正是因为这个，灵童每一次又都是传男不传女，所以，元宝从出生起，就有了现在这个怪病，一直都治不好。”

“所以，元宝的死，其实早就注定，是不是？”

林白首点了点头。

了解到真相以后，宋宇贤的心情却越发沉重起来：“为什么玉瓷却没事？”

“这个问题，那就涉及宁青墨了。”

宋宇贤意外地怔了怔，问：“元宝和玉瓷是亲兄妹吗？”

“宋宇贤啊，你知道得太多了啊。”林白首笑起来，“算是兄妹，也可以不算是兄妹。”

“难道，元宝也是皇族的人？”

“其实，玉瓷不是真正的皇子。”林白首长长地叹了一口气，“宁帝并不知道，当时出生的是龙凤胎。元宝刚离开娘胎就被带回了长欢门。知道她身世秘密的，现在加起来，也只有宁青墨，和你我而已。”

宋宇贤握着杯子的手微微一颤，为这个秘密震惊不已。他想过无数种可能，却没有想到，问题居然出在玉瓷身上，而不是元宝。

“在出生的时候，男胎的转世灵童其实被长欢门的叛徒杀死了。宁青墨把转世灵童的鲜血全部弄到了玉瓷的身体里，所以他才会成为转世灵童。虽然比起血统来说，他稍微有那么点不纯正。不过，就算是这样，他也还是奇迹地成为了灵童。也是在灵童被杀的时候，宁青墨发现了门里的叛徒。当然，宁青墨和叛徒的事情，等玉瓷在的时候我再说，免得又要说一次。我们先说钥匙的事情就行。”

怪不得林白首会对玉瓷如此庇护，到底玉瓷也还是长欢门的人。只是，这样的话，门主之位不是就得传给玉瓷了吗？那元宝怎么办？

“你怎么知道转世灵童是谁的？”宋宇贤被这个巨大的秘密震惊得久久都没有回过神来，若有所思地沉默了好一会儿才又重新问林白首。

林白首看着宋宇贤，淡淡地笑了起来，转世灵童虽然不是每一届都有，但曾经身为转世灵童的他，要找到转世灵童，其实并不难。可是，这却是无法用言语表达出来的一种方式，林白首并没有打算告诉宋宇贤，更何况，元宝作为转世灵童里不仅实力差，就连身体素质也最为虚弱的一个，如果她继续这么下去，林白首很有可能会为了下一任的门主而杀了元宝，让玉瓷继位。所以，林白首才会在玉瓷进来以后，故意把他留下，对两个人进行观察的。

可是，虽然元宝天资不够聪颖，但一直都在为门里打算。比起玉瓷来说，她又是更为适合长欢门的人。不过，林白首却没有想到玉瓷会练成骷髅指。虽说这是天下第一妖功，但也是始祖东越焕的巅峰绝学，历代能学成的门主寥寥无几。玉瓷现在练成了骷髅指，到底还是会对元宝有所影响的。林白首虽然有些偏心，想把门主之位给元宝，但是，却也不得不把玉瓷放进考虑的范畴。

宋宇贤看林白首盯着桌子发呆，以为他又走神了，一般他不愿意回答某些问题的时候，就容易这样。宋宇贤拿他没办法，有时候林白首比元宝还孩子气，只好咳嗽了一声，重新引起他的注意："你打算什么时候告诉元宝这些？"

"看心情。"林白首无所谓地耸耸肩。

该知道的，也已经知道了。不明白的地方，也都串联了起来。话已至此，宋宇贤没有再追问下去，脑海里蓦然想起无期当时说过的那句话："就算长欢门的人都死了，也必须保元宝活着。"

原来，林白首对元宝的纵容真的不是空穴来风的。

只是，要到什么时候，他才会把这一切都告诉元宝呢？

还是，他打算一直这么隐瞒下去。

林白首把门外的守卫叫了一个进来，询问时间。估摸着也差不多了，随即让楼众把现在还活着的人召集起来，然后，拍了拍宋宇贤的肩膀说："走吧，该处理的事情还要处理一下的。"

说完，打着哈欠就和宋宇贤一同离开了屋内，走向会选专用的现场。

虽然大家都已经习惯了林白首的即兴，但现在毕竟是非常时期，忽然被召集而来，大家都忍不住在下面窃窃私语，揣测着林白首要宣布什么了不起的消息。

谁知，林白首一直等到玉瓷出现才清了清嗓子，一字一句地说道：“其实，古雌钥匙从来都没有丢失过。”

一句话出，全场皆惊。

林白首故意让下面哄乱了一阵才慢慢地解释道：“这一切，不过是因为我发现，门里出现了叛徒，为了引诱叛徒暴露，而故意布下的一局棋而已。”

“也就是说，会选当时说的古雌钥匙丢失，是你和看守的人联手演的？”还端着药没喝完的元宝，听到林白首这么说，一口药喷了前面的人一身，难以置信地大叫起来，亏得她差点把命都给豁出去了，居然跟她说这是在演戏？！闹这么大的阵仗居然都是在演戏？！

“不用这样的办法，就不能把叛徒给逮出来。”林白首显然只打算解释这么一句，其中相关的就让大家自由地去脑补了，“鉴于大家在这次灾难中的表现，柳唯唯确定为信陵楼副楼主，金惜为聚金楼楼主，重离分到千鬼楼楼下。其余，交给宋宇贤来单独安排。”

林白首把大的事情宣布完以后，留下了几个楼主，还有玉瓷，就让大家都散了。元宝不属于被留下之列，但是，考虑到现在说的肯定是什么大秘密，所以怎么都不肯走。林白首拿她没辙，只好让人搬把椅子给她，让她在旁边坐着听。

待到人群散去，林白首才看着玉瓷一字一句地说道：“其实，宁青墨从来没有叛门。”

玉瓷的手指在一瞬间紧紧地握住，一眼扫向在场的人，很多人的脸上都和他一样，露出了震惊的表情。林白首到底是藏了多少秘密，打算一次性说完不成？

“我今天，是特地为他洗白的。”林白首哼了哼，“他一直都背负着叛徒的恶名，实际上他却是长欢门最大的功臣。其实，在宁青墨拉拢六大楼主之前，他已经察觉到门里有了叛徒。可是，不管用什么办法，一直都没有找到叛徒的下落和线索。为了成功地打到叛徒的内部，宁青墨和我才商量着，由他的叛变，来引起那些人的注意。所以，宁青墨才会在之后变成一个血腥残暴的人，直到后来，他终于追查到了叛徒的线索。可是，却不小心暴露了自己。于是钱盛他们就以玉瓷为诱饵，逼迫宁青墨来偷古雌钥匙。那个时候，青墨已经被钱盛所控制，根本没有机会告诉我这一切。青墨为了弟弟，也为了长欢门，只有按照他们的要求去联合六大楼叛门。”

说了一大段话，林白首有些口干舌燥，派人端了茶过来，喝了几口才又继续说道：“当我得知元宝被他抓走以后，甚至怀疑过，他为了弟弟准备背叛长欢门了。后来，在浮屠塔里把他抓住的时候，看着元宝和他身上同时烙下的那些符号，我才意识到，他是故意把元宝逼到那里的！但是，他们身上的符号我看了无数次，却还是不知道到底是什么含义。直到这一次，那一批翡翠的出现，我才忽然明白。浮屠塔里刻上的内容，用的是长欢门最初建立时所用的上古密码来编写的，是到了后来，为了方便信陵楼才渐渐地改用现在的密码的。这些密码，正是叛徒用来传递信息的内容。那个时候，青墨只能把线索留在他和元宝的身上，他其实想告诉我的，是那些同根同源的符号。只要沿着符号的线索去查找，门里真正懂这些符号的人屈指可数，很容易就能抓到叛徒。可惜，我却一直到那批翡翠查出来以后才明白。如果我早一些意识到他的用意，或许，也就不会有今天这样的局面了，长欢门也不会陷入到危险当中……他所做的每一步，全是为了长欢门，他从来都没有叛过门。所以，玉瓷啊，鉴于之前对你哥哥的误会和他背的黑锅，这一次，我就不追究你在长欢门所犯下的那些错误了。不过，如果再有下一次，就别怪我不讲情面了……”

听着一直以来想要了解的真相被剥开，玉瓷那满腔的恨意和怒火仿佛被这头顶的阳光所蒸发，真相往往不止一个。可是，越接近事实本身，真相就越震撼和颠覆。林白首已经把一切都告诉了他，他所有的困惑和不解也都得到了解释，玉瓷不知道还能再问什么，只有沉默。

林白首看了玉瓷一眼，以为他需要时间来消化他说的话，于是，把头转向听得一脸严肃的元宝，笑吟吟地说道：“元宝，你这次的表现很不错，保住了长欢门，也保住了大家。所以，作为特殊的情况，我特准你成功地毕业了！恭喜你加入六大楼，到时候我会安排你先到六大楼轮流学习，最后再根据你的情况，确定你适合的楼！”

“啊？”元宝被林白首吓了一跳，手中的碗一时没握稳，摔到了地上，愣了半天都没反应过来。要不是宋宇贤在旁边提醒她该回神了，估计她能一直在原地愣下去。

“啊，谢谢门主！”元宝激动地冲过去就想抱住林白首，表示感谢，却被他轻易闪开。元宝没有表达自己的谢意怎能放手，于是，好好的解释大会，后来竟成为围观战，所有人坐在椅子上，一边嗑瓜子，一边看着元宝对林白首狂追不舍。

“好久没有看戏了，今天就看这两个人消遣一下吧。”

玉瓷听着他们小声地议论，长长地舒了一口气。所有想要知道的也都知道了，未解决的问题也都解决了。曾经为之而来的苏眉景，也成了刀下亡魂，到底他并不是长欢门的人，也已没有了继续留在长欢门的理由了。

所以，就算林白首没有下逐客令，他也得走了。

只是，临走前有一些话，他却不得不说。想了一圈，他本来以为自己会有很多话想找元宝聊聊，可是，真正告别了，他才发现，他最想见的人，居然是宋宇贤。

于是，他主动去找了宋宇贤。

“我明天就走了。”玉瓷的脸上是一如既往的温柔，只是，或许是压在心里的大石终于落下，他的笑容里难得地多了几许淡然。

宋宇贤冷冷地应了一声便不再说话。

“元宝那儿……”玉瓷顿了顿，“你替我说一句再见吧。”

“自己去说。”宋宇贤想都不想直接拒绝。

“你还真是一点面子都不给。”玉瓷尴尬一笑，在屋子里转了一圈，“希望以后，我都不会再来了。”

“哦。”

“你好好照顾她。”

“我会的。”宋宇贤站了起来，眉头紧蹙，“她说过，她喜欢的人是你，但是，有一天我会代替你的位置。”

她喜欢自己？难道当时那句“以身相许”，其实不是玩笑？玉瓷怔了怔，她在他面前所表现的，不是一直都喜欢宋宇贤的吗？

“如果我说我想把元宝带走，你会不会抄家伙？”玉瓷不知道该如何接下宋宇贤的这一句话，只好调笑起来。

“她开心就好。”宋宇贤的声音带着一股让人感动的暖意，却丝毫没有把玉瓷的话放在眼里。

只是，这样的豁达，玉瓷是做不到了吧。想起来到长欢门以后，亲眼目睹着元宝和宋宇贤之间的种种，宋宇贤这样无条件地付出和陪伴，对待元宝的从一而终，这都是他所不及的。所以，比起宋宇贤来，其实，他还是不适合她。后知后觉总是来得太晚，注定错过。有些感情，与其说出来让人为难，还不如永远藏在心底。

这样想着，玉瓷也就渐渐放下了。只是，临走这一日，看着忽然来给他送行的元宝，玉瓷却有些惆怅。没有想到，两个人之间发生了那么多的误会和矛盾以后，她竟然还会来送他。

“你回去打算怎么办呢？”元宝看了看他身上的包袱，好奇地问，仿佛他们还像最初相识那样，中间从未横亘过无数的误会和争吵。

玉瓷看着她轻笑起来：“当然是继续做我的三皇子了。”

“秦深……”

玉瓷看她的样子就知道她想说什么，所以，先她一步打断了她的话：“我回去以后父皇会赐婚的。你要知道，作为一个有美好前途的三皇子，我必须得听话才有未来。当然，有可能的话，我也不想和你们这种宅门世家什么的扯上关系了，太累。”

“赶紧滚。”就知道他吐不出什么正常点的话，难得她鼓足勇气来和他告别，他也不知道煽情一下。

“元宝，我们做兄妹吧。”

元宝听见这个就想抽他：“玉瓷，这种事情我实在做不来。离开长欢门以后，你继续做你的皇子，而我继续做我的门众，我们以后应该都不会有交集了。你就把这个当作人生当中一段美好的经历就行，不要再纠结这个问题了，行不行？”

玉瓷笑了，就知道她要这么说。

他不是能轻易说出自己感情的人，不是因为无法确定，而是因为胆怯。他对待感情，从来都不像元宝这样勇敢，或者清楚明白。也许，就像秦深说的那样，其实就连他自己，也并不懂得什么才是真正的爱。所以，与其总在一个地方糊涂，还不如彻底舍弃。从小的皇宫生活，已经让他对世间的感情产生怀疑，再加上秦深的死给他带来了不小的影响。有时候，如果我们害怕受伤，最好的办法，那就是不接受了。

“唉，有时候魅力太大也真是一件麻烦的事情，谁都舍不得。走了走了，再见了啊。再说下去估计你会跟着我跑了呢。”玉瓷又恢复往日里那自负的样子，在元宝的鄙视声中，踏上了马车，朝她挥手告别，“元宝，从今以后，我们会走上两条不同的路。希望，有机会我们还能再见，祝你好运。”

元宝看着温柔的笑脸，想起第一次相见时被他的容貌所震慑住的一幕，不过短短数月，她竟会对一个外来人有了眷恋，明明心里很想说一句“有空常来”，可是，话到了嘴边却成了“不见不见……”

第三卷

成大事者，必无情

第一欢　出门

长欢门又再次恢复了平静。

只是，经过这么一次战斗，长欢门里死伤过半，门众数量锐减。虽说林白首一向秉持重质不重量的宗旨，但是，这一次却也让他意识到，有时候人数还是一个很重要的东西！尤其是出现这种群架的情况，一个人的精力毕竟是有限的。就算能以一敌百，人数上压倒性的差异，也还是容易出幺蛾子。所以，为了培养楼众，柳唯唯作为副楼主，这次被委以重任，出去寻觅了一批孤儿带了回来。一时之间，长欢门里尽是些孩子们的欢声笑语，倒是减淡了几分沉重。

当然，除了无良楼以外。

现在各大楼每天都忙着整编，无期作为无良楼的楼主，大多数事情都是交给副楼主去做，自己则只关心药毒的事情。尤其是自从元宝中毒以后，因为一份自责，天天都把自己关在万毒阁里研究解毒的配方。

元宝正好也没有什么事情要做，这段时间以来，整日被无期给抓着，都快成药罐子了。无期一会儿配了这个药给她吃，一会儿又把她丢罐子里泡着。元宝的身体也因为这些乱七八糟的药而变得异常紊乱。药物的副作用把她弄得一宿一宿地失眠和恶心。

扛了一段时间以后，元宝实在是扛不住了，便来抗议："我说无期，你到底有没有配出适合我的药？"

"催什么，没见我在配啊。"无期埋头继续着手上的工作。

元宝也有些不明白了，按理说无期也算得上是解毒的一把好手了，怎么会配了那么多次都没有配出解药来呢。元宝继续问："都喝了这么多药了还是没啥作用，我到底中的是什么毒啊？”

“一个很糟心的毒。”无期言简意赅，一副懒得搭理她的样子。

看来就连无期也不知道她中的是什么毒了。元宝有些崩溃，早知道她就不该手贱，非得去抢江云隐的笛子了。现在好了，自找麻烦！鬼知道他到底在那根刺里面下了什么毒药！好好的一个宅门斗争，非得弄得和那些江湖门派的纷争一样！本来就是一个将死之人，现在完蛋了，再配不出解药，直接就见始祖去了！

“无期，我这毒是不是无解了？”元宝小心翼翼地问。

“胡说八道。”无期抬起头来瞪了她一眼，“这天下间就没有解不了的毒。”

作为无良楼的楼主，听楼的名字就能知道，无期更擅长的其实是下毒，而不是治疗。因为她的病，无期才不得不转成了“大夫”。可是，再怎么转，他也毕竟不是神医。虽然元宝不想刺激他，但是，医术精湛和神医毕竟还是有区别的。元宝不想他总在一件事情上浪费太多时间，毕竟，他已经为她做得够多了。

“无期，你不要勉强了。我刚才吐的血又变深了，你就给我说实话吧，我还能活多久？”

元宝忽然的认真反倒让无期有些无所适从，他停下手中的活儿，叹了口气说：“两个月。”

“这么短！”元宝愣了一下，“真的没有解药了吗？”

“有。”无期叹气，看来江云隐的计划又要得逞了。

“在哪儿？”

“在江云隐那里。”

元宝就知道是这个答案，便说：“那我找他要去。”

“解药那是你想要，他就会给的？”无期忍不住瞪她，“真是越来越异想天开了，怎么一点长进都没有。”

“不给我，可以偷啊！”

“没用的。”无期摇头，“唉，看来让你一直待在门里也是不行的。再待下去，你都要成傻子了。”

元宝翻个白眼说：“不要把门主说你的用到我身上！”

无期也懒得和她斗嘴，直接说：“你知道长欢门和云剑楼的事情吗？”

“长欢门和云剑楼还有啥事，不就是他们忽然冲进来杀我家人了吗？江云隐这个兔崽子，尽做这种见不得人，乘人之危的事情。”

“不是这个。”无期走到药罐子面前，一边摆弄药，一边说道，“你可知，云剑楼是长欢门的始祖东越焕的妻子珠绣建立的。”

“啊？云剑楼难道和长欢门是一家人？”元宝难以置信地看着无期，“以前没有在小人书里看到过这一段啊。”

“废话，这是高层才知道的事情，你当然没见过。你别打岔，听我说。”无期喝了口水继续道，“当时，浮生门开，四处战火连连，天下一片混乱。始祖为了百姓苍生，牺牲自己打造了古雌钥匙，而珠绣也为了辅助他而成立了云剑楼。起初，长欢门和云剑楼是相辅相成的，但是，后来出了一些事情，珠绣以为门主背叛了她，所以两个人决裂了，并试图偷走古雌钥匙。可是，始祖却并没有告诉她，放在浮屠塔里的，是掩人耳目的假钥匙，真正的钥匙其实是他本身。不过，始祖为了保住这个秘密，不得不杀死珠绣。当时为了此事，两边的人差点兵刃相见。云剑楼是珠绣的一番心血，所以，珠绣死了以后，为了维系长欢门和云剑楼的关系，也为了保护云剑楼，始祖和当时的云剑楼楼主定下了结姻的约定，由长欢门内，与云剑楼的少主同时出生的人，与少主结为夫妻，算是命定姻缘。”

“哎呀，这么说，江云隐和我还是亲戚啦？”

“别打岔。”

“本来，每一代都有相吻合的人结姻。但是，到了云剑楼江云天这一代，却出了一点问题。他一共有三个儿子。大儿子和小儿子的出生时间，门里都没有相应的同时出生的女孩，唯独江云隐的出生，有了。”

“那是谁，那是谁？”元宝激动起来，“既然这样的话，我直接找他媳妇帮忙不就能有解药了嘛。”

“你是真傻还是假傻。”无期喷她一脸吐沫星子，“要和他结亲的人是你！你们俩是同年同月同日同时同分同刻生的！”

元宝被无期吼得愣了片刻才反应过来，无期铺垫了那么一堆，竟然是想说她和江云隐的关系：“要不要那么夸张！要不要那么巧合！”

“不是巧合，是命！”无期强调。

“那既然有这样的关系，他还带着人来长欢门打群架。就冲着他杀来长欢门这事，这婚约早该作废了！”

“两口子都有吵架的时候，还别说这样的两个大宅门了。长欢门在林门主的领导下，越来越有一统全国之势，而云剑楼作为如今最大的宅邸，江云天那么小肚鸡肠的一个人，怎能容忍得了长欢门一直压着自己。所以，如今长欢门和云剑楼的关系不好，尤其是在经过这次事件以后，林门主和江楼主明里暗里也都是指着这一次和亲了。”

“为什么一直都没有人告诉过我？”元宝一想到自己竟然刚出生就和人订了婚约，这脑子就有点不够用。

“因为还不到时候，说了也是白说。”

“我真的要嫁给他吗？”元宝有些不甘心。

“看你的造化了。谁知道呢。”这种事情无期也说不准。元宝是一个神奇的人，什么常规的事情发生在她的身上，最后都得变得不常规了。所以，无期也不好妄下定论。更何况，林白首一直态度不明，谁知道他会不会一时兴起，拒绝婚约呢？

“照你这么说，那是不是意味着，我如果想要解药的话，就必须得嫁给他？”

“哎哟，可算是有点智商了。”无期难得地表扬了她一句。

元宝深吸一口气，说：“不嫁会怎样？”

“那就是违背了百年的契约，你会成为千古罪人。”

“这是要我的命啊。”如果说联姻真的是缓和长欢门和云剑楼关系的纽带，那么，这样的罪名她可当真是担不起。

可是，元宝想来想去，都觉得自己这次亏大发了。但她又深深觉得，像江云隐这样的男人，是坚决不会喜欢上自己，并且娶回家里去的。不然，两个人还不得打翻天。而且，无期也说了，这事现在也没有定死，所以，超过两天以上的事情，元宝都没有习惯去考虑，与其担心这些有的没的，还不如想想办法怎么保住小命要紧。更何况，就算真要和他成亲了，万一她活不到结婚那会儿呢，现在不也就是白担心了嘛。

现在既然还有两个月的时间，与其在门里这么一直被无期的解药折磨，还不如直接去找江云隐，实在不行，从他那里偷解药也行！反正婚姻这种事情，走一步算一步嘛。于是，有了新想法的元宝就把自己的想法和林白首说了一下。

林白首一听她要出去，本来想要拒绝，但是，元宝现在毕竟已经成了六大楼的人，他没有理由继续把她囚禁在长欢门里了。

可是，想要出去，却不是那么容易的。

作为一个刚刚毕业，还没有任何成绩和工作岗位的新人来说，林白首还是需要对她进行一个多方面的考核。于是，元宝被迫报名参加了六大楼里每月举行的迷你型考核："种萝卜、插花、智力闯关"铁人三项。

虽然元宝对于长欢门这种奇奇怪怪的考核每次都无力吐槽。前两个所有人都觉得元宝勉强能过，但是最后一个吧，大家伙实在为她的智商着急。可是，也没办法，林白首其实也很矛盾，不让她离开长欢门，那么，无期到现在也没有配出解药，要是她挂了，那就麻烦了。让她出去吧，她现在这点三脚猫的功夫，他又不放心，总觉得她还是那个长不大的孩子。更何况，她也从来都没有出去过，很容易被骗，到时候回都回不来，那情况不是更严重？

不过，元宝却不在意林白首的担忧，只一心想着怎么样才能通过这个月考。所以，趁着有时间，急忙把金惜和重离给召集起来开小会。

只是——

"元宝，你这个智力闯关打算怎么办？"元宝一听这种询问就崩溃了，不要每次都拿这个说事行不行！

"我很聪明好不好！我现在不担心最后一关，担心前两关！"

"你确定你能过吗？"金惜一副你根本过不了的样子看着元宝。

"悬。嗯。"重离肯定地点了点头。

元宝简直都要疯掉了！说得好像她是个白痴似的！

"我找你们来是帮我的，不是来挤对我的！"元宝怒冲冲地吼。

"好吧，好吧。看在你这么迫切想要出去自救的份儿上，我给你打个友情价吧。"金惜又开始拨弄手中的算盘了。

重离面无表情地看了看元宝，说："浪费时间。嗯。"

"浪费个锤子，想当初，你，你被关起来，我当时冒着生命危险去引江云隐，现在被他弄得就剩两个月可以活了。还有你，重离，你昏迷不醒，我有嫌弃你们没？我好歹也是你们的救命恩人，没见过你们这么报答救命恩人的！"

金惜对于元宝的指责一点都不觉得愧疚，反而气定神闲道："正所谓救人不求谢，真没见过你这种救人一命天天念叨着要报答的。你要这么算的话，你这辈子怕是还都还不清你欠我们的恩情了吧。"

"那个不算。"元宝就知道这辈子欠啥都不能欠人情债，"你们一定要帮我！唯唯又不在，就指着你们俩了！"

"行啦行啦，真磨叽，又没说不帮。回头把钱拿来，我替你疏通疏通。"金惜挥挥手准备要走。

元宝一把拽住他："这不还是要钱啊！"

"废话，没钱谁管你啊！"

"你死在钱眼里了！"

"多谢祝福。"

"……"

斗嘴，是无止境的。

但是，金惜也就嘴上说说，元宝真要找他帮忙的时候，没钱他不也是照样得帮。只是，现在的他毕竟身为聚金楼的楼主，有些事情，还是要在意一下上级领导的意思。所以，在发现林白首虽然有些矛盾，但还是希望元宝能够出去顺利拿到解药的想法以后，就迅速着手去给元宝准备参加考核所需要的药物了。

最终，在各位好友的帮忙下，元宝悄悄地把金惜给她的药粉，抖到了她的萝卜里，从而导致她的萝卜是所有人当中长得最大的！

然后，在插花这一轮，重离充分发挥了他心思细腻的作用，在场外用一堆树枝拼凑出了最好的插花，让元宝模仿着，最终取得了胜利。而最后的智力闯关，宋宇贤到底还是放了点水。毕竟，比起元宝出去以后的安危，他更在意的是她的生死。只要任何能够让她活着的机会，他都是不会放过的！所以，最后，元宝还是顺利地通过了考试，准备着正式踏出长欢门了！

不过，考虑到这毕竟是自己第一次出门，元宝还是有很多担心的地方。本来她想要找重离陪着她一起出去的，谁知道重离竟然在她考核完了以后就闭关修炼去了，一时半会儿也出不来。元宝只好放弃了找人陪同的想法。为了能够应对出去以后会出现的问题，元宝特地从藏书阁里找好了一堆关于宁朝风土人情的书籍，打算在路上做参考用的。谁知道，宋宇贤居然在她收拾屋子的时候来找她。

“元宝，这次我和你一起去。”宋宇贤淡淡地说道。

“啊？不用不用，你每天那么忙，我自己可以的。”每次只要在宋宇贤身边，元宝就做不到像和重离他们在一起时那么轻松，尤其是自从上一次宋宇贤亲了她以后，她一直都有一种把宋宇贤从神坛上拉下来的负罪感，所以，始终和他保持着距离。

宋宇贤看着她这模样，又怎么会不知道她心中所想。

她总是很怕他。可是，他却想要趁着这个机会，好好地改善一下他在她心目中的形象。所以，好心提醒道：“云剑楼，不是那么好进去的。”

“我可以卖身葬父啊。”元宝坦白，她都计划好了，到时候这么进去。宋宇贤要是在的话，总不可能让他演他爹，那气质完全不搭，会穿帮的！而且，换成是重离的话，好歹也能卖身葬弟！

“我会帮你。”宋宇贤笃定地看着她。

“这个……小宋宋，其实我可以的。”

“嗯？”简单的一个字，九转回肠，绕得元宝掉了一地的鸡皮疙瘩。

得，一听这语气元宝就怂了，再这么说下去，回头把宋宇贤惹毛了，那就难办了。

“哎呀，小宋宋，你跟我走，这可是天大的荣幸，我就知道你最体恤我们这种可怜的小虾米了。”

“别废话了。好好收拾吧。”宋宇贤说完转身就走了。

元宝看着他的背影欲哭无泪，唉，宋宇贤为什么总是那么难沟通！

长欢门的人，因为这一次元宝的出力，对她有了一定的改观。虽然不太明显，但是，元宝还是感觉到，大家对她似乎没有以前那么刻薄了。尤其是现在看着她第一次要出长欢门，大家还集结起来给她送行。

“唉，看来我在大家眼中还是很重要的。”元宝感动地对宋宇贤说道。

宋宇贤淡淡地扫了她一眼，说：“他们是来送我的。”

元宝狠狠地瞪他一眼，就不知道让她自我满足一下，非得拆穿！

“元宝这待遇够好的，宋宇贤跟着去呢。”

“门主是怕她出去丢脸，所以特地找人看着她的吧。”

“真怕她把宋宇贤给带坏了啊。”

“也是啊。”

“……”

元宝虽然很想在这个时候，表现得依依不舍一些，但是，听着他们的这些絮絮叨叨，元宝就恨不得立即、马上离开这里！金惜出门，重离闭关，唯唯也不在，元宝其实也没有什么人可以告别的。耳不闻，心不烦，再听他们絮叨下去，估计她又会和人吵架了。于是，拉着宋宇贤就迅速地钻进马车离去。

人群的远处，无期站在台阶上一边搓手，一边对林白首感叹道：“她走了。”

林白首目光悠远地看着远处，说：“希望她不要让我失望……”

第一次下山，元宝对外面充满了新鲜感。一出了长欢门的林子，整个人就处于高度活跃的状态，浑然一个没见过世面的市井小民。

尤其是当她尾随宋宇贤来到市集以后。

看着琳琅满目的街道和来往的行人，元宝就跟疯了一样，拉都拉不住。

怪不得重离总说要出来看看外面的世界是什么样的了。城镇的每个角落所散发出来的陌生气息，让元宝异常兴奋。每一个路过的人都是不认识的，虽然外面卖的东西，其实在门里都见到过，甚至，门里的还比外面的好，可是，元宝就是忍不住想要多买一些，多看一些，总觉得沾染了俗世和陌生的气息，和平日里自己所看到的那些是不一样的。

“你说，这里每天都这样吗？”元宝一边不停地买东西，一边问宋宇贤。

宋宇贤看她这副手忙脚乱的样子，面瘫脸上难得有了笑容：“今天是赶集。一个月只有这么一次。”

“哎呀，那我们不是正好赶上了吗？好巧啊！”元宝激动地欢呼起来，“我们这运气，得是有多好啊！”

“嗯。”宋宇贤本来想说让她不要玩太久耽误了时间，但是，看着她开心的样子，想着十几年来，这是她第一次到外面走动，心里就忍不住想让她多玩一会儿，“今天先好好玩，明天我们再赶路去庆安城。”

“小宋宋你最好啦！”元宝欢呼起来，看到前方似乎有卖艺的表演，难得宋宇贤这么善解人意，元宝一股脑地把手里的东西全塞到了他的怀里，然后丢下一句“我去看看”就朝着人群挤了过去。

不知道挤了多久，当元宝好不容易挤到前面的时候，身后忽然涌来一群民间艺人的杂耍队伍，人群的方向顿时随之转移，元宝兴高采烈地跟着人群一起挪动，等到她看得差不多回头的时候，才发现宋宇贤竟然跟丢了！

元宝四下看了看都没有找到宋宇贤的身影，心想有可能他是回客栈放东西去了，反正镇子也不大，他要找到她也用不了多少时间。于是，元宝摸了摸依然鼓鼓的钱包，冲向了摆满小吃的那条街。

品类繁多的摊位上大多是一些元宝见没有见过的食物，反正她还有钱，于是，就一个一个摊位顺着吃了起来。眼看着黄昏将至，宋宇贤还没有找来，元宝也不好一直在这里吃着，于是，只好一边往回走，一边慢慢地吃着手里的食物。然而，一心沉浸在食物里的元宝却没有注意到，身后悄然靠近的两个人。待到她转入小巷准备抄近道的时候，一个麻袋从后面忽然兜头罩了下来，然后迅速系上口，丢进了旁边停好的马车里。元宝懵了一下，还来不及反应是什么情况，就已经被麻袋里超量的蒙汗药给弄晕过去。

当元宝醒来的时候，已经是半夜了。

看着面前在嗑瓜子的两个中年络腮胡男人，元宝吓了一跳，虽然总听林白首强调外面险恶，却没有想到危险居然这么快就来了！早知道就该在出门前烧一炷香的！见过不靠谱的事情，真没见过比这个还不靠谱的了！要不要一出门就被绑架啊！

面对眼前这两个猥琐的男人，元宝本来想开口问“你们是谁”，发出声音的时候才发觉自己的嘴竟然被堵了起来，只能发出“呜呜呜”的声音。

听到她的声音，两个大胡子即刻从椅子上跳了起来，围着元宝转了两圈。然后，又走到一边，偷偷摸摸地不知道在商量着什么。没过多久，一个脸上有个红唇印的男人走了进来，一看元宝，顿时就给了那两个人两巴掌："两个废物，我怎么和你们说的，说了几百遍了，捆的是她旁边的那个小白脸，你们给我捆个女的来干吗？"

"捆错了，捆错了！"个儿高一点的男人急忙点头哈腰地道歉。

"现在才发现捆错了，早干吗去了？"

"要不咱们把她杀了，重新捆吧。"矮个儿的男人提议。

"杀个锤子啊！"元宝无语望苍天，在心里把这群二百五给怒骂了一遍，真是一点专业性都没有！捆错人这种事情都能做得出来，要不要这么业余啊！

元宝看着三个男人凑到一边去商量着怎么处理自己，深深地觉得不能这样坐以待毙，好不容易出来一趟，这要是不明不白地死在他们手上了，元宝做鬼都不能安心的！

所以，在这个关键时刻，元宝决定自救。于是，元宝用力呜呜呜地叫了半天，他们才注意到似乎应该听一听当事人的看法，于是走过来扯下她的布条。

"你呜呜什么呢？好好待着！"红唇男人不耐烦地呵斥元宝。

元宝就知道，跟宋宇贤在一起就容易成为目标，亏得她醒来的时候还以为遇到什么江洋大盗、杀人魔王、采花大盗什么的呢，现在一看，根本就是遇到了三个拐卖青年壮丁的地痞流氓。宋宇贤要知道自己居然被这些无赖盯上了，估计老血都能吐一地了！

"我提议咱们换一下，行不行？我告诉你们怎么去捆那个小白脸，你们把我放了，如何？"

"唉，好主意。"矮个儿男人说。

红唇男人一巴掌又拍了过去："好个屁！听她扯淡，她和那个小白脸是一伙的，当我们傻吗？"

"那咋办？"

"送去妓院吧。"

“别，我是已婚大妹子了，不值钱的。”元宝急忙插话。

“看不出来。”三个人一致摇头。

“真心的！”

放眼望去，天下间恐怕也只有元宝被捆了还能在这里和他们讨价还价了吧。

“老大，我看这个妞好像不太怕我们。”高个儿悄悄地说。

拜托你的悄悄话能小声点吗？大得我都听见了！元宝心里嘀咕。

“管她怕不怕的，送妓院卖了算了。麻烦。”红唇男人拍板，不再继续讨论。

元宝看着他们齐齐离开，继续去嗑瓜子的背影，只有五个字在心里不断地盘旋：奶奶个熊啊……

这一边，元宝遇到了三个二百五，愁得无比惆怅。而另外一边，发现元宝失踪了的宋宇贤已经处于抓狂状态。明明镇子不大，却找了好几圈都没有找到元宝。宋宇贤只好给信陵楼留信，让他们协助追查元宝的下落，可是，找不到元宝，宋宇贤就焦心得要死。

以当时的情况来猜测，宋宇贤推断元宝一定是遭遇了绑架。只是，他无法确定，这个时候有谁会把元宝给捆了。捆她的人又有什么目的。因为元宝的真实身份只有林白首和他知道，所以，绑架她的人应该不是冲着她的身份去的。可是，如果不是这样的话，宋宇贤根本想不出有人会捆她的理由到底是什么。哪怕就算是江云隐，元宝这次的目的就是冲着他去的，他又怎么可能还来多此一举？

宋宇贤越想越糊涂，越没有头绪也就越烦躁。想来想去都不知道会有什么人对元宝下手。宋宇贤却忽略了，这个世间不是每件事情都有那么多的因果关系，来龙去脉的。还有一个词，叫“乌龙”！

夜色渐深。

元宝不能再等下去了！本来她还抱着宋宇贤要是发现了她的失踪，应该很快就能找到她的想法。但是，面对着这三个土匪，元宝要是再不作为的话，真被他们给卖到妓院去，到时候要跑就来不及了！想她一世英名，要是毁在了妓院里，林白首不得把她给拆了啊！

于是，元宝趁着三个人睡觉的时候，一直不停地在蹭手上的绳子，然而，也不知道元宝最近倒得什么霉了。红唇的男人睡到一半起夜的时候，看见一只乌鸦，于是，回来以后立即就把睡着的人给踹醒，说什么看见乌鸦要倒大霉，这个地方风水不好，估摸着元宝不是个什么吉祥的玩意儿，所以，要立即就把元宝给处理掉。以最快的速度卖到妓院里面去。随即，元宝被他们直接用麻袋套住塞进了马车，向着不知名的地方狂奔而去。

元宝对于这三个二百五已经无力评论了，以他们现在这个速度，估计很快就会到达目的地，所以，元宝也没心思在意别的，只一个劲儿地想办法把手上的绳子给弄开。虽然麻袋套着不方便挪动，但是，好歹她比较瘦，这么一个麻袋的空间对于她来说，还是足够的！

终于，在元宝的努力下，总算是把手上的绳子给解开了。然而，当她好不容易用牙齿把麻袋给咬开，挣脱出去的时候，车子忽然发生了颠簸，三个土匪嚷嚷着“前面来了一辆不明物体”，随即，看到元宝从麻袋里挣脱出来，急忙把马车停下，想要把元宝给活捉。

可是，元宝还没有来得及出手，前面一辆无人驾驶的失控马车突然就撞了过来。两车相撞，好在元宝还算有点三脚猫的武功，躲开这种意外还是没问题的。然而，当她和三个土匪同时安全着陆的时候，还没有看清楚到底对面是什么人驾的马车，一群黑乌鸦一样的剑客，刷刷刷地就冲着他们刺了过来。

“老大，我们遇到土匪啦！”其中一个男人大喊着。

“我就知道今天风水不好，奶奶的，居然敢挡我的路，给我抄家伙上！”红唇男人大喊着，随便捡起一个能使的就和黑乌鸦们打了起来。

元宝一看，这不是大好的逃跑时机吗？于是，直接扯过了刚才冲来，却没有倒地的马。只是，这匹马上却驮着一个相当重的木桶，元宝怎么也弄不掉。索性也懒得弄了，跳上马一夹马肚，直接向着相反的方向策马狂奔。

不知道跑了多久，也不知道跑到了哪里，元宝一直跑到马都累趴下了才停下来，舒了一口气休息。或许是因为刚才太过激动的缘故，元宝的心跳一时之间有些紊乱，好在这一次为了避免丢失，元宝把随身的药挂在了胸前。为了不在这荒郊野外出现什么问题，元宝急忙拿出药来吃了一颗，缓解身体的不适。

只是——

“你快把我颠死了。”元宝刚把药咽下，一个奶声奶气的声音就突然从木桶里传了出来。元宝顿时吓了一跳，木桶的盖子被从里面掀开。一个衣着华丽得近乎夸张的男子随后从木桶里跳了出来。一张娃娃脸惨白得毫无血色，却带着一股让人忍不住想要靠近的亲切。

“你也不会骑慢点。”男子说完，扶着旁边的树干就是一阵猛吐。

元宝瑟缩了一下，呆愣在场：“你是人是鬼？”

“你见过穿着这么漂亮的鬼吗？我是符京，你是谁啊？”

“元宝。”

“哪儿，哪儿？”符京闻声，立即在旁边找来找去。

“我是说我叫元宝！”

“你这名字很有特色啊！祖上是做采矿生意还是钱庄生意？”符京说着朝元宝有气无力地走了过来。

“很难讲。”元宝也不知道长欢门到底算哪种生意，他说的门里好像都有涉及，只要是赚钱的，聚金楼从来都不会放过。

符京上下打量了元宝一番，也没细问，找了一块干净的石头，吹了吹上面的灰，拉着自己的衣服，小心翼翼地坐下来，待到坐舒服了才又继续道：“这里真脏。对了，既然遇上了咱俩也有缘分，你打算去哪儿？”

“呃，找人。”元宝想了想，现在最好的办法就是赶紧去找宋宇贤会合去。

“这个时候找什么人啊？”

“和我一起的朋友，我们走散了。”

“你们是要去哪儿？”

“云剑楼。”元宝看他也不像什么坏人，索性告诉了他。

“哎哟，你也去那儿啊，我也去的。你朋友是个男人吧。”

元宝惊讶地说：“啊咧，你怎么知道？”

“现在可是一年一度的比赛季了呢！你们去云剑楼难道不是冲着这个去的吗？”

“什么比赛？”

符京一副“你真是没有见识”的样子看了看她，说：“大宁国全国美男子选拔赛。”

“我天，居然还有这种神奇的比赛！”元宝意外地看着他，外面的世界果然花样百出，“你是去参赛的吗？”

“是啊。”符京笑了起来，站起来转了一个圈，“你觉得我怎么样？”

元宝仔细地看了看他，摸着下巴严肃道：“很有潜力。”

“嗯。我也是这么觉得的。”

“就是，你的眉毛淡了点。”元宝的目光停留在他的眉头，末了又震惊地大叫起来，“话说你是没有眉毛啊？”

符京用食指轻轻地擦了一下眉头，说：“谁说没有的。我眉毛就是长得不太明显而已。”

“完全看不出来那里有眉毛！”元宝被他可爱的样子逗乐，“对了，你怎么会在木桶里面的？”

符京孩子气地撇了撇嘴：“我是偷跑出来的嘛。我爹不准我参加这种比赛。”

“刚才那群黑乌鸦是来找你的？”

“哦？你说乌衣卫啊。是啊，这群黑乌鸦是我爹的狗腿子，为了把我抓回去，简直无所不用其极！气死我了。要不是我聪明，钻到了木桶里，指不定又被他们抓回去了！我被我爹耽误了三年了，这一次，我一定要成功地参加比赛！”说起这个，符京就一脸斗志高昂的表情。

元宝完全没有想到还有这一出，鼓励似的拍了拍他的肩膀：“有志气有梦想，好样的！”

“那必须的。”符京自豪地扬起头，“元宝啊，你觉得我穿这个衣服怎样？这个鞋子呢？你说这个颜色的衣服穿着会不会显得比较沉闷？”

一看符京就是那种典型的富贵公子，成天就只琢磨着衣服和美丽这两个问题。

不过，元宝鲜少遇到和她一样话多的人，而且两个人难得一见面都还比较聊得来，于是还认真地对他的疑问进行了详细解答。

说着说着，符京忽然沉眉拉住她问：“你说我这次能超过江云隐吗？”

“啊？”元宝听到熟悉的名字愣了一下。

符京却以为她不知道说的谁，故意提高声音解释道：“就是那个蝉联了三年全国选美大赛冠军是我必须要打败的目标全国出了名的江云隐啊！”

符京一口气说完太多字，一下子还有些喘不上气。

元宝在心里重复分解了好几遍才听明白他说的是什么，惊讶全摆在了一张脸上：“他居然是全国选美冠军？”

“是啊！”

元宝想了想也对，这么无聊的人参加这种比赛也是很正常的，更何况，又是他们家自己办的，走个后门什么的也就更正常了。

“放心，我觉得你必定能够打败他的！”元宝鼓励地说着。但是，刚才两个人聊得太投入，什么时候马都没了，也没发现。等发现的时候，已经太晚。元宝这才想起来，两个人似乎并没有彻底摆脱危险，万一那群黑乌鸦追上来，不分青红皂白，把她当成诱拐符京的人，怎么办？那不就麻烦了嘛！

“咱们别聊了，马没了！”元宝急忙把越聊越没边的符京拉回现实。

“哎呀！我的钱全在马上，怎么办？”

“我就这一身衣服，其他啥都没有，你问我？”元宝也有些抓狂，家当全在宋宇贤那里，本来她被绑架了就是个意外，早知道刚才应该把马好好地拴着的。现在好了，什么都没有了！

继续在这里待着也不是个事，元宝迅速地在附近查看了一下，说：“你知道去云剑楼怎么走吗？”

“不知道啊。”

完了，本来元宝以为自己找了一个靠山，现在才发现，这个靠山就是个水货！中看不中用的拖油瓶！她又不认路，连自己被带到了哪里去都不知道，本来还指着符京把她送到宋宇贤那里，送不到的话，好歹送到云剑楼那里，万一宋宇贤在那儿也说不定，现在看来，是不可能了。

“小宋宋一定会杀了我的。”元宝小声地嘀咕了一句，拉着符京就在路上转悠起来。

符京在听到她的嘀咕后，一下子来了兴致：“小宋宋是谁？很美吗？”

“一个很可怕很凶残，但是长得很没有天理的人。”

“哎哟，这世间居然还有这种人的存在，快带我去看看。”

“咱俩现在在哪儿你知道吗？”

符京摇头。

“咱俩晚上吃什么你知道吗？”

符京再次摇头。

“咱俩怎么去你知道吗？”

符京继续摇头。

“你个锤子，你啥都不知道，你还见个屁小宋宋。再不想办法，咱俩就得横尸街头了！”

“不要说得那么夸张。你看，我这个头饰好歹也能卖点钱的。”符京说着，从头上拔下了一根发簪。

元宝看发簪的成色不错，总算是舒了一口气，好歹还有点救。于是，两个人一路边走边问，总算是走到了镇子上。元宝看见一家当铺就迅速地把符京给拽了进去。

“老板，当东西！”元宝一进去就大声地吆喝起来。

“来喽来喽，姑娘你要当什么？”

“簪子！”元宝说着就看了符京一眼。

符京拿下自己的簪子，一副舍不得的样子念叨起来：“哎呀，你有没有觉得我的这个发簪卖了的话，头发就会散了下来，和我现在穿的这一身衣服有点不协调呢？还有，发簪其实对应的是我鞋子的颜色，你说到时候不配了我应该怎么搭呢？”

刚才不还说得好好的，现在怎么又变卦了！

元宝再听他这么唠叨下去，估计得抹脖子，直接拿下自己的发簪，说：“老板，这个能当多少？”

老板的目光从符京的手上掠过，一脸嫌弃地说：“一两。”

“……”都不够租个马车的。

算了，元宝出门前，特地征求过各方意见。尤其是金惜，对她说，要是身上穿的价值太高，很容易成为匪徒和小偷的目标。所以，元宝这次出来，走的都是节俭路线。就连簪子，都用的最便宜最随意的那一个。现在好了，最便宜的不值钱了。

元宝瞪着符京，符京还在那里纠结，要是簪子没了，和他这一身的衣服搭配会带来怎样的影响。现在饭都快没的吃了，哪还有心思去管这个。元宝直接把符京的发簪首饰什么的给抢了下来，丢到柜台上："老板，全当了。"

"强盗啊！"符京呐喊，想要抢回来却被元宝给拖走，"老板，快点换银子！"

好在符京以前在家里的时候，富贵少爷的日子过久了，又这样折腾了一天没有吃任何东西，早就没了力气。元宝为了制伏他，拿出了吃奶的力气把他往一边按。符京到底在意自己的形象，还有衣服，所以面对元宝的蛮力直接投降。东西都已经交过去了，只好老实地等着老板算好了钱给他们。

当元宝拿着四百两银子，从当铺里出来的时候，她的手都在发抖，长这么大第一次拿到那么多的银子，真的是太奢侈了！想不到符京这小兔崽子的东西居然这么值钱！早知道她就多扒几个一起当了好了！

元宝有了银子就不愁去不到云剑楼了，可是，损失了首饰装扮的符京，心情就不是那么美丽了。

符京委屈地跟在她的身后，说："你把我的首饰全给当了，我怎么去选美啊！我怎么赢江云隐啊！"

"你别告诉我，你就打算穿这么一身衣服就去选美了。"

"这是报名穿的衣服啊！"符京强调。

元宝看他都这么大的人了，还跟个孩子似的。虽然在门里，重离长得和他有点像，都属于那种让人一看就很幼稚的，可是，好歹重离一直追求走成熟路线，不会做出这种有失格调的事情。现在看着符京，他才真的是外表和内心完全统一的一个人。都吃不上饭了，还惦记着这一身没用的东西。他知不知道什么叫做穷途末路啊！

不过，看在毕竟也抢了他那么多东西的分儿上，元宝还是很耐心地鼓励了他一下："告诉你怎么才能脱颖而出，要不要听？"

果然，符京一听这个就来了兴致："怎么做，怎么做？你快说说。"

"你见过江云隐没？"

“见过。家里有一堆他的画像。”

“我见过他本人！”元宝用一种过来人的自豪语气缓缓说道，“我跟你说，江云隐那就是浮夸型的，整个一个浮夸的纨绔子弟。你看，你也说了，他都蝉联三届冠军了，大家一直看一张脸怎么着也是会疲劳的，对不对？所以，我觉得，你就应该拿掉你身上那些多余的东西，走一个清水芙蓉型的路线，这样的话，大家一眼就能记住你了。”

听到她这么说，符京顿时变身糙汉子，用元宝的语气咆哮道：“我一大老爷们儿清水芙蓉个锤子啊。”

“那你想怎么样？”元宝无语了，这多好的意见啊！

“我明明走的是樱桃果子的甜美型的。”

为什么忽然觉得好恶心。

“我一个妹子都没要求甜美，你一大老爷们儿甜美个锤子啊！”元宝也跟他叫板。

“谁规定大老爷们儿就不能甜美的？你难道没觉得我长得其实就很像那小樱桃似的吗？”

“我刚吃下去的饭……”元宝一副很恶心的样子往旁边吐了吐。看到她这样，符京顿时炸毛，两个人就这样吵了一路。

好在元宝负责管钱，吵归吵，两个人还是成功地雇到了马车，为了不让符京继续招摇，元宝特地偷偷把符京的衣服给换了，弄了一套朴素的衣服给他穿着，然后一路向着云剑楼赶去。只是，符京这个富公子，安静不了几天，就又开始折腾起来了。

当元宝发现符京居然趁着她睡觉的时候，偷偷地把钱全花了买了一个发簪的时候，元宝真是宰了他的冲动都有了！

“你买这么一个破簪子有个屁用！”元宝拽着他就大吼起来。

“你让我穿那么难看的衣服我都忍了，还让我披头散发，这要传出去，我还怎么参加选美大赛。你不知道负面新闻对我的整体评分会有很大的影响吗？”符京回击得理直气壮。

元宝却有种无语望苍天的感觉：“我只知道现在咱俩没钱，要喝西北风了！”

“天可崩，地可裂，形象最重要。”符京继续振振有词地说着。

“你已经彻底没救了。”元宝放弃跟符京沟通。再这样下去，她肯定要被他气死的。他爱咋样咋样吧。

符京看元宝不理自己，就像一个小孩子似的朝她粘了过去：“喂，元宝，你生气了啊？”

“你说呢？”

“哎呀，不气不气啦。你看，你把我的首饰全部给当掉我都没说什么，不就是买了一个簪子嘛。等到了云剑楼那里，我找到我的书童，给你买漂亮的怎样？”符京也不得不坦白，要不是为了引开他爹，他也不会和书童分开走，也就不会遇到元宝，发生这种落魄的事情了。

“谁稀罕你那些东西。现在没钱了，我们住哪儿？吃哪儿？”

“你不是还有首饰的嘛。”

“我那首饰不值钱啊哥，我给你跪了。”

“没事，我们就在外面睡嘛。”

元宝真心是被他打败了。要她一个黄花闺女露宿是不可能的。为了能够支撑接下来的路，元宝把身上除了穿的以外的东西都给当了。并为了避免符京又乱拿钱，她把身上的所有财产都用来买了两个人路上的口粮。每到一个地方，找到合适的客栈，就又哭又闹，硬逼着老板收留他们一宿。要不是店老板看符京的气质应该是个落魄的公子哥，又听说他要去参加选美大赛，实在于心不忍，每次都还是把柴房腾给了他们，否则，两个人都不知道要喂饱多少的虫子飞蛾了。

只不过，在顺利过了几站之后，越接近云剑楼，客房也就越紧俏。所以，在他们的一阵鬼哭狼嚎之后，这一次，老板只好勉为其难地把马棚给他们住了。

“喂，元宝。我老爹要是知道我睡这种东西，肯定要哭死的。”符京长这么大第一次和马睡一起，被熏得翻来覆去怎么也睡不着。

或许是因为赶路太急的关系，元宝只觉得胸口闷疼，没有心思理他：“怪我啊，谁让你买发簪的。”

符京听出了元宝口吻里的不耐烦，为了避免两个人在马棚里吵架，引来别人的围观，符京即刻收声："我觉得我得去洗个澡。"

"饭都没得吃了，洗什么澡，用口水擦擦。"

"文雅，文雅。"符京咳嗽了一声，也不管元宝，兀自走了出去。元宝的所有注意力都在心口，也懒得管他了，不知不觉就靠在草垛上睡了过去。

"喂喂喂，快醒醒。"进入梦乡的元宝睡得正好，忽然被符京给推醒。正准备骂人呢，就看到符京一脸紧张而小心地蹲到了她的面前。

"怎么了？"元宝问。

符京把手放在她的唇间，用眼神往黑暗中的某个方向瞟了过去："嘘，小声点，你看，他们在干吗？"

元宝沿着他的目光看过去，只见客栈的老板还有小二，在端着的茶壶里塞了点东西。

"下药？"

"这种下三滥的事情他们也做得出来！"符京一脸愤慨，"这肯定是一家黑店！"

"你说我们帮还是不帮？"元宝也有些意外，压低声音问。

"作为一个正义的化身，怎么能不帮？"符京说着已经跨步率先跟了过去。

元宝本来还想谋划一下，既然他都出去了，没办法，她也只好急忙跟上去。

两个人毕竟有些身手，一直都小心翼翼地跟在客栈老板和小二的身后，没有被他们发现。两个人现在不知道客栈里藏着多少他们的人，也不敢轻举妄动，只好等老板和小二放完茶水退出来的时候，元宝和符京才眼神交流了一下，符京随即冲进了刚才那间屋子，朝着屋里大喝道："有毒，别喝！"

话音刚落，符京还没看清楚屋里的人，身后的元宝就一把将他推开，冲到了中间抱着一个人就哭喊起来："救星啊！我的救星你可算是来了啊！想不到你居然会在这里出现，皇子大人！"

玉瓷看到元宝，意外地愣了愣，本以为离开之后再也不会相见的人，却在这样的情况下再度重逢，玉瓷的头顶忽而蹿过一丝激动，却强忍着自己的情绪，调笑道："我说，你这个惊喜也太大了点吧。早知道你这么迷恋我，你就应该早点跟我走的嘛。”

“你个开屏的孔雀！”他怎么到哪儿都这么自作多情。元宝感慨完以后，即刻放开手。这也才发现，屋子里除了玉瓷，还有一个人端坐在角落，始终都没有开口。一只手轻轻地摩擦着嘴边，像是看猎物一样，目不转睛地盯着元宝。在元宝的目光投来的时候，那人才勾了勾嘴角，露出一抹似笑非笑的弧，笃定道：“你是元宝吧。”

元宝被对方问得愣住，记忆里这好像是一张完全陌生的面孔：“你是……”

“当今太子。”玉瓷在旁补充，语气里却透着与平常截然不同的冷淡。

元宝和符京都怔了怔，急忙行礼。太子对于他们的失礼却并不在意，只留下一句“我去处理外面的人”就离开了屋子，给他们三人单独相处的时间。

“你这次怎么和太子一起来了？看样子你们关系不错嘛。”太子一走，元宝就急忙追问了玉瓷。本来还有些担心他一个人去会不会有问题，但是想到玉瓷的武功不差，太子应该也不会差到哪里去，更何况，他们出行一定带着隐卫，于是才又放下心来。

听到她这么说，玉瓷的神色一暗，冷笑起来：“是吗？”

“感觉是啊。”

“或许吧。”玉瓷一副不愿多谈的样子走到原位坐下，替元宝和符京倒了两杯茶，转移话题道，“坐下说吧。”

元宝正处于好不容易逮到一个救命稻草的激动中，看玉瓷不愿提太子，她虽然好奇，却也没继续问下去。本来以为，经过秦深的事情以后，她和玉瓷还能像最初相识时那样相处，可是，真正碰到才发现，那不过是自己的幻想罢了。就像是她身上的那些伤疤，有些一段时间以后就能不药而愈，而有些，就算再多的治疗，却也还是无法愈合如初。正如他们之间的感情。他曾为了自己的目的，一而再再而三地欺骗她，利用她，伤害她，就算到头来不过是误会一场那又怎样？当她开始对他心灰意冷的时候，她的喜欢，其实就已经变得淡薄了。如今面对着他，会有开心，也会有激动，可是，元宝明白，那种感情，已经不是爱恋了。看着他，反而像看一个相识多年的朋友。既是注定不能在一起的人，或许，现在这样，会是两个人最好的结果了吧。

“喂，你好歹介绍我一下啊。”符京戳了戳元宝，不满地把她从飘远的思绪中给拉了回来。

元宝讪笑两声，为自己刚才的走神表示抱歉：“玉瓷，这是我朋友符京，刚认识的。嗯，几天前认识的。”

听到这个名字，玉瓷微微一怔，目光随即从符京身上一扫而过：“想不到永世宫的少宫主也来凑这个热闹了。”

“永世宫？”元宝仔细地想了想，“这个名字怎么有点耳熟？”

“永世宫乃是排名仅次于长欢门的第二大神秘门派，你应该耳熟的。”玉瓷笑吟吟地提醒她。

元宝震惊得张口结舌，半天才吐出一句“完全看不出来”。

“别纠结我了。选美不论出身嘛！”符京有些不好意思，总觉得在皇子面前提自己的出身多么神秘有种很奇怪的感觉。

“也是。不过，我现在算是能明白，为什么你老爹不让你参加选美比赛了。太影响你们永世宫的神秘形象了！”

“我就是来给永世宫正名的！”符京挥着手臂强调。

元宝斜睨他一眼，懒得和他争，就他这样，一辈子都不可能正名了。反正，这一路两个人也没少争论他来选美这个问题，现在难得与玉瓷遇到，元宝也不和他斗嘴了，索性转身和玉瓷聊了起来。

玉瓷也不绕弯子，打断了她一堆的废话问她：“林白首怎么就让你出来了呢？”

“谁让我是六大楼的人呢！怎么样，羡慕嫉妒恨吧。”元宝得意地甩了甩头发。

旁边符京却意外地惊呼起来：“你是长欢门的人？”

“是啊。”

“哇，好意外啊。第一次看见长欢门里的活人！”

说得好像长欢门里都是死人似的。元宝翻了个白眼，继续无视符京，问玉瓷：“你来这里干什么？不要告诉我，你也是来参加什么选美比赛的。”

玉瓷听到她这么说，眼底眉梢的笑意越发浓烈起来：“嗯，我是来参加比赛的。”

元宝有一种深深地不能理解这个世间的感觉。真心是受不了他们这个了，怎么一个个都要来参加这种神奇的比赛，要不要这样！

“为什么连你也要来比？”元宝无力地问。

玉瓷自负而骄傲地冲元宝眨了眨眼，一副很无奈的样子叹了一口气：“唉，谁让老天一直对我那么好呢，不来岂不浪费了嘛。”

元宝就知道从他嘴里没什么好话，一个没坐稳，直接从椅子上给摔了下去……

第二欢　比赛

因为玉瓷这个强有力的靠山，元宝和符京也顺利平安地蹭吃蹭喝，来到了庆安城。虽然处理那个黑心客栈耽误了点时间，但是，好在他们出来得早，正好赶上了选美比赛的海选拉开帷幕。

玉瓷把元宝和符京送到客栈以后，就和他们告别了，单独住进了云剑楼。元宝也趁此机会到处粘贴寻人启事，寻找宋宇贤的下落。虽然她知道宋宇贤一定不会有事，可是，她这样突然没了，想想宋宇贤也得抓狂。现在好不容易有机会能够通知他了，元宝也算稍微安了点心。

而符京为了躲避老爹的追捕，一直躲躲藏藏，再加上现在这一身衣服，他说影响他光辉形象，死活不肯出客栈，最终，把报名这个艰巨的任务交给了元宝，自己则去找书童会合。

本来，能够参与这种空前热闹的赛事，对于元宝来说是很有意思的，可是，当元宝第八次被人从报名的队伍里挤出来的时候，她彻底愤怒了。

到底这种男子选美比赛的意义何在，这个时候不是应该围观女孩更多的吗？这放眼望去，围观的都是大老爷们儿是怎么回事？还有，云剑楼不是以辅助长欢门而存在的吗，为什么丝毫感受不到它的庄严和霸气？这个时候为什么他们就不出来主持秩序？再这样下去，元宝要错过报名时间了啊！

元宝站在漫长的队伍后面长长地叹了一口气，不知人群中是谁喊了一句“江云隐来了”，原本还朝着前面挤的人们，忽然尖叫着转移，一窝蜂冲向了不远处的看台。元宝趁着这个机会急忙挤过去把报名表交上，这才安心地朝着看台望过去。

远远的，元宝一眼就看到了坐在主席台上，一身惹火红衣的江云隐。如同骄阳一样，即使隔那么远，也带着无法忽视的存在感，吸引着所有人的注意。而他的旁边，除了云剑楼的楼主，还有此次前来的太子。元宝四处看了看，按理说玉瓷作为三皇子，应该是和太子在一起才对，只不过，她却没有发现玉瓷的身影，猜想着他可能是去哪个地方报名了，也没有在意。听着楼主江云天絮絮叨叨了一堆选美比赛的历史和比赛内容，实在听不下去了，元宝就打算先回去歇会儿。

谁知，走到半路，却被不知道从哪儿冒出来的江云隐给挡住了去路。

江云隐看着元宝笑得张狂:“我就知道你会来的。看吧，我说得没错吧。”

“说得好像我多想来似的。”元宝冲他翻个白眼，“我来其实是想找你商量个事情的。”

“怎么，你爱上本少爷了？”

“一边儿去。”元宝对于他的不要脸懒得理会，既然被他发现了，她也就没有偷鸡摸狗的必要了，“说吧，你要怎样才肯把解药给我？”

江云隐一副嫌弃的样子瞪着她:“土包子，你倒是开门见山，直接就问了，也不知道弄点铺垫什么的。你真是不会讨男人欢心。”

元宝朝他挤眉弄眼道：“咱俩谁跟谁啊，还用费那口舌，你说是不？”

“我跟你很熟吗？不要随便乱套近乎。我江云隐是一个很有底线很有节操的人。”

这么不要脸的话，亏得他说出来居然不脸红！

“你到底要怎么样才把解药给我？”元宝放弃拉关系了，臭着一张脸问他。

江云隐却像没看到似的，脸上挂起一抹风情的笑容：“想要解药也很容易的。难道林白首没有跟你说吗，你只要嫁给我了，想要什么我都给你。别提解药了，毒药都给。”

元宝没几天日子可以活了，现在每一天都处于生命倒计时的阶段，所以她也没心思跟他废话：“成亲的事情以后再议，我们先说下现在这个解毒的情况。你应该早就算准了我会来的吧……”

“唉，好吧。”江云隐抽出折扇忽然打断了元宝的话，“既然你那么想和我多待几天，我现在身边正好缺个伺候的人，你来伺候我吧，指不定我哪天心情一好，就把解药给你了也说不定哦。”

说不定个锤子！

元宝翻来覆去在心里想了无数遍刚才她说的那句话，到底是哪个词表达出了她想和他在一起的这个意思？他的联想能力要不要这么丰富？这都说的哪儿跟哪儿，怎么就能说到她要去伺候他这个方面来了！

算了，元宝忍。反正只要进到了云剑楼，就算他不给，她就不信她搜不到解药的下落。为小命，她豁出去了，伺候就伺候吧！

既然江云隐这边落定了，元宝也没耽搁，立即就回到客栈去找符京，打算把接下来自己去云剑楼的事情告诉他。谁知，推开符京的门，却看到了许久不见的宋宇贤。

宋宇贤此时斜倚着身子坐在窗边，轮廓分明的脸上写满了风尘和疲惫，一双眼却依然明亮璀璨。即使凌乱的发丝有些许的狼狈，周身所散发出来的淡然气质，却也依然如神祇。看得人心惊，也看得人惊喜。

他的目光触及到元宝身上，元宝恍如雷击，顿时愣在当场。随后，一股奇异的感觉迅速地蔓延至全身，就好像丢失了很久的东西忽然又回到身边一样。无法用言语表达出来的兴奋之情，在元宝的身体里爆发，她朝着宋宇贤就扑了过去："啊！小宋宋，可算是见到你了，想死我了！”抱着宋宇贤，呼吸里充斥着熟悉的气味，使得元宝一直以来所有的不安顿时烟消云散，一颗心无法抑制地狂跳起来。元宝从来没有像现在这样，觉得见到宋宇贤是一件多么开心而伟大的事情！好似只有见到了宋宇贤，才能真正肯定自己还活着一样！

面对着元宝的拥抱，宋宇贤猝不及防地往后靠了靠，才一点点地把双臂收紧。怀里暖暖的温度，把他到了嘴边的责备通通融化。看着她平平安安的，总算是舒了一口气，好像这些天以来所有的担忧，都已经不重要了。宋宇贤无法告诉她，这段时间找不到她，他有多着急，他甚至在信陵楼的帮助下，抓到了当时绑架她的那三个人，可是，却依然和她错过了。

要不是后来从他们的谈话中猜到了跟她在一起的人，应该是永世宫的少宫主符京的话，他估计会被急死的。

“小宋宋，我真的太想你了！这一路你没事吧。”

“我很好。”宋宇贤安慰似的拍了拍她的背。

元宝过了好一会儿才依依不舍地放开他：“嗯嗯，这一路得亏符京了，不过，我一会儿可得和你好好说说，符京这个扫把星，可把我给害惨了。”

宋宇贤浅浅地笑了笑：“你瘦了。”

“是啊，都赖符京，害得我饭也吃不好。”元宝念叨着，站起来搬了个椅子坐到宋宇贤的对面，把这一路被符京给坑的事情全部说了出来。宋宇贤只是安静地听着，听着她眉飞色舞的讲述着这一路的所见所闻，心里有一种平淡的安详。甚至，如果有可能，他都希望时光在此刻停住，让她就这么说下去，该多好。

“对了，小宋宋，我一会儿得住进云剑楼里面，江云隐发现我了。”元宝说了一大堆话以后，忽然想起回客栈的原因，急忙对他说道。

宋宇贤眼眸一沉：“他有对你怎么样没？”

“没有。”元宝眉头紧蹙，“他现在不肯把解药给我。”

“肯定的。”

“不过，你放心，我一定会想办法弄到解药的！”元宝握紧了拳头。只是，话虽这么说，元宝却一点底都没有。想起在长欢门的时候，江云隐身处一片混乱却不为所动的那份淡定和无谓，或许她就算死了，他也根本不会在乎的。可是，不管怎么说，她好歹也是他未过门的妻子，所以，冲着这个关系，江云隐也应该会留点情面。元宝现在就琢磨着，怎么和这位大爷搞好关系了，到时候他就能把解药给她。

元宝把要去云剑楼伺候江云隐一段时间的事情告诉宋宇贤以后，本来还担心宋宇贤提出什么苛刻的要求，比如不能这样自降身价地去给江云隐做丫鬟，或者他要去找江云隐谈谈。但是，宋宇贤似乎看穿了她的心思，什么也没提，什么也没说。只是把自己住的地方告诉了她，然后，除了让她小心一点，别的就再也没说了。元宝得到他的鼓励，这才起程去往云剑楼。毕竟，有了宋宇贤在身边，她这心里莫名地安心许多。

只不过，元宝一回去就知道江云隐不会那么好伺候了。

明明云剑楼里有足够多的丫鬟和下人，可是，江云隐像是故意为难她似的，什么事情都让元宝去做。而且，还总做一些难度系数比较高的。

比如，像现在这样。

江云隐不知道从哪儿弄来了一大筐的葡萄，往元宝面前一丢，就吩咐起她来：“把葡萄给我洗了。”

正在擦桌子的元宝，只好暂停擦桌子，去洗葡萄。

然而，当她把洗好的葡萄放到他面前的时候，江云隐又开始了。

“把皮剥了。”

“葡萄就那么大点，剥皮不会自己来啊！”元宝忍不住顶了他一句。

江云隐直接拍起了桌子：“到底你是主子还是我是主子？”

“您是大爷。”元宝投降。

江云隐对于元宝的表现很是满意：“嗯，剥吧。”

元宝只好认命。

只是，一炷香后。

“喂喂喂，你怎么吃得比剥得还快。”江云隐拍着桌子再次嚷嚷起来。

“反正你一个人也吃不了那么多，一起吃嘛。”元宝振振有词地说着。一边说，还一边把刚剥好的葡萄往嘴里送。外面的下人看到两个人这样，忍不住笑了起来。

江云隐罔若未闻，直接把葡萄从元宝手里抢了过去：“这是我的！”

“你要不要这么霸道！”

“我是少爷！”

“少爷你个锤子！”元宝气得牙痒痒却又不能发作，只好忍了。每天都得生活在江云隐的强压之下，想想她也真够憋屈的。要不是为了解药，她早撂担子走人了！

只不过，这几天她整天被江云隐盯着，累得跟条狗一样。要不是听到大家在议论选美大赛海选结束的事情，元宝都把这茬儿给忘了！

反正她现在也没什么和别人闲聊的时间，索性直接去找江云隐问他：“你今年参加选美大赛吗？”

“不参加了，都参加三年了，也够了。老做冠军没意思。每年的奖品都是自己家发的，太没意思了。”江云隐一边嗑瓜子，一边说道。

怪不得他有那么多的时间在楼里折磨人了，元宝愤愤地瞪了他一眼。转念一想，如果江云隐不参加的话，那么，符京不就有希望了吗！想到这里，元宝的眼底顿时亮了起来，却被江云隐看到，以为她有什么不良企图："怎么，你很想我参加？"

"你这种无聊的人应该很喜欢参加的，我觉得。"

"是吗？我怎么觉得我就是不用参加，也是卫冕冠军呢？"

元宝翻个白眼，反正对于这种盲目的自信，也不是第一次见了。一般情况下元宝都直接无视，这样的话，他就说不下去了。只是，元宝却把这个事情一直放在心里记着，趁着某一天江云隐出门的时候，跑了出去把江云隐这次不会参加的消息告诉了符京。

可是，符京却没有她想象中的开心："海选一完我就知道了。他不参加了，我就没有竞争对手了，多寂寞啊。我来这里就是为了和他比一比的，你能去说服他让他参赛吗？"

元宝没有想到符京竟然会提出这种明显给自己找麻烦的要求，急忙阻止："你和他压根儿是两个路子，而且，你咋不想，这个是他们家举办的，走后门，黑幕什么的，只要有他在，你就是真正地赢了冠军，也是不会给你的。所以，他还是不参加的比较好。"

"也是。"符京似乎想到江云隐参加后，种种的后续可能，也没计较，和元宝说了一些比赛的事情以后，又兴高采烈地出去买衣服打扮去了。元宝怕江云隐回来找不到自己发飙，也没敢逗留太久，与他一同出门后便回去了。只是，却不想还是被江云隐给逮到。

"你干吗去了？"江云隐风流的眉眼里流露出来了强烈的不满。

"我出去见一个朋友了。"元宝坦白。

"什么朋友？"

"与你无关吧。"

"我是你的主子，你的事情就是我的事情，我说与我有关，就与我有关。"

元宝对于他的霸王逻辑深深地叹了一口气："我朋友也参加选美比赛，我问他结果去了。"

"你想要结果我这里有，何必去单独问？"

元宝没有想到江云隐竟然这么纠缠不清，不就是去见了符京一面而已，她又没有卖身给他，她难道连出去见朋友一面都不行？况且，他心知肚明，她会同意他这些无理的要求，也不过是因为想要解药而已，他就不怕真把她逼急了，她什么都不要，或者和他鱼死网破吗？

元宝越想越窝火，脾气上来了拉都拉不住，就大声呵斥起了江云隐：“我说你这人是不是有病，我去找朋友聊天，那是我的自由！我的事情，不需要你来管！”

“呵，是吗？”江云隐的脸色顿时就阴沉下来，出手一把抓住她的下巴抬起来，危险地看着元宝一字一句说道：“从今天开始，没有我的允许，你若敢踏出云剑楼半步，杀、无、赦。”

江云隐说完以后，放开元宝拂袖离去。

元宝无语望苍天，唯有泪两行。她到底是作了什么孽，为什么偏偏要遇到江云隐这么个霸王啊！

不过，不满归不满，这毕竟是江云隐的地盘。很快地，江云隐就用自己的权力告诉她，刚才敢跟他叫板，是一件多么愚蠢的事情了！

这不，看着眼前这一堆，堆得比她还高的脏衣服，元宝就开始后悔自己的冲动了。真没见过这么记仇的男人，元宝一边狠搓手里的衣服，一边在心里把江云隐翻来覆去骂了个遍。本来以为至少要到洗完了这些衣服，江云隐才会出现。洗着洗着，江云隐却像朵云似的，轻轻地飘到了她的身边。元宝开始还没有察觉到他的出现，直到听见身后传来吸鼻涕的声音，回头一看，江云隐竟然泪流满面地看着水里发呆。

元宝被他的出现吓了一跳，惊魂未定地朝他喊：“好端端的你哭什么？”

“你不觉得很感人吗？”江云隐走到她身边蹲下来。

元宝四处看了看，感到莫名其妙。刚才他还是阴天，现在直接就成雨天了。

可是——

“感人的点在哪里？”

“你真是个冷血的人，那么感人的一幕。”江云隐说着，指向了河里一群游泳的鸭子。

“不就是一群鸭子在游泳吗，有什么好感人的。”

“你真是太冷血了。”江云隐说完又飘走了。元宝看着那一排鸭子半天都没有反应过来，江云隐这句话到底是什么意思，到底这是什么情况戳中他的泪点！

元宝冲着江云隐的背影大喊，可是，他却早已飘远。元宝叹了一口气，只当他脑子有毛病，继续埋头干活。好不容易折腾了一天，总算是把衣服全部洗完了。

好在以前在长欢门的时候，门众都是要做这种粗活的。所以，她也还算适应。只是，很久没有做，这一时半会儿还有些生疏了。所以耽误的时间也自然久了一些。元宝累得没有力气，倒在床上就要睡觉，却被突然出现的江云隐给拽了起来。

“我还没吃饭呢，你就睡了，起来做饭去。”江云隐霸道地下令。

元宝翻个身继续睡：“做饭有厨子，我不能做这种抢人饭碗的事情。”

江云隐见她不起，直接扑下来，压到她的身上，热气喷到她脸上：“你是做，还是不做呢？”

江云隐身上的热气弄得元宝汗毛根根倒竖，立马跳了起来：“我做我做，我马上去做！”

为了避免江云隐再做出这种流氓举动，元宝立即就朝着厨房狂奔而去。然后折腾了一番才端着颜色甚为难看的饭菜去江云隐的房里。

江云隐看了一眼她做的饭菜，不做任何评论，只用眼神示意她坐下来一起吃。

元宝也不跟他客气，端起碗就毫无形象地吃了起来，一边吃还一边评价：“嗯，第一次觉得我做的饭还挺好吃的。”

“确实。”虽然难看了一点，但还是勉强能吃得下去。可是，江云隐却说不出来是什么样的感觉，两个人这样安安静静地吃饭，有一种暖暖的、让人安心的味道。

江云隐夹了一块肉，明明嘴里的还没吃完，看见元宝也跟着夹了一块，便把她的筷子打开：“我的肉，你去吃蔬菜！”

“这是我做的！”元宝不满地叫了起来。

“你吃菜！”江云隐继续强调。

真没见过这么霸道的人。

元宝一边吃青菜，一边愤愤地瞪着他。看他几乎把那盘肉都给吃光了，元宝好心地把吃不完的青菜夹到了他的碗里：“别老吃肉，得吃点青菜。肉有点咸，你要不要水，我给你倒一碗，涮一下？”

听着元宝的询问，江云隐吃饭的手却不易察觉地轻轻颤抖了一下。从小到大，从来没有一个人这样关心过他，也从来没有一句这样细微却又平凡的问候。他曾经无比渴望过，却从来没有得到过的问候。

那一刻，有什么东西在心里破壳而出，江云隐怔怔地看着元宝，眼泪竟止不住地又掉了下来。

“好好吃饭！”元宝真受不了他这样，真不知道他这是什么毛病，动不动就哭上了，吃个饭也能触到他的泪点。

“你个土包子懂什么，我只是有点激动而已。”江云隐擦了擦眼角的泪水，“我从来没有和人这样一起吃过饭，太感人了。”

元宝不信：“尽胡扯，你不是有个哥哥和弟弟的嘛。”

“他们从来不和我一起吃。”提及他的家人，江云隐的脸上瞬间恢复了平日里那副桀骜不驯的模样，仿佛刚才只是元宝的错觉，他根本就没有因为这一顿饭而哭过一样。

元宝看着他低下头沉默吃饭的样子，夹着菜的手忽地一滞。云剑楼不比长欢门，这样的地方，其实就和皇宫很像。要想到得到想要的东西，都得踩着亲人的血肉才能继续往上走。能够成为云剑楼的少主，本就不是一件容易的事情。别说是吃饭了，平日又有谁会这样随意接近他呢？更何况，自从元宝来到这里起，也没有见过他和哥哥、弟弟之间有什么交流。或许，正是因为亲情的淡薄，才让他变得比别人更想要把握住自己想要的一切，才更加霸道。

想到这里，元宝蓦然理解了他的所作所为，之前对他的厌恶，也渐渐地淡了下来。到底，我们每个人都只是想用认为对的方式，保护着自己而已……

这一顿饭，元宝吃得很慢，慢到还没吃完竟然就累得睡着了。江云隐看她居然抱着碗都能睡过去，甚为意外，但想到白天把她折腾得够戗，也没有叫醒她，而是把她抱到了床上，替她盖上了被子。然后，坐在床边，静静地看着她。

这样一张算不上倾国倾城的面容，要在人堆里，肯定很快就会被淹没。可是，即使是睡着了，元宝的眉眼之间也流淌着一种让人沉迷的温暖，尤其在烛火的照映下，散发着淡淡的亲和光芒，让人忍不住想要靠近。

这是和他同年同月同日生的女子，他们是宿命里被牵连到一起的两个人，却拥有着两种不同的人生，成为了两种不同性格的人。江云隐看着她，就像在看，他曾期待自己可以成为的那一种人。在某一瞬间，坚硬的心被拨动，忽然就变得柔软起来，不愿放她走了……

第三欢 相处

海选一过，选美比赛在一轮残酷的投票决选中，直接进入到了十强赛。

原本报名时看到的那些大老爷们儿，不知道一夜之间都去了哪里。当元宝借着云剑楼丫鬟的名义，来到比赛现场的时候，看着底下一片五颜六色的姑娘们，以为自己走错了地方。

而伴随着比赛的开场，姑娘们的尖叫声一浪高过一浪，几乎都快把云剑楼的顶都给掀了。看着这个空前的盛况，元宝除了激动，还是激动。终于可以见一见，经过全国人的鉴定评选出来的十大美男子是谁了！

可是，正当元宝满心期待地准备看看美男的时候，江云隐身边的隐卫却来通知她，给江云隐端吃的过去。元宝那叫一个火啊，但没办法，就算百般不情愿，也只得在心里骂一骂江云隐，该做的还是得做。

然而，她却没有想到，竟然会在半路上撞见江云隐和弟弟江云卷吵了起来。

元宝本来打算过去劝一劝，谁知，江云卷一鞭子就抽到了江云隐的脸上，一脸不屑地朝他低吼："你除了会卖这张脸，卖个笑以外，算什么东西？"

"是啊，我算什么东西呢？"江云隐的脸上没有丝毫的不满。就那样没心没肺地笑着。好像对面的，根本就是一个和自己毫不相关的人一样。

元宝看着江云隐，这一刻，心底漫过丝丝的心疼。从来没有想过，他们兄弟俩的关系竟然会差成这样。

"你真令人作呕，你也就只配玩我玩剩的女人。"江云卷说着，手中的鞭子再次朝着江云隐抽了过去，江云隐却依然不躲不闪。

虽然两个人没说几句话，但元宝还是大致听明白了。估计江云隐又到处招蜂惹蝶，挖墙脚了。可是，不管怎么说，江云隐都是他哥哥，哪有人会这样说自己哥哥的？而且，骂一骂也就算了，居然还动手！

在江云卷一连两鞭子朝着江云隐抽过去，江云隐却不躲不闪之后，元宝实在看不下去了。在江云卷还要抽鞭子之前，元宝从花丛里走了出来，挡在了江云隐的前面。

“喂，他是你哥哥，哪有人这样说自己哥哥的！”

在场的两个人都因元宝的出现而愣住了。

江云卷一口唾沫吐到地上，说：“你算哪根葱？”

“关你屁事。”元宝最恨这种嘴巴不干净的人了。

江云卷没有想到元宝竟然敢顶撞他，没好气地怒喝：“你一个下人，最好给我安分守己点。我和这禽兽说话，还轮不到你插嘴。”

“嘴在我身上，我想说就说了。你自己的女人看不住，赖他？更何况，为了一个女人翻脸，你也就这点气量。”

“你这嘴，跟这禽兽一样欠抽。”江云卷被元宝激怒，说着扬起手中的鞭子就要抽元宝，然而，到了半空中的鞭子，却被人抓住了。

元宝看着在一瞬间闪到她前面的江云隐有些意外。江云隐用眼角的余光轻轻地瞥了她一眼，随即看向对面的弟弟，一字一句沉声提醒：“我的人，你最好别动。”

“哼。咱们走着瞧。”江云卷没有想到，一向挨打的江云隐居然会为了一个下人反抗他，意外之余却也被他眼底的寒光震慑到，抽回鞭子怒冲冲地离开了。

他一走，元宝急忙凑到江云隐的面前，担忧地看着他：“红太阳，你的脸没事吧？”

江云隐往后退了一步，不让她触碰自己的伤口，语气里听不出悲喜：“看不出来你挺爱多管闲事的。”

“他都那样对你了，你怎么不还手？”

“习惯了。”江云隐显然没有解释的打算，转身提步就往前走。

“等等。”元宝却叫住了他，一把拉住他的手，生拉硬拽把他拉到了井水边，“你等等，我帮你擦一下吧，不然被人看到，以为你去非礼姑娘了。”

江云隐从来都不习惯由别人来给他清理伤口，可是，看着元宝眼底的担忧，他却不想拒绝。相反，静静地坐在原地，任由她用撕下来的衣服替他擦拭掉脸上浸出的血迹。她在他身边的时候，总是会让他的心有一种莫名的安宁。

“怎么办，我有点舍不得你了。”江云隐突然喃喃地说道。

元宝刚才一心想着他和江云卷之间的关系，半晌才反应过来，他好像说了话，问：“啊？你说什么？”

有些话，既不是玩笑，就无法再说第二次，江云隐冲着元宝努了努嘴，一脸委屈地说：“你个土包子把我弄疼了。”

“包你个锤子，给我把前面那几个字去掉！”元宝一听见这个词就不乐意了，江云隐却不以为然，她越不让说，他就越要说。最后，结果每次都是元宝败下阵来。江云隐看她那一脸无奈，所有郁结烦闷瞬间消失不见，她总是能用别样的方法让他开心起来，他真是越来越舍不得她了。

只不过，这一边，因为两个人的争吵，元宝是彻底地失去看十大美男的机会了。除了事后从江云隐的嘴里打听到玉瓷和符京都进了决赛以外，其他关于选美比赛的事情，江云隐怎么都不肯告诉她。甚至就连楼里的人，也像是被江云隐下令闭嘴了一样，什么都打听不到。而且，江云隐整天给她安排一堆事情折磨她也就算了，动不动还要挤对她几句。尤其元宝每次以为他或许心情好了，会给她解药的时候，他又忽然变天，找人打架去了。元宝拿他一点办法也没有，只好继续待在云剑楼里想办法。

直到元宝无意中听到了关于选美大赛总决赛，即将在次日举行的消息。据说，这一次，比赛特地设置在了悬崖峭壁上，力图考验胆识和体能，这种比赛内容，她倒是不用担心玉瓷，可是，符京，怎么想怎么觉得悬。

一想到明天就是决赛，本就错过那么多次赛事的元宝，觉得这一次不管怎么说，也得去看看。反正，在床上她也睡不着，索性偷偷跑了出去，打算去找江云隐商量商量，却在无意中看到太子宁青舟竟然走进了江云隐的屋子。

“他们怎么勾搭到一起了？”元宝有些奇怪。按理说，皇子来这里，作为嘉宾出席，和江云隐有联系是很正常的，但是，有什么重要的讨论，非得大半夜的进行呢？

元宝越想越蹊跷，于是，悄悄地溜了过去，趴在窗户外偷听他们的谈话。然而，她刚蹲下来，就听到江云隐的一句话：“要我帮你铲掉玉瓷？价格可是很高的哦。”

元宝赫然一惊，没有想到太子竟然会来找江云隐除掉玉瓷！怪不得当时元宝说玉瓷和他关系好的时候，玉瓷会冷笑了！谁家的哥哥不是对弟弟百般疼爱的，可是，他的亲哥哥，却在琢磨着如何杀死自己的弟弟！现在想来，元宝才意识到，玉瓷到底生活在怎样的水深火热中了。

江云隐本就是一个唯恐天下不乱的人，如果他们说的是真的话，那么，明天的比赛显然就危机重重了。

元宝觉得必须去通知玉瓷！虽然他们两个人之间的关系已经发生了改变，但是，人命关天的事情，她做不到无动于衷。于是，她甚至没有继续听下去就跑了。

而屋子里，江云隐的目光则停留在窗户上好一会儿都没有挪开。

说了半天话却等不到回应的太子，发现他看着窗户发呆，疑惑地问：“怎么了？”

“有老鼠。”江云隐收回目光笑了起来，“我会清理的。至于明天的事，按计划走吧……”

好在玉瓷作为皇子，平日里和太子都住在云剑楼里。虽然之前元宝和玉瓷几乎都没有碰到，但是，如果硬是要找的话，还是能找到的。

只是，元宝时间紧迫，冲进玉瓷的屋子里，二话不说就先把他给拽醒，慌张地说道：“你哥哥和江云隐合计着明大要杀你，你明天别去了！”

月光透过窗户的缝隙照射进来，借着幽暗的光线，玉瓷看着元宝气喘吁吁的样子，温柔一笑，这个时候，恐怕也只有她会不顾自己性命地来通知他了。

“我知道。”玉瓷淡淡地说。

“啊？你知道？”元宝感到意外。

从太子让他来参加这个比赛起，他就猜到了太子的目的。一路上太子却没有任何的行动，想来也肯定是把机会赌在选美比赛上了。太子追杀了他那么多年，他又怎会不知道？

玉瓷翻身下床，在黑暗中为她倒了一杯水：“元宝，谢谢你。”

元宝的脸一下就红了，他忽然这么说，她反倒不知道该如何接了。好在现在黑灯瞎火的，他看不见，她也不用避讳这突然的脸红。

玉瓷指了指椅子，示意她坐下。他接着说：“你知道吗，回宫以后，我发现了一些事情。”

“什么？”

“你还记得当时你们对钱盛为什么会叛门的疑惑吗？”

元宝怔了怔，没有想到事情会再次扯上钱盛，说：“是啊，无期也说，他都半截插在棺材里了，没有理由这么做的。”

“眉景，其实是太子的人。”玉瓷轻轻地扣动着桌面，“这也就意味着，钱盛一直以来都在为太子做事。也就是说，钱盛从一开始，就已经被太子收买了。虽然到现在我也不知道钱盛和太子达成了什么协议，但是，我知道，他们从一开始就想除掉我。眉景，也不过是他们的一颗棋子而已。”

元宝听着他的分析，只觉得一阵寒意袭来：“他们为什么要这么做？”

“自然是为了权。”玉瓷苦笑一声，“虽然我一直觉得我是对皇位没有威胁的人，但也只有绝对清除干净了，才会彻底地断了父王的念想，不是吗？你应该听林白首说过，青墨曾经是父王最喜欢的皇子，父王一度想把皇位传给他。可是，自从哥哥死了以后，父王就把对哥哥的爱转移到了我的身上。只不过，我对皇位一直都没有兴趣，但是，立嗣又是必须的事情，所以……”玉瓷没有继续说下去。

元宝放杯子的时候，不小心触碰到了他戴着黑色手套的右手，想起那被亡灵啃噬的骷髅指，或许有些明白了他会憎恨自己的原因。

“接下来你打算怎么办？”元宝追问。

玉瓷沉吟片刻，并没有直接回答她的问题，反而问她：“你知道皇宫是一个怎样的地方吗？”

“你和我说过，吃人不吐骨头的地方。”

“元宝，在皇宫里，要想活着，是一件比死更难的事情。”玉瓷转头看着她，“谢谢你来通知我，但我依然会去参赛。”

“为什么？你干吗要去送死？”

“如果我不去，他之后还会想别的办法。如果我去了，我只要留有足够的证据，那么，回宫以后，他的太子之位必定会被动摇。我想过了，与其一直活在他无止境的追杀中，还不如直接把这个危险铲除掉，你说呢？”

“你打算争夺皇位了？”

“嗯。”玉瓷站了起来，走到窗边，抬头看着头顶的月亮，一些决定的改变，其实只需要一瞬的时间也就足够了。

玉瓷一向是一个很固执的人，认定的事情就会一直走下去，元宝知道劝不了他，同样，她也劝不了江云隐。

他们都是有各自的立场和背景的人，就算她不想参与进去，却也不得不因此而牵涉其中。元宝心里清楚，明天的这一场比赛非生即死。

可是，玉瓷一个人孤军奋战，又怎么会是江云隐和太子的对手？玉瓷虽然提出让她不要插手的要求，元宝却说什么也做不到。回到屋子里辗转反侧，不知道该怎么办。谁知刚刚有了一点头绪，江云隐竟然一脚就把她的房门给踹开了。

元宝不知道大晚上的江云隐来找自己干吗，急忙把眼睛闭起来装睡。

“起来！”江云隐走进来，直接站在了她的床边叫她。

元宝似没有听到一样，继续睡。

江云隐看她还在装，索性把她的被子给掀了起来。

“干吗啊。”元宝有些装不下去了。

“偷听好玩吗？”

“你说什么啊，我正睡觉呢。”

“还装？”江云隐就知道她要这样，直接出手把她给拽起来。

元宝以为他要动粗，枕头下面的小刀顺手就抄了出来，本是想要防备，却猝不及防地把他的脸给划破了。

“你完蛋了，你把我毁容了。”江云隐抹了一下脸上的伤口，搓搓手中的血迹，神色凝重地看着她。

元宝也吓了一跳，想上前看一下江云隐的脸，却被他给闪开。这个时候得罪江云隐，那不是找死吗？为了弥补刚才所犯下的错误，元宝只好用非常手段把他给拽回来。

“坐！”元宝学着江云隐的口气。

江云隐愣了愣，对于她忽然的霸道有些出神。

元宝重新把屋内的油灯点燃，仔细地检查他的脸：“还好伤口不深，只要好好养一阵子应该就能好了。”

说着，元宝找来了之前为自己准备的医药包，仔细地包扎起来。江云隐看着她认真处理伤口的样子，眼眶有些红。从小到大，他身上有过多少的伤，他从来都没有放在眼里。现在，不过是一个小小的划伤，她却如临大敌一般地仔细，上次是这样，这次还是这样。江云隐虽然明知她就是这种老好人，见不得别人不好，却还是忍不住动容。

“你怎么了？”元宝察觉到了江云隐的异常，奇怪地问。

江云隐却有意隐瞒了此时的感情，说：“你把我弄疼了。”

“啊，那我轻点。”元宝顿时一阵手忙脚乱。

江云隐被她的样子逗乐，笑了起来。

“别笑！”元宝踩了他一脚。

江云隐立即止笑，过了一会儿才又问她：“你曾这样照顾过别人吗？”

“你是大爷，第一个。”

“那别人有这样照顾过你吗？”

“有啊。”元宝强调，“从小到大一直都有。”

“看来你在长欢门的日子过得不错。”

“那必须的。”元宝涂完了药，开始收拾药盒，似又想到了什么，忽然坐下来严肃地说道，“红太阳，你知不知道我有病的事情？”

“略有耳闻。”

“我有病，其实就算你没有下毒，我也随时都会死的。”

“是吗？那我倒要和老天抢抢看了。”江云隐狂妄地大笑起来。

元宝对于他的霸气和自信总是有些招架不住，他是不信命的。

可是，元宝却一直都信。所以，她始终觉得，像他们这种完全不同的两种人，又怎么可能会走到一起？与其两个人在一起痛苦，他还不如早些给她解药，难说，两个人之间不会因此而建立起不同的友谊。

而江云隐似乎看出了元宝心中所想，在她沉默了一会儿之后，掐了掐她，缓缓说道："元宝，你知道吗？我虽然是二少爷，但是在他们眼中，看重的并不是和我之间的感情，而是我有多大的利用价值，可以把很多关系串联起来的利用价值。"

元宝听到他这么说，猛地愣住。

江云隐却没有停止的打算，而是继续说道："你可知，我其实是私生子，我娘不过是一个卑贱的丫鬟而已。知道我爹为什么会把云剑楼交给我来协理吗？因为我从来都没有失手过，也掌握着云剑楼最重要的东西。"

"什么东西？"

"土包子，这是能随便告诉你的吗？"

"那你啥都别说了。"真没见过自己提起的话题，说到一半让别人去猜的。

"我又没打算说。"江云隐一副奸计得逞的样子大笑起来。

元宝狠狠地踩了他一脚："我怎么那么讨厌你。"

"土包子，打是亲骂是爱啊。看你这么迫不及待，我还真有点为你害臊了。"听着他这么不要脸的话，元宝有种想一皮鞭抽死他的冲动，但还是忍了，谁让她现在心虚，不敢得罪他呢。

而江云隐跟她斗嘴，一时之间竟也忘了来这里质问她的目的。罢了罢了，对于他来说，千金难买我快乐。更何况，他其实并不怕元宝把事情告诉玉瓷。以他对玉瓷的了解，玉瓷是一定会来的！能够练成骷髅指的人，又怎会任人轻易宰割？

所以，这浑水还得多多感谢元宝，真是越来越乱，也越来越有趣了！真不知道接下来，事情的结果又会在哪个地方，不小心发生转弯，他倒有些迫不及待了。

次日天还没亮，元宝就去找江云隐，死活要跟着他一起去看决赛。江云隐拿她没办法，只好答应她，带着她一同前往总决赛的现场。

经过前面几轮的比赛，如今只剩下五强，要来接受胆识的考核。而胆识的第一轮，就是要站在两座山崖中间，在没有任何保护措施的情况下，通过手中的滑轮，从最高的这一座，滑到对面的山上。这中途若是有人没有把持住，不小心摔下了山崖，那就直接宣判了弃权。如果平安顺利地到达了对面，那就继续接下来一轮的比赛。以往，每每这一轮过后，最后剩下的也只有那么一两个。所以，这一轮虽然危险，却也充满了诱惑。

这是一局豁出性命的比赛。

元宝站在江云隐的身后，看着深渊一般的悬崖，心里明白，动手应该就是在玉瓷往下滑的时候了。甚至，很有可能山下其实早就埋伏好了一堆杀手等待玉瓷的出现。元宝真不知道玉瓷怎能在面对自己亲哥哥追杀的时候，还能泰然自若。明明知道死路一条，却还是要义无反顾地往下走。

然而，她的担忧和困惑玉瓷又怎么会不明了？但是，今非昔比，她的身边现在已经有了宋宇贤，他又何必告诉她太多，影响他们两个人的关系呢？自己的事情，还是自己来处理吧。

玉瓷作为第一个上场的选手，被叫到了悬崖前方。看着眼下的万丈深渊，玉瓷无比清楚，这一跳非生即死，能不能活着出来，都是未知数。他生命中最重要的几个人都已经离开了。如今，只剩他孤身一人，成败皆在此一朝。

玉瓷深深地吸了一口气，他知道，这个时候，元宝一定会来。于是，回过头在人群中找到她。她是他唯一能够告别的人了吧，玉瓷这样想着，带着一股诀别的意味给了她一个温暖的微笑。然后，转身，那一脸的温柔瞬间散尽。左手握了握戴着黑色手套的右手，纵身一跃，向着万丈深渊而去。

江云隐低头看了看身边的元宝，只见在玉瓷下跳以后，她不是东张西望，就是不停地抖。江云隐不知道她在搞什么名堂，如果要按她平常的性子来说，玉瓷还没跳她应该就嚷嚷起来了，可是，今天却出奇地安静。她的沉默总让他有种不祥的预感。

“你哆嗦什么呢？”江云隐问。

元宝冲他翻了个白眼，说：“紧张，不懂啊。”

“那你找什么呢？”

“没啊。”元宝急忙收回视线，扭过头来看着江云隐。江云隐从她闪烁的目光里看到有什么东西一闪而过，眉头微微一皱，看来事情不会这么顺利了。

山这边的情况惹人怀疑，而山下，当玉瓷滑下来的时候，果然不出所料，碰到了守在下面的黑衣人。玉瓷大致估算了一下在场的人数，在即将抵达之前，把右手的黑色手套拿掉，以骷髅指之势，尽数杀死了全部的黑衣人。

只是，他没有想到，第一波人倒下了，第二波人很快就从森林里跑了出来。甚至，这一次，似乎是为了应对他的骷髅指，不仅有近攻，还有远攻。

但凡是越厉害的武功，反作用也就越大。他的骷髅指到底还没有到纯熟的地步，第一轮的断杀已经耗尽了大半的力气，现在，一个人要抵挡那么多人的夹攻，纵然他有三头六臂，也无法轻易脱身。更何况，现在这些都是太子身边的死士，无一不是大内高手中的精锐，又怎会轻易被打倒！

眼看着玉瓷的动作越来越慢，而对方的攻击却越来越密集。玉瓷身中数剑，到底还是体力不支，承受不住这样的强攻，跪倒在地。

“难道我真要死在这里了吗？”玉瓷在心里默默地问自己，就连眼皮都变得疲惫，想要合上。

此时，一双手忽然出现在他的面前，把他从地上拉了起来。这一拉，扯动了他身上所有的伤口，疼痛让他瞬间清醒过来。眼前的宋宇贤，翩然而立，站在这满地的尸骨之中，仿佛仙人一般，于千万兵马中而纤尘不染。那一刻，玉瓷的心里忽然就明白了，长欢门里那么多人对宋宇贤钦佩敬畏的原因了。

宋宇贤出现，甚至没有多说一句废话，就带着玉瓷一路杀了出去，并用自己的血肉之躯抵挡住了所有会出现在玉瓷身上的伤害。玉瓷看着他几乎被染成血衣的长衫不禁动容，若不是为了救他，宋宇贤根本不会受这么重的伤。然而，身后的追杀却并没有因为两个人的受伤而终止，好在宋宇贤武功出神入化，有一夫当关之势，两个人这才从成百上千的死士中突围，找到了一个安全的地方，暂时躲了起来。

玉瓷趁着这个机会，亲手拔掉了身上插着的剑，并封住穴道，简单地包住了伤口止血。本来想替宋宇贤包扎，却被他拒绝。

玉瓷对于他的出现除了意外还是意外，便问：“你为何要救我？”

宋宇贤一如既往的言简意赅：“元宝。”

话音刚落，宋宇贤突然猛地一阵咳嗽。玉瓷也是在这个时候，看到了他后背上插着的暗器：“这些暗器有毒！”

“死不了。”宋宇贤强撑着，用内力把暗器逼出了体外，调息了好一会儿才猛地睁开眼睛问玉瓷：“你的骷髅指练到第几层了？”

“三层，一直攻克不下。”

“还能再用一次吗？”

“能。”玉瓷有些意外，话音刚落，就听到了不远处传来的动静。看来，宋宇贤已经发现他们追上来了。

“用转生强杀。”宋宇贤虚弱地提醒着玉瓷。玉瓷愣了愣，虽然意外宋宇贤居然知道骷髅指的心法，却也来不及多想，即刻按照他说的，发动了骷髅指，用尽全身最后的力气，在宋宇贤的协助下，将死人的亡魂为己所用，最终，成功杀死了追上来的这些人。

玉瓷第一次被逼到了这种境地。经过这样一战，早已精疲力竭。看着面前死掉的这些人，玉瓷走到宋宇贤的面前盘腿坐下，说道：“我对皇位从来没有一丁点的兴趣。”

“出生帝王世家，这是你无法改变的选择。”

“其实，被自己的亲哥哥追杀了那么久，我早就累了。”玉瓷笑了笑，“谢谢。”

“谢元宝吧，我只是不想看她难过。”

“我知道。”玉瓷微微一笑，“你其实很喜欢她的，对吧？”

宋宇贤闭上眼睛没有说话。

“宋宇贤，元宝其实并没有看上去那么聪明，有些事情你得让她知道。”

宋宇贤沉默良久，缓缓地睁开眼睛，像是没有听到他刚才说的话一般，冷冷地说道：“一会儿出了山，你一直往西走，长欢门的人会在那里接应你，把你送回皇宫。这是你扳倒太子最好的机会，用你的伤！”

“你呢？”

“我去引开他们。”宋宇贤说着已经站了起来。玉瓷对他抱了抱手表示感谢，没有再多言语，两个人即刻向着相反的方向奔去。

宋宇贤明白，刚才被他和玉瓷杀死的也不过是很少的一队人马而已，所以，为了给玉瓷创造离开的时机，他毫不犹豫地冲进了死士当中，顶着他们无数的攻击，把人全部引到了比赛的山崖上。

宋宇贤刚一出现，元宝就发现了他。看着他这一身的血衣，顿时吓了一跳。看来宋宇贤已经成功地把玉瓷送走了。可是，她却没有料到，不过一会儿的工夫，宋宇贤竟会伤得如此重！看来，下面的厮杀比她想象中要残酷得多。只是，追在宋宇贤身后的很多人，元宝一看就认出了是云剑楼里面的熟悉面孔装扮的，为了保护宋宇贤能在这样的包围下全身而退，他刚一落地，元宝迅速就把手中的刀放在了江云隐的脖子上，冲攻击宋宇贤的人大喊："放他走！"

江云隐对于元宝的出手很是意外，说："我要是不放呢？"

"我会宰了你！"元宝说着就在他脖子上划了一道口子。

江云隐被她弄得一愣，随即哈哈大笑："我就喜欢你这股狠劲。"

元宝握紧了手中的刀，又喊一遍："放人！"

"杀了他！"太子才不管元宝的威胁，直接朝着人群中下令。

江云隐即刻脸色一沉，挥挥手让准备动手的人全部退下，全然不顾旁边太子的怒视，气定神闲道："这里可是云剑楼，我说了算。"

考虑到现在的局势对他们不利，太子身后的人也只好把手里的暗器全部收起来。

"小宋宋，你先走！"元宝看见他们停手，急忙拽着江云隐挡在前面，冲宋宇贤大喊。

宋宇贤犹豫了片刻，看出了她想要留下来的打算。

不知道是从什么时候起，两个人之间有了这样的默契，她就是不用言语，他也能一眼看穿她的目的。她既然还打算留下来，那么，他就只好先离开去等她了！于是，宋宇贤迅速转身，向着另外一条道狂奔离去。

元宝看着宋宇贤逃走了，这才安心地放开了江云隐。

江云隐对于她刚才的举动，似乎并不生气，吩咐了比赛继续以后，就让人把太子先送回去了，自己则把元宝拉到一边，笑得诡异地问她："你就这样对待你的未婚夫的？"

元宝无奈地摆摆手。她心里很明白，若是江云隐刚才反抗的话，她是没有胜算的。既然他刚才能由着她这么胡来，就说明他并不想害她。所以，对他也比之前有了些许的好感，说："情势所迫，没办法。"

"玉瓷哪里好了，你这么对他死心塌地的？"

"他不好，他一直都不好。"元宝的目光黯淡下去。

"你知不知道，选美的比赛根本就是为了杀掉玉瓷而设计的？"江云隐凑近元宝的耳边小声地说。

元宝轻笑起来，仿佛刚才经历的不过是一个家家酒游戏一样："我知道啊，那又如何呢？"

江云隐被她问得一怔，是啊，那又如何？

就算长欢门里的人都说宋宇贤和元宝是一对，但从在长欢门见到元宝和玉瓷的那一刻起，江云隐就知道，元宝对待玉瓷的感情不一般。可是，他却没有想到，她竟然会为了救他，不顾自己的安危与长欢门的立场来威胁自己，难道玉瓷对于她来说，真就那么重要吗？甚至，还不惜让宋宇贤出手！

"回答我一个问题，要是撒谎，我即刻就派人去追杀宋宇贤。"

元宝不知道他又要干什么，斩钉截铁地说："说！"

"我和玉瓷，你喜欢谁？"

元宝叹了一口气，这么幼稚的问题亏他问得出来。

"红太阳啊，你是那种很阳光很阳光的男孩子，和你在一起，有一种整天都被阳光缠绕的感觉。而玉瓷呢，就像是这庆安城的天一样，温暖中总透着一丝一缕的凉意。你们是完全不同的两种人，没有什么可比性的。"

"我是问你，你喜欢谁。"江云隐眉目一敛，再次重复道。

元宝想了想，玉瓷是她的初恋，可是，再美好的初恋都有过期的时候，而江云隐呢，她不过把他当成路人而已。

"都不喜欢。"元宝诚实地回答。

江云隐却忽然有一种挫败感，就像是从小到大认定属于自己的东西，有一天这个东西忽然抛弃自己投入别人怀抱一样。明明从出生，他们就是命定的姻缘，那么多年，他就算曾流连万花，却也始终把这份姻缘当成宿命的归属，一直期待着她进入他的生活当中。可是，现在那个被认定为他妻子的女人，却爱上了别人，那他这些年以来的等待，又是为了什么呢？

"你那么在乎他做什么？"江云隐不满地问。

"换成是别人，我也会这么做，没有针对性。"

"看不出来你倒是博爱得很。"

元宝无力地笑笑，或许就是因为这个，她才总被人说不像是长欢门的人的吧。只是，元宝笑着笑着忽然就晕倒过去了。江云隐吓了一跳，一把接过她来抱住的时候才发现，手掌上居然全是血。将元宝翻过身来一看，江云隐才发现，太子那边的人之前朝着宋宇贤丢出去的暗器，竟然全部打在了她的身上！他们是什么时候出手的，他居然都没有发现！

而她刚才居然为了保护宋宇贤，连命都不要了！

江云隐怒喝着派人去找太子交出解药，然后，比赛也不看了，把元宝往马背上一丢，直接朝着云剑楼往回赶。

可是，在吃了太子送来的解药之后，元宝居然一直都没有醒。江云隐寸步不离地守在她的床边，在灌下去另外一碗药以后，江云隐一摸她的呼吸，竟然停止了。

江云隐的心里咯噔一声，乱麻一样直接拽着元宝就是一阵猛晃："元宝，你给我醒醒！醒醒，听到没有？你快给我醒过来！你再不醒，我灭了长欢门！"

不知道是江云隐晃得太厉害了呢，还是他那句话太有作用了，元宝终于醒了过来。

然而，当她睁开眼睛的一瞬间，却没想到，会看见泪流满面的江云隐。

元宝下意识地伸出手去摸他的脸："你怎么又哭了？"

江云隐把脸上的泪痕擦去，说："我就是太激动了。难得看见你趴下，跟你说过很多次了，我是一个很感性的人。"

"哪有说过。"

"明明就有。"

"不要强词夺理，行不行。"元宝有些虚弱地瞪了瞪他。

江云隐拍了她一下，忽然问："元宝，你是不是想离开我？"

元宝最受不了谁跟她煽情了，说："不要说得好像生离死别似的。"

"我看着好像很有这个可能。"

"哪里有了。"元宝挣扎着想要起来，却被江云隐搂住，元宝便以一个暧昧的姿势躺在他的怀里。

"没有我的同意，你是不能离开云剑楼的，你记得吧。"江云隐真的很怕刚才那一幕再次出现，他无法接受在他想要把某个人留在身边以后，老天又要把这个人从他的身边夺走！

听到他这么说，元宝悠悠地叹了一口气，说："我又不可能一辈子都在这里。"

"怎么就不可能呢？"

"我是长欢门的人。"

"你和我有婚约的。"

"这个事情咱以后再说。"

"我就要现在说。"

"我不和你说！"元宝继续挣扎着，但是，到底是刚解毒，身上还受了伤，拧不过江云隐，只好任由他用这么奇怪的姿势，一直抱到自己，又昏昏沉沉地睡了过去。只是，就算是睡着，元宝也无法安心。脑海里不断闪现着满身是血的宋宇贤。小宋宋为了保护玉瓷受伤了，这个时候她怎么可能还待得住。

于是，元宝还是想尽办法偷摸出去找宋宇贤了。

当她在客栈里看到睡在床上一动不动的宋宇贤就忍不住鼻子发酸，看着他苍白的脸，喃喃道："小宋宋，你真傻。"

宋宇贤缓缓地睁开眼睛，说："不要随便议论别人。"

元宝被他吓住，说："你没睡啊。"

"嗯。"宋宇贤翻个身想要起来，却被元宝按住，"你躺着好好休息。身上的伤怎么样了？"

"无妨。"宋宇贤看着她，"玉瓷应该能安全地回京了。"

"你为了保护他，把自己弄成这样，我……"元宝不知道该怎么说。如今，是她在那一夜发出求助的信号给宋宇贤的，也是她把宋宇贤逼上今天这一步的。她本以为，以宋宇贤的实力，能够救下玉瓷并全身而退，却总是忘了，就算宋宇贤再怎么厉害，也只是一个凡人。

宋宇贤伸出手拍拍元宝的手背，说："他是你喜欢的人。"当然，同样也因为他也是钥匙的身份，所以，就算没有元宝，宋宇贤也不得不保护他。

"小宋宋你真傻，我已经不喜欢他了。"元宝听到宋宇贤这么说，差点没哭出来。要怎么说，她对玉瓷的感情，其实早在苏眉景出现的时候就已经发生了改变。在和玉瓷的朝夕相处中，在上一次宋宇贤豁出性命的保护中就发生了改变。

元宝一直都很清楚自己要的是什么，感情也是如此。她和玉瓷，从一开始就注定没有未来。而玉瓷，也不过是在那个时候不小心闯入到她生命中的过客而已，对过客的喜欢，终究有一天是要停止的。更何况，元宝又不是瞎子。她清楚地知道，什么是她可以握住的，什么是不属于她的。就像是人们喜欢去仰望星星，但是，又有谁会愿意摘下星星来呢？

玉瓷就像是她的星星一样，看一看就足够了。

宋宇贤，才是她真正想要把握住的人。

“小宋宋，我，我喜欢的人是你，你知不知道？”元宝深吸一口气，鼓足了所有勇气说道。

宋宇贤微微愣住，万年不变的面瘫脸上，缓缓地绽开一个笑容，宛如破冰而出的腊梅，有着惊心动魄的美。终于，还是让他等到了她回心转意的这一天，不是吗？这一天，还是来了。

就像是整颗心里都被洒下一片暖阳，无法言明的激动和幸福的感情流遍宋宇贤的全身。宋宇贤伸出手，一把将元宝揽入怀里，嘴唇动了动，似有千言万语，但还是一句也没有说，只是这样静静地抱着她。元宝的耳朵贴在他胸口距离心脏最近的位置，听着他的心跳，莫名地就安心下来。然而，下一秒，一股阵痛忽然袭来，元宝全身一阵痉挛，忍不住一口黑血吐了出来。随即，彻底地晕死过去。

宋宇贤大骇，明明距离毒发还有一段时间，想不到，现在却提前了！

宋宇贤知道不能再耽误下去，把元宝放在床上躺好以后，毫不犹豫地就向着云剑楼而去。

而云剑楼里，发现元宝不见，江云隐很是焦躁。元宝身上的毒并没有完全解掉，再加上她自己本身已经是带毒之身，这几天本该就在云剑楼里好好观察，想不到她居然还是跑了。

江云隐气得一掌拍碎了桌子，却在出去的时候，被宋宇贤拦住了去路。

宋宇贤也不和他废话，两个字表明来此的目的：“解药。”

江云隐看着宋宇贤惨白的脸，笑得毫无温度。想起在山崖上，他问元宝喜欢的人是谁，她回答的是都不喜欢。

看来，元宝真正在意的人，其实是宋宇贤。

江云隐的拳头慢慢蜷曲起来，是宋宇贤夺走了本该属于他的东西，不是吗？

只是，江云隐转念一想，既然宋宇贤按兵不动了那么久，现在却敢冒死来找他，难道是元宝毒发了吗？那一日她呼吸的骤停仿佛还在眼前，江云隐简直不敢继续往下想。要是她真有什么三长两短，他会怎么办。

“宋宇贤，我知道你想要解药。可是，这全天下，解药也只有这一份，我可以给你，但是，你拿什么来换呢？”

“你想要什么？”

“把你的武功废了吧。”江云隐的语气云淡风轻。

这样的话，宋宇贤以后就再也不能保护元宝了，到时候，她也就会回到江云隐的身边了。

宋宇贤看着江云隐，仅愣了一瞬，没有丝毫犹豫，就在他面前自断经脉，废了这一身让人望而生畏的武功。江云隐意外地看着宋宇贤，完全没有想到他竟然可以为了元宝做到这一步。看着宋宇贤，江云隐久久没有回神，一个习武者，没了这一身武功就是一个废人了，到底是怎样的情感支撑，能够让宋宇贤为了元宝舍弃苦练了这么多年的武功？

“为什么要这么做？”江云隐不解地问。

“她不能死。”对于宋宇贤来说，这短短的四个字就足够言明他的立场了。只是，这些意味在江云隐看来，却也不过是宋宇贤对元宝的爱罢了。

既然宋宇贤都已经自断经脉，江云隐也不可能再耍什么花招。他没有耽误，直接派人取了解药丢给了他。不管他为了元宝可以付出到哪一步，现在的宋宇贤，也注定不能再保护元宝了。

江云隐只要知道这个，就足够了。

宋宇贤赶到客栈，即刻就把解药塞到了元宝的嘴里。元宝吃完以后，一口血吐了出来，却已经不是之前所看到的黑色，而是血红色了。看着元宝在解毒之后迷迷糊糊地醒来，宋宇贤长长地舒了一口气，说：“你的毒解了。”

宋宇贤说完直接倒地不醒。

元宝看见他好端端地倒地，吓了一跳。迷糊瞬间被驱散干净，回忆起刚才宋宇贤说过的话，只知道宋宇贤一定是去找江云隐了。虽然元宝不知道宋宇贤到底是怎么从江云隐手中把解药拿到的，但是，她能确定，宋宇贤的身体比她刚才见到时更加虚弱了！元宝担心宋宇贤，立即出去找大夫，可是，全城的大夫今日居然谁也不问诊！用脚趾头想想都知道，一定是江云隐在搞鬼！他这么做，根本就是想把宋宇贤给逼死！

现在庆安城里，元宝人生地不熟的，想来想去，对了，还有一个人！

于是元宝叫了一辆马车，迅速地把昏迷的宋宇贤送到了城外一个私宅。

为了能充分地为比赛作准备，符京特地在此买了一套府邸。想不到，现在却派上用场了。

“符京，符京，你快给我想想办法！救他！”元宝一到符京买的私宅，就急忙嚷嚷起来。他是她现在唯一的希望了！

符京缕着衣服看元宝一副大惊小怪的样子，问：“怎么回事？”

“这城里的大夫没有一个人看病的，你快给我想办法弄清楚，他现在这个是什么情况？”

符京看了一眼马车里的宋宇贤，说：“你等着，我给你叫人来。”符京说着就去找人了。

元宝随即把宋宇贤放到了符京为她准备好的房间里。

“这是我的书童，他懂医术。”不一会儿，符京就把人带了进来号脉。

“好奇怪啊。”书童说道。

“怎么了？”元宝急忙追问。

“他的经脉全部被自己的内力震断了。”

元宝和符京同时愣住：“怎么回事？”

“他的武功全废了。”

“为什么会这样？”元宝惊骇，完全无法想象到底发生了什么，会让宋宇贤的武功全部丧失。

“应该是被逼的吧。”符京摸着下巴猜测着，却没有说出来他为什么会这么想，“你还是等他醒来，亲自问他吧。”

“能醒吗？”

“开玩笑，我永世宫好歹也是千年老二嘛。”

符京放心地拍了拍元宝的肩膀，可是，她却不能真的放下心来。这之后，一直不眠不休地守在宋宇贤的床边，等着他醒过来。

几天过后，元宝终于等到宋宇贤醒来。他一睁开眼，元宝就急忙凑过去问：“小宋宋，你怎么样了？”

宋宇贤躺在床上缓了一会儿，恢复清醒才扭过头来看着元宝回答：“没什么。你身体觉得如何了？”

“都什么时候了，你还问我，你的武功怎么回事？武功在哪里？”

“哦，废了。”宋宇贤淡淡地笑了起来。

“为什么会废了？”

“反正也没什么用。”

“什么叫没什么用！”元宝握紧了拳头，“是不是江云隐逼你的？”

“不要胡思乱想。以后你会没事的，我们可以回长欢门了。”宋宇贤安慰地说道。

元宝就知道，一定是江云隐逼他了！

“你怎么那么傻！”元宝扑到宋宇贤的怀里，紧紧地抱住他，他怎么能那么傻呢！反正她也是要死的人了，他又何必为了她做到这一步，何必呢？他是门里神一样的存在啊！是多少人的希望和寄托啊！他怎么会为了她舍弃掉这一身武功呢，怎么能这么傻呢！

宋宇贤听着她的念叨，没有抱怨，也没有责备，只是云淡风轻地对她说道：“我只想你开心就好。”

元宝抱着宋宇贤的手越发地紧了紧，或许，到现在她才发现，真正只关心她是否活得开心的人，也就只有她曾经最讨厌也最怕的宋宇贤了。

“我就说我很讨厌你嘛。”元宝不知道该哭还是该笑，她从来也不知道，这世上居然还会有人为她做到这一步，“小宋宋，等你身体好一点，我们马上收拾东西回长欢门，好不好？”

元宝已经待够了。

她宁可从来都没有出来过。

这样，宋宇贤还是那个高高在上的宋宇贤，还是神一样的存在。他曾经引以为豪的一身武功，也就不会因为她而全废。

“嗯，好。”宋宇贤拍着她的后背应了下来。

元宝不知道该怎么才能报答宋宇贤对她的付出，她只知道，宋宇贤没有了武功，这个时候，她必须保护他了！从此刻开始，就让她来做那个保护着他的人吧！

“符京，我打算马上带着小宋宋回长欢门。”元宝从宋宇贤的屋子里出来以后，就直接去找符京。江云隐这个无赖，就算给了解药，也不一定会轻易放他们走。元宝只能在他来之前，迅速地赶回去。现在这个时候，宋宇贤不能再受任何的伤害了！

“你走不了了，现在城里贴满了你要和江云隐成亲的喜帖。”符京叹了一口气，从袖子里把从路上扯来的喜帖递给元宝。

“这个死不要脸的！”元宝把手中的喜帖撕掉，决定不能继续耽误下去，马上就走。只不过，她还没有机会上路，江云隐就已经带着人冲到了符京的家里，把一份喜帖交给了符京。

元宝看着喜帖愣了足足好一会儿，才冲对面站着的人大吼：“江云隐你个锤子，你乘人之危！你不要脸！”

“真是的。都说了打是亲骂是爱，好歹你也在没人的时候……当着那么多人表达你的爱意，你不害臊，我还替你害臊呢。”江云隐笑着把手里的折扇打开。

“你要脸吗？”元宝怒视着他。

江云隐却像什么都没有听到，冷冷地冲身边的人下令：“把她带走。”

“慢着！”符京站到了元宝的面前，“这里可是我永世宫的地盘，你们想要从我这里带人，好歹也得问问我的意见！”

江云隐的脸上就像是挂着一层面具，除了笑，什么表情都没有：“少宫主，老爷子怕是还不知道你来选美的事情吧，需要我替你把结果传达一下吗？”

符京顿时就蔫儿了，说：“元宝，对不住了，我怕我那老爹……”

“没事，压根儿也没指望你能拦住。”元宝鼓励似的拍着符京的肩膀。

此时，宋宇贤却从屋子里走了出来。

元宝看见他出来，忙让他回去。宋宇贤却不予理会，目光停留在江云隐的身上，一字一句道：“她不会嫁给你。”

“哎哟，那可不一定哦。难道你们要违背长欢门和云剑楼百年来的约定不成？”江云隐说着，身后的人已经快步冲到了宋宇贤的旁边，粗鲁地把他按住。

宋宇贤想要反抗，才意识到自己已经没有武功了，此时的他虚弱得连站着都有些困难，更别提和人对打，甚至还有些力不从心。

“元宝，唉，你是走还是不走呢？”江云隐再次追问。

“不走。”宋宇贤替元宝回答。

他一说完，他身边的人对他就是一阵拳打脚踢。

元宝看见宋宇贤被打，那一拳拳就像是打在自己心上一样疼，可惜她却被江云隐拉着，怎么也挣脱不了。看着宋宇贤被人踩在地上，她的心口一阵绞痛。曾经那么高高在上的宋宇贤，何时受过这种侮辱？

“你们不要伤害他，我走！”元宝几乎是咬牙切齿地冲江云隐喊了出来，脸上却是江云隐所不曾见过的镇静自若。她的镇静让他心慌，也让他一时乱了阵脚。明明当他自以为很了解她的时候，她总会做出一些让他意外的举动。

江云隐听到她这么说，这才满意地示意手下停手，于是，那群人迅速地把宋宇贤给放开了。

“元宝！”宋宇贤挣扎着想要站起来。

元宝看了看地上的宋宇贤笑了笑，说：“小宋宋，放心吧，我会没事的。”

“元宝。”

“我一定会没事的！”元宝笃定地看着他。

“宋宇贤你就放心吧，好歹她也是我未过门的妻子，我能怎么对她呢？我总不可能娶个死人回去吧。我会好吃好喝地伺候着的。当然，我也等着你们的林门主来一起喝我们的喜酒哦。”

江云隐狂妄地大笑着带人离去。

符京除了叹气还是叹气，想他好歹也是一个少宫主，让人捏住辫子真是太糟心了！

而宋宇贤好不容易才从地上站了起来，怔怔地站在原地，看着元宝消失的方向，很久，很久都没有挪动半分。

第四欢　逃婚

元宝就知道江云隐没有那么好对付，可是，她却没有想到江云隐竟然会这样一而再再而三地逼她留下来！甚至，还逼得宋宇贤武功尽失。如果说，之前元宝还比较听他的话，是因为身上的毒没解，那么，现在她的毒也解了，两个人之间也没有什么牵扯了。本来，他不做那么绝的话，元宝还能和他做朋友，可是，现在他们连朋友都没得做了！

于是，跟着江云隐回去以后，元宝一直都没有给他一个好脸色。而江云隐也似乎为了避免和元宝发生冲突，在把元宝带回云剑楼以后就一直没有出现。

不过，江云隐不来，江云卷倒是来了，一见元宝就讥笑道："我倒是看不出来，他居然会娶你一个下人。不知道是你疯了，还是他疯了。"

"都疯了。"元宝翻个白眼说道。

"你是心甘情愿嫁给他的吗？"

"心甘情愿个屁，是他逼的。"

"呵呵，我就知道。"

"你到底想说什么？"

"看来，他是不打算放过你了。祝你好运！"

江云卷说完就走了。

"莫名其妙。"元宝真是觉得他们一家都是病人，而且还是病入膏肓的那种！

江云卷走了以后，元宝一直在屋子里等着江云隐的出现。

可是，他却始终没有来，也不愿意来。

元宝不知道到底要等到什么时候，现在楼里整天都在忙活着婚礼的筹备，元宝像被故意隔绝一样，什么也打听不到，什么也不知道。再这样等下去，她一定会疯的。

所以，既然他不来，那么，元宝就只有想办法逃走。

可是，偏偏她才刚逃了几步，江云隐就出现并把她逮住了。

江云隐看着一心想要离开这里的元宝才明白，她到底还是不属于他的。然而，不管是什么原因，他都不想放过她。

“元宝，我说过，我一定会娶你的。”江云隐脸上的情绪看不出喜怒。

“红太阳，你非得这么做才高兴吗？”元宝就不能理解了，他到底是为了什么，非得要和她成亲，就为了让别人不好过吗？

江云隐自然没有解释的打算：“我要的东西，从来都没有得不到的！”

“我不是东西！”

“土包子，我知道，不用你强调。”

“强调你个锤子！”元宝简直要被他气死了！

江云隐直接把她按倒在地，热气呼在她的脸上：“我要是现在就生米煮成熟饭了呢？你不也一样是我的。”

“你不会这么做。”元宝听到他这么说，反而冷静下来。

“为什么？”

“因为那样就会失去乐趣。”元宝笃定地看着江云隐，他这样的人，更享受得到一个东西的过程，而不是结果。如果直接这样轻易就得到了，他也不会费这么大的心思，硬逼得她自己来找他了！

“红太阳，你觉得你这样做有意思吗？”

“怎么会没有意思呢？逼着你做你不喜欢做的事情，是一件多么有趣的事情啊。”江云隐笑了起来。

“你到底想怎么样？”

“你说呢？”江云隐轻佻地用食指摩挲她的嘴唇，“元宝，你是不是忘记了，长欢门和云剑楼的约定。这不是你我随随便便说不履行就能不履行的。你不觉得很神奇吗，我们是同年同月同日生，甚至还是同时同分同刻出生的人，却有着截然不同的性格。但是，很多时候，看着你，我又觉得我们很像。

元宝，这个世间只有我最适合做你的丈夫。”

元宝把头扭得老远，不让他碰到，说道：“你不是不信命的吗？”

江云隐被她的胳膊抵得也不舒服，索性站了起来，悠悠地靠在旁边的柱子上说道：“我没说我信啊，我只是觉得很神奇而已。这天下间恐怕只有你和我在同一时刻出生了吧。我们就像是两个彼此一样的人，你难道不这么觉得吗？我哥还有我弟，居然没有遇到过这样的人，偏偏落在了我的身上。结姻的人，是你和我，你不觉得这一切都是命中注定的吗？”

“那又如何？”元宝冷笑起来，“命中注定又能怎样？如果是在很久以前，我会信。可是现在对于我来说，却并不重要了。”元宝认真地看着他，若不是因为宋宇贤，若不是因为他把宋宇贤逼到这一步，她也不会意识到，现在的她有多么渴望能够陪伴在宋宇贤的身边：“你觉得我们真的适合吗？”

“怎么会不适合呢？”

“哪里适合了？江云隐，你的爱太霸道，太自私，是我所无法承受的那种爱。甚至爱得让人窒息，让人觉得恐惧。或者说，那根本就不是爱，只是占有，一种你认为这是你的专有物的占有。”

“我怎么不觉得。”

“因为从来都没有人告诉你，这么做是错的。你一直用自己认为对的方式，去得到你想要的一切。所以，你就这样一错到底了。”

“土包子，你在这里尽和我扯废话也是没用的。你是我的未婚妻，这是不变的事实。”

元宝冷笑一声，强调道：“不管你用什么办法，我都是不会嫁给你的。我若嫁给你了，那么，等着我的人又该怎么办？我会对不起很多人。”

“元宝，你是不是怕你的病？”江云隐明明早就猜到了她会这么说，可是，还是忍不住想为她的身体找借口，找一个她之所以会拒绝他的理由。

“是又如何，不是又如何呢？”

“我会找遍天下名医治好你。”

“门主已经找过了，神医都救不了。我已经对我的病不抱任何的希望了。所以，其实我们之间的问题，和我的病是没有任何关系的。就算我没有病，我也依然不会嫁给你。”

“为什么？”

“刚才已经说过了，我承受不起你的爱。或者，如果我们第一次相见的时候，不是在长欢门；或者，如果我们的认识能够更早一些，我想，我一定会被你所吸引。就像是我给你取的外号一样，你是一个像太阳一样温暖的人，可是，大家会喜欢太阳，喜欢阳光，却没有谁会轻易靠近。因为，太阳的温度太高，太炽烈，一不小心，烈火灼身，你懂吗？”

江云隐的眉头越蹙越紧：“元宝，你也太小看我了。”

“没有，我从来都没有小看过你。”

“你就不怕云剑楼因此与长欢门翻脸吗？”

元宝清清淡淡地笑了，说：“不会的。”

“你怎么知道不会？”

“因为你是江云隐。”元宝笃定地看着他，“你其实比我更清醒。或者说，你永远都知道自己要的是什么，所以，任何对你有利，或者说，对云剑楼有利的事情或者人，你都不会放过。更何况，你有你的野心。所以，同样的，我其实也只不过是你生命中一段小小的插曲而已。我想要的是一份从一而终的感情。同样的，我也不敢去承受太多别人的感情。更何况，你能保证有一天，你真正得到了你想要的一切以后，你会为了我而不改变吗？有一天为了你的云剑楼楼主之位，要是必须娶谁，你会不娶吗？不会的。江云隐，你不会的。”

江云隐没有说话，元宝说得没有错。他一向都是一个很清醒的人，因为，在一个没有父母疼爱的环境下，他就像是被捡来的孩子一样，他只有做得比哥哥优秀，比弟弟更好，他才会有一个难能可贵的机会。他一直奋斗到了现在，才坐拥今天所有的一切，怎么可能会因为一个人而放弃自己的计划和目标呢？

可是，他也清楚地明白，如果失去元宝，这一辈子，他不会再遇到像她一样，能让他冰冷的心感到温暖的女子了。

江云隐不想继续听下去，不想听她找一堆不要嫁给他的理由，他甚至不愿意去想元宝所担忧的未来，他只是想把她留在身边，想有一个能够分享他的喜怒哀乐的人，想要一个可以真正放下防备来谈心的人。只是这样而已，难道他的要求很苛刻吗？难道他这么做有错吗？

从小到大，他已经失去过很多人，很多东西了，只是这一次，他想要自私一次，想要任性一次，所以，不管她同意还是不同意，他也下定决心要这么做了！

江云隐知道元宝一定不会乖乖听话，所以，他只好派人把她给软禁起来。

元宝看着门外的层层守卫，怎么这么难说话呢？她真是被他打败了！面对着婚期越来越近的状况，元宝真是一点办法都没有。

一直到了成亲当日。元宝在屋子里焦躁地走来走去，江云隐安排的嬷嬷们来了，元宝本来想把她们都给轰出去，却看到了一张符纸。于是，又忍了下来，在嬷嬷里面找了一圈，果然，让她发现了乔装打扮的符京。

然后，元宝以要洗澡为由，把其他人给支开了。

"符京，你怎么来了？你打扮成女人，我都没认出来。"元宝意外地看着他，压低声音说道。

"宋宇贤逼的。你家小宋宋实在太可怕了！"符京拍着胸口说着，"你都不知道，你走以后，他一夜之间头发全白了！全白了！本来我觉得他不说话的时候就够难相处了，现在连头发都白了，更难相处了！"

元宝的心中一紧，大惊："怎么回事？"

"谁知道呢。"符京也没继续耽误，"待会儿我们换装，你赶紧去和宋宇贤会合逃走，我代替你上花轿。到时候，江云隐发现后再去追你的话，就一定来不及了。"

"不行。"元宝斩钉截铁地拒绝，"他不会放过你的。我不能让你为了我冒险。"

"放心吧，我老爹还是很靠谱的。好歹永世宫在江湖上还是有地位的，江云隐也不敢拿我怎么样。"

"确定？"

"当然，对了，宋宇贤让我告诉你一句话：长欢门出事了。"

"啥？"

"好像是说重什么什么的叛变了。"

“重离叛变了？重离怎么可能会叛变！”宛如一道晴天霹雳直击元宝胸口，半天她都没能回过神来。不过，现在也不是纠结这些的时候，当务之急是先离开这里。于是，元宝迅速地整理好思绪，然后在里面和符京换装。

“我想留一张纸条给你，你见到江云隐的时候，替我交给他。”

符京点了点头，元宝迅速地写下“对不起”三个字塞到了符京的手里，然后，听从他的安排，跟随着那群嬷嬷离开了云剑楼，去与宋宇贤会合。

路上的时候，元宝的脑海里闪过在云剑楼里和江云隐短暂的相处。不管那一句“对不起”是以长欢门的立场，还是以她自己的立场，都算是给他一个交代吧。

毕竟，她从来没有想过要和他怎么样，他们只是，在错误的时间里遇见了。或许这就是命吧，注定无法走到一起的人，也只能走到这里了。哪怕有一条命运的线，想要把他们牵到一起，他们也是注定不可能走到一起的两个人。

只希望江云隐不要太生气就好。

到底，元宝也只能辜负他了。

她的心里已经装不下太多的人。

宋宇贤可以为了她自废武功，一夜白发，可是，她呢？

她却只会不断地给他制造麻烦和伤害，她不能再这样下去了！

看着马车里一头白发的宋宇贤，元宝的心里说不出地难过：“小宋宋，你说你怎么就那么傻呢？”

“嗯。”宋宇贤也只是笑了笑，并不言语。

曾经从来不会笑的宋宇贤，现在却除了笑，不知道该怎样才能缓解她的担忧。她又怎会看不出来，他为她付出的已经够多了！元宝一下子扑过去，咬住宋宇贤的嘴，贴着他的唇喃喃地说道：“小宋宋，我已经失去过你一次了，求求你不要再离开我第二次，好不好？我想跟你在一起，永远地在一起，你一定要好好地活着！”

如果说，当年对玉瓷的喜欢是因为第一次懵懂的心动，那么现在，对于宋宇贤，那确实是真心实意地爱恋。那种想要把一辈子都交付出去的情感，是玉瓷所不曾给予过她的，也是她曾经压根儿就不懂的。她记得柳唯唯曾经说过，任何的感情只要没有想过天长地久，就说明还不够深。虽然这不过是她听来的一句话，却足以说明一切了。

元宝只是希望，现在开始珍惜不算太晚。

“元宝，我想要的一直都很简单，也很少。”宋宇贤把她轻轻推开，认真地说。

“我知道，我一直都知道。”元宝抱紧了他。

从一开始，她就知道，他想给她的，也只是让她快乐而已。

他从来不会强求他做任何事情，就算是要做，也都是为了她好。从他设下那一局棋救下她的时候开始，她就知道。只是，她一直都蒙蔽了自己的心，从来没有好好地看一看，身边最重要的人是谁。

如今，他从“神坛”上下来了，他不再是那个神一样的人物了。她和他一样普通，他成了简单而普通的宋宇贤。现在，他们之间的距离反而越来越近了。

“我已经不能像以前那样保护你了，你还会和我在一起吗？”宋宇贤担忧地抚摸着她的头发。

“不管你变成什么样，你依然是小宋宋，是我所认识的小宋宋。没有区别，没有改变。所以，你就不要多想了。你还是那个你，我怎么会离开呢？”

宋宇贤不知是被她的话打动，还是想到了其他什么事情，过了半晌才又叫了叫她：“元宝。”

“嗯，我在。”

宋宇贤抱着她，把头埋到她的脖颈之间说：“我不想放开了。”

“嗯，小宋宋，你要牢牢地抓住。我们都不会放开了好不好？”

“好！”

这一句承诺，等了那么久，经历了那么多的风风雨雨，终于等到了。原来，最珍贵的感情，总是在历经万千辛苦之后，才会真正地懂得，在身边的那个人到底有多重要。

这一边的宋宇贤和元宝已经离开了庆安城，奔走在回长欢门的路上。而云剑楼里，还没有拜堂，始终有些惴惴不安的江云隐，就已经不按照规矩地来到了屋子里，一眼便看见了正在打扮的符京。

“哎呀哎呀，这么快就被你发现了！”符京被逮个正着，顿时就嚷嚷起来。

江云隐把屋子里的所有人都轰了出去，关上门看着被掉包了的“新娘”。

“她人呢？”

“私奔了。”

符京说着，把元宝写好的那张纸条交给江云隐。江云隐看完符京递过来的那张纸，哈哈大笑，随即把纸撕成了碎片。

一句“对不起”就算完了吗？

一句“对不起”就能弥补他受的损失了吗？

一句“对不起”就能抹去她在他心里留下的阴影了吗？

江云隐说不出现在是什么样的感觉，就像是好不容易得到一块宝贝，却把这个宝贝丢了。明明他不比她身边的任何一个人差，他甚至对她也比之前的任何一个女人要好，可是，她还是要走。他不过是晚遇到了她一些，为什么她就不肯给他一次机会呢？

“到底你还是不愿意嫁给我。”江云隐在心中暗暗说道，转身就要出去，却被符京叫住。

“怎么，想要去追她吗？”

“与你无关。”江云隐的语气很冷漠。

“江云隐，你最近是不是吃多了不该吃的药，傻了？传说中的你，可不是我现在见到的这个样子的。”

符京的话让江云隐停下了脚步：“你想说什么？”

“感情的事情从来都是勉强不来的。宋宇贤可以为了元宝废了武功，一夜白发，他可以为了她，甚至连命都不要。你觉得换成是你，你能做到吗？如果你做不到，说明你爱得还不够，既然这样，你又何必非得留下她呢？”符京难得地劝起了人。

“我做事，不需要你来教。”

“我只是看你当局者迷罢了。”符京脸上露出平日里不会有的表情，“就算长欢门和云剑楼有婚约，元宝的身体恐怕你比我清楚，嫁过来也活不长的。

而且，长欢门里现在内乱不平，云剑楼在全国又一直风声鹤唳，隐隐有取代之势，这个时候和长欢门联姻，无疑就是助他们一臂之力，你那个爹真会愿意在这个时候让你娶长欢门的人？你那老爹这次没有插手管你，恐怕也是早就料到是这个局面了。成大事者从来不为感情左右，江云隐，你别把自己看得太重情了。”

“看来永世宫知道的东西不少。”江云隐眉目一敛，看着符京。

符京抓抓头，孩子气地冲他摆摆手说：“还行，一点点而已。只是，我难得交到一个朋友，我怕你哪一天，为了自己的权位，会把元宝给杀了。所以，为了防范这一天的发生，我必须先做点什么。”

“你怎么知道我一定会杀她呢？”

“哈哈哈，这还用问吗，亲兄弟都在你的算计内，更何况她一个外人？你如果还会有那些旖旎的感情，也就走不到今天了。”符京看着江云隐越来越开怀的笑脸，这次为了保护元宝，他可是彻底地豁出去了！

“我还以为永世宫的少宫主是个贪生怕死、只在意外表之辈，看来，今天起我要重新看看你了。”江云隐说着就打算转身离去。

“你真要去追吗？”符京试探地问，心里还在计算着这个时候，他们应该跑到哪里了。

“不了。”江云隐高傲地仰起头，他早就猜到她会逃，这也不过是他预料中会发生的事情而已。就算把她追回来又能怎样，早晚她还是要走的。他江云隐不允许自己的人生被一个女人所控制，包括他的情感。一时的失控而已，既然清醒过来，又怎能继续执迷下去？

江云隐从屋子里走了出去，符京说得没错，亲兄弟他都能算计，更何况是一个元宝？

只是，江云隐走出去没多久，穿着鲜红色新郎服的江云卷抄着刀就朝着他冲了过来，想要砍他，却被他轻松躲了过去。

“江云隐你个王八蛋，你居然敢算计我！”江云卷冲着他大声地咆哮。

江云隐的语气是调笑的，可是，脸上却没有任何的笑颜：“既然你这么喜欢那个姑娘，我这不是成全你吗？”

“今天明明是你成亲！”江云卷恨不得怒吼。

“谁说的，我只是用我的名字发一下喜帖而已。谁让你平时人缘不好的，我这不还是怕万一没人来给你的新婚捧场，你跌份儿了嘛。我这个做哥哥的，怎么着也是为你着想的不是。”江云隐早在一开始就做好了万全的打算，就算元宝真跑了，他也不会因为她的逃跑，而遭到别人的诟病和耻笑。

其实符京并没有说错，他最在乎的还是他自己。

“说，你给我下了什么药，把解药给我！爹要知道了，不会放过你的！”江云卷还不放弃。

“你成亲后，解药我自然会给你。爹已经知道了。好歹她也是当朝丞相的女儿，委屈不了你，你就安心地享用吧。”江云隐说完摇着扇子悠然地走了，谁也没有看到，他在转身以后，眼角滴落的泪水。不知是为自己，还是为江云卷而流。

符京从屋子里走出来，看着江云隐的背影沉沉地叹了一口气：“到底，他也是个寂寞的人啊。”

第五欢　夺门

进入了之前元宝和宋宇贤所逛的小镇，距离长欢门也就不远了。

宋宇贤看元宝休息得也差不多，才把一封带血的信函交给她看，并说："长欢门出事了！"

"重离为什么会协助千鬼楼的墨沿楼主叛变？"元宝看完，整个人都无法回过神来，没有想到，有朝一日重离竟然会做出这种事情来。更没有想到，长欢门恢复还没有多久，又遇到了这样一次内部的叛变！上次是钱盛，这一次是墨沿，长欢门里到底发生了什么，会让他们这样接二连三地做出叛门的事情？和平就真那么难吗？

"具体情况还不知道，这一次回去，或许又是一场恶战了。"

"门主呢？"

"被囚禁起来了。"

既然门主都被囚禁，那说明现在门里的所有人都处于危险当中。他们这样回去无疑是自寻死路，但是不回去又不行。于是，两个人到达长欢门外以后，只好从山的另外一面上去，却不曾想，竟然在山下遇到了逃脱出来的柳唯唯和金惜。

"门里到底怎么回事？"元宝一听见他们从大屠杀里逃脱，就急忙追问起来。

柳唯唯的眼里布满了哀伤，回答："墨沿想要篡位，逼迫门主换人。"

"他怎么能做出这种大逆不道的事情！"

"早晚的事情而已。"金惜把元宝和宋宇贤带到了他们躲避的地方，然后才慢慢地说了起来，"这些年以来，墨沿一直都对门主有意见。千鬼楼一直掌管门里最核心的力量。但是，这几年门主却有削弱之势，考入六大楼的人，大部分被分配到了其他楼里，送到千鬼楼的人越来越少。为此，墨沿就和门主经常发生争执。据说，当年墨沿是被当成新任的门主来培养的。谁知后来发现门主是转世灵童，所以就没墨沿什么事情了。自那之后，他心里一直憋着一股气。我看这次的叛变，根本就是他瞅准了长欢门实力最弱最不稳定的时候下手的。现在，门里的人心本就不稳，这样的话，他如果逼迫门主下位，成功的几率会比较大。更何况宋宇贤也不在门里，他有足够的优势。”

宋宇贤若有所思地看着柳唯唯问道：“现在里面是什么情况？”

“墨沿现在派出千鬼楼的人，全国各地追杀长欢门的楼众，尤其是宋代理门主。不过，却一直没有找到你。而且，墨沿心里也很清楚，他本来就是篡位，名不正言不顺，所以，但凡是站在他这一边的他都欢迎。否则，杀无赦。你知道的，门里很多孤儿都是门主捡回来，悉心培养照顾的，所以很多人都不愿意背叛门主。可是……”柳唯唯的眼眶红了起来，“长欢门里现在已经血流成河了。还有一些是属于中高层的，墨沿不敢轻易动他们，毕竟他们手上有着很重要的东西，所以一直把他们囚禁在地牢里。墨沿现在一直逼门主说出转世灵童和钥匙的下落，所以，门主暂时不会有生命危险。”

“只要得到了古雌钥匙，墨沿就算不是转世灵童，也能统领长欢门，所以，我们必须要保住钥匙。”元宝想了想分析道。

“我们如果不把墨沿先给搞定的话，一切都是空话。一旦让墨沿发现了真正的转世灵童和钥匙，到时候，所有的人都会死。”金惜补充道，“千鬼楼的杀人疯子可不是吃素的。”

本以为钥匙风波以后，长欢门会回到从前的平静，却没有想到，这会是更大阴谋的开始。

“小宋宋现在武功尽失，墨沿作为千鬼楼的楼主，武功不在门主之下，我们三个人又怎么会是他的对手？更何况，还有那一堆为他效命的人！”元宝瞬间抓狂起来，怎么看，这都是不可能完成的任务。自相残杀这种事情，为什么会发生在她的身上！

金惜和柳唯唯听到元宝这么说，纷纷把目光投下宋宇贤。之前见到他的一头白发，他们就已经够震惊了，却没有想到他竟然连武功都废了，这一趟出去，难道发生了很多意外吗？

不过，宋宇贤却没有解释自己情况的打算，而是一字一句地对他们说："元宝，其实才是真正的钥匙。"

此话一出，三个人顿时愣住。

"啊？不懂。"元宝疑惑地看着宋宇贤。

"你是转世灵童。"宋宇贤放慢了语气，"真正的古雌钥匙，其实就是转世灵童。"

柳唯唯和金惜互看了一眼，之前林白首对元宝的不一样，似乎在这一刻终于得到了解释。

"呵，我就知道。"金惜笑起来，"我就知道门主对你那么好，一定有原因。我本来以为你是他的私生女呢，想不到竟然是这个。恐怕，你是有史以来，成绩最次最笨的转世灵童了。"

元宝瞪了金惜一眼，这个时候亏得他还有心思挤对她："那也就是说，其实墨沿想要找到并杀死的人是我，对不对？"

"嗯，对。"

"那让他杀了我吧，只要能放了其他人。为我一个，死那么多人，我做不到。"

"你难道忘了门主以前对你说过的话了吗！"宋宇贤厉声斥责起来，"你一旦死了，整个长欢门就不会存在了。你以为长欢门那么多年以来，一直保护着的东西是什么？你以为门主宁可豁出性命也不愿意把你抖出来是为了什么？"

"我就那么一说，别当真，别当真。"听到宋宇贤生气，元宝急忙去顺宋宇贤的背。她倒是不担心他不满，只是，她怕他扯到身上的伤口，对自己不好罢了。

"小宋宋，我们现在该怎么办？"元宝怕宋宇贤又骂她，急忙转移话题。

宋宇贤长长地舒了一口气，斩钉截铁道："必须把门主先救出来！"

既然有了必须要完成的任何，现在又是非常时段，几个人随即分头行动，查探林白首被关押的位置。

只是，当元宝偷偷溜进长欢门的时候，却没有想到，会在路上遇到重离。

重离看见元宝，直接把她拦下，为了不让人发现，将她拖到了旁边的一间屋子里。

元宝本来还打算去找他的，现在既然他主动出现了，那么，也就不用再找了，正好把心中的疑问问出来："重离，你为什么要这么做？"

"已经做了。嗯。"重离的脸在幽暗月光的阴影中忽明忽暗。看着她，重离知道，此时此刻她认真了。当她开始对一件事情认真的时候，她的脸上，也就不会再有平时那样玩世不恭的笑容，更多的是一种带着一股狠戾的肃穆。

"我在问你理由。"元宝加重了口气。

重离的眼眸黯淡下去，说："元宝，你知道吗，其实我们是一样的。"

"我不懂你在说什么。"

"你知道。"重离看着她说，"如果林白首不是门主，而是像墨沿一样只是一个区区的楼主，有朝一日，林白首想要坐上门主之位，我想，你会毫不犹豫地站在他那一边的。"

元宝在来之前，曾想过重离会叛变的无数种理由：怕死、贪钱、锻炼等，可是，却没有想到会是这个。重离的话让她无法反驳，因为他说得没错。元宝之所以把长欢门当成家，正是因为林白首，是林白首让她有了家的感觉，所以，这既然是林白首想要保护的地方，那么也就是她想要保护的地方。她从来都没有去考虑过，这样做是不是对的。她只知道，林白首认为怎么做是对的，那么，她也就认为那是对的。

可是，这世上从来都没有如果这回事。

林白首是门主，而墨沿，只是一个千鬼楼的楼主。

元宝并不知道事情真的发生在自己身上的时候，她到底会做什么选择，她只知道重离现在做了一件自掘坟墓的事情！她不能眼睁睁地看着昔日的好友走上一条不归路！

"叛门乃是死罪！"元宝强调道。

"如果这条规矩改变了，那下令处罚的人呢，是不是也就不算死罪了？"重离反问，曾经熟悉的眼尾却变得陌生起来。

"重离，你清醒一点行不行？"

"元宝，现在需要清醒的人是你。嗯。"

“不清醒的人是你！”元宝一把抓住他的衣服，“你看看你助纣为虐，都做了什么！门里那么多的伙伴们，为了你们的自私和欲望付出了生命的代价，你们怎么能下得去手？这些从小和我们一起长大的门众们，你们，你们怎么能那么残忍地说杀就杀！”

重离的眼中有一股无法掩盖的悲伤，任由元宝抓着他也没有反抗：“元宝，我们都有各自的使命和背负的东西。很多时候，其实我们都没有选择的。”

“怎么会没有？你可以选择拒绝！”

“然后，看着我最敬重的楼主被你们杀死吗？”

重离的反问让元宝猛然愣住。

重离拨开她的手，拉了拉衣服说道：“其实，不管你所敬爱的人做什么样的事情，你还是会站在他的身边，不是吗？或许在你看来，我做的是一件大逆不道的错事，可是，在我看来，这却是一件对的事情。这就是我们的立场。你眼中的对，或许，只是我眼中的错。”

与昔日的好友反目，元宝的心里一点都不好过，她甚至无法否认重离的话！就像是当初玉瓷一定要查清楚哥哥的死因一样，每个人都有自己所认为对的立场，不过是因为立场的不同而有了偏差和分歧，谁能真正说谁错了呢？

元宝忽然想起了第一次见到玉瓷的时候，他说：“人心的欲望无穷多变，你又怎么能保证谁都可以从一而终，不会因为欲望而发生改变？”当时的她那么笃定地否定了他的猜测，现在想来，到底还是自己，把这个世间想得太过简单了吧。

“元宝，这世界很简单。复杂的一直都是人。嗯。”重离似乎是一眼看穿了她心中所想，缓缓地说道，“我知道，要你一下子接受这个不容易，在你的眼里，从来都是非黑即白的。嗯。可是，这个世间存在最多的，往往是中间的那一部分灰色地带……”

“我不想听你的借口！”元宝忽然打断他的话。

重离苦笑了一下：“元宝，你走吧。”他并不想杀她。曾几何时，他还总是念叨着要让她做自己的妻子，要保护她。现在，他却和她站在了对立的两个面。他又怎能对得起自己的承诺？时光辗转，物是人非，真是一件很可怕的事情。

“重离，你真的要这么继续下去吗？”元宝试图挽回重离，希望他能回头。

重离却点了点头：“嗯。走吧。”

元宝深深地看了重离一眼，没有继续停留。她明白，再这样待下去也没用。重离下定决心的事情，从来都是不会更改的，他是一个不懂得拒绝的人，一直都是。

所以，他们注定要成为敌人了。

元宝不再眷恋，转身离开了房内。只不过，她却并没有走远，而是一直潜伏在周围，凭借着刚才故意洒到重离身上的夜光粉，来推测重离所负责的区域，那里应该就是关押林白首的地方了。

果不其然，在守了一段时间以后，元宝发现重离给林白首去送了饭菜。

元宝就知道，墨沿会把最重要的任务交给重离。重离不是一个爱说话的人，却和她说了那么多，当时她就已经有了怀疑。恐怕，重离之所以会找她说这些，是想让她放弃的吧。同样的，却因此而暴露了他想要极力隐瞒的一些真相。

虽然元宝真正学习的会选内容没有多少，但是，宋宇贤教给她的东西，其实，远比她想象中要多得多。尤其是这一招瞒天过海，屡试不爽。

长欢门毕竟是元宝从小长大的地方，对于六楼的守卫安排和换班时间，大致还是有数。毕竟，就算再怎么叛变，有一些习惯和规矩，却也不会轻易改变的。所以，在确定了林白首就在这个范围以后，元宝就偷偷地潜入到了信陵楼里，去偷了几只信鸽，然后写了几条信息传了出去。幸亏平日里她对长欢门的各种密道有所了解，所以，送完消息以后就很快地通过密道脱身了。

这之后，趁着入夜，重离和人换岗的时候，元宝潜入到了重离送饭的地方，果然，让她发现了被关押着的林白首。

曾经那么妖冶霸气的门主，现在却像枯枝败叶一样瘫坐在地上。元宝看到林白首被打得血肉模糊，她的心就像被人凌迟一般难过。谁竟然这么狠心，对门主下如此重的手！

“门主，我来了！”元宝小心翼翼地朝着林白首走过去，生怕一用力就触碰到他受伤的地方，反而给他带来更大的疼痛。

“我就知道你会来。”林白首的四肢都被铁链子拴着，行动极为不便，头都没有抬一下，虚弱地说。

元宝管不了那么多了，走到他面前急忙去打开系在他身上的铁链，可是，打了半天却怎么也打不开。

“别费力气了，凭你的内力是打不开的。”

“怎么办？”

元宝着急地询问，话音刚落，林白首忽然发力，按住了元宝，封了她的穴位让她无法挪动，然后把自己的内力全部传送到了她的身体里。

“门主，你干什么！”元宝大骇，想要缩手，身体却根本无法动弹。

“这是我毕生的武功，全部给你了。”

“门主你不能这么做，快停下来！”

林白首对于她的叫唤却置若罔闻，一边传送内力，一边对她严肃说道：“元宝，你必须保住长欢门。”

“我会的。门主，你别这样，你会死的！是谁说的，长欢门是深宅大院，你怎么又把它弄出了江湖的味道！快停下来！”元宝急得冷汗直流，林白首已经虚弱成这样了，他能支撑到现在，全靠这一身的内力，他现在给了她，他怎么办？

林白首却毫不在意：“现在是打群架的时候，江湖就江湖了，反正我也只剩这最后一口气了。”林白首猛地咳嗽了几声，输到一半的内力因此而中断，待到他咳得一地都是血，把元宝吓得快哭出来的时候，林白首又重新抬起头来，一只手继续撑住输送内力，另外一只，则把右眼上戴着的鸟形面具取下来交到元宝手中：“元宝听令！从此刻起，我林白首把门主之位传位于你。你必须用自己的生命来保证，会保长欢门一世平安！”

元宝像接烫手山芋似的，急忙把面具塞回林白首的怀里：“门主，你永远都是长欢门的门主，我不要什么门主之位。”

“别废话！”林白首厉声一喝，“我撑不了多久了，元宝听令！”

“门主，我承受不起。你应该把门主之位传授给小宋宋！”

“不，你才是真正的转世灵童，你才是继承人！长欢门历代的门主之位，若有灵童，必须由转世灵童继承，宋宇贤就算再厉害，他也不是！”

“门主，我这样没有办法服众的！我什么水平你还不知道吗？而且，我现在就想把内乱解决掉以后，和小宋宋度过剩下的日子。”

林白首愣了愣，却像早知她会如此似的说道：“元宝，还记得你小时候我对你说过的那些话吗？为什么我一直不让你爱上任何人。因为有朝一日你会成为门主，要成为统领长欢门的人，所以你的爱注定只能埋藏在心里。做长欢门的门主是孤独的，这是你的宿命，谁也改变不了。元宝，你忘了你曾经怎么答应我的了吗？”

元宝忽然想起宋宇贤曾经对她说过的话：“我知道你的孤独，所以，我会一直在你的身边，元宝。”

当时她不懂这句话的含义，现在，她却懂了。

其实从一开始，宋宇贤就已经知道了她会成为门主，所以才不把自己的感情告诉她。可是为什么所有的事情，她都是最后才知道的那一个？

“门主，我没忘。”元宝坚定地说。

“记得就好。”林白首把最后一股内力输送完毕以后，像一个垂暮的老人一样倒地。元宝依赖着林白首的这一身内力，迅速地解开了穴道，并把他扶起来。

“元宝，”林白首抓着元宝的手说，“这对你来说或许太残忍了一些，可是我们都别无选择。我知道你的担心，现在你身上有我毕生的武功，宋宇贤会助你。你只要不放弃，一定会成为受人敬仰的门主。你找机会去浮屠塔打开浮生门，只有鸟形符号印到你的脸上，你才算得上真正的门主。你现在有我的内力，你的病暂时不会再发作了。元宝，我好困，想睡会儿了……”

林白首越说声音越小，元宝看见他要闭上眼睛，急忙晃了他一下：“门主你别睡，你起来，我带走你。”

“不了，我已经走够了，不，不想再走……”林白首的声音越来越虚弱，元宝几乎要把耳朵贴到了他的嘴唇上：“门主你挺住，你不能睡，我还等着你看我长大，看我成为六楼众，等你看我成为高手，等你吃我的东西……”

“元宝，我快死了。”林白首粗粝的手掌紧紧地攥住元宝，“你答应我，一定要保住长欢门！”

“我……”

“答应我！”

元宝把林白首的手，更紧地握住：“我，我答应你，我一定会保住长欢门的。”

听到她的承诺，林白首笑了起来，手上的力量一点点地散失，带着最后的微笑，缓缓地闭上了眼睛。元宝搂着林白首越来越冷的身体，感受着他在她的怀里失去最后的重量，明知他就这样睡下去，再也不会醒来了，她用力地揉了揉眼睛，却还是一滴眼泪都没有。

脑海里一幕一幕地闪现着过往的画面，从小到大对她宠溺的门主，犯错永远都舍不得重罚她的门主，什么事情都为她着想的门主，动不动就炸毛的门主，对待她总是恨铁不成钢的门主……如今，他就这样安静地躺在她的怀里，就像平时一样。元宝总觉得好像拔他一根脚毛，他就会跳起来大骂她一顿。可是，她现在都拔了他好几根脚毛了，他却还是没有起来……

人的欲望为什么总是那么可怕？曾经朝夕相处的人，为什么说翻脸就能翻脸，并要置对方于死地？

记忆里，门主一直都对墨沿很好，或许是因为对他有所亏欠，所以，很多时候，门主总是第一时间想着墨沿，可到头来呢？

他却把门主给逼死了！

为了他的欲望！

元宝抱着林白首一动不动，忍不住呢喃自语，不知道过了多久，宋宇贤忽然出现在她面前，一把抓住她道：“快走！”

“门主，我们带上门主。”元宝如梦初醒，拉着宋宇贤要带林白首走。

宋宇贤看了林白首一眼说：“你再不走，金惜他们就撑不住了。”

元宝猛地回神，对了，她差点忘记了，她之所以能顺利地进到这里，还有前面的人给她打掩护。林白首已死，她却必须要为活着的人而活着。元宝最后看了林白首一眼，然后跟着宋宇贤跑走了。

元宝出来的时候，意外地看到重离居然睡在了地上。

宋宇贤言简意赅地说自己下了点药而已。

元宝也没有多想，跟着宋宇贤就走了。

而他们一走，重离才缓缓地睁开了眼睛，看着他们离开的方向，动了动嘴唇："元宝，这就算是我对门主的偿还吧……"

四人总算是顺利平安地回到了躲藏着的地方。

只是，元宝回来以后，却一直抱着面具发呆。因为林白首一直刻意地和门众们保持着距离，所以，柳唯唯等人对于林白首的感情，都没有元宝那么深，相对于他的死，更多的是震惊，而没有元宝那么深的悲痛。

更何况，六大楼的人，都是经历过无数生死的，早把生死看得很淡。对于元宝来说，这却是第二次，或者严格地说，是第一次看着最亲近的人就这样死去。她毕竟还是需要时间来接受的。

只是，元宝这个样子，一时之间他们也不好再行动。毕竟，拿到了面具，也就意味着林白首已经把门主之位传给她，现在，她才是真正的领导，她没有下达命令，他们也不好轻举妄动，只能等她。

"元宝，你说句话吧。"柳唯唯实在看不下去她这么消沉的样子。现在这个非常时刻，她若继续消沉下去，死的人会越来越多。

"门主死了。"元宝紧紧地捏住林白首给她的面具。

"想哭就哭吧。"

"为什么要哭？"元宝扬起头来，"长欢门的人是没有眼泪的。"

柳唯唯忍不住眼眶一红："你别这样，你要振作起来，我们还有很多事情没有解决。"

"我知道。"

"元宝，你现在是门主了，不管未来发生什么，我们都一定会站在你身边支持着你，所以，你必须要坚强起来。"就连金惜也难得地鼓励起她。

元宝安慰似的握住柳唯唯的手，说："我知道的，你们说的，我一直都知道。"

"既然知道，那就拿出你平时那作死的模样来。"金惜看了一眼面具，"我们现在要做的，就是杀了墨沿，救出被他困住的那些人，不是在这里悲春伤秋。"

"可是凭我们几个人，是不够的。"柳唯唯担忧道。

“谁说我们只有几个人？”元宝沉默了良久，蓦然站了起来。

“嗯？”一直沉默不语的宋宇贤余音上扬，看着元宝。

元宝难得地露出了一个微笑：“再等一会儿你们就知道了。”

果然，不一会儿，玉瓷和符京就出现了。同时，还带来了他们身后强大的队伍。

“虽然打群架，有点影响我的形象。但是，还是勉强帮你一下啦。”符京一看见元宝就嚷嚷起来。

元宝看见他，颇为担忧：“江云隐没有为难你吧？”

“放心啦，我都说了他不敢拿我怎么样的，要真怎么样了，你现在还能见到我吗？”

“也是。”

确定符京没问题了，元宝这才看向玉瓷。

玉瓷温柔的脸上挂着璀璨的笑容，在她开口前就率先说道：“人，我都给你带来了。”

“谢谢。”

“算我欠你的人情，不必说谢。”玉瓷看了一眼宋宇贤。

“还有我，还有我，反正你欠我的也不止这一次了，回头我老爹要揍我，你可得出来帮忙！”符京在旁边念叨着，就好像他是来凑热闹一样，完全没有即将面临生死搏杀的紧张。

对于元宝给他们的这个惊喜，所有人都松了一口气。谁也没有想到，元宝竟然会通知他们两个人过来帮忙。宋宇贤看着她，只觉得经过这两次的内乱，元宝似乎成长得比他想象中要快得多，为她的进步而感到欣慰。

元宝从宋宇贤的目光里看到了赞许，一连几天的阴霾稍微放了点晴，扭头看着玉瓷和符京，拍了拍符京的肩膀，说：“放心放心，绝对没问题的！这次你们帮大忙了，以后说一声，打群架绝对少不了我们的！”元宝笑嘻嘻地应着，这个时候，恐怕也只有她，还有开玩笑的心情了。

“对了，你们两个人的加起来一共多少人？”不过，玩笑归玩笑，开完以后，元宝很快也就切入了正题。

“五千左右。”玉瓷说道。

“那够了。”

“那必须的啊，他们几百人，和我们五千人，简直就是压倒性的胜利。”柳唯唯说着都激动起来，“你第一次让我觉得很可靠了。”

元宝笑着接受了柳唯唯的肯定。宋宇贤看着她的笑容，心里悬着的大石总算是放下了。看来，她已经调整好自己了。

“什么时候行动？”符京问。

“今晚。”元宝严肃地看着他们，“具体怎么做，交给小宋宋来部署吧。”

“嗯，那我们先去准备了。”说着，几人就都朝着宋宇贤所在的地方而去。夺门这种事情，宋宇贤已经有了经验。再加上这次人数上的优势，部署起来也就快得多。等部署完了以后，大家也没耽搁，各自开始分头行动起来。一时之间，吵吵闹闹的屋子里，只剩下了元宝和宋宇贤两个人，反倒显得有些冷清。

“小宋宋。”元宝叫了叫他，享受着临战之前难得的平静，走到他身边坐下。

“嗯。”

“门主说我不能爱你。”

“嗯。”

元宝看着他说：“可是，我做不到。”

“嗯。”宋宇贤低下头，“元宝，我一直都在你身边。不管你成为了门主，还是普通的楼众。”

“门主之位本该是属于你的。”

“我从来也不想做这个门主。”宋宇贤把元宝搂在怀里，“不管你在哪里，在做什么，只要能看着你，就足够了。”

“小宋宋……”元宝不知道说什么，只有一遍遍地叫着他的名字，话已至此，元宝还有什么好退缩？既然是命，那就要勇敢承受。更何况，她还有比以前任何一任门主都幸福的事情，她不是孤独一人，她有宋宇贤，甚至，还有一群永远支持着她的朋友。

元宝转过身紧紧地抱住宋宇贤：“小宋宋，我不会再让你们失望……”

第六欢　继位

夜幕降临。长欢门里出奇地安静。一股无法洗刷干净的血腥味弥漫在整个长欢门的上空。元宝等人已经准备好一切，整装待发。

元宝仔细地检查了一遍身上带着的东西，然后对身后的四个人说道：“以烟雾弹为信号，我从浮屠塔出来以后，你们就带着大军按计划杀进去！”

“我陪你去吧。”宋宇贤见她要走又忽然开口。

“不。”元宝拒绝，“小宋宋，你现在是军师，军师哪能乱跑。你必须在这里指挥他们。万一出现意外，毕竟千鬼楼的人，以一敌百，能减少伤亡，最好减少伤亡，我不想长欢门成为一个坟堆。放心，我身上现在有门主的武功，而且，我还知道一条你们所有人都不知道密道，通向浮屠塔呢。我不会有事的。”

“元宝，加油。”柳唯唯和金惜鼓励地拍了拍她的肩膀。

元宝的目光里是前所未有的坚定，她的视线从他们每个人的身上扫过，说道：“至此一战，只许成功不许失败，走了。”

说完，元宝朝他们挥挥手就迅速地没入到了茫茫的夜色里。

如今，看守浮屠塔的人也被墨沿杀死，换成了千鬼楼的人。好在元宝知道小道，通过小路避开了千鬼楼的看守，一路顺畅地走进了浮屠塔内。

这是她第二次来浮屠塔，比起上一次，要轻车熟路许多。元宝凭借上次来的记忆，一点点摸索着来到了浮生门。

看着这道由无数透明的魂魄组成的门，阴阳两极上倒映着她的面容。元宝深吸一口气，走了进去。只此一瞬间，浮生门因此而大开。在浮生门里流转徘徊的万千亡魂，似乎是在一瞬间被她的脸所吸引，统统朝着她的脸上飞入进去。然后，不知道是蹿过了多少亡魂，多少记忆，当她忍受住这所有的疼痛，从地上站起来的时候，在她的右脸上，出现了历代门主才会有的鸟形符号。

也就是在这一瞬间，寒光一闪，躲在暗处的墨沿一剑朝着她刺了过去！

耳畔的风使得元宝往旁边一侧，避开了墨沿的攻击。元宝也是在这个时候，发现自己的身体比从前更加灵活了。

“想不到，你竟然是真正的转世灵童，早知道我当初就该一刀杀了你！”墨沿说着丝毫不给元宝喘息的机会，继续向她出手，“你这种废物根本不配做门主！”

“你做出叛门这种大逆不道的事情，我还没找你算账，你倒先来了！”元宝说着也没客气，身体不受控制似的抵挡着墨沿的出手。

随着墨沿攻势的加快，元宝对于自己身体中的武功也越来越熟悉。墨沿没有想到元宝竟然会有如此突飞猛进的进步：“想不到林白首居然把武功全部给了你。”

墨沿说着继续向着元宝发动攻击，元宝到底还是对这些武功没有用得太熟，面对着墨沿致命的招数，还是不小心挨了几剑。眼看着墨沿已经占了上风，刺出的剑即将从背后直刺元宝的时候，一颗石头突然砸到了墨沿的头上。

“小宋宋！”

元宝没有想到宋宇贤居然还是来了！到底，他还是放心不下她的。

墨沿看见宋宇贤出现，往后退了退。现在的他并不知道宋宇贤已经武功尽失，所以，衡量再三，如果他要杀了元宝肯定没问题，但是，要对付宋宇贤的话，恐怕就不是那么容易了。

然而，或许是因为宋宇贤来的了关系，元宝开始渐渐地进入了状态。而宋宇贤，也只是在旁边看着，并未出手。

宋宇贤越不动，墨沿心里就越不踏实，在元宝出手的时候，总有保留，不断地提防着身后的宋宇贤。这样实力悬殊太大的对决，拼的就是心理。眼看墨沿分了心，元宝瞅准机会，重伤了他。最终，宋宇贤夺过了他手中的剑，在他忽然意识到宋宇贤竟然没武功的时候，却为时已晚。元宝的剑已经从他的喉咙贯穿过去，一剑毙命。

墨沿一死，这一场叛乱也接近了尾声。

元宝用剑撑住身体，半跪在地上大口大口地喘气。一时之间还无法适应这种强度的拼命。宋宇贤走过来把她扶起来，并将林白首的面具递到了她的手里。元宝怔了怔，接过面具冲宋宇贤淡淡一笑。此时无声胜有声，这一笑，已经饱含了千言万语。她不说，他都懂。

宋宇贤鼓励似的拍了拍她的肩膀，随即，元宝走到了浮生门里将门关上，然后，砍掉了墨沿的头，抓着他还在滴血的头颅，一步一步走了出去。

浮屠塔外，元宝把身上所有的烟雾弹都放了出去。接到信号的玉瓷和符京立即就带着人杀进了长欢门！

而金惜和柳唯唯也趁着这个机会，把被囚禁起来的楼众给放了出来。千鬼楼的人纵然再厉害，到底也寡不敌众，再加上墨沿此时不知道去了哪里，一时之间群龙无首，很快就被杀进来的人们给团团围住，犹如困兽之斗，场面一度混乱而血腥。

直到元宝带着墨沿的头，出现在长欢门大门的中央，全场哗然。

元宝一眼就看到了被困叛徒之中的重离，把墨沿的头丢到了他的面前。千鬼楼的人们，看到墨沿的头颅都吓了一跳，谁也没有想到，墨沿居然会死在他们从前最看不起的元宝的手上！然而，更让他们的震惊的是，当元宝把脸上的面具拿下来，露出里面的鸟形符号的时候，他们简直不敢相信自己的眼睛！

元宝目不转睛地看着重离，大声地说道："重离，墨沿已经死了，你还要继续执迷不悟吗？"

重离抬头，看着元宝，却只是笑了笑，脑海里蓦然闪过这些年来元宝总在他身边使坏的种种，明明每次他都念叨着要杀了她，却总是下不了手，反倒被她给欺负了。

如果，当初的他能够狠下心来的话，是不是现在的结局就会不一样？

"元宝，我很高兴，你不再是废物了。"重离走上前来，看着元宝欣慰地说。然而，话音刚落，元宝还没来得及开口，重离就已经持剑自刎在她的面前。

元宝看着重离倒地愣了愣，想起重离和她的最后一次谈话。每个人都要为自己的信念所付出代价，如果这个代价非得要用生命去换的话，元宝宁可做一个从无信念的人。至少，他们还能为自己而活。

重离的死，在千鬼楼的叛徒中引起了不小的骚动。现在不是悲春伤秋的时候，元宝低头俯瞰着他们，从他们惊讶的眼神中看到了门主临终前最后的希望。朦胧的月色下，她的眼睛里迸发出势不可挡的灼灼烈焰，狂风吹乱了她的头发，却吹不乱她巍然而摄人心魄的气度。站在屋顶上的她，在那一瞬间，宛如不可侵犯的神祇，就连悬挂在她上方的月亮也都成了陪衬。

这是他们从来不曾见过的元宝，也是在经过了所有的历练后，为着唯一的信念而成长起来的元宝。

门里一时之间陷入一片深不可测的寂静当中。

元宝深呼一口气，用从来都没有过的沉稳语气对着下面的人宣布道：“我，元宝，作为转世灵童，今日起继承长欢门第五任门主之位。我在此宣布，凡叛变之人，降者，赦，并废除武功，永不得离开长欢门；不降者，杀。”

话毕，在半刻的沉默之后，千鬼楼的人选择了集体自杀。而在这一片血腥味扩散的地方，所有人似乎忘却了刚才所发生的一切不愉快，欢呼起来。以虔诚之势纷纷下跪，对着屋顶上的元宝，异口同声地喊道：“门主千秋！门主千秋……”

元宝往前走了几步，回头看了看身后的宋宇贤。宋宇贤冲她莞尔一笑，鼓励似的点了点头。元宝这才收回目光，看向下面的门众，伴随着席卷而来的狂风，挥舞起双臂：“大扫除开始了，干活儿去吧……”